HEYNE BÜCHER

SCIENCE FICTION

Herausgegeben
von Wolfgang Jeschke

Vom BATTLETECH®-Zyklus erschienen in der Reihe
HEYNE SCIENCE FICTION & FANTASY:

Die Gray Death-Trilogie:

William H. Keith jr.: Entscheidung am Thunder Rift · 06/4628
William H. Keith jr.: Der Söldnerstern · 06/4629
William H. Keith jr.: Der Preis des Ruhms · 06/4630

Ardath Mayhar: Das Schwert und der Dolch · 06/4686

Die Warrior-Trilogie:

Michael A. Stackpole: En Garde · 06/4687
Michael A. Stackpole: Riposte · 06/4688
Michael A. Stackpole: Coupé · 06/4689

Robert N. Charrette: Wölfe an der Grenze · 06/4794
Robert N. Charrette: Ein Erbe für den Drachen · 06/4829

Das Blut der Kerensky-Trilogie:

Michael A. Stackpole: Tödliches Erbe · 06/4870
Michael A. Stackpole: Blutiges Vermächtnis · 06/4871
Michael A. Stackpole: Dunkles Schicksal · 06/4872

Die Legende vom Jadephönix-Trilogie:

Robert Thurston: Clankrieger · 06/4931
Robert Thurston: Blutrecht · 06/4932
Robert Thurston: Falkenwacht · 06/4933 (in Vorb.)

Robert N. Charrette: Wolfsrudel · 06/5058

ROBERT THURSTON

Blutrecht

Zweiter Roman
der Trilogie ›Die Legende vom Jadephönix‹

Vierzehnter Band
im BATTLETECH®-Zyklus

Deutsche Erstausgabe

WILHELM HEYNE VERLAG
MÜNCHEN

HEYNE SCIENCE FICTION & FANTASY
Band 06/4932

Titel der amerikanischen Originalausgabe
BLOODNAME
Deutsche Übersetzung von Reinhold H. Mai
Das Umschlagbild malte Bruce Jensen
Die Konstruktionszeichnungen sind von Steve Venters
Die Karten auf Seite 332/333
und auf Seite 334/335 zeichnete
Mirjam Wehner

Redaktion: Rainer Michael Rahn

Printed in Germany 1993
Umschlaggestaltung: Atelier Ingrid Schütz, München
Technische Betreuung: Manfred Spinola
Satz: Schaber Satz- und Datentechnik, Wels
Druck und Bindung: Elsnerdruck, Berlin

ISBN 3-453-06198-5

PROLOG

Jahre zuvor, als sie noch ein Kind war, erfuhr Diana viel über ihren Vater.

»Er ist Teil des Clans, und andererseits auch wieder nicht«, sagte ihre Mutter Peri.

»Clan verstehe ich nicht«, unterbrach Diana. Obwohl sie erst vier war, sprach sie klar verständlich und präzise. Sie hörte andere Kinder und Erwachsene niederer Kasten oft Worte zusammenziehen oder Buchstaben verschlucken, aber selbst tat sie das nie.

»Der Clan steht für das, was wir sind, wo wir hingehören. Ihm gilt unsere Loyalität. Der Clan sorgt für uns, für alle Kasten, die in ihm vereinigt sind. Es ist der Clan, der uns allen eine sinnvolle Arbeit zuteilt, eine Arbeit, die den gemeinsamen Zielen dient. Eines Tages werden wir aber zurückkehren, um den uns zustehenden Platz in der Inneren Sphäre einzunehmen, und wir werden den Sternenbund wiederherstellen, der einst alle Welten in diesem gewaltigen Raumsektor beherrschte.«

»Was ist die Innere Sphäre? Was ist der Sternenbund?«

»Das wirst du noch früh genug erfahren, Diana, aber am richtigen Ort.«

»Was ist an diesem Ort falsch?«

Sie saßen in der Ecke eines großen Labors, des größten in der Forschungsstation auf Tokasha, wo Peri seit über fünf Jahren als Labortech arbeitete. Die Unterkünfte umfaßten eine Tagesstätte, aber Diana betrachtete das Labor als ihr Kinderzimmer, einen Raum, in den sie gelegentlich zum Spielen kam, aber eigentlich nur, um bei Peri zu sein. Sie war in einem Alter, in dem sie die ständige Nähe der Mutter suchte.

Typisch für Freigeborene, wie ein dicklicher Mann

namens Watson, der Projektleiter auf Tokasha, feststellte. In einer Geschko waren die Kinder auf sich selbst angewiesen; ihre Bindungen waren kogeschwisterlich. Da Freigeborene meist zumindest einen Elternteil kannten, der für sie sorgte, neigten sie dazu, immer in dessen Nähe zu bleiben — aus Angst, er könnte ihnen genommen werden, vom Tod oder vom Clan. Kinder lernten früh, daß der Clan freigeborene Elternschaft nicht respektierte und nicht zögerte, Eltern und Kinder zu trennen. Schon mit vier Jahren fürchtete Diana sich davor mehr als vor Monstern oder Schatten in der Nacht.

Wie sich herausstellen sollte, war ihre Furcht begründet. Als Diana neun Jahre alt war, wurde Peri dem Wissenschaftszentrum auf Circe zugeteilt, und ihr neuer Posten als anerkannte Wissenschaftlerin gestattete es nicht, ihre Tochter mitzunehmen. Peris Briefe an ihre Tochter wurden immer seltener. Ihre Spezialität war die Untersuchung des Weges von Geschko-Mitgliedern von der Kindheit über die Kriegerausbildung zum Entscheidungstest, der ihre einzige Chance darstellte, Mitglied der Kriegerkaste zu werden. Für jedes Stadium dieses Weges sammelte Peri Daten darüber, wie viele Geschkinder bei den Tests versagten und welche neuen Rollen im Clanleben ihnen zugewiesen wurden. Sie war besonders interessiert daran, wie viele Kadetten es bis zum abschließenden Test schafften (wie sich herausstellte, waren es *immer* verdammt wenige) und welche von diesen letztendlich den Sprung zum Krieger schafften.

Dianas Vater war ein Kadett gewesen, der beim letzten, alles entscheidenden Test versagt hatte, und eines von Peris Zielen bestand darin herauszufinden, was genau geschehen war. Außerdem wollte sie wissen, warum sie selbst in einer der letzten Phasen der Kriegerausbildung ausgesiebt worden war. (Während dieser Untersuchungen erinnerte sie sich häufig an den

Abend, an dem sie die Geschko-Kaserne nach ihrem Ausscheiden zum letzten Mal hatte verlassen müssen, und an das Gespräch, das sie mit dem Jungen geführt hatte, der eines Tages Dianas Vater werden sollte. Diese damalige Unterhaltung hatte in Peri den Drang nach genau den Untersuchungen ausgelöst, die jetzt ihr Alltag waren.) Mit wachsender Intensität ihrer Arbeit verdrängte das Schreiben von Berichten immer mehr den Briefkontakt mit ihrer Tochter. Ihre Ergebnisse, so wurde Peri mitgeteilt, waren ein wichtiger Beitrag zu einem größeren Projekt mit dem Ziel, Methoden zu finden, die es mehr Mitgliedern einer Geschko/Kadettengruppe ermöglichen sollten, in die Kriegerkaste aufzusteigen.

Dann erhielt Diana ihre eigene Aufgabe, und der Kontakt zwischen Mutter und Tochter brach vollends ab. Aber als Diana vier war, waren sie sich noch sehr nahe.

»Mit dem Labor ist alles in Ordnung«, stellte Peri fest und sah ihre Tochter lächelnd an. »Es ist nur der falsche Ort, um etwas über den Clan zu lernen. Dafür gibt es Klassenzimmer, Unterrichtsstunden und Gedächtnisübungen. Du wirst es noch früh genug mitmachen müssen. Noch hast du Zeit, ein Kind zu sein.«

»Sag mir noch mal, wie unser Clan heißt.«

»Wir sind die Jadefalken.«

»Und was ist ein Jadefalke?«

»Ein möglicherweise mythischer Vogel, auch wenn es Menschen gibt, die behaupten, schon Exemplare gesehen und sogar abgerichtet zu haben. Man sagt, daß sie sehr hoch fliegen und Schwierigkeiten haben, wieder auf den Boden zu finden.«

»Wie mein Vater.«

Peri lachte. »Genau wie dein Vater. Er wollte ein großer Krieger werden, dein Vater, aber er versuchte während eines sogenannten Tests — einer Prüfung, durch die Krieger ausgewählt werden — einen Trick.

Der schlug fehl, und er hatte seine Chance vertan. Nicht viel später kamen andere Krieger hierher nach Tokasha und nahmen ihn mit. Ich weiß nicht, was danach aus ihm geworden ist.«

»Und wie heißt er?«

Peri zögerte einen Augenblick, aber das Kind konnte nicht ahnen, daß seine Mutter Zweifel hatte, ob es gut war, ihm den Namen seines Vaters mitzuteilen. In diesem Sekundenbruchteil mußte sie beschlossen haben, daß es angesichts der Größe des Clansektors und der Vielzahl der Welten, auf denen Aidan sich niedergelassen haben konnte, kein großes Risiko darstellte.

»Aidan. Er heißt Aidan.«

»Ich wünschte, er könnte zu uns zurückkommen.«

»Nein, das wäre unclanmäßig. Welche Aufgabe er jetzt auch erfüllen mag, im Innersten ist er ein Krieger. Er stammt aus einer Geschko, und das bedeutet, daß er weder Vater noch Mutter hatte, sondern aus etwas entstanden ist, das wir Gene nennen — verlang bitte nicht, daß ich dir das alles erkläre. Krieger ziehen ihre Kinder nicht selbst auf, auch nicht, wenn sie einer anderen Kaste zugeteilt worden sind, und freigeborene Kinder schon gar nicht.«

Peri hatte Diana nie gesagt, daß sie einmal zur selben Geschko wie Aidan gehört hatte, eine Tatsache, die normalerweise ausgeschlossen hätte, daß sie jemals auf natürliche Weise ein Kind zur Welt brachte. Aber als Wissenschaftlerin war Peri in der Lage gewesen, ihren Körper so zu beeinflussen, daß sie das Privileg der Freigeborenen, schwanger zu werden, auskosten konnte. (Sie betrachtete es als Privileg, auch wenn sie damit unter den Wahrgeborenen eine recht isolierte Position einnahm.) Warum das so wichtig für sie geworden war, hatte sie nie richtig verstanden. Nach ihrem Versagen als Kriegerin hatte sie beinahe sofort erkannt, daß sie nicht in der Lage sein würde, ein Leben ohne den Blick auf den Sichtschirm eines BattleMech-Cockpits allein durchzustehen. Diana war die Lösung für ihre Einsamkeit gewesen.

Später, nachdem sie Diana mehr oder weniger aufgegeben hatte, wurde sie von ähnlichen Gedanken geleitet. Sie sah Dianas Potential und beschloß, die Elternbindung zu lösen und Diana ihren eigenen Weg suchen zu lassen. Sonst hätten Peris Bedürfnisse sie eines Tages zurückhalten können. Es war keine leichte Entscheidung, aber sie traf sie mit der Entschlossenheit einer für die Rolle der Kriegerin geborenen und erzogenen Frau.

»Mutter?« fragte Diana nach einer langen Pause, während sich ihre kleine Stirn aufgrund schwieriger Überlegungen in Falten legte. Diana war eine Spezialistin für schwierige Überlegungen, für ihr Alter sogar höchst schwierige.

»Ja?«

»Ich glaube nicht, daß ich Wissenschaftlerin werden will, wenn ich groß bin.« Das ganze verstrichene Jahr über hatte Diana Peri jeden Tag mitgeteilt, daß sie Wissenschaftlerin werden wollte.

»Oh? Du möchtest dir deine Kaste aussuchen? Das paßt nicht zu einer Freigeborenen, das weißt du.«

»Ja, das weiß ich. Aber ich weiß, was ich werden will. Ich will Kriegerin werden.«

Peri hatte den Eindruck, ihr Herz sei stehengeblieben. Das waren nicht die Worte, die sie zu hören gehofft hatte. Nicht, daß sie ihrer Tochter eine solche Laufbahn nicht gewünscht hätte, aber sie dachte an die Behandlung, die den wenigen Freigeborenen bevorstand, die sich für die Kriegerausbildung qualifizierten. Manchmal wurden sie als Kanonenfutter für Geschko-Kadetten verheizt, und die wenigen, die es bis zum Entscheidungstest schafften, hatten noch schlechtere Chancen als wahrgeborene Kadetten. Peri gefiel der Gedanke nicht, daß Diana ein solches Leben erwartete. Krieger waren die am höchsten geehrten Mitglieder des Clans, und selbst die Hilfsarbeiter der niedersten Kasten träumten davon, Krieger zu werden, aber wenn sie auf ihr Mutterherz hörte, erhoffte sie sich für ihre Tochter ein leichteres Leben. In der Kriegerkaste war das Leben niemals leicht, weder für Frei- noch für Wahrgeborene.

»Du hast noch viel Zeit, dein Leben zu planen, Diana. Sei erst einmal vier.«

»Ich *bin* vier, Mutter.«

»Das weiß ich. Ich meine ... ach, es ist egal, was ich meine. Ich kann deinen Vater in dir erkennen. Du wirst tun, was immer du tun willst. Ich kann dich nicht aufhalten.«

Peris letzter Satz gefiel Diana, und sie führte ihn tagelang auf der Zunge. »Du kannst mich nicht aufhalten, Mutter. Du kannst mich nicht aufhalten.«

Peri wußte, daß es der Wahrheit entsprach, und sie wußte es auch noch, als sie den Kontakt mit Diana abgebrochen hatte, damit das Mädchen ohne Komplikationen ins Kriegertraining aufbrechen konnte. Aber völlig konnte Peri die Bindung nicht lösen. Obwohl Diana es nie erfuhr, behielt Peri ihre Tochter ständig im Auge, während sie sich durch die Kadettenausbildung kämpfte und zur Kriegerin wurde, wie sie es sich mit vier Jahren vorgenommen hatte.

1

Sein Name war Kael Pershaw, und er war die personifizierte Frustration. Seit zwei Jahren, viel zu lange schon, war er Stützpunktkommandeur der Glory Station, des Clan-Jadefalken-Lagers auf dem Planeten gleichen Namens. Soweit es ihn betraf, hätte ein Posten auf einem Asteroiden am äußersten Rand des Universums nicht schlimmer sein können. Glory lag zwar in Reichweite der fünf ursprünglichen Clanwelten, aber er lag am Rande des Kugelsternhaufens, dessen Welten Teil des Clanreiches waren. Die Jadefalken hatten erst kürzlich die Hälfte Glorys erobert; die andere Hälfte hielt sich noch.

Selbst der Name des Planeten erschien Pershaw absurd. Das einzig Angenehme an diesem fürchterlichen Ort war die Luft. Sie war atembar, auch ohne Hilfsgeräte oder unbequeme Implantate zum Ausfiltern giftiger Komponenten. Pershaw hatte in den Wanderjahren seiner militärischen Karriere schon genug unangenehme Zeit auf atmosphärisch weniger geeigneten Welten zubringen müssen.

Wie Glory sich seinen Namen verdient hatte, blieb ihm ein Rätsel. Seine Berge ragten nicht majestätisch gen Himmel, seine Seen schimmerten nicht im Sonnenlicht, und seine Vegetation war zum großen Teil spärlich und verkrüppelt. Das einzige Bemerkenswerte war ein riesiges Dschungelgebiet in der Nähe von Glory Station, und selbst das war abstoßend und gefährlich. Pershaw verließ das Hauptlager nur selten. Er zog es vor, andere in dermaßen gefährliche Gegenden zu schicken, vorzugsweise Mitglieder der freigeborenen Trinärsterne. Dabei war er keineswegs feige. Ein Mann mit seinen Fähigkeiten brauchte sein Leben nicht für Kleinigkeiten zu riskieren. Schließlich war er der Stützpunktkommandeur.

Die Truppen, die Kael Pershaw aufbieten konnte,

falls irgendein anderer Clan einen Besitztest verlangte, waren beinahe noch absurder. Sein Sternhaufen bestand zwar aus den üblichen vier Trinärsternen zu jeweils drei Sternen, aber nur Trinärstern Sturm hatte den Namen verdient. Und seine 15 wahrgeborenen Krieger und 75 genetisch gezüchteten Infanteristen, Elementare genannt, waren zu wenig für einen Besitztest.

Die drei übrigen Trinärsterne setzten sich ausschließlich aus BattleMechs zusammen und taugten kaum zum Garnisonsdienst. In den Cockpits dieser Maschinen saßen ältere wahrgeborene Krieger (die bereit gewesen waren, eine Degradierung hinzunehmen, statt sich freiwillig zu einem Selbstmordkommando zu melden und auf ehrbare Weise den Tod zu finden) und Freigeborene. Pershaw war sich nicht sicher, was schlimmer war. Und um das Maß voll zu machen, waren die Mechs so veraltet, daß diese Trinärsterne in einem Gefecht mehr Ballast als eine echte Hilfe darstellen würden.

»Kannst du wenigstens für ein paar Minuten aufhören zu arbeiten?« fragte eine Stimme hinter ihm. Es war Lanja, die Kriegerin, die als seine Coregn — oder Adjutantin — Dienst tat. Er hatte sie selbst ausgewählt, eine talentierte Kriegerin kurz vor der Beförderung zum Trinärsternkommandeur. Neben ihren Aufgaben als Pershaws Adjutantin befehligte Sterncommander Lanja die Elementare der Trinärsterns Sturm. Er hatte eine gute Wahl getroffen. Im Feld führte sie ihre gepanzerten Infanteristen in perfektem Gleichklang mit Pershaws BattleMechs, und in der Garnison ergänzten sich ihre Fähigkeiten nicht minder gut. Lanja war gewitzt, intelligent und — wie er inzwischen hatte feststellen können — sexuell begabt. Eine sexuelle Beziehung zwischen Personen, die so eng zusammenarbeiteten, war nicht ungewöhnlich, aber sie war keineswegs immer so angenehm. Er würde ihre Abreise nach Ablauf ihres Dienstvertrages bedauern, aber er konnte sie nicht wieder verpflichten, bevor ihm ein anderer Coregn zumindest eine bestimmte Zeit zur Seite gestanden hatte.

Obwohl Lanja ihren Kommandeur um mehr als zwei Köpfe überragte, war sie kleiner als die meisten Elementare ihrer Einheit. Manchmal stichelte Pershaw, sie müsse freigeborene Gene besitzen.

»Für dich hör ich gerne auf zu arbeiten«, erklärte er und stand auf, um sie zu umarmen. Selbst durch ihre gestärkte Uniform glaubte Pershaw, die weichen Kurven ihres Körpers zu fühlen.

Er war sich bewußt, daß er und Lanja für ein Clanner-Liebespaar ungewöhnlich leidenschaftlich waren. Hätte er Jahre zuvor in einem alten Briandepot keine Diskette mit alten terranischen Liebesgeschichten gefunden, hätte Pershaw vielleicht nie gewußt, daß menschliche Liebe derart intensiv und romantisch sein konnte. Als Clanner hatte er Schwierigkeiten, das Konzept Liebe zu begreifen, aber seine Beziehung zu Lanja war mit ziemlicher Sicherheit tiefer als jede, die er vorher gekannt hatte — in beiläufigen Geschko-Allianzen, früheren Beziehungen zu Kriegerinnen und gegenüber anderen Coregns. Auf ihre eigene Art und Weise war diese Beziehung ebenso unergründlich wie die in jenen verklärten Liebesgeschichten.

Aber Kael Pershaw war vor allem ein Krieger, und der Gedanke, jemand könnte in sein Büro stolpern und ihn in inniger Umarmung mit Lanja finden, bereitete ihm Unbehagen. Vielleicht löste er sich deshalb früher von ihr als es ihm eigentlich lieb war.

Lanja strich ihr dunkles Haar, das unter dem smaragdgrünen Jadefalken-Stirnband noch schwärzer wirkte, zurück. »Irgend etwas macht dir Sorgen«, stellte sie fest und runzelte die Stirn. »Das Übliche?«

»In gewisser Weise. Man könnte es die Stagnation nennen.«

»Stagnation ist ein gutes Wort dafür, besonders in einem Lager so dicht am Blutsumpf.« Vielleicht war es der bloße Gedanke an den Sumpf, der sie nach einem imaginären Insekt schlagen ließ. Blutsumpf war nicht sein richtiger Name, aber der war längst vergessen. Von der Gründung der Station Glory an hatten die hier stationierten Krieger unter dem Eindruck des rötlichen Glanzes gestanden, der an lange Blutspuren erinnerte, wenn sich Glorys Mond im Sumpf spiegelte.

»Eines Tages wirst du versetzt werden«, sagte Lanja. »Da bin ich mir sicher.«

»Ich weiß. Versetzung und Umorganisation sind Clan-Ideale, aber ich bin noch nicht an der Reihe. Ich möchte jetzt hier weg. Ich will an einen Ort, der einen Grund liefert, Krieger zu sein. Ich bin es müde, die Truppen mit simulierten Konflikten zu traktieren, um ein Abstumpfen ihrer Fähigkeiten zu verhindern. Sie brauchen einen echten Kampf, genau wie ich.«

»Ich habe davon geträumt, daß du kämpfst. Nein, sag es nicht. Meine Träume. Du glaubst nicht an sie, obwohl du erlebt hast, daß sie wahr wurden. Laß uns ins Schlafzimmer gehen. Nein, ich will dich nicht in Versuchung führen. Aber deine Augen sind so müde — wie Teiche, umgeben von schwarzer Erde.«

»Wie Sumpfteiche?«

Die Frage zauberte ein Lächeln auf Lanjas Gesicht. »Nein, so still sind sie nicht.«

»Bald«, flüsterte Pershaw. »Bald können wir uns zurückziehen. Ich muß nur noch ein paar Berichte fertigschreiben.«

»Können sie nicht warten?«

»Ich will mir nur diesen hier über die Schlägerei vom Hals schaffen.«

»Die beiden Sterncommander? Bast und Jorge?«

»Genau. Eine Schande für meine Einheit. Daß ein Freigeborener einen Wahrgeborenen in einem närrischen Streit so leicht besiegen konnte.«

»Närrisch? Soweit ich mich erinnere, hat Bast Jorge beleidigt.«

»Stimmt. Und wenn sie beide wahrgeboren wären, wäre es möglicherweise keine Schande. Aber Jorge hat Bast vernichtend geschlagen — er hat ihm beinahe das Genick gebrochen —, während die ganzen Freigeburten dabeistanden und ihn anfeuerten. Es war widerlich.«

Pershaws Miene spiegelte nur selten irgendwelche Emotionen wider, aber diesmal stand der Abscheu deutlich in seinen Augen und den herabgezogenen Mundwinkeln zu lesen.

»Jorge ist ein guter Krieger, freigeboren oder nicht«, stellte Lanja leise fest. »Ich war nicht dabei, aber wie ich gehört habe, hat er Bast recht überzeugend geschlagen.«

»Trotzdem sollte Jorge intelligent genug sein, einen solchen Kampf zu vermeiden. Ich erwarte von den Freigeborenen, daß sie verstehen, daß ich keine Konflikte zwischen Wahr- und Freigeborenen in meiner Einheit wünsche, und es liegt an ihnen ... an ihnen ...«

»Sich unterzuordnen? Sich von uns Wahrgeborenen mit Füßen treten zu lassen? Mit anderen Worten: sich nicht wie Krieger zu benehmen?«

Pershaw lächelte. Ein seltenes Ereignis. Lanja wußte, daß sie lange davon würde zehren müssen, bevor sie es wieder erlebte.

»Ich nehme deine Kritik zur Kenntnis, Lanja. In Wahrheit hasse ich es, überhaupt Freigeborene unter meinem Befehl zu haben. Wenn es an mir läge, würde ich sie allesamt irgendwo anders hin verschiffen und nur mit Wahrgeborenen arbeiten.«

»Ich verstehe dich. Aber solange du auch nur einen Freigeborenen befehligst, mußt du mit Problemen rechnen, besonders, wenn er so unabhängig ist wie dieser Jorge. Hast du ihn bestraft?«

»Ich habe es versucht. Aber das Surkai hat ihn entschuldigt.«

Lanja hob die Brauen. »Was? Ich hätte nicht erwartet, daß Jorge das Ritual der Verzeihung erfolgreich durchführt. Seine Arroganz würde ...«

»Ich habe nicht gesagt, daß er das Ritual gut ausgeführt hat. Er war dabei so arrogant wie immer. Aber ich habe es akzeptiert. Ich mußte es akzeptieren, frapos?«

»Pos. Und damit solltest du die Sache vergessen.«

»Das kann ich nicht. Jorge ist wie eine Mine. Ein falscher Tritt, und er geht hoch. Es wird neuen Ärger geben.«

Lanja nickte. »Na, dann befrei dich zumindest für den Moment davon, indem du den Bericht schreibst. Zwischenfälle wie dieser werden sich nicht gut auf Jorges Kodax machen.«

Pershaw zuckte die Achseln. »Der Kodax eines Freigeborenen ist praktisch ohne Bedeutung. Freigeborene können nicht in den Genfundus aufgenommen werden, daher kümmert er sie wenig.«

Sie tippte an seine Stirn. »Du denkst zuviel, Kael Pershaw. Du brauchst die Ruhe. Komm bald nach.«

Sie verließ das Büro. Pershaw arbeitete noch ein paar Minuten an seinem Bericht, aber er konnte sich kaum konzentrieren. Es mußte sich etwas ändern. Der Gedanke ging ihm nicht aus dem Kopf.

Als die Veränderung weniger als einen halben Tag später eintrat, war er dennoch überrascht.

»Was ist der Unterschied zwischen einem freigeborenen Sterncommander und einem Felsenschwein in Clan-Uniform?«

»Ich weiß nicht, Bast. Was ist der Unterschied?«

»Das Felsenschwein kann sich für den Fronteinsatz qualifizieren.«

Bast und die anderen lachten, eine Mixtur aus groben Grunzlauten, die nur jemand, der sie kannte, als Fröhlichkeit deuten konnte. Aidan wußte, daß er der Sterncommander war, dem der Witz galt, aber er fragte sich, ob Bast wußte, daß er gerade den Raum betreten hatte und nur wenige Schritte hinter ihm stand. Wie konnte der Mann so dumm sein? Er trug noch immer einen Stützkragen als Erinnerung an seine letzte Unverschämtheit — nach der sein Kehlkopf Bekanntschaft mit Aidans Ellbogen gemacht hatte. Aidan hätte ihm am liebsten den Stützkragen noch enger um den Hals gezurrt.

Aber um seinen eigenen Hals lag eine unsichtbare Leine, die ihn am Handeln hinderte. Ohne sich anmerken zu lassen, daß er mitgehört hatte, ging Aidan zur Bar des Offizierskasinos und bestellte einen *Fusionsbrenner,* den momentan unter den Freigeborenen populärsten Drink. Es war eine echt harte Mixtur, und nur Krieger mit dem Trotz des Freigeborenen setzten ihre Geschmacksnerven einer derartigen Folter aus. Aidan trank ihn nicht nur, er behielt die Flüssigkeit eine Weile im Mund, wo sie seinem Gefühl nach unverzüglich daran ging, den Zahnschmelz zu zersetzen.

Die Messe war ebenso trostlos wie der Rest der Station, deren Räume in tristem Grau, schlammigem Braun und kränklichem Grün gehalten waren. Es gab Zeiten, da fühlte Aidan sich im Dschungel wohler, obwohl er Echsen beherbergen sollte, deren Zungen so giftig waren, daß sie ein Mechbein lähmen konnten. Das war natürlich nur Kasernenlatein, aber Aidan hatte keinen Bedarf, die Wahrheit herauszufinden. Unglücklicherweise wurde meist seine Einheit für Vorstöße in den Dschungel ausgewählt, weil sie nur aus Freigeborenen bestand und dadurch an unterster Stelle der Rangordnung stand. Bisher hatten sie nichts als alptraumhaft verwachsene Bäume gefunden, aus deren Rinde ein dicker, stinkender Saft tropfte, und Tiere, deren Gestalt sich kaum feststellen ließ, weil sie zu schnell verschwanden. Aber in einem freien Augenblick hatte er Blumen entdeckt, deren herrlich blutrote Blüten mit leuchtend gelben Streifen überzogen waren. Er hatte ein paar Exemplare ins Labor der Station gebracht und als Rückmeldung erfahren, daß man bereits medizinische Verwendungsmöglichkeiten für diese neue Pflanzenart, die als Blutblatt geführt wurde, gefunden hatte. Ein daraus gewonnenes Serum war an Kriegern und Techs erprobt worden, die von einer seltsamen Krankheit befallen waren, die ihnen ihre Energie raubte und sie schlapp und lustlos machte. Das Blutblattserum brachte zwar keine Heilung, aber es schenkte den Patienten für ein paar Stunden neue Energie und Lebensfreude.

Jetzt könnte ich auch etwas von dem Serum gebrauchen, dachte Aidan, als der plötzliche Alkoholstoß des Fusionsbrenners die Umgebung für einen Augenblick vor seinen Augen verschwimmen ließ. Es hieß, wenn man genug *Fusionsbrenner* kurz hintereinander schluckte, konnte man das Augenlicht verlieren, aber bisher hatten sich die Auswirkungen bei ihm auf diese kurzen Schwindelanfälle beschränkt. Die Gefahr schreckte ihn nicht. Immerhin war der Drink die einzige Möglichkeit, aus der Trostlosigkeit seines Dienstes zu entkommen.

Er hatte schon viel Zeit mit solchen Einödmissionen verbracht, in einer Station nach der anderen, und seine Einheit hatte überall die schlimmsten Arbeiten zu erledigen gehabt und zusätzlich die verächtliche und häufig grobe Behandlung der Wahrgeborenen erdulden müssen, deren Status ihnen völlig unabhängig von Rang oder Dienstalter immer einen Vorteil verschaffte. Bei allen Auseinandersetzungen zwischen Freigeborenen und Wahrgeborenen neigten die Offiziere dazu, bei ihren Beratungen für den Wahrgeborenen zu votieren, es sei denn, die für den Freigeborenen sprechenden Beweise waren derart überwältigend, daß sie beim besten Willen nicht ignoriert werden konnten.

Und selbst wenn er fair behandelt wurde, hörte ein Freigeborener immer das Widerstreben in der Stimme eines wahrgeborenen Vorgesetzten. Aidan hatte schon so viele Widerspruchtests hinter sich — wie die Herausforderung einer Entscheidung auf dem Schlachtfeld genannt wurde, die jedem Clan-Krieger und jeder militärischen Einheit zustand —, daß er seine Reaktion inzwischen schon plante, noch bevor ein Richter ihn gehört hatte. Beim letzten Mal, nach der Schlägerei mit Bast, hatte Sterncolonel Kael Pershaw ihn ganz offensichtlich hart bestrafen wollen, aber Aidan hatte sich mit dem Surkai-Ritual verteidigt. Der Kommandeur hatte mit keiner Wimper gezuckt, aber nachdem Aidan gutgelaunt sein Büro verlassen hatte, war er sicher gewesen, daß sein Vorgesetzter innerlich kochte.

Als er seinen zweiten *Fusionsbrenner* trank und zuhörte, wie Bast einen Witz über zwei Freigeborene erzählte, die sich in einem vom Krieg verwüsteten Dorf trafen, überlegte Aidan, ob er einfach aufstehen und vor den versammelten Wahrgeborenen in diesem Raum hinausbrüllen sollte, daß auch er ein Produkt der Verbindung genetischer Materialien in einem Labor war und in einer Geschko aufgezogen worden war. Er war ein Wahrgeborener wie sie. Er hätte gerne ihre Gesichter gesehen, ihre hämisch grinsenden, verächtlichen Fratzen, wenn ihnen klar wurde, daß dieser Sterncommander, den sie in ihren Witzen und Gesprächen ständig anfeindeten, gar keine Freigeburt war. Daß dieser Krieger, den sie als Jorge kannten, die Identität eines Freigeborenen angenommen hatte, nachdem der echte Kadett dieses Namens zusammen mit allen freigeborenen Mitgliedern seiner Trainingseinheit und ihrer Ausbilderin in einer Übung umgekommen war. Zumindest war das die offizielle Version.

Aidan wußte, daß Jorges Tod Mord gewesen war, arrangiert von Falknercommander Ter Roshak, um Aidan eine noch nie dagewesene zweite Chance beim Positionstest zu verschaffen. Bei seinem ersten Test hatte Aidan versagt, weil er sich zu übereifrig darauf gestürzt hatte, seine Erfolgsstrategie zu verwirklichen. Normalerweise erhielten Kadetten keine zweite Testchance, aber für Aidan hatte es eine Ausnahme gegeben, aus welchem Grund wußte nur Ter Roshak. Zuerst war Aidan wütend darüber gewesen, daß so viele andere hatten sterben müssen, damit er in einen BattleMech klettern und beweisen konnte, daß er das Zeug zum Krieger hatte, aber die Befriedigung des Kriegerstatus hatte seinen Zorn im Verlauf der Zeit abklingen lassen. Viel schlimmer als irgendwelche Zweifel über die Art, wie er diesen Status erreicht hatte, war der Zwang, die Identität eines Freigeborenen beibehalten zu müssen, um ein Krieger zu bleiben. Er haßte es, wie er es jeden Tag jedes Jahres in seinem Leben als Krieger gehaßt hatte. Es hatte so viele Momente gegeben, in denen er es hatte hinausbrüllen wollen, daß er ein Wahrgeborener war.

Aber Ter Roshak hatte darauf bestanden, daß der Austausch ein Geheimnis bleiben mußte. Die zweite Chance stand in so eklatantem Widerspruch zum Wesen des Clans, daß Roshak die Hinrichtung drohte, wenn die Wahrheit ans Licht kommen sollte. Sein genetisches Erbe in den Clanlabors, seine einzige Chance, durch die Vererbung seiner Gene an eine zukünftige Geschko-Generation geehrt zu werden, wäre ausgesondert und vernichtet worden. Wie Aidan später erfahren sollte, waren die Gene Roshaks nur einmal mit denen einer Kriegerin vereinigt worden, und die daraus entstandene Geschko war nicht sonderlich bemerkenswert ausgefallen. Keines ihrer Mitglieder hatte die Prüfung zum Krieger geschafft.

Aidan wollte gerade einen dritten *Fusionsbrenner* bestellen, als er eine Hand auf der Schulter fühlte. Er brauchte sich nicht umzudrehen, um zu wissen, wem sie gehörte.

»Du bist nicht mein Aufpasser, Hengst«, stellte er fest. »Du brauchst mir nicht zu sagen, wann ich genug *Fusionsbrenner* getrunken habe.«

Es war Ehrensache für Aidan gewesen, zum Sprachstil eines Kriegers zurückzukehren, auch wenn ihn jeder für einen Freigeborenen hielt. Er hatte seit Jahren keine Silben mehr verschluckt. Krieger verachteten alle, die ihre Sprache verschludern ließen, und Aidan weigerte sich, ihnen diese Befriedigung zu verschaffen.

Hengst besaß eine tiefe, polternde Stimme, die zu seiner imposanten Statur paßte, aber es war sein stechender Blick, der diesmal sein Mißfallen ausdrückte. Die beiden Männer kannten sich schon so lange, daß Aidan an den Augen oder der Haltung seines Gegenüber dessen Gedanken ablesen konnte.

»Du hast mir gesagt, ich sollte nach dem zweiten *Fusionsbrenner* Schluß machen«, sagte Hengst ruhig, ohne die Hand von Aidans Schulter zu nehmen.

»Ach? Wirklich? Daran kann ich mich nicht erinnern.«

»Das kannst du nie, Commander.«

»Ich werde den dritten *Fusionsbrenner* trinken. Siehst du, der Mann hat ihn schon eingeschenkt.«

Der Bartender, ein stämmiger Tech mit einem ausdruckslosen Gesicht, stellte den Drink vor Aidan auf den Tresen.

»Siehst du, Hengst? Jetzt muß ich ihn trinken. Clangemäßes Verhalten und so.«

Als er nach dem Drink griff, schien Hengsts Hand von Aidans Schulter auf die Theke zu fliegen. Seine Finger packten das Glas am oberen Rand, Sekundenbruchteile bevor Aidans Hand sich darum schloß. Ohne die Finger nach unten zu bewegen, hob Hengst das Glas in die Höhe und kippte die Flüssigkeit in einem Schluck. Dann setzte er das leere Glas wieder in Aidans Hand, die unbewegt auf dem Tresen lag.

»Jetzt ist es getrunken.«

»Und ich bin noch nüchtern«, stellte Aidan verbittert fest.

»Du bist im Dienst.«

»Um so mehr Grund, mich ...«

»Du versuchst ironisch zu sein, frapos?«

»Pos. Wie du sehr wohl weißt, Hengst.«

Aidan kniff die Augen zusammen und starrte Hengst an. Seine Hand umklammerte das Glas, als wäre noch ein Drink darin.

»Du magst Ironie, das kann ich sehen. Das liegt an deinem geheimen Bücherlager.«

Aidan drehte sich zu Hengst um und legte den Finger an die Lippen. »Ich hätte gedacht, du weißt es besser«, zischte er. »Du darfst die, die — du weißt schon — hier nicht erwähnen. Die, äh, du weißt schon, sind verboten, erinnerst du dich?«

»Natürlich erinnere ich mich. Aber ich bin eine Freigeburt. Wir machen schnell Fehler, wenn es um Höflichkeiten geht.«

Aidan lachte auf. »Hengst, hör auf, mir rohes Kühlmittel zu pumpen.«

Hinter Hengsts Rücken wurde Basts Stimme lauter. »Und da sagt die Freigeburt: ›Nein, aber wenn du unbedingt willst, dann benutz bitte einen Steckschlüssel.‹«

Die anderen Krieger brüllten vor Lachen. Aidan hatte den Rest des Witzes nicht mitbekommen, und er konnte sich auch nicht erinnern, diese spezielle Pointe schon einmal gehört zu haben. Bast schien in seinem riesigen Repertoire von Freigeborenenwitzen ständig neues Material auszugraben.

Aidan bemerkte die Anspannung Hengsts. Er konnte sehen, daß sein Kamerad kurz davor stand, herumzuwirbeln und Bast eine Beleidigung an den Kopf zu schleudern. Er konnte es ihm nicht verdenken, aber Kael Pershaw hatte eine Direktive erlassen, die Aidans Einheit ausdrücklich verbat, Streit mit den regulären

Kriegern anzufangen. Aidan vermutete, daß die Freigeborenen den Wahren bei den Kämpfen zu übel mitgespielt hatten und Pershaw nur seine Befehlsgewalt dazu benutzte, weiteren Schaden zu vermeiden. Seit Aidan auf Glory angekommen war, hatte Pershaw regelmäßig Aidans Befehle abgeändert und die Wahren ganz allgemein darin ermutigt, ihn zu beleidigen. Erst nachdem eine Reihe von Wahrgeborenen verwundet worden waren, hatte Pershaw strenge Strafen für Streits festgesetzt. Gleichgültig, wer den Streit vom Zaun brach, der Kommandeur nahm immer die Seite der Wahren gegen die Freien ein. Mehr noch, er verkündete seine parteiischen Urteile lauthals und heizte damit die Stimmung auf beiden Seiten an.

Aidan stand auf und schüttelte den Kopf. Hengst schäumte angesichts dieser mahnenden Geste.

»Wir haben zugesagt, uns bedeckt zu halten«, bemerkte Aidan leise.

»Du hast es zugesagt.«

»Und mein Wort gilt für den ganzen Stern, frapos?«

Hengst schien zu zögern. »Pos. Aber wir stehen da wie Narren, und ...«

»Kommt Zeit, kommt Rat. Wir werden unsere Gelegenheit finden.«

Hengst kniff die Augen zusammen. »Was ist los mit dir, Jorge? Es gab eine Zeit, da hätte dich kein Stützpunktkommandeur daran hindern können, eine Beleidigung zu rächen. Du wärst der erste gewesen, der sich geprügelt hätte. Du hättest fünf Gegner am Boden gehabt, bevor irgendwer sonst bloß einen einz'gen ...«

Aidan grinste. »Ich weiß dein Vertrauen in mich zu schätzen, Hengst. Du sprichst von mir wie von einem der Helden in diesen Clan-Volksmärchen. Aber ich muß den Stern schützen, vor ...«

»Wir brauchen keinen Schutz, und wir haben es nicht nötig, zu Memmen zu werden, nur weil ...«

»Memmen? Wo hast du denn dieses Wort her?«

»Ich kann auch lesen. Wenn du deine Bücher überall herumliegen läßt …«

Aidans Grinsen erfror. »Ich habe dir gesagt, du sollst sie hier nicht erwähnen.«

Hengst wurde rot. »Tut mir leid. Jedenfalls schnappe ich hier und da was auf. Davon abgesehen, warum bist du nicht wütend geworden, als ich dich so genannt habe?«

»Zunächst einmal ist das Wort zu komisch, wenn man es tatsächlich ausgesprochen hört. Zweitens verstehe ich, warum du es benutzt hast. Und, so seltsam das auch klingen mag, ich bin deiner Meinung. Ich weiß selbst nicht, warum ich so passiv bleibe. Ganz egal, was wir tun, Kael Pershaw wird einen Weg finden, mich und den Stern noch weiter zu diskreditieren. Laß es mich so ausdrücken: Unser Gebot verliert, egal wie gut es ist, egal, wer gegen uns bietet, egal, wie sehr wir mit Wahrscheinlichkeiten stolzieren — was amüsiert dich so, Hengst?«

»Stolzieren. Noch eins deiner Wörter. Vielleicht sind es die — die, na, du weißt schon — die uns unten halten.«

»Nein, es sind die alten Vorurteile gegen uns. Manchmal scheint es keine Möglichkeit zu geben, wie wir — du lächelst schon wieder. Noch ein Wort?«

»Nein. Oder, ja. Du hast gesagt: wir. Du schließt dich ständig mit ein, obwohl du in Wirklichkeit als …«

Diesmal trat Aidan Hengst leicht vors Schienbein. Er hatte seinen Kameraden noch nie in so kurzer Zeit so viele Fehler machen hören. Vielleicht hatte Hengst schon seine Ladung *Fusionsbrenner* geschluckt, bevor er ins Offizierkasino gekommen war.

»Ich bin jetzt einer von euch«, sagte er. »Meine … Herkunft ist ohne Bedeutung. Wir haben zu lange zusammen gedient und zusammen gekämpft, auf dem Schlachtfeld und bei Schlägereien. Ich könnte nie zu meinem alten …« Er blickte sich um und vergewisserte sich, daß niemand sie belauschte. »Nie zu meinem alten … Status zurückkehren. Verstehst du, Hengst?« Hengst nickte. »Gut. Dann laß uns hier verschwinden, bevor der Gestank von Wahren zu stark wird.«

Hengst übernahm die Führung, als sie die Bar verließen. Aidan entschloß sich, an Bast und seinen rüpelhaften Kumpanen vorbei zu gehen, obwohl er es besser wußte. Aber irgendwo hatte seine Passivität ihre Grenzen.

»Sterncommander Jorge«, grüßte Bast ihn mit gespielter Förmlichkeit.

»Sterncommander Bast.«

»Ich hoffe, unsere kleinen Witze haben dich nicht beleidigt.«

Aidan war versucht, den Köder anzunehmen, aber statt dessen antwortete er: »Ich habe nichts gehört, was mich beleidigt hätte.«

Bast warf seinen Begleitern einen Blick zu. »Seht ihr? Sie verstehen die Kaste.«

»Ich verstehe, daß ich ein Krieger bin, ja.«

Die Heiterkeit in Basts Miene verschwand. »Das habe ich nicht gemeint. Ich habe gemeint, du bist eine Freigeburt und deswegen genetisch minderwertig, weil durch Zufall entstanden. Bist du anderer Ansicht?«

»Das ganze Leben ist zufällig, eine Ansammlung von Gelegenheiten für ein Gebot.«

»Das ist nicht, was ich gemeint habe. Ich habe gemeint, die besten Krieger werden auf wissenschaftliche Weise erzeugt, durch die Gene überlegener Krieger, die zusammengebracht werden, um eine Reihe von Kindern hervorzubringen. Eine Vereinigung erzeugt viele Nachkommen herausragender Qualität, eben Wahrgeborene. Die andere Vereinigung ist das Ergebnis puren Zufalls und erzeugt nicht mehr als, sagen wir, einen kleinen Wurf genetisch unberechenbarer Freigeborener. Die Überlegenheit der Wahrgeborenen ist logisch erwiesen, frapos?«

Aidan fühlte sich innerlich gespalten. Als echter Wahrgeborener sah er die Logik in Basts grober Argumentation. Aber nachdem er Seite an Seite mit Freigeborenen gekämpft und gelebt hatte, wußte er auch, daß der genetische Zufall Krieger hervorbringen konnte, und es häufig auch tat, die den Abkömmlingen einer Geschko in nichts nachstanden. Und während sein Verstand die Argumentation erwog, rief Basts bloße Widerwärtigkeit Mordabsichten in ihm wach.

»Die genetische Überlegenheit ist ausführlich diskutiert worden«, antwortete er schließlich.

»Ja, und die Gelehrten haben fast einstimmig entschieden, daß das Eugeniksystem der Clans überlegene Wesen hervorbringt.«

»Ja, aber …« Aidan wollte sagen, daß sich die Gelehrten im Lauf der Geschichte schon häufiger geirrt hatten. Aber das hätte ihn gezwungen, seine Quellen aufzudecken, und er wollte seine persönliche Bibliothek auf jeden Fall geheimhalten. Kael Pershaw hätte sie augenblicklich beschlagnahmt.

»Aber was?«

»Du hast gesagt fast einstimmig. Es hat abweichende Stimmen gegeben.«

»Verräter, ja.«

»Keine Verräter. Wissenschaftler, Forscher, Theoretiker.«

»Verräter. Alles Verräter. Wir preisen hier das Eugenikprogramm, Sterncommander Jorge, frapos? FRAPOS?«

»Pos. Ihr preist hier das Eugenikprogramm.«

»Ihr? Ich sagte, wir. Du stimmst mir doch zu, frapos?«

Obwohl Aidan in der Mitte des Raumes stand, hatte er das Gefühl, in eine Ecke gedrängt zu werden. Er erinnerte sich an die Szene in Pershaws Büro, nachdem er spöttisch Surkai zelebriert hatte. Der Stützpunktkommandeur hatte auf einem Versprechen bestanden, daß Aidan und seine freigeborenen Krieger sich auf keinen Streit mehr mit den Wahren einließen. Kael Pershaw hatte geschworen, daß die geringste Aggression eines einzelnen eine Strafe für mehrere von ihnen zur Folge haben würde und jede Aggression Aidans eine Bestrafung der gesamten Einheit.

»Vielleicht hast du die Frage nicht verstanden, Sterncommander Jorge?« Bast stand auf. »Schließlich bist du ein Freigeborener. Ich habe vergessen, daß man euch alles schön langsam erklären muß. Was ich gesagt habe, geehrter Krieger, war, daß das Clan-Eugenikprogramm überlegene Krieger hervorbringt. Und das bedeutet natürlich auch, es bringt überlegene Wesen hervor. Daher preisen wir hier das Eugenikprogramm, frapos?«

Aidan wußte, was er zu antworten hatte, und er wußte nicht, warum er es nicht sagen konnte. Warum blieb ihm dieses einfache ›Pos‹ im Halse stecken? Warum konnte er es nicht herausbringen? Neben sich spürte er Hengst schäumen.

Bast beugte sich vor, und der Alkoholgestank seines Atems schlug über Aidan zusammen, als er sprach. »Wir preisen hier das Eugenikprogramm, frapos? FRAPOS, du dreckige Freigeburt!«

Mit einem Schlag war alle Zurückhaltung von Aidan abgefallen. Blanke Wut, gespeist von einer zweifachen Dosis Fusionsbrenner, trat an ihre Stelle. Es war nicht mehr von Bedeutung, was er Pershaw versprochen hatte. Es gab nicht einen Freigeborenen in der Einheit, der gewollt hätte, daß er vor diesem großkotzigen Gegner klein beigab. ›Freigeburt‹ war die schlimmste Beleidigung für einen Krieger, gleichgültig, welchen Geburtsstatus er besaß. Wahrgeborene beleidigten andere Wahrgeborene damit und benutzten es fast beiläufig gegen Freigeborene. Aidan war schon oft Freigeburt genannt worden, seit er die Identität Jorges angenommen hatte, aber diesmal, von Bast ausgesprochen, machte es ihn rasend.

Er packte Bast am Stützkragen und riß ihn nach vorne. Dann schlug er den Kopf gegen die Stirn des wahrgeborenen Kriegers, ließ dessen Stützkragen los und stieß hin zurück. Bast stolperte nach hinten und stieß den Stuhl um, auf dem er gesessen hatte. Seine Hände flogen an den Hals. In seinen Augen standen schreckliche Schmerzen. Aidan hoffte, den Hals erneut verletzt zu haben, schwerer als zuvor. Er entspannte sich, sein Ärger war verflogen. Die übrigen Wahrgeborenen waren deutlich erregt, aber das Kriegerrecht des Clans hinderte sie am Eingreifen, solange der Streit eine Sache zwischen Aidan und Bast war. Sie raunten ihrem noch immer wankenden Gefährten Mut zu. Aidan lachte verächtlich. Bast änderte die Richtung und trat ein paar unsichere Schritte vor, die Hände noch immer am Stützkragen.

Aidan wurde von dem Angriff überrascht. Er hätte sehen müssen, daß ein Teil der Schmerzen Basts gespielt waren. Bast zog ein Messer aus einem Versteck im Kragen und schleuderte es nach Aidan. Das auf dessen linkes Auge gezielte Geschoß traf beinahe sein Ziel. Aidan zuckte zur Seite und fühlte ein leichte Berührung, als die Waffe an seinem Kopf vorbeischoß, ohne von ihrer Flugbahn abgelenkt zu werden. Dann stürmte Bast wie ein wildgewordenes Tier auf ihn zu.

Für keinen Sekundenbruchteil war Aidan im Zweifel, was er zu tun hatte. Er wußte, daß er Bast besiegen konnte, er hatte es bereits getan, jetzt wollte er ihn nur noch endgültig erledigen. Nach ein paar Augenblicken Ringkampf packte Aidan den Stützkragen und riß ihn von Basts Hals, legte die in allen Farben schillernde Haut frei. Er schlug Bast die Kante des Kragens zwischen die Augen und nutzte die momentane Unsicherheit des Gegners, seinen schwachen Punkt anzugreifen. Er legte den Arm um Basts Hals und drückte zu. Für einen Moment wurde Basts Blick wieder klar, dann knackte etwas in seinem Nacken, und alles Leben wich aus seinen Augen. Sein Körper sackte schwer in sich zusammen, und Aidan warf ihn zu Boden wie einen Sack Abfall.

Basts Gefährten waren außer sich vor Wut und stürmten auf Aidan zu. Hengst trat dazwischen. Es dauerte nicht lange, und das Kasino wurde zum Tollhaus. Aidan schlug persönlich, und mit einiger Befriedigung, zwei Krieger aus Basts Stern kampfunfähig.

Als eine Gruppe Elementare aus Lanjas Strahl ins Kasino kamen, um der Prügelei ein Ende zu machen, nahm Aidan die Verantwortung auf sich und wurde ins Hauptquartier gebracht.

Bevor er den Raum verließ, stand er über Basts Leiche und murmelte: »Was ist der Unterschied zwischen einem Wahrgeborenen und einem Felsenschwein in Clan-Uniform?« Er wartete einen Augenblick, als könne der Tote ihm antworten, dann sagte er: »Es gibt keinen, Bast. Da ist kein Unterschied.«

2

»Wir haben die Ankunft eines Jadefalken-Sprungschiffs im Glory-Sektor geortet. Ein Landungsschiff hat abgekoppelt und ist im Anflug auf Glory.« Sterncommander Craig Ward erstattete seinem Vorgesetzten, Sterncaptain Dwillt Radick, Bericht. Sie waren Offiziere im Sechzehnten Schlachtsternhaufen des Wolfsclans, und sie konnten einander nicht ausstehen.

Radick, der vorgegeben hatte, eine Sternenkarte des Glory-Sektors zu studieren, schenkte Ward nur ein kurzes Nicken. Die leichte Bewegung seines Kopfes schien anzudeuten, daß die Nachricht ohne Bedeutung war. In Wahrheit handelte es sich um eine faszinierende Mitteilung.

»Vielleicht wurden die Jadefalken vor unserem Angriff gewarnt«, kommentierte Ward. Er hätte Radick keinen größeren Gefallen tun können. Er hatte nur auf dieses Stichwort gewartet.

»Sie können unmöglich gewarnt worden sein, wie du behauptest, Sterncommander. Es ist offensichtlich, daß die Jadefalken Kael Pershaws genetisches Erbe nicht sonderlich hoch einschätzen. Sie haben ihm einen Hinterwäldlerposten auf einer bedeutungslosen Welt zugeteilt. Die Ausrüstung seines Sternhaufens ist veraltet, und seine Einheit ist voller Freigeburten. Clan Jadefalke würde niemals auf den Gedanken kommen, daß Clan Wolf den Samen Kael Pershaws zur Mischung mit dem eines seiner Mitglieder in Besitz zu bringen wünscht, franeg?«

»Neg.«

»Und du nutzt jede Gelegenheit, die sich bietet, dein Mißfallen an unserer Operation zum Ausdruck zu bringen?«

»Das stimmt nicht, Sir. Mein ...«

»Komm schon. Deine pazifistischen Ansichten sind bekannt. Willst du mir weismachen, du befürwortest unsere bevorstehende Herausforderung und die Eroberung Pershaws genetischen Erbes? Du befürwortest sie, Sterncommander Craig Ward, frapos?«

Ward wußte, daß es sinnlos war, sich mit Radick auf eine Diskussion einzulassen, und er hatte eine ganze Reihe von Methoden entwickelt, sich aus den verbalen Würgegriffen des Mannes zu winden, aber diesmal hing er fest. Er war vollkommen verdutzt über die Herausforderung, während er nur als Bote fungierte.

»Frapos, Sterncommander?«

»Du kennst meine Position. Aber ich werde meine Pflicht erfüllen.«

»Und ob du deine Pflicht erfüllen wirst.«

Radick schickte Ward ständig auf die schwierigsten und riskantesten Missionen.

»Also«, sagte Radick, »was hältst du vom plötzlichen Auftauchen des Sprungschiffs?«

»Wenn es sich nicht um eine Reaktion auf Geheimdienstberichte handelt, ist es möglicherweise eine normale Frachtlieferung oder ein Schiff mit Ablösungen.«

Radick dachte nach. Die Anstrengung hinterließ Spuren auf seinem Gesicht. »Na gut. Ich denke, wir sollten einen Reserveplan für das Bieten ausarbeiten. Wenn auf Glory neue Krieger und Mechs eintreffen, und die Anwesenheit des Landungsschiffes deutet tatsächlich darauf hin, muß unser Gebot Jäger umfassen.«

»Warum das?«

»Damit wir das Bieten um die Ehre, den Angriff zu leiten, gegen Sterncaptain Zoll gewinnen können.«

»Ich verstehe immer noch nicht.«

»Sterncolonel Mikel Furey plant in wenigen Stunden die Herausforderung zum Besitztest auszusprechen. Das Jadefalken-Landungsschiff setzt frühestens in fünf Stunden auf. Trotzdem erwarte ich, daß Kael Pershaw das Schiff und seine Mechs als Teil seiner Verteidigungskräfte einsetzt. Sterncaptain Zoll ist nicht sonderlich phantasiereich. Er wird sein Gebot einfach dahingehend ändern, daß er den Angriff mit einem Trinärstern BattleMechs anführt. Ich dagegen werde drei Strahlen Jäger und zwei Trinärsterne bieten. Die Jagdmaschinen werden das Landungsschiff und seine Ladung Mechs vernichten, bevor es aufsetzt. Ich werde das Bieten gewinnen und Kael Pershaw besiegen.«

Sterncaptain Joanna von der Falkengarde kämpfte gegen die heftige Übelkeit, die sie immer überkam, wenn sie an Bord eines Raumschiffs durch den Hyperraum sprang. Diesmal glichen die Wogen des Brechreizes wilden Flutwellen, die Klippen zermalmten und Küstenlinien unter sich begruben. Trotzdem erbrach sie sich nicht, denn sie hatte am Tag zuvor auf jede Nahrung verzichtet und alle bekannten Gegenmittel geschluckt. Sie würgte etwas Galle hoch, aber das war alles.

Im Gegensatz zur Gewalt der Übelkeit war das darauf folgende Schwindelgefühl diesmal nicht so schlimm. Der Raum drehte sich nur zehn- bis zwölfmal, bevor er zur Ruhe kam. Sie hätte die Ankunft mit den übrigen Passagieren in der Medostation verbringen können, aber das wäre ein Eingeständnis von Schwäche gewesen, und das war für Joanna undenkbar. Das Wissen um eine Schwäche konnte dem Gegner einen zusätzlichen Vorteil verschaffen. Außerdem betrachteten viele Krieger jedes Zeichen von Verwundbarkeit als Indiz für Altersschwäche. Bei den Clans gab es nichts Schlimmeres, als für zu alt gehalten zu werden. *Das* konnte Joanna nicht riskieren.

Natürlich wußte Joanna, daß sie älter *wurde* und in ihrer Kriegerlaufbahn trotzdem nicht weiterkam. Sie hatte noch immer keinen Blutnamen gewonnen, und es lag nicht daran, daß sie es nicht versucht hätte. Schon mehrmals war sie ganz knapp vor dem Ziel gewesen. Aber es hatte immer jemand anderen gegeben, der besser war, der die Fähigkeit besaß, den Blutnamen für sich zu gewinnen, und Joanna war zurückgeblieben, mit Narben und Mut, aber nur einem Namen.

Sie klammerte sich an die Stolperstange, das lange Geländer an zumindest drei Seiten jeder Kabine und beiden Seiten aller Sprungschiffkorridore, und wartete, bis sie wieder sicher gehen konnte. Unglücklicherweise betrat ihr ChefTech, Nomad, die Kabine, bevor es soweit war. Was für ein Pech! Der letzte, den sie in diesem Zustand sehen wollte, war Nomad. Obwohl er einer Kaste angehörte, die für Höflichkeit und Unterwürfigkeit berühmt war, ließ Nomad keine Chance aus, Joanna auf Schwächen oder Fehler hinzuweisen.

»Ein kleiner Anfall von Hyperraumkrankheit?« fragte er sofort. »Oder haben Sie an der Stange Turnübungen gemacht?«

»Kein Anfall. Wie oft habe ich dich wegen deiner Grobheiten schon gemeldet?«

»In der letzten Zeit? Oder überhaupt?«

»In der letzten Zeit.«

»Fünfmal, soweit ich mich entsinne.«

»Du hättest es mindestens dreimal so oft verdient gehabt. Ich verstehe nicht, warum du bleibst. Du hättest dich längst versetzen lassen können.«

»Mir gefällt es hier.«

»Bist du ein Fluch, den jemand mir auferlegt hat?«

»Wie kommen Sie darauf?«

»Vergiß es.«

In Nomads Blick lag das übliche sarkastische Glitzern. Seine Augen waren so hell, daß die Iris im Kontrast mit der dunklen Haut kaum zu erkennen war. Er war kahl, schon seit einiger Zeit. Als ihre Zusammenarbeit begonnen hatte, war sein Kopf von hellbraunem Haar bedeckt gewesen. Sie waren ausgezogen, um nach Kadett Aidan zu suchen, der zum AsTech zurückgestuft worden und von der Ausbildungswelt Ironhold geflohen war. Dünner war er damals auch gewesen.

Als Joanna ihren Dienst als Ausbilderin auf Ironhold

abgeschlossen hatte, war Nomad zufällig ihrer Einheit als ChefTech zugeteilt worden. Sie hegte keinen Zweifel daran, daß es seiner effizienten Überwachung der Wartungs- und Reparaturteams zu verdanken war, daß ihre Einheit so wenige Mechs verlor. In der ersten Zeit hatte sie alle Anstalten, die er machte, eine Versetzung zu beantragen, abgeblockt. Aber irgendwann war der Zeitpunkt gekommen, an dem sie seinen konstanten Sarkasmus nicht mehr ertragen konnte, ungeachtet seiner unschätzbaren Fähigkeiten. Sie hatte ihm erklärt, daß sie jeden Versetzungsantrag, den er einreichte, unterstützen würde, egal wohin. Seitdem hatte er keinen Antrag mehr gestellt.

Sie hatte sogar mit dem Gedanken gespielt, ihn zu töten. Aber wie? Er hatte ein dickes Fell und ließ sich nicht zu einem Kampf provozieren. Außerdem haftete einem Kampf mit dem eigenen ChefTech etwas Ehrloses an, selbst wenn er im Kreis der Gleichen möglich war. Es wäre möglich gewesen, ihn während eines Gefechts bewußt in Gefahr zu bringen, aber das widersprach ihrem Moralgefühl. Und Mord war ausgeschlossen. Also mußte sie ihn am Leben lassen. Schlimmer noch, Joanna wußte, wenn sie ihn während der Schlacht in Gefahr sähe, würde sie ihn retten. Wie oft hatte sie sich schon gefragt, was für einen Wert der Rang des Sterncaptains hatte, wenn man nicht einmal seinen ChefTech loswerden konnte?

Andererseits verdankte sie ihren Erfolg als Offizierin teilweise Nomads Leistungen. Sie konnte ohne Schwierigkeiten mehrere Scharmützel nennen, bei denen die provisorischen Feldreparaturen Nomads und seiner Mannschaft den Ausschlag gegeben hatten. Ein unfähiger oder gleichgültiger ChefTech konnte einen Stern zugrunde richten.

»Ich werde dich nicht los, Nomad, franeg?«

»Neg. Wir könnten genausogut ein Liebespaar werden.«

»Keine Blasphemie. Ich würde nie mit einem Tech ins Bett steigen, das weißt du.«

»Ja. Krieger haben keinen Sex mit niedrigeren Kasten?«

»Ist das Sarkasmus? Du weißt, daß sie es tun. Aber ich nicht.«

»Moralische Bedenken?«

»Ekel. Du bist nicht anziehend, Nomad.«

Der ironische Ausdruck in seinen Augen blieb, aber die Antwort brachte ihn zum Schweigen. Joanna hätte das Schweigen gerne beibehalten, aber sie mußten arbeiten.

Sie und ihr Trinärstern aus fünfzehn Mech-Kriegern sollten auf Station Glory die Mech-Krieger des Trinärsterns Sturm ablösen. Nomad überprüfte jeden Tag die Kokons, in denen die Kampfkolosse der Einheit lagerten, bevor er sich bei ihr meldete. Natürlich war alles in Ordnung. Es war Routine, Routine von der Art, die Joanna vor Langeweile nervös machte.

Es kursierten Gerüchte, nach denen die Invasion der Inneren Sphäre kurz bevorstand. Sie hoffte, sie entsprachen der Wahrheit. Clan-Krieger kämpften häufig, das stimmte, aber es waren nur kleine Scharmützel, triviale Gefechte über planetare Territorien oder genetisches Material. Es war eine Methode, die kämpferischen Fähigkeiten zu schärfen, aber für sie war das nie genug gewesen. Sie verlangte nach einer gewaltigen Feldschlacht, nach Ruhm und Heldentum. Das war der Sinn eines Kriegerlebens. Beim heiligen Namen Nicholas Kerenskys schwor sie, nicht in einem unwichtigen Schlagabtausch zu sterben oder Kanonenfutter zu werden wie so viele alte Krieger, deren Fähigkeiten nachgelassen hatten. Sie hatte keine Angst vor dem Tod: Sie fürchtete nur, für eine unwichtige Sache zu fallen.

Ursprünglich hatte Joanna versucht, gegen ihre Versetzung auf Station Glory zu protestieren. Wenn ein größerer Krieg ausbrach oder die Invasion der Inneren

Sphäre begann, während sie auf diesem entfernten Außenposten des Clanreiches Dienst schob, konnte es ihr passieren, daß sie die Invasion verpaßte oder erst an die Front gerufen wurde, wenn die entscheidenden Schlachten schon alle geschlagen waren. Es würde ihre bemerkenswerten Manipulationskünste aufs äußerste beanspruchen, einen Weg von Station Glory zurück zu finden, aber sie war sicher, daß sie es schaffen konnte.

Sie wollte Nomad gerade den Tagesbefehl geben, als die Stimme des Kapitäns über die private Sprechanlage in allen Offizierskabinen kam: »Dies ist ein Offiziersalarm. Bringt alle Truppen in Gefechtsbereitschaft und meldet euch auf der Brücke.« Die Meldung wurde einmal wiederholt, dann verstummte der Lautsprecher.

»Zum Mechhangar«, befahl Joanna. »Es wird Zeit, die Maschinen vorzubereiten.«

Der Tech brauchte keine weiteren Befehle. Er kannte die Bedeutung eines Offiziersalarms.

»Sorg dafür, daß die Mechs gesichert sind«, rief sie ihm auf dem Gang hinterher. Dann wandte sie sich in die andere Richtung und lief zur Brücke. Es überraschte sie nicht, den Gang vor dem Brückenschott voller Offiziere zu finden.

Der Kapitän des Landungsschiffs, ein flotter, junger Krieger namens Essel, teilte ihnen mit, ein Sprungschiff des Wolfclans sei soeben im System aufgetaucht und habe Landungsschiffe abgekoppelt, die sich nun auf Glory zubewegten.

»Wir haben keine Funksprüche der Wolf-Schiffe aufgefangen, aber wir vermuten, daß ein Kampf bevorsteht. Sterncolonel Kael Pershaw hat mich informiert, daß er plant, dieses Schiff und den Trinärstern, den wir transportieren, bei der Verteidigung einzusetzen. Bitte bereitet eure Truppen vor und haltet euch für den allgemeinen Alarm bereit. Zurück auf die Stationen.«

Die geringste Aussicht auf einen Kampf genügte, um Joannas Adrenalin strömen zu lassen. Sie hatte ein Gefecht nötig, um ihre Frustration auszuleben. Sich an jemand wie Nomad abzureagieren, so aufmüpfig er auch war, brachte ihr keine Ehre. Sie war eine Kriegerin und nur in ihrem Element, wenn sie als Kriegerin agieren konnte.

Welch ein Glück, daß Kael Pershaw dieses Schiff und ihren Trinärstern einsetzen wollte. Joanna war sich nicht sicher, ob es ein Zeichen von Genie oder schierer Verzweiflung von seiten des Sterncolonels war, denn das Landungsschiff war nur ein Truppentransporter und nicht für einen planetaren Angriff ausgelegt. Trotzdem mußte sie die Entschlußkraft des Mannes bewundern.

Ich hoffe, wir kommen aus dem Schiff, bevor der Kampf beginnt, dachte sie. Ich hasse den Gedanken, als bloße Zuschauerin in einer Umlaufbahn um Glory zu hängen. Eine grauenhafte Vorstellung.

3

Kael Pershaw hatte tatsächlich keine Warnung vor einem Eindringen des Wolfsclans in seinen Raumsektor erhalten. Clan Jadefalke erwartete keinen Angriff. Welcher Gegner könnte ein Interesse daran haben, Station Glory zu besetzen?

Als der KommTech ihm die Mitteilung überbrachte, daß gewisse Anomalien am äußeren Rand des Sektors Schiffe sein könnten, machte Pershaw sich keine Sorgen. Vielleicht waren es nur Händler, die vier, fünf Wochen zu früh kamen, oder vielleicht sogar Piraten auf der Suche nach einem Schlupfwinkel. Wenn es Handelsschiffe waren, würden ihre Kapitäne ihre Angebote früh genug vor ihm ausbreiten, und sofern es sich um Piraten handelte, hatte Pershaw keine Bedenken, sie landen zu lassen, solange sie es nicht auf seiner Hemisphäre Glorys taten.

Was ihn momentan wirklich beschäftigte, war der Mann, der gelassen vor ihm stand. Sterncommander Jorges Uniform zeigte keine Spuren der Schlägerei. Es schien, als hätte sich der Stoff von selbst an seinem Körper geglättet. Jorge war ein Typ, der alles überleben konnte. Eine gute Eigenschaft für einen Krieger, dachte Pershaw, aber dieser Krieger, so fähig er auch sein mochte, war nur eine widerliche Freigeburt.

»Ich habe den Eindruck, daß wir schon einmal an diesem Punkt waren, Jorge«, bemerkte Pershaw. »Nach deinem letzten Kampf mit Sterncommander Bast, nicht wahr?«

Jorge nickte. Pershaw starrte ihn wütend an. Dieser Jorge war ein Granitblock, eine Statue, ein Machwerk. Er würde ihn zertrümmern müssen.

Von Aidans Blickwinkel aus erschien Kael Pershaws Gesicht gelassen, beinahe abgeklärt. Er wußte, daß dies ein Hinweis auf den tatsächlichen Zorn des Mannes war. Je wütender Pershaw wurde, desto weniger konnte man es seiner Miene oder seiner Haltung ansehen. Es hieß, wenn Kael Pershaw vor Wut die Beherrschung verlor, wirkte er beinahe wie im Koma. In diesem Augenblick wurde Aidan klar, daß der Stützpunktkommandeur sich diesem Komazustand rapide näherte.

Er war aufgestanden, um Aidan zu begrüßen. Als ihre Blicke sich trafen, setzte Pershaw ein breites Lächeln auf. Noch ein schlechtes Zeichen. Wenn er lachte, dachte Aidan, wurde es Zeit, sein Testament zu machen.

»Diesmal ist Bast allerdings tot«, stellte Pershaw fest, ohne daß seine Miene oder seine Stimme die geringste Fröhlichkeit einbüßten.

»Das war zumindest der Eindruck, den wir hatten, als wir ihn zuletzt gesehen haben«, erwiderte Aidan.

»In einem solchen Moment wirst du frech?«

»Nein, Sir. Ich habe nur eine Tatsache festgestellt, Sir.«

»Ich kenne dich, Jorge. Du hast eine Art, Tatsachen festzustellen, die keine ist.«

»Ich verstehe nicht, Sir.«

»Du verstehst nicht, aber du tust es doch. Du bist nicht ironisch, aber du bist es doch. Du lügst nicht, aber du tust es doch. Doch, du verstehst. Du verstehst ganz sicher.«

In Pershaws Blick war ein Glitzern, als er Aidan betrachtete. Er musterte ihn vom Kopf bis zu den Zehen, als nehme er Maß für ein Leichentuch.

»Bast war kein besonders intelligenter Krieger. Aber er hatte gelernt, seinen Mech für sich denken zu lassen, etwas das du, Jorge, nie tun wirst. Er war ein wertvoller Krieger, und — so sehr er deinen Angriff auch provoziert haben mag — Bast ist ein größerer Verlust für mich, als du wertlose Freigeburt es jemals sein kannst.«

»Ich finde, ich habe dem Kommandeur gut gedient.«

»Und du bist arrogant genug, es auszusprechen. Aber Arroganz ist eine gute Eigenschaft für einen Krieger, und ich werde sie dir nicht übelnehmen. Es gibt Momente, in denen du in deinem Verhalten, deiner Sprache und deinen Fähigkeiten beinahe einem Wahrgeborenen ähnelst.«

»Und wenn ich ein Wahrgeborener wäre?«

Als Pershaw laut auflachte, schoß eisige Furcht Aidans Rückgrat hinab. »Werde nicht blasphemisch«, sagte der Kommandeur leise. »Manche Freigeborenen geben kompetente Krieger ab, und ich muß bei allem Widerwillen gestehen, daß du einer davon bist. Aber ein Freigeborener kann einem Wahrgeborenen niemals gleichwertig sein, und du besudelst das eugenische Ideal, indem du eine Gleichwertigkeit von Freien und Wahren auch nur andeutest. Das liefert dir nur einen weiteren dunklen Punkt auf deiner ohnehin schon rabenschwarzen Akte, Sterncommander Jorge.«

»Muß ich davon ausgehen, daß Sie mich für Basts Tod verantwortlich machen, Sir?«

Kael Pershaws Grinsen wurde breiter und rätselhafter. »Ob ich dich verantwortlich mache? Wie kannst du das auch nur fragen? Selbstverständlich mache ich dich verantwortlich! Du hast einen tapferen Krieger umgebracht, der bereits durch einen früheren Kampf gegen dich wertlose Freigeburt verletzt war. Wir verschwenden unsere Truppen nicht in lächerlichen Schlägereien. Wir haben hier eine Aufgabe zu erfüllen, und die besteht darin, Krieger zu schonen, ebenso wie Waffen und Ausrüstung. Das ist das Wesen des Clans. Basts Tod war Verschwendung, insbesondere, da er nur dazu diente, die lächerlichen Gefühle eines wertlosen freigeborenen Kriegers zu befriedigen.«

Jede neue Beleidigung ließ Aidan innerlich kochen. Er wollte seinen Kommandeur zu einem Kampf im Kreis der Gleichen auffordern, dem einen Ort, an dem ein Krieger legitimerweise gegen einen vorgesetzten

Offizier antreten konnte, aber Kael Pershaw hatte den Kreis abgeschafft. Er hatte behauptet, daß er durch den Einsatz für unbedeutende Streitigkeiten entwertet worden war.

Ohne Zweifel spürte Kael Pershaw Aidans Unbehagen, aber Aidan hatte sich geschworen, dem Mann gegenüber keine Gefühle zu zeigen; ein Schwur, der immer schwieriger einzuhalten wurde. Aber das breite Lächeln des Sterncolonels zeugte überdeutlich von der Gefahr, in der er schwebte.

»Es ist reine Wirtschaftlichkeit, Sterncommander Jorge, die mich davon abhält, dich so zu bestrafen, wie du es verdienst. Wenn ich könnte, würde ich dir das Recht auf Surkai aberkennen und dich auf der Stelle erschießen lassen, aber in deinem Stern gibt es niemanden, der deinen Platz einnehmen könnte. Ich gehe davon aus, daß du es nicht als Beleidigung auffaßt, wenn ich feststelle, daß deine Einheit der desolateste, unfähigste und wertloseste Haufen von Kriegern ist, den zu kommandieren ich je das Mißvergnügen hatte. Du bist ohne Zweifel genau der richtige Kommandeur für sie, und unglücklicherweise auch der einzige, den ich dafür übrig habe. Also laß uns das Ritual der Vergebung absolvieren, und dann ab zu deiner Einheit.«

Pershaw trat um den Schreibtisch, um Aidans Surkai anzunehmen, aber Aidan überraschte ihn mit seiner Antwort. »Nein, ich weigere mich, Surkai zu leisten. Ich hatte das Recht, Bast zu töten, und habe keine Vergebung nötig.«

Pershaw war außer sich vor Zorn. Warum sonst hätte seine Stimme zu einem Flüstern werden sollen.

»Ich verlange, daß du Surkai leistest, Sterncommander Jorge.«

»Nein. Das werde ich nicht.«

»Ich befehle es dir.«

»Ein Offizier darf kein Surkai befehlen. Soll ich die entsprechende Passage der *Erinnerung* zitieren, Sir?«

»Nein.« Er entfernte sich von Aidan und ging zum einzigen Fenster des Raumes. Es war so von den Schwaden verdreckt, die vom Blutsumpf aufstiegen, daß nur einzelne Stellen noch einen Blick ins Freie ermöglichten. Mit auf dem Rücken verschränkten Händen blieb er einen Augenblick stehen, dann drehte er sich abrupt um.

»Also gut, dann müssen wir uns auf Symbole beschränken. Lanja!«

Lanja erschien sofort. Offensichtlich hatte sie vor der Tür auf den Befehl des Kommandeurs gewartet. Pershaw legte Wert darauf, für alle Eventualitäten gewappnet zu sein. Von der Sekunde, in der er aufwachte, bis er einschlief, war sein Tag komplett vorausbestimmt. Er hatte ohne Zweifel schon lange einen Plan für den seltenen Fall vorbereitet, daß ein Krieger das Surkai verweigerte.

Lanja trug ein schmales Etui. Sie hielt es, als gehöre es zu einem bestimmten Ritual.

»Lanja, stell das Etui auf meinem Schreibtisch ab.«

»Ja, Sir.«

»Jetzt öffne es.«

Langsam öffnete Lanja das Etui mit derselben demonstrativen Präzision, mit der sie jeden Befehl ihres Kommandeurs ausführte. Aidan wußte, was nun kam. Wenn die Clan-Loyalität nicht gewesen wäre, hätte er Lanja und Pershaw jetzt erwürgt.

Lanja hielt die schwarze Schärpe vorsichtig in beiden Händen. Sie reichte sie Kael Pershaw, der sie wie eine Kostbarkeit entgegennahm.

»Sterncommander Jorge, du hast deinem Stern Schande bereitet. Es gibt nichts Schändlicheres als einen unnötigen Tod. Für die Dauer des nächsten Monats wirst du die Gedenkschärpe und dieses Bild auf der Brust tragen. Lanja?«

Lanja hielt ein holographisches Porträt Basts empor. Sie balancierte es auf den Fingerspitzen, um es nicht zu beschädigen. Das Photo zeigte Bast in mürrischer Stimmung, ein Porträt von der männlich harten Art, die Krieger so liebten. Jede Clan-Akte enthielt Hunderte beinahe identischer Exemplare.

»Bevor ich dir die schwarze Schärpe anhefte, erlaubt dir das Gesetz, deine ehrlose Handlung zu verteidigen. Also los, Jorge. Rechtfertige dich.«

»Hätte es einen Sinn?«

»Ja. Ich bin nicht unfair. Rechtfertige dich.«

»Bast hat mich beleidigt.«

»Wärst du ein wahrgeborener Krieger, könnte das eine legitime Rechtfertigung sein. Aber du bist eine Freigeburt. Bast hatte das Recht, dich zu beleidigen. Noch etwas?«

»Nein.«

»Gut. Befestige die schwarze Schärpe, Lanja.«

Mit merkwürdig nüchternem Blick legte Lanja die schwarze Schärpe um Aidans Brust und Taille, dann strich sie die Falten glatt und brachte sorgfältig Basts Photo an. Dann trat sie zurück, immer noch nicht zufrieden mit ihrer Leistung.

Das Lächeln verschwand von Pershaws Gesicht, als er mit angemessener Stimme die passenden Befehle erteilte. Während Aidan die Gedenkschärpe trug, würde er von allen gemieden werden und durfte ohne ausdrückliche Erlaubnis niemanden ansprechen. Außerdem durfte Aidan nicht ohne die Schärpe ausgehen, und sollte ihn irgend jemand auf die Schärpe ansprechen, durfte er weder in Wort noch in Tat darauf reagieren. Er hatte sich ständig vor Augen zu halten, daß die Gedenkschärpe ihn — und die anderen — an den unnötigen Tod erinnern sollte, den er zu verantworten hatte.

Als Kael Pershaw fertig war, salutierte Aidan und ging an der schweigenden Lanja vorbei hinaus. Er hätte sie beide umbringen können. Aber ganz besonders Pershaw. Genau wie bei Bast hätte es Aidan ein besonderes Vergnügen bereitet, über dem Leichnam seines vorgesetzten Offiziers zu stehen.

Lanja sah Jorge nach, bis er die Tür hinter sich geschlossen hatte. Dann drehte sie sich zu Pershaw um und sagte: »Er ist ein stolzer junger Mann. Und intelligent. Es könnte ihm gelingen, die schwarze Schärpe in eine Ehrung zu verwandeln.«

Pershaw seufzte. Es paßte nicht zu ihm, dachte Lanja. »Wir sind der Clan. Wir können nur die vorgeschriebenen Rituale befolgen. Ich würde es vorziehen, ihn mit den Daumen an der Rahnock aufzuhängen, seinen Kopf in den Pranger zu stecken oder ihn auf den Scheiterhaufen zu schicken.«

Lanja lachte. »Wovon redest du?«

»Das waren alte Formen der Strafe, der Erniedrigung des Bestraften. Du findest nicht, daß Jorge die Strafe verdient hat?«

»Das habe ich nicht gesagt. Ich sagte nur, er ist stolz.«

»Aber lag da keine Bewunderung in deiner Stimme?«

»Wirklich? Vielleicht. Es ist bewundernswert, die schwarze Schärpe stolz tragen zu können.«

»Dann hat die Strafe ihr Ziel verfehlt, oder?«

»Das habe ich nicht gesagt. Du bringst nur deine inneren Zweifel zum Ausdruck, frapos?«

»Pos. Ich glaube, der Mann besitzt eine seltsame innere Kraftquelle, die nicht bestraft, nicht gedemütigt werden kann.«

»Und das bewunderst du nicht?«

»Nein, das tue ich nicht. Das tue ich nicht.«

Sie hätten dieses Gespräch möglicherweise fortgesetzt und wären dabei vielleicht auf gefährlichen Grund geraten, wenn sie nicht ein Bote mit der Nachricht von den Wolfsclan-Invasoren unterbrochen hätte.

Aidans Weg zurück zur Kaserne seines Sterns war eine Qual. Einer nach dem anderen starrten die Wahren auf die schwarze Schärpe, als er an ihnen vorbeikam, als seien sie zusammengerufen worden, um einen Spießrutenlauf für Aidan zu organisieren. Verachtung, Wut, Spott und grobe Witze regneten auf ihn herab. Aidan kapselte seine Gedanken ab und marschierte mit starr geradeaus gerichtetem Blick weiter. Er wußte, wenn er auch nur einmal den beleidigenden Blick eines der Wahren erwiderte, hätte die Schande ihn wieder in einen Kampf getrieben, wie ihn Pershaw und das Gesetz der schwarzen Schärpe ausdrücklich verbaten. So rebellisch er auch war, selbst er mußte ein Ritual akzeptieren, das das Wesen der Clans zum Ausdruck brachte.

Hengst stand an der Tür der Kaserne und beobachtete die letzten Schritte des stolzen Marsches. Ein paar Wahre verfolgten ihn und schleuderten ihm mit jedem Schritt neue Beleidigungen nach. Hengst kam ihm entgegen.

Sie konnten nicht sprechen, aber Aidan wußte, daß sein Freund in Gedanken sagte: »Beachte sie nicht.«

Keine Sorge, dachte er.

Hengst trat neben ihn, und die beiden marschierten zusammen zur Kaserne. Die Spötter blieben noch eine Weile und schickten Gesten in Richtung der Kaserne, die Feigheit andeuten sollten. Dazu legten sie nacheinander die Hände vor das Gesicht, die Kehle, die Brust und den Schritt. Aber schließlich wurden sie des Spieles müde und verstreuten sich. Der Wind trieb ihr Gelächter noch vor sich her, als sie schon eine Weile außer Sicht waren.

Aidan blieb noch länger still. Er starrte geradeaus, weigerte sich, die schwarze Schärpe anzusehen. Hengst lag auf seiner Pritsche und sagte ebenfalls kein Wort. Schließlich sagte Aidan:

»Ich muß Kael Pershaw wohl umbringen.«

Hengst zuckte die Achseln. »Mag sein. Aber ich halte das nicht für den richtigen Zeitpunkt.«

Aidan grinste. Hengsts lakonische Kommentare amüsierten ihn oft. »Du meinst, solange ich die schwarze Schärpe trage? Kurz nachdem ich einen anderen Wahren umgebracht habe?«

»So was in der Art.«

»Vielleicht wird einmal die Zeit kommen ...«

»Du bist kein Mörder.«

»Ich war keiner. Vielleicht bin ich es jetzt.«

»Bei deinen Büchern ist eins über einen Mann, der einen Mord plant und ausführt — und dann nicht damit fertig wird.«

»Ja, ich weiß. Es hat eine Moral, aber ich glaube nicht an Lehren, die in Büchern stehen. Sie scheinen keinen Bezug zu unserem Leben zu haben.«

Hengst zuckte die Schultern. »Kann sein.«

»Aber kann auch nicht sein?«

»Was immer du sagst.«

»Manchmal, Freund Hengst, sprichst du in Rätseln.«

»Kann sein.«

Hengsts angedeutetes Lächeln ließ Aidan in Lachen ausbrechen. Er lachte, bis seine Hand zufällig den seidenartigen Stoff der schwarzen Schärpe berührte. Bildete er es sich nur ein, oder zog sie sich um seine Brust zusammen und schnürte ihm den Atem ab?

»Wir müssen hier weg«, sagte Aidan. »Irgendeine Aufgabe finden, die ...«

»Du hast mir gesagt, wenn du das nächstemal anfängst, über unser Leben auf diesem Hinterwäldlerplaneten zu jammern, soll ich dich daran erinnern, daß du versprochen hast, damit aufzuhören.«

»Hengst, du hast auch immer ...«

Das schrille Gellen einer Alarmsirene schnitt ihm das Wort ab. Der Alarm kam in langen, gleichmäßigen Tönen, das Zeichen für einen unmittelbar bevorstehenden Angriff. Instinktiv rissen Aidan und Hengst ihre

Kampfanzüge aus den Spinden, während der Rest des Sterns sich sammelte.

»Hengst«, stellte Aidan fest, »jetzt erleben wir endlich mal was.«

»Da wär ich mir nicht so sicher.«

Manchmal konnte Hengst ihn ausgesprochen irritieren, ganz besonders dann, wenn die Ereignisse ihm recht gaben, wie es jetzt bevorstand.

4

Aidan war überzeugt, daß selbst die Möbel für Freigeborene sorgfältig und böswillig von Wahrgeborenen ausgewählt wurden. Er konnte nicht stillsitzen, während er auf dem Videoschirm den Beginn der formellen Besitztesterklärungen sah. Sein Körper suchte nach einer bequemen Haltung auf der gelben Plastikmonstrosität seines Stuhls, aber er fand nur störrische Beulen und eine Krümmung, die für eine Rasse aufrechtgehender Echsen gedacht schien. Jede Beule und jede Kurve war eine weitere Erinnerung daran, daß die Wahrgeborenen die Freien als minderwertig behandelten.

»Wie *schaffst* du das? In diesen Dingern zu sitzen?« fragte er Hengst, der es sich durchaus bequem gemacht zu haben schien.

»Ich besiege das System, indem ich mir einrede, Unbehagen sei bequem, denn einem Freigeborenen wird nichts Besseres zugestanden. Es ist eine Art perverser Utilitarismus.«

»Utili ...«

Hengst legte den Finger an die Lippen, ein Zeichen dafür, daß er das Wort aus einem der geheimen Bücher Aidans hatte. Aidan grinste. Wahrscheinlich gab es gar keinen Grund, die Bücher geheimzuhalten. Die meisten Wahrgeborenen hätten Aidans Neigung zur Literatur nur kurios gefunden und übergangen, aber manche von ihnen waren bösartig genug, auf die Suche nach irgendeinem Gesetz zu gehen, das ihnen erlaubte, das Material zu konfiszieren. Es war besser, die Bücher versteckt zu halten. Immerhin waren sie auch versteckt gewesen, als er sie gefunden hatte. Die meisten Krieger lasen ohnehin kaum. Technische Handbücher, Abhandlungen über Militärstrategie und endlose Zitate aus der *Erinnerung*, damit hatte es sich im allgemeinen. Aidan bewunderte letzteren Text, das epische Gedicht der Clans, aber von manchen der wahrgeborenen Kriegern vorgetragen, achtlos und mit rauher Stimme, konnte es recht grotesk klingen, was der Poesie nicht gerade dienlich war.

Aidan hatte die Bücher in einem versteckten Briandepot gefunden, einem der vielen unterirdischen Lagerbunker für BattleMechs und Kriegsmaterial. Eine Sektion wurde ganz von einem riesigen Vorrat an Computern und Datenspeichern eingenommen. Sie mußten noch aus den Tagen stammen, als der große und noble General Kerensky bestimmt hatte, daß seine Leute das Wissen und die Daten bewahren sollten, die sie aus der Inneren Sphäre mitgebracht hatten. Also hatten alle Wissensträger, Krieger wie Techniker, ihre Kenntnisse in die Computer des Briandepots eingegeben.

Eines Tages hatte Aidan Dienst im Briandepot geschoben und versucht, seine Langeweile zu bekämpfen, indem er die Kisten voller Disketten betrachtete. Hinter einem Regal hatte er in einer provisorischen Wand einen hellen rechteckigen Fleck bemerkt, so, als hätte dort einmal ein Bild gehangen. Da es im gesamten Depot keine Dekoration gab, hatte das helle Rechteck eine andere Bedeutung haben müssen. Als er gegen eine Ecke gedrückt hatte, war es aufgeglitten und hatte mehrere Kisten mit Büchern aus Papier freigegeben. Keine Disketten, keine Ausdrucke, keine Handbücher, sondern die Sorte Bücher, die Legenden zufolge in den Quartieren der höchsten Offiziere zu finden waren. Mit der Hilfe Hengsts und anderer Mitglieder seiner Einheit hatte er sie heimlich in sein eigenes Lager geschafft, eine schmale falsche Wand in der Freigeborenenkaserne. Seitdem hatten er und Hengst ihre spärliche Freizeit damit verbracht, sie zu lesen. Die Bücher hatten ihnen geholfen, den harten Dienst auf Station Glory und die Feindseligkeit des Kommandeurs auszuhalten.

Aidan wand sich weiter in seinem Stuhl. Die schlangengleichen Bewegungen schienen Hengst zu amüsieren. »Es ist nicht wirklich der Stuhl, oder? Es ist die Tatsache, daß du nicht da bei den anderen bist, um dein Gebot abzugeben. Statt dessen mußt du hier bei den übrigen Freien sitzen, ausgegrenzt von den Wahren.«

Hengst hatte recht. Aidan ärgerte sich darüber, daß nur Wahrgeborene zum Bieten in der Kommandozentrale zugelassen waren. Er seufzte. »Wahrscheinlich ist es ohnehin egal. Wir werden weggeboten werden und den Kampf auf den Kasernenmonitoren verfolgen dürfen. Oder noch schlimmer, in die Logistik eingeteilt, damit die Wahrgeborenen dort an strategisch *wichtigeren* Punkten eingesetzt werden können.«

Er blickte auf den Signalgeber an seinem Gürtel. Er war teilweise von der schwarzen Schärpe verdeckt, aber das Lämpchen in der Mitte der Frontplatte war noch zu sehen. Wenn es ausging, bedeutete das, Aidans Einheit war ausgemustert, gehörte nicht mehr zu den Truppen, die Kael Pershaw zur Verteidigung gegen den Wolf-Angriff einzusetzen gedachte. Wahrscheinlich würde das unmittelbar nach dem Wolf-Batchall der Fall sein. Pershaw haßte es, Freigeborene zu kommandieren, und jetzt war er auch noch wegen des Zwischenfalls mit Bast wütend auf Aidan.

Jetzt trat der Wolfsclan-Kommandeur ins Bild. In voller Clan-Uniform machte der Sterncolonel einen imposanten Eindruck.

»Ich bin Sterncolonel Mikel Furey vom Sechzehnten Schlachtsternhaufen des Clan Wolf. Welche Truppen verteidigen den Samen des Kael Pershaw?«

Ein fast unmerkliches Schaudern durchlief Pershaws Körper, und die versammelten Wahrgeborenen ließen schockierte Reaktionen laut werden. Die Wölfe wollten nicht Station Glory erobern, sondern das genetische Erbe des Stützpunktkommandeurs!

»Was machen sie jetzt?« fragte Hengst.

»Wahrscheinlich versuchen sie den Schock des Wolfsclan-Batchalls zu verkraften. Ich weiß nicht, ob Kael Pershaw erwartet hat, daß der Kampf um das genetische Erbe seiner Blutlinie geführt wird. Das ist eine Beleidigung größten Ausmaßes.«

»Eine Beleidigung? Ich dachte immer, die Wahren betrachten ihr Bluterbe als etwas Heiliges. Mir würde es gefallen, wenn ein Gegner bereit wäre, um meine Blutlinie zu kämpfen. Eine ziemliche Ehre. Natürlich besteht meine Blutlinie aus einer Näherin und einem KommTech. Da gibt's nicht viel zu kämpfen, und außerdem wäre es ziemlich schwierig, jetzt noch das genetische Material von ihnen zu bekommen.«

»Werd nicht obszön.«

»Wer ist obszön? Ich rede nur von meinen Eltern.«

Aidan zuckte bei dem Wort *Eltern* zusammen. Manche Überbleibsel seiner Erziehung als Wahrgeborener, insbesondere die Reaktion auf Begriffe, die mit der Fortpflanzung zu tun hatten, waren so eingeschliffen, daß sie beinahe instinktiv auftraten. Er haßte die leichtfertige Art, mit der Freie Wörter benutzten, die mit dem Geburtsvorgang und der Elternschaft zu tun hatten. Mutterschaft, Gebärmutter, Zeugung — solche Wörter. Wie alle Wahrgeborenen kannte er keine Eltern. Wahrgeborene wurden aus Metallbehältern geboren, die sie häufig als Kanister oder Brutkästen bezeichneten. Jede Erwähnung der Geburts- und Elternschaftsvorgänge in den niedrigeren Kasten war ihnen zuwider, nicht nur Aidan, sondern allen Wahrgeborenen. Freigeborene wurden häufig allein für die Erwähnung ihrer sogenannten natürlichen Geburt zusammengeschlagen.

Für Krieger war der Kanister natürlich, nicht die abstoßenden und sogar gefährlichen Prozeduren, durch die Freigeborene entstanden. Außerdem kannten Krieger die theoretischen Vorteile ihrer Kaste. Genetisch konstruierte Menschen, erklärten die Experten immer wieder, stellten die perfektesten Wesen in der Evolution ihrer Rasse dar. Die natürliche Geburt mit ihrer zufälligen Genetik und der ungesteuerten Vermischung von DNS-Faktoren hatte keine Chance, mit der Vereinigung von Genen erfolgreicher Krieger mitzuhalten, die wissenschaftlich überwacht in einem Laborgefäß stattfand.

Kael Pershaw gewann seine Beherrschung wieder und antwortete.

»Ich bin Sterncolonel Kael Pershaw vom Clan Jadefalke, Kommandeur des Station Glory-Garnisonssternhaufens. Ich werde mich auf den Ebenen von Glory oder in der Atmosphäre darüber mit den folgenden Truppen zum Kampf stellen.«

Pershaws Hand bewegte sich zur Konsole vor ihm und drückte einen Knopf ein. Dann einen zweiten, und nach kurzem Zögern einen dritten.

»Seyla«, sprach Pershaw, als er den Sendeschalter umlegte und dem Wolfsclan-Sterncolonel eine Geschichte seiner Einheiten übermittelte.

»Seyla«, sprach Sterncolonel Mikel Furey und unterbrach die Verbindung.

Das Batchall war vorüber. Aidan blickte auf seinen Signalgeber. Das Licht brannte noch.

Das Batchall war vorüber und Kael Pershaw hatte, wie es sein Recht war, sein Gebot unterbreitet. Das Lämpchen an Aidans Signalgeber war nicht erloschen, also war sein Stern noch Teil der Einheiten, die Station Glory verteidigen würden.

An seinem Platz auf der Brücke seines Landungsschiffes schätzte Dwillt Radick die Kräfte ab, die Clan Jadefalke gesetzt hatte.

»Wie ich sehe, benutzt er die frischen Truppen im anfliegenden Landungsschiff«, stellte er fest.

»Ja. Wie du es vorhergesagt hast.«

Radick nickte erfreut. Es gefiel ihm, wenn Craig Ward seine Leistungen hörbar anerkannte.

»Nun gut. Da ich der Dienstältere bin, muß Zoll zuerst bieten. Er ist vorsichtig, daher erwarte ich, daß er alle drei Supernovas des Sternhaufens bietet. Das liefert ihm dreißig fronttaugliche BattleMechs gegen Kael Pershaws dreißig zweitklassige Maschinen, und einen Vorteil von zwei zu eins bei den Elementaren. Ich werde dagegenhalten, indem ich Supernovas Befehl und Caesar sowie einen Jägerstern setze. Das müßte reichen, um das Landungsschiff zu zerstören. Wenn Zoll zu aggressiv ist, kann ich vier Strahlen Elementare und drei Strahlen Jäger aufgeben.«

»Was ist mit dem Garnisonstrinärstern der Jadefalken?«

»Freigeburten und Greise. Wertloses Gesocks. Aber ich bin froh, daß Kael Pershaw nicht alle seine freigeborenen Einheiten aus der Verteidigung zurückgezogen hat. Es gibt nichts Besseres als ein paar dieser verdammten Freien, um die Truppen in einen Blutrausch zu versetzen, frapos?«

»Pos.«

Deas Bild auf dem Kommschirm vor Radick teilte sich. In der oberen Hälfte erschien das Gesicht von Sterncolonel Mikel Furey, auf der unteren Hälfte das von Sterncaptain Zoll.

»Sterncaptain Dwillt Radick, Sterncaptain Zoll. Ihr habt die Antwort Sterncolonel Kael Pershaws vom Clan Jadefalke gehört. Sterncaptain Zoll, welche Einheiten bietest du, um den Samen des Kael Pershaw zu erobern?«

Zoll drückte eine Reihe von Knöpfen, die drei Supernova-Icons auf den Schirm zauberten.

»Ich biete Supernova Eins, Supernova Drei und Supernova Befehl.«

»Sterncaptain Radick, wie lautet dein Gegengebot?«

Ein Lächeln trat auf Radicks Gesicht. Als seine Finger die Knöpfe berührten und die erste Supernova des Sternhaufens löschten, sah er zu Craig Ward.

»Wir haben ihn.«

»Ich hatte gehofft, daß er einen Trinärstern aufgibt, dann könnte ich den Garnisonssternhaufen eliminieren«, meinte Kael Pershaw zu Lanja.

»Das würde ich nicht empfehlen«, erwiderte die Elementarin. »Wir liefen Gefahr, unsere Reihen zu weit auseinanderzuziehen.«

»Aber wir kennen das Gelände.«

»Um so mehr ein Grund, jetzt aufzuhören. Bei einem hohen Gebot wie diesem denke ich, daß wir die Wölfe vernichten können. Wenn wir das Gebot annehmen, gestattet uns das, den Kampfplatz zu bestimmen. Stell dich ihnen auf der Ebene, mit dem Blutsumpf in ihrem Rücken, und treib sie in den Sumpf.«

Pershaw nickte. »Ja ... Gut, wir nehmen das Gebot an.«

Niemand hätte überraschter über Pershaws Auswahl sein können als Aidan. Er hatte nicht erwartet, mit seinen Kriegern Teil der Verteidigungskräfte zu bleiben.

»Ich frage mich, was Kael Pershaw vorhat?« fragte er Hengst.

»Vielleicht braucht er ein paar Freigeburten, die er opfern kann.«

»Wahrscheinlich. Na, ich hoffe, er stellt uns in vorderste Reihe. Wir brauchen so einen Kampf.«

»Du meinst, *du* brauchst ihn.«

Aidan strich mit der Hand über den Rand der schwarzen Schärpe. »Du hast recht, Hengst, mit deiner üblichen Akkuratesse.«

»Akkura ... Ich glaub, das Wort kenn ich nich.«

»Lies mehr. Erweitere deinen Wortschatz. Und, bei Kerensky, tu was für deine Ausdrucksweise. Das ist ja kaum auszuhalten.«

Hengst lachte nur. Aidan versuchte seit einiger Zeit, seine Sprache zu verbessern, aber Hengst benutzte trotzig weiter Freigeborenenslang und verschluckte Buchstaben und Silben, wo er konnte. Der Ausdruck auf Hengsts Gesicht, wenn Aidan seine Ausdrucksweise kritisierte, zeugte meist von Verachtung für die Sprachsitten Aidans.

Nun ja, dachte Aidan. Wenn es unmöglich war, einem Freigeborenen eine ehrbare Sprache beizubringen, war es kein Wunder, daß die Wahrgeborenengesellschaft, die das Clan-Reich kontrollierte, auf sie herabsah. Vielleicht gab die Geburt tatsächlich die Rollen vor, die man im Leben ausfüllen konnte, wie viele Clan-Wissenschaftler es behaupteten. Hengst würde immer ein Freigeborener bleiben, genau wie Krieger immer in ihrer Kaste steckten. Aber was sagte das über jemand wie Aidan, der in die höchste Kaste geboren worden war und vorgab, einer geringeren anzugehören? Es gab nichts, was ihm diese Rolle aufzwang, außer einem recht grausamen Schicksal. Und als Clansmann glaubte er nicht an das Schicksal. Ein Krieger schuf sich sein eigenes Schicksal. Das war sein Ziel. Sich sein Schicksal zu schaffen.

5

Als sich die Jagdmaschinen des Wolfsclans auf das Landungsschiff stürzten, bemannte Joanna einen mittelschweren Impulslaser in einer Geschützkuppel auf der Backbordseite des Schiffes. Von ihrer Befehlsliege aus konnte sie mit einem einzigen Druck des Feuerknopfes am Steuerknüppel mehr als zweihundert Stakkatoimpulse gebündelten Lichts abfeuern.

Sie wartete auf das Auftauchen eines Jägers, gegen den sie ihr Geschütz einsetzen konnte. Sie hatte es schon oft genug bei Zielübungen abgefeuert, aber noch nie in einem echten Luftgefecht. Tatsächlich war dies ihr erstes Gefecht, bei dem sie nicht auf festem Boden stand. Eine echte Herausforderung, aber andererseits, wie schwer konnte es schon werden? Wahrscheinlich war es genauso wie das Abfeuern einer Autokanone aus dem Mechcockpit, dachte sie, auch wenn die körperliche Nähe zur Waffe eine ganz neue Erfahrung darstellte.

Joanna hatte sich freiwillig zum Bordschützendienst gemeldet, als der junge Landungsschiffskapitän bekanntgegeben hatte, daß drei seiner regulären Bordtruppen durch eine Virusgrippe ausgeschaltet waren, die sie sich beim letzten Landurlaub eingefangen hatten. Er hatte ihr auf seine jungenhafte Art überschwenglich gedankt, aber in Wahrheit hatte er Joanna einen Gefallen getan. Von ihrem Standpunkt aus war die Aussicht, das Gefecht im Innern des Schiffes abzuwarten, nur das Dröhnen der Geschütze zu hören und die Einschläge der gegnerischen Waffen zu spüren, so ungefähr das Schlimmste, was ihr passieren konnte. Wenn sie schon nicht rechtzeitig auf den Boden kam, um an der Schlacht teilzunehmen, konnte sie so wenigstens etwas Schaden anrichten.

Hinter sich hörte sie ein höfliches Husten.

»Nomad, was machst du hier?«

»Sie haben nichts gegessen. Ich habe Ihnen etwas gebracht.«

Joanna lachte. Ihr Lachen war wie immer so rauh, daß es für jemanden, der nicht daran gewöhnt war, beleidigend klingen mußte. Nomad war daran gewöhnt, er hatte es oft genug hören müssen. Inzwischen fehlte ihm etwas, wenn Joanna ihn nicht mindestens einmal am Tag auslachte. Er hätte es ihr niemals gesagt, aber seiner Ansicht nach hielten sein Sarkasmus und ihre Häme sie beide in Hochform. Er konnte es natürlich nicht beweisen, aber im Gegensatz zu den meisten Techs und Kriegern hatte er einen Hang zum Mystischen. Solange ihn niemand dabei erwischte, half ihm sein Mystizismus weiter.

»Ich habe keinen sonderlichen Hunger.«

»Aber Sie *werden* es essen.«

»Du bist ein Tyrann, Nomad. Ich kann dich nicht mehr ertragen. Würdest du bitte ein Versetzungsgesuch einreichen?«

»Nein. Die Kombüse hier ist nicht sonderlich gut bestückt, aber ich habe Ihnen etwas Dosenfleisch und einen Salat besorgt. Der Salat schmeckt ganz gut, aus Blättern von ...«

»Ich hasse es, wenn ich weiß, woraus mein Essen ist. Gib her und verschwinde.«

Es war offensichtlich, daß Nomad keineswegs die Absicht hatte, sie zu verlassen. Er blieb hinter ihr stehen und sah ihr über die Schulter, um sicherzugehen, daß sie aß. Joanna versteckte ihr Essen gelegentlich, um es nicht verspeisen zu müssen, und er sorgte dafür, daß so etwas nicht vorkam.

Das Fleisch hatte einen orangeroten Stich und die Salatblätter sahen schmutzig aus. Joanna schloß jedesmal die Augen, wenn sie die Gabel zum Mund führte. Sie hatte in ihrer ganzen Laufbahn noch keine Militärmahlzeit gefunden, die mehr als ein absolutes Minimum an Geschmack lieferte.

Dankbar stellte sie den Teller beiseite, als der Armierungsoffizier das Auftauchen von Jagdmaschinen meldete. Einen Augenblick später sah Joanna sie selbst. Fünf von ihnen stürzten sich auf ihre Flanke des Landungsschiffes, während andere die gegenüberliegende Flanke und das Heck unter Beschuß nahmen.

Sie senkte die Waffe und drückte auf den Feuerknopf. Bolzen aus gebündeltem Licht zuckten von ihrer Kuppel zum nächsten Jäger, aber sie hatte zu schlecht gezielt, und die Strahlen verpufften hinter den Angreifern. In ihrem Rücken hörte sie Nomads enttäuschtes Seufzen. Sie wollte ihn anschreien zu verschwinden, aber dazu war keine Zeit. Die nächste Jagdmaschine stürzte sich geradewegs auf ihre Geschützkuppel.

Sie verlor die Beherrschung, feuerte einen Feuerstoß um den anderen, zu viele, um den Feind im Visier zu behalten. Zu ihren Füßen meldeten Computerschirme Positions- und andere Daten, aber sie war Landungsschiffsysteme nicht gewohnt und verließ sich lieber auf ihre persönliche Treffsicherheit.

Die Raketensalve des Jägers hätte die Geschützkuppel sowie Joanna und Nomad in ihrem Innern wahrscheinlich vernichtet, aber der Landungsschiffspilot führte ein auf einer Computeranalyse des Jägerangriffs basierendes Ausweichmanöver durch. Das Schiff neigte sich gerade weit genug, um die Rakete unterhalb der Kuppel einschlagen zu lassen. Der Treffer schüttelte das Schiff jedoch durch und warf Joanna nach hinten gegen die Wand.

»Ich wußte, daß ich mich hätte anschnallen sollen, Nomad. Nomad?«

Sie sah sich um. Nomad lag in friedlicher Bewußtlosigkeit vor der Luke. Verdammt! Jetzt würde sie ihn aus dem Weg zerren müssen, falls sie schnell verschwinden mußte.

Sie hatte keine Zeit mehr, sich über die Behinderung durch Nomad zu ärgern. Der Angriff ging weiter, und ein zweiter Jäger flog in Joannas Visier. Diesmal faßte sie sich und feuerte erst einen kurzen Feuerstoß, dann einen zweiten. Die Schüsse trafen die Pilotenkanzel der Maschine. Sie hatte den Eindruck, daß der Pilot nach hinten kippte und die behandschuhten Hände vors Gesicht schlug, dann geriet die Jagdmaschine außer Kontrolle und schoß geradewegs auf das Landungsschiff zu. Joanna feuerte weiter und fluchte bei jedem Druck auf den Feuerknopf. Ihre Treffer rissen große Panzerfetzen vom Rumpf des Jägers.

Einen Augenblick schien es, als würde die Maschine auseinanderfallen, bevor sie auf das Landungsschiff traf, aber dann sah Joanna den Piloten, der die Hände von seinem blutüberströmten Gesicht nahm und an die Kontrollen legte. Er richtete den Bug seines Jägers genau auf das Schiff — und auf Joanna.

Sie feuerte weiter, aber der Jäger kam immer näher. Als der Laser plötzlich überhitzte, warf sie sich instinktiv nach hinten, gegen Nomad und die Luke. Der Jäger wurde immer größer, dann war er plötzlich verschwunden.

Joanna hatte keine Chance zu entspannen oder erleichtert aufzuatmen. Im nächsten Augenblick erbebte das Landungsschiff unter dem Aufprall des Jägers. Ihr Kopf schlug gegen eine Seitenwand, und ihr wurde schwarz vor Augen.

Sie wußte nicht, wie lange sie ohnmächtig gewesen war, aber als Joanna wieder zu sich kam, erzitterte das Landungsschiff unter den Raketeneinschlägen und Laserfeuer. Über die KommLeitung schrie der Armierungsoffizier Befehle, die niemand beachtete.

»Nomad! Nomad!«

Er murmelte eine undefinierbare Antwort und schien darum zu kämpfen, die Augen zu öffnen.

»Wach auf! Ich brauche dich!«

Die Worte erschienen ihr fremd. Joanna hatte noch nie zugegeben, daß sie irgend jemand brauchte.

Sie versetzte ihm eine Ohrfeige, und Nomads Augen sprangen auf. Er schüttelte den Kopf.

»Was ist passiert?«

»Du warst ohnmächtig, das ist passiert. Das Schiff verliert das Gefecht. Ich kann es fühlen. Hör dir den Armierungsoffizier an. Er ist in Panik. Wir müssen hier raus, zu unseren Leuten, zu unseren Mechs. Wir ...«

Weitere direkte Treffer ganz in ihrer Nähe. Jeden Moment konnte ein Treffer die Kuppel sprengen. Sie und Nomad würden ins Freie gerissen werden, in den sicheren Tod.

»Was ... was machen wir jetzt?« fragte Nomad.

»Erst einmal bewegst du deinen Hintern vom Boden, damit wir die Luke öffnen können. Hier können wir nichts mehr ausrichten. Das Geschütz ist Schrott, und wir sind schon einmal fast vernichtet worden. Wir gehen zum Mechhangar. Ich habe den Truppen befohlen, dort zu warten und sich auf einen eventuellen atmosphärischen Abwurf vorzubereiten.«

Das Rennen durch das Landungsschiff zum Mechhangar war alles andere als leicht. Jeder Volltreffer warf Joanna oder Nomad, manchmal auch beide, gegen die Wände oder zu Boden. Andere Mannschaftsmitglieder stießen mit ihnen zusammen, während dumpfe Schläge durch das Schiff hallten. Einmal fiel für anderthalb Minuten die Bordbeleuchtung aus, und sie mußten sich den Weg ertasten, an den Korridorwänden den Weg suchen und sich an den Stangen weiterziehen. Einmal blickte Joanna zurück und sah das unverkennbare Leuchten eines Feuers am Ende des Ganges.

Im Hangar waren die Techs des Trinärsterns fieberhaft, aber effizient damit beschäftigt, die Maschinen für den Abwurf vorzubereiten. Sämtliche fünfzehn Kampfkolosse waren von schützenden Schmelzkapseln aus Keramik umschlossen. Da der Mechhangar im Mittelpunkt des Schiffes lag, hatte er kaum Schaden genommen.

Was noch besser war, die Hangartore waren noch funktionsfähig.

Joanna rannte zu den Hangartoren und stieß den Raummatrosen beiseite, der an den Kontrollen stand. Sie schlug mit der Faust auf den Notknopf und startete die Abwurfsequenz, die ihren Trinärstern in die Atmosphäre Glorys schleudern würde.

Sie drehte sich um und wollte zu ihrem BattleMech rennen, bevor er aus dem zum Untergang verurteilten Landungsschiff geschossen wurde, als eine gewaltige Detonation sie und die meisten anderen zu Boden schleuderte. Die Lichter gingen wieder aus, und sie fühlte, wie ringsumher Trümmer herabprasselten.

Sie versuchte aufzustehen, wurde aber wieder umgeworfen. Diesmal war es kein Teil des Schiffes, das sie am Boden hielt, sondern ein Mensch.

»Was ist los?« fragte sie mit erstickter Stimme.

»Das Schiff ist außer Kontrolle«, schrie Nomad. Er war es, der auf ihr lag. Er hatte seinen Körper über den ihren geworfen. Der verdammte Narr beschützte sie. Wie blöd konnte ein Mensch sein?

Sie hatte keine Zeit, die Absurdität seines Verhaltens näher zu untersuchen. Das Schiff schien sich um sie herum in seine Einzelteile aufzulösen. Joanna verlor das Bewußtsein.

In ihrem Kontrollraum beobachteten Radick und Ward den schier unglaublichen Erfolg ihrer Jäger gegen das Jadefalken-Landungsschiff.

»Seyla«, flüsterte Radick, als er das Landungsschiff auf die Planetenoberfläche Glorys stürzen sah. Ward fragte sich, wieso Radick gerade jetzt diese rituelle Antwort benutzte. Worauf antwortete er? Vielleicht war es einfach Ehrfurcht vor dem überwältigenden Erfolg seiner Strategie. Er war ichbezogen genug, das Geschehen so auszulegen.

Radick sah zu Ward hoch. »Das dürfte Kael Pershaw

schwer benachteiligen. Ein verlorenes Landungsschiff mit einem vollen Trinärstern der gebotenen Verteidiger. Mit nur einem brillanten Manöver haben wir uns einen wundervollen Vorteil verschafft, frapos?«

Ward haßte es, dem Mann beizupflichten, aber er hatte recht. Es war eine Meisterleistung gewesen.

Radick gluckste vor Freude, als er auf dem Bildschirm die Flammen und Rauchschwaden sah, die von der Absturzstelle aufstiegen.

»Ein wundervoller Vorteil«, rief er begeistert.

6

»Sterncommander Jorge, du trägst die schwarze Schärpe, frapos?«

»Pos.« Aidan war sich der verächtlichen Blicke der übrigen Offiziere bewußt. Basts Bild auf dem schwarzen Stoff schien sich in seine Haut zu brennen.

»Als Träger der schwarzen Schärpe darfst du nur sprechen, wenn du angesprochen wirst. Du darfst weder einen Kommentar abgeben noch eine Frage stellen. Ist das klar, frapos?« Aidan wußte, daß Kael Pershaw darauf eine Antwort erwartete, aber er blieb trotzig stumm. »Antwort, Jorge!«

»Pos, das ist klar.«

»Gut. Du kannst daher auf deine Frage keine Antwort erwarten, es sei denn, einer deiner Kollegen stellt sie für dich. Krieger?«

Niemand hatte ein Interesse daran, den Sterncolonel noch zusätzlich zu reizen, und allgemeines Schweigen antwortete. Aidan hatte gefragt, ob sein Freigeborenenkontingent die Ehre haben konnte, bei der ersten Begegnung mit dem Feind die Speerspitze zu stellen. Pershaw würde niemals zulassen, daß eine Freigeborenen-Einheit in der Formation vor seine Wahrgeborenen trat, und die Frage war eine bewußte Beleidigung, für die er jedoch nicht bestraft werden konnte. Sie ähnelte der Taktik des sogenannten negativen Gebots. Er hatte den Wert seiner Truppen unterstreichen wollen, auch wenn er wußte, daß die anderen sie verachteten. Seine Krieger würden von seinem Angebot erfahren und daraus zusätzliches Vertrauen in ihren Kommandeur schöpfen.

Clan-Krieger verloren nur selten den Mut, aber ein fühlbares Unbehagen erfüllte den Raum. Kael Pershaws Mitteilung, daß Clan Wolf einen bedeutenden Teil ihrer Streitmacht ausgeschaltet hatte, noch bevor sie zum Kampf auf den Ebenen Glorys angetreten waren, war nicht angetan, den so kurz vor der Schlacht üblichen Enthusiasmus aufkommen zu lassen. Mehrere der Anwesenden starrten Aidan an, und er fühlte, wie seine Wangen heiß wurden. Das war ihm peinlicher als die Schande, die schwarze Schärpe tragen zu müssen.

Als Kael Pershaw die Besprechung aufgelöst hatte und die Krieger aus dem Raum drängten, rief der Kommandeur: »Sterncommander Jorge, du bleibst.«

Nachdem sich der Besprechungsraum geleert hatte, deutete Kael Pershaw mit dem Kinn auf einen Stuhl und sagte mit seiner unheilschwangersten Zurückhaltung: »Setz dich.«

Als Aidan zögerte, stieß ihn der Stützpunktkommandeur grob in Richtung Stuhl. Der Stoß kam so überraschend, daß Aidan beinahe der Länge nach hingefallen wäre. Er fing sich gerade noch ab, und als er Kael Pershaws Befehl, er solle sich setzen, erneut hörte, gehorchte er. Es wäre dumm gewesen, aus Trotz stehenzubleiben und dem Kommandeur zu gestatten, ihn durch den Raum zu treiben, ohne zurückschlagen zu können.

Kael Pershaw setzte sich auf die Kante des Besprechungstisches, ein Zug, der ihm gestattete, aus einer dominanten Position auf Aidan herabzuschauen. Er war berühmt für Strategien dieser Art.

»Deine Einheit wird diesmal nicht an den Kämpfen teilnehmen.« Er starrte Aidan an und genoß den Verdacht, daß seine Eröffnung seinen Untergebenen ärgerte. Aidan achtete sorgsam darauf, seine Miene unbewegt und ausdruckslos erscheinen zu lassen. »Ich habe eine andere Mission für dich.«

Obwohl Aidan keinerlei Anzeichen für sein Unbehagen liefern wollte, mußte er sich anstrengen, um nicht auf dem Stuhl hin und her zu rutschen. Daß Pershaw ihm einen anderen Auftrag gab, besonders da er ohnehin geschwächt in den Kampf zog, machte erneut deutlich, wie gering das Ansehen Freigeborener auf Station Glory war.

»Aber, Sir, bei allem Respekt, Ihre Truppen sind bereits zu geschwächt ...«

Pershaw sog mit einem verzweifelten Seufzerton den Atem ein, bevor er mit einer Stimme, die nur wenige Schritte entfernt nicht mehr zu hören gewesen wäre, sagte: »Ich werde davon ausgehen, daß du dich einfach noch nicht an die schwarze Schärpe gewöhnt hast. Ein Freigeborener beschwert sich normalerweise nicht ohne Erlaubnis bei seinem Vorgesetzten, aber der Träger der Schärpe weiß, daß er sich niemals beschweren darf, solange er die Schärpe der Schande trägt. Trotzdem werde ich indirekt auf deinen deutlichen Protest eingehen. Natürlich werde ich alles tun, um eine Schlacht zu gewinnen, aber ich spreche die reine Wahrheit, wenn ich dir sage, daß ich lieber einen einzelnen Stern gegen einen Trinärstern Dwillt Radicks einsetze, als Freigeburten ins Feld zu schicken. Hast du das verstanden, Freigeburt? Du bist doch eine Freigeburt, nicht wahr?«

Pershaws sanfte Stimme betonte das Wort ›Freigeburt‹ ganz leicht. Er wollte die Beleidigung verstärken, indem er das Wort vom Rest des Satzes löste. Es kostete Aidans ganze Kraft, die Wahrheit für sich zu behalten. Was ihn zurückhielt war der Gedanke, daß er, sollte er jemals jemand von seiner wahren Abkunft unterrichten und die Konsequenzen dieses Eingeständnisses auf sich nehmen, dies ein anderer sein sollte als dieses widerwärtige Beispiel menschlicher Verdorbenheit namens Kael Pershaw.

Als sein Haß auf Kael Pershaw sich in seinem Körper ausbreitete, wurde Aidan klar, wie unclanmäßig, wie unkriegerlich er geworden war. Krieger hegten häufig genug einen Groll aufeinander oder stritten sich über bestimmte Vorgehensweisen, aber echter Haß war selten. Die Krieger des Clans lösten sich von grundlegenden Gefühlen, weil sie wußten, daß solche trivialen Empfindungen bei einem Gefecht hinderlich werden konnten. Stolz war auf jeder Stufe der Kommandokette ein Kollektivgefühl der Einheit, und der Haß eines einzelnen schädigte das Einheitsbewußtsein, das durch diesen Stolz gefördert wurde. Wenn es zwischen Kriegern böses Blut gab, wurde der Konflikt in einer Arena wie dem Kreis der Gleichen ausgetragen. Die überlebenden Kombattanten wurden zum Surkai, zum Ritual der Verzeihung, gedrängt, um möglicherweise noch verbliebene negative Gefühle auszulöschen.

Aber Aidan hatte sich mit dem Surkai nie zufriedengegeben. Schon als Kadett hatte er Haß kennengelernt. Er hatte seine Ausbilderin, Falknerin Joanna, gehaßt. Wäre sie in diesem Augenblick vor ihm aufgetaucht, hätte er sie lieber erwürgt als begrüßt. Aber am liebsten hätte er seine Hände um die Kehle eines anderen Offiziers aus seiner Kadettenzeit gelegt. Dieser Offizier war Falknercommander Ter Roshak, der Mann, dem er es ironischerweise zu verdanken hatte, daß er überhaupt ein Krieger war. Roshak hatte Aidan eine zweite Chance verschafft, den Test zum Krieger abzulegen, nachdem der Kadett bei seinem ersten Entscheidungstest versagt hatte. Leider hatte Ter Roshak auch den Mord an einer ganzen Einheit freigeborener Kadetten arrangiert, um diese außerordentliche Leistung möglich zu machen. Danach hatte er Aidan gezwungen, die Identität eines der ermordeten Kadetten anzunehmen, um sich doch noch zum Krieger qualifizieren zu können. Der Kadett, ein Freigeborener namens Jorge, war anscheinend besonders begabt gewesen und hätte sich bei der Prüfung ohne Zweifel gut geschlagen. So hatte Aidan Roshaks Hinterlist seinen momentanen, minderwertigen Kriegerstatus zu verdanken. Die Morde, die Minderwertigkeit, die Tatsache, daß er es zugelassen hatte — all das ließ Aidan Roshak mehr hassen als er Pershaw oder Joanna jemals hassen konnte, mehr, als er einen Feind auf dem Schlachtfeld hassen konnte, ein ernster Makel für einen überzeugten Clan-Krieger.

Seine wahre Identität preiszugeben, würde ihn ohne

jeden Zweifel als Krieger ruinieren, aber er würde auch Roshak stürzen. Trotzdem, Roshak in Schande gestürzt und füsiliert zu sehen, erschien Aidan das Risiko der eigenen Exekution nicht wert. Die mindeste Strafe, die ihn erwartete, war eine Kastenrückstufung. Nachdem er bei seinem ursprünglichen Test versagt hatte und bevor er die neue Identität angenommen hatte, war er eine Zeitlang Tech gewesen, und er wußte, daß er nie wieder auf diese Stufe der Clangesellschaft zurückkehren konnte. Auch das war unkriegerlich. Es war das Wesen des Clans, daß jedes seiner Mitglieder seine Befriedigung daraus zog, für das Wohl aller zu arbeiten, ungeachtet der Position. Es gab keinen Platz für Unzufriedenheit. Und um der Wahrheit die Ehre zu geben, die wenigsten Clanner waren mit ihrem Los unzufrieden. Aidan mußte wohl von einem seltsamen Schicksal verflucht sein, aber selbst das war nicht clangemäß. Er hatte das Konzept erst durch seine heimlichen Bücherstudien kennengelernt. Dieses Schicksal hatte ihn nachdenklich gemacht, von Geburt an rastlos, und — die ultimative Ironie — zu einem nachgemachten Freigeborenen. Einer *Freigeburt*, wie Pershaw ständig feststellte.

Manchmal fragte sich Aidan, ob sein persönliches Schicksal, das sein Leben mit sicherer Hand in fruchtlose Bahnen lenkte, eines dieser mythologischen Wunder gewirkt hatte, von denen er gelesen hatte. In einer Geschichte hatte ein Bildhauer die Statue einer wunderschönen Frau geschaffen, und sie war zum Leben erwacht. Für Aidan schien es, als hätten die Künstlerhände seines persönlichen Schicksals ihn zum Freigeborenen geformt. Vielleicht *war* er jetzt ein Freigeborener und konnte nie mehr ein Wahrgeborener werden, so als sei er in der falschen Kaste zum Leben erwacht und würde zur Statue werden, wenn er versuchte, in die andere zurückzukehren.

Das Problem war, daß er mehr und mehr wie ein Freigeborener dachte. Er war so lange mit Freigeborenen zusammen, daß er gelernt hatte, sie zu bewundern, insbesondere ihre Fähigkeit, trotz der Verachtung, mit der die Wahrgeborenen sie nach jeder Schlacht überschütteten, gut zu kämpfen. Ihre Konzentration auf ihre persönlichen Fähigkeiten und ihr persönliches Können beim Führen eines BattleMechs waren gelegentlich einfach phänomenal. Aber die einzige Belohnung, die sie für gute Leistungen zu erwarten hatten, selbst wenn sie die von Wahrgeborenen übertrafen, waren ein paar gedankenlos formulierte Worte in einer wertlosen Belobigung. Zum Trost kannten sie eine Kameradschaft, die Aidan genießen gelernt hatte. Freigeborene waren nicht so steif und verschlossen wie wahrgeborene Krieger. Die Clans drückten auch bei den Trinkgewohnheiten von Freigeborenen ein Auge zu, ebenso wie bei ihrer Neigung, sich weit häufiger mit einheimischen Frauen einzulassen als die statusbesessenen Wahrgeborenen.

Kael Pershaw hatte ihn eine ganze Weile angestarrt. Seine Miene war ruhig, sein Körper entspannt. Seine ganze Einheit wußte, daß eine so offensichtliche Zufriedenheit Anlaß zur Furcht war, aber Aidan weigerte sich, den Stützpunktkommandeur zu fürchten.

»Glaub mir, Jorge«, stellte er schließlich fest, »ich täte nichts lieber, als dich im Kreis der Gleichen zu töten, wenn wir auf Station Glory nicht dermaßen unterbesetzt wären, daß der Tod jedes Kriegers eine schockierende Verschwendung wäre. Ich vermute, Clan Wolf wußte schon vor dem Batchall über unsere Situation gut Bescheid. Aber ich werde ihnen nicht gestatten, mein genetisches Erbe zu gewinnen. Und deswegen ist deine Mission überlebenswichtig. Wenn ich sie einer wahrgeborenen Einheit anvertrauen könnte, würde ich es tun, aber unsere Reihen sind schon zu stark gelichtet. Dein Stern muß es übernehmen.«

Natürlich, dachte Aidan. Wenn es die mieseste Arbeit ist, die zu vergeben steht, dann bekommen die

Freigeborenen sie. Diese Mission, die sein Stern übernehmen *mußte,* war ohne Zweifel das militärische Gegenstück zum Putzen der Höhle, dem Kriegerslangausdruck für die Toilette.

»Wie du weißt«, fuhr Pershaw fort, »wurde ein Landungsschiff, auf dem sich der als Ablösung bestimmte Trinärstern befand, von Wolfsclan-Jägern angegriffen und abgeschossen. Ich habe in der Besprechung jedoch nicht erwähnt, daß wir den ungefähren Absturzort kennen. Die Luftaufklärung hat zumindest einige Überlebende und die Möglichkeit einer Reihe von intakten BattleMechs gemeldet, aber es besteht kein Funkkontakt mit dem Landungsschiff. Möglicherweise ist der Aufklärerbericht fehlerhaft, und es gibt gar keine Überlebenden, oder vielleicht hat der Absturz auch nur alle Funksysteme zerstört. Du wirst mit deinem Stern zum Schauplatz des Absturzes marschieren, die Lage sondieren und Hilfe leisten, wo sie benötigt wird. Aber vor allem geht es bei dieser Mission darum, daß ihr alle Krieger und funktionsbereiten Mechs rettet und zurück zu Station Glory schafft, damit sie in unsere Reihen integriert werden können. Es ist eine einfache Mission, die selbst *Freigeburten* schaffen können. Ich bin sicher, du stimmst mir zu, frapos? Du darfst antworten, Sterncommander Jorge. Nur hier, unter uns, unmittelbar vor dem Gefecht, darfst du sprechen, ohne meine Erlaubnis abzuwarten.«

»Es gibt nichts zu sagen. So einfältig wir auch sind, mein Stern kann Befehle ausführen.«

Täuschte Aidan sich, oder hatte Pershaw unmerklich die Brauen gehoben? Möglicherweise, denn er antwortete: »Gelegentlich beeindruckt mich deine Fähigkeit zu beinahe unmerklichem Sarkasmus, Sterncommander Jorge. Ich schließe aus deiner Antwort, daß du keine Fragen zu deinem Befehl hast?«

»Ich will nur die notwendigen Einzelheiten wissen. Dabei gibt es keine Probleme, franeg?«

»Neg. Noch etwas?«

»Darf ich aufstehen?«

»Natürlich.«

Pershaw schaffte es, vor Aidan aufzustehen. Außerdem ging er zum anderen Ende des Tisches, ein weiterer taktischer Zug. Da Aidan der größere der beiden Männer war, hätte es Pershaw sehr unangenehm werden können, wenn er dicht vor ihm gestanden und zu seinem Untergebenen, einem weit geringeren Offizier, hätte aufschauen müssen. Aidan hatte schon vor dieser Besprechung gewußt, daß Pershaw Freigeborene verachtete. Aber bisher hatte er nicht gewußt, wie tief dieser Widerwillen verwurzelt war. Auf eine seltsame Weise konnte er Pershaw dadurch beinahe bewundern. Wie Aidan war der Mann fähig zu hassen. Trotz all ihrer Unterschiede hatten sie eine menschliche Eigenschaft gemeinsam.

Pershaw legte eine Karte von Station Glory und ihrer Umgebung auf den Tisch und beugte sich darüber. »Der Absturz erfolgte ungefähr hier.« Er legte seinen kurzen Zeigefinger auf einen Punkt am fernen Ufer des Blutsumpfes. Zwischen dem Sumpf und der Absturzstelle lag ziemlich unwegsames Gelände, soviel wußte Aidan.

»Es wird lange dauern, den Sumpf zu umgehen«, stellte Aidan fest.

»Ja. Wenn ihr den Sumpf umgehen würdet. Dafür haben wir keine Zeit. Mein Stab hat eine Route *durch* den Sumpf für euch erarbeitet.«

Pershaw sah zu ihm auf. Aidan wußte, daß der Mann einen Widerspruch erwartete, weigerte sich aber, ihm die Genugtuung zu verschaffen. Er nickte nur.

»Hinter dem Sumpf kommt ein schwieriges Stück Dschungel, aber wir werden an einigen eurer Mechs die Armwaffen gegen Handeinheiten austauschen. Das sollte es euch ermöglichen, durch das Gestrüpp zu brechen. Die Handaktivatoren dürften auch von Wert sein, falls ein Teil der Gardemechs freigeschnitten werden muß. Das ist zufriedenstellend, frapos?«

»Neg. Ich hätte lieber die Waffen und würde das Risiko eingehen.«

Pershaw murmelte, so leise, daß es kaum zu verstehen war:

»Typische Freigeburtenfeigheit.«

»Es ist *keine* Feigheit. Es könnte zu Feindberührung kommen, es ...«

»Glaubst du, die Wölfe wären an eurem kleinen Ausflug interessiert? Das bezweifle ich. Ich werde sie wissen lassen, daß ihr eine Freigeburten-Einheit auf Schrottpatrouille seid.«

»Wenn es mir erlaubt ist zu widersprechen: Sobald sie unser Ziel erkennen, könnten sie uns aufzuhalten versuchen.«

»Und ihr seid Jadefalken-Krieger, die gegen jeden Angreifer bestehen können, wieviel oder wie wenig Feuerkraft ihr auch zur Verfügung habt, frapos?«

Damit hatte ihn Pershaw in der Klemme. Es war ein eindeutiger Argumentationssieg, der Aidan keine Chance ließ. Immerhin war der Mann der ranghöchste Offizier von Station Glory. Man konnte von ihm erwarten, daß er argumentieren konnte. Dieses Wissen machte es Aidan nicht leichter, aber wieder fühlte er eine gewisse Bewunderung für seinen verhaßten Kommandeur. Nicht nur das, er hatte recht, und Aidan hätte es ebenfalls sehen müssen. Ein Krieger war ständig damit beschäftigt, sich seines Ranges würdig zu erweisen, und je schlechter die Ausgangsposition, desto wertvoller war der Sieg.

Nachdem Pershaw eine Reihe weiterer Daten geliefert hatte, fragte Aidan: »Hat die Aufklärung eine bestimmte Anzahl von Überlebenden festgestellt?«

»Nein. Aber der Pilot glaubte, Bewegung zu sehen. Es herrschte leichter Nebel, und es besteht die Möglichkeit, daß die scheinbaren Überlebenden nur Schatten waren. Inzwischen ist der Nebel dichter geworden, und die Luftaufklärung kann nichts mehr sehen.«

»Um was für eine Einheit handelt es sich?«

»Es ist ein Trinärstern, mit den entsprechenden Mechs, Hilfspersonal, Vorräten — das Übliche. Man hat mir gesagt, der Sterncaptain des Trinärsterns sei eine besonders fähige Offizierin. Sie kommt geradewegs von einer Herausforderung auf Dagda. Sie hat das Sturmkontingent angeführt, das die Geisterbärenlinien durchbrach. Ihr Name ist Sterncaptain Joanna. Noch kein Blutname und achtundzwanzig Jahre alt, nicht mehr allzu jung für eine Kriegerin. Aber wir sind nicht hier, um ihre Abstammung zu diskutieren, franeg?«

»Neg.«

Aidan war froh, daß Kael Pershaw so in die Vorbereitung der Mission vertieft war, daß er die Überraschung nicht bemerkt hatte, die einen Augenblick lang in seinen Augen sichtbar gewesen sein mußte. Joanna! Nicht nur, daß diese Mission von Beginn an unter einem üblen Stern stand, nicht nur, daß sie gezwungen waren, den verfluchten Blutsumpf zu durchqueren, nicht nur, daß seine Einheit auf wichtige Bewaffnung verzichten mußte, nicht nur, daß ihr Ziel hinter nahezu unbezwingbarem Gelände wartete, nein, das Ziel hieß auch noch Joanna. Und wenn Sterncaptain Joanna nicht Aidans ganz persönlicher Fluch war, dann war es niemand. Er wäre lieber barfuß über einen Teppich aus Giftschlangen gelaufen, brennende Holzscheite in den Armen und eine Wolke Methangas um den Kopf, als Joanna wiedersehen zu müssen.

7

Joanna kam zu sich. Sie erwachte aus einem Traum, in dem sie in trübem Wasser ertrunken war, keuchend, für einen Augenblick im Zweifel, ob der Traum nicht doch die Wirklichkeit war oder ob ihr verzweifelter Mangel an Atemluft eine andere Ursache hatte. Sie versuchte einzuatmen, aber sie konnte gerade genug Luft einsaugen, um sich des furchtbaren Drucks bewußt zu werden, der von hinten auf ihren Lungen lastete. Ihre linke Gesichtshälfte wurde gegen etwas sehr Hartes gepreßt. Es fühlte sich wie Fels an. Sie bewegte leicht den Kopf, und die Oberfläche schien auf ihrer Haut zu schürfen wie Stein. Aber woher kam der schwere Druck auf dem übrigen Gesicht? Ihr nächster Atemversuch schien etwas mehr Luft zu liefern — und einen sehr feuchten Geruch. Wasser? Nein, das war etwas anderes. Etwas mit einem bekannten, leicht süßlichen Geruch. Es war der Geruch des Schlachtfelds. Blut, es war Blut. Roch sie ihr eigenes Blut, das irgendwo ganz in der Nähe eine Lache auf dem Boden bildete? Und was lag da auf ihr? Der nächste Atemzug brachte das Aroma von Tuch, nassem Tuch.

Sie versuchte, den Körper zu bewegen. Die geringen Bewegungen, die sie zustande brachte, bereiteten ihr Schmerzen. Ein stechender Schmerz schoß ihr durch Rücken und Beine, und die einzige Bewegung, die ihr möglich war, war ein Zucken des linken Fußes. Als sie sich auf ihre Arme konzentrierte, geschah kaum etwas. Es war, als wären sie an der Schulter abgeschossen, wie bei einem armlosen Mech. Das Fehlen jedes Gefühls ängstigte sie, aber dann spürte sie ein Kribbeln in der rechten Hand. Das Bewußtsein, daß sie zumindest noch einen Arm hatte, brachte ein bizarres Gefühl der Erleichterung.

Der nächste Atemzug. Nichts Neues. Dann, plötzlich, eine Explosion dicht an ihrem Ohr. Zuerst dachte sie, das Geräusch könnte eine Art Signal sein, das den Tod begleitete, aber nein, im nächsten Augenblick war sie noch immer am Leben. Joanna wäre wütend geworden, hätte sie der Tod ereilt, ein wahrer Wirbelsturm des Zorns. Sie hatte sich vorgenommen, auf dem Schlachtfeld zu sterben, basta. Es war der falsche Ort zum Sterben.

Als sie die Wärme eines erstorbenen Atems auf der rechten Wange fühlte und der unverkennbare fade Geruch von Kohlendioxyd, vermischt mit kürzlich verspeisten, unangenehm stinkenden Eßwaren, in ihre Nase stieg, wurde ihr ihre Lage abrupt klar. Jemand lag auf ihr, die Brust auf ihrem Gesicht, den Kopf etwas oberhalb des ihren. Es preßte noch etwas anderes gegen ihren Körper, aber sie wußte nicht, was. Im Augenblick war es egal. Zumindest hatte sie schon einmal *etwas* herausgefunden.

Dann folgte eine neue Explosion, aber diesmal erkannte sie, daß es in Wirklichkeit ein Stöhnen war. Der Körper bewegte sich, wich etwas zur Seite, schuf eine Öffnung, und Luft strömte über Joannas Gesicht. Das Tuch, das sie erstickt hatte, mußte sich mitbewegt haben. Sie atmete hastig mehrmals tief ein und versuchte, soviel Sauerstoff wie möglich in ihre Lungen zu ziehen, für den Fall, daß die Luftzufuhr wieder abgeschnitten wurde.

Der Körper bewegte sich erneut, und ihre rechte Hand kam frei. Sie griff nach oben hinter sich, und die Schultermuskeln schienen vor Schmerz bersten zu wollen. Ihre Fingerspitzen berührten Haut, suchten, strichen an etwas vorbei, das sich nach einem Wangenknochen anfühlte, fanden in der anderen Richtung etwas Haar und ein Ohr. Durch eine unnatürliche Verrenkung der Hand, die das Gelenk schmerzen ließ, konnte sie das Ohr packen und leicht daran ziehen. Der Kopf bewegte sich und verringerte den Druck auf Joannas Kopf. Jetzt war der Winkel noch ungünstiger. Ihre

Schulter pulsierte vor Schmerzen, das Handgelenk drohte zu brechen, aber sie schaffte es, ein Haarbüschel zu packen und den fremden Kopf irgendwie auf ihre schmerzende Schulter zu ziehen.

Sie hob ihren Kopf vom Boden, vielleicht ein, zwei Zentimeter. Ihre Nackenmuskeln wetteiferten mit Schulter und Handgelenk darum, wer mehr Schmerzwellen durch den gepeinigten Körper schicken konnte. Es gelang ihr nicht, das andere Auge zu öffnen, aber das war ohne Bedeutung. Sie konnte ohnehin nichts erkennen. Es schien Nacht zu sein, jedenfalls war es stockfinster.

Mit der frischeren Luft drang Brandgeruch an ihre Nase. Irgend etwas ganz in der Nähe hatte gebrannt. Aber das Feuer mußte inzwischen erloschen sein, denn es gab kein Licht.

Sie blinzelte mehrmals, aber die Sichtverhältnisse änderten sich nicht. Joanna senkte den Kopf, um die Schmerzen zu lindern, und überdachte ihre Lage.

Was sie auch versuchte, sie konnte den Körper nicht bewegen. Ihren rechten Arm, der vor Schmerz schier in Flammen zu stehen schien, konnte sie zwar bewegen, aber viel brachte das nicht. Sie konnte ihn dazu benutzen, den Körper, der auf ihr lag, etwas weiter zur Seite zu schieben, aber dazu mußte sie erst ein paar Minuten warten, bis die Schmerzen zumindest etwas nachließen.

Aber mit welchen sonstigen körperlichen Unzulänglichkeiten sie auch zu kämpfen hatte, eine mächtige Waffe hatte sie noch in ihrem Arsenal. Ihre Stimme.

Sie atmete tief ein, hielt den Atem einen Augenblick an und stieß ihn dann in einem furchtbaren, markerschütternden Schrei aus. Es war der Schrei des Jadefalken, wie sie ihn von einem lange vergessenen Geschelternteil gelernt hatte, vor langer Zeit, als sie noch ein wimmerndes, spuckendes Nesthäkchen in ihrer Geschko gewesen war. Man hatte ihr gesagt, daß sie den

Schrei des Vogels recht gut traf, auch wenn es schon Jahre her war, daß sie ihn gehört hatte, und das nur von fern.

Der Kopf über ihr zuckte zur Seite und knallte dumpf auf den steinigen Boden. »Wa ...«, stieß sein Besitzer aus. Es war eine männliche Stimme, aber Joanna erkannte sie nicht.

»Steh auf, du«, sagte sie. Die Unzulänglichkeit ihres Wortschatzes in einer Krisensituation ärgerte sie.

Der Mann schob sich vor, stieß gegen ihren Kopf. Sie ignorierte den Schmerz. »Ich sagte, steh auf!«

»Was? Ich ... oh, verdammt, verdammt, verdammt!«

»Was ist los?«

»Meine Arme. Ich kann sie nicht bewegen.«

»Nomad? Bist du das?«

»Ich werde eine Studie darüber in Auftrag geben. Natürlich bin ich's, Joanna.«

»Keine Vertraulichkeiten.«

»Joanna, wir liegen auf einem Berghang aneinander gepreßt und sind beide ziemlich übel mitgenommen. Das ist nicht der Zeitpunkt für Formalitäten.«

»Ich werde dich melden.«

»Mach doch, was du willst. Oh, verdammt!«

»Was soll das Fluchen?«

»Du würdest auch fluchen, wenn deine Arme so schmerzen würden. Ich kann sie nicht bewegen. Dadurch kann ich nicht aufstehen. Daran, daß meine Beine höher liegen als mein Kopf, kann ich erkennen, daß wir auf einem Hang liegen. Mein Körper ist so verrenkt, daß beide Seiten schmerzen. Ich kann meine Beine bewegen, aber sie scheinen von beiden Seiten eingeklemmt zu sein. Das war mein Bericht, Sterncaptain. Ihr Zug.«

Joanna überprüfte alle möglichen Bewegungen ihres Körpers, erzielte jedoch kaum nennenswerte Resultate.

»Du kannst deine Arme nicht bewegen, Nomad?«

»Ich habe es versucht. Ein Arm wird taub, aber der

andere läßt sich etwas bewegen. An ihm tut mir die Hand weh. Jedesmal, wenn ich den Arm bewege, spür ich einen stechenden — uh, schon wieder. Okay. Okay, ich glaube, wenn ich … Ich glaube es geht. So. Na, das war wenigstens etwas.«

»*Was* war wenigstens etwas?«

»Ich habe mich auf den Ellbogen gestützt. Ich kann mich auf die Seite drehen, aber ich fürchte, das war's. Was nun?«

»Du blöder Narr!«

»Beleidigungen bringen uns im Moment recht wenig, Joanna. Warum versuchst du's nicht noch mal mit einem deiner Schreie oder was immer das sein sollte?«

»Ich könnte dich erwürgen, wenn ich …«

»Wenn du die Arme benutzen könntest.«

»Einen Arm kann ich bewegen. Bei deinem dünnen Hals wäre das genug.«

»So wie ich mich momentan fühle, kann es sein, daß ich freiwillig den Hals in deine Hand lege, damit du ihn mir umdrehen kannst.«

Beinahe hätte Joanna gelacht. Sie mußte zugeben, daß er im Vorteil war.

»Ein Jadefalke«, erklärte sie.

»Was?«

»Der Schrei. Ich habe den Schrei des Jadefalken imitiert.«

»Nicht einmal annähernd.«

»Und du kannst das beurteilen?«

»Allerdings. Ich habe ihn schon öfter gehört.«

»Vielleicht lagst du zu dicht neben meinem Mund, und der Klang war verzerrt.«

»Möglich. Warum reden wir in unserer Situation über Vogelstimmen?«

»Weißt du eine Möglichkeit, wie wir hier herauskommen?«

»Im Augenblick nicht. Vielleicht wenn es Tag wird …«

»Dann ist es gleichgültig, worüber wir reden, frapos?«

»Ich schätze, du hast recht.«

»Gut. Vermeide Kontraktionen. Diesmal zumindest. Ich kann *nur* deine Stimme hören, und nur *deine* Stimme. Foltere mich nicht die ganze Nacht. Ich werde jetzt schlafen.«

»Nein!«

Die Heftigkeit seiner Antwort überraschte sie.

»Bist du hier der Sterncaptain, Nomad? Gibst du jetzt die Befehle?«

»Für den Augenblick, ja. Ich kann mich etwas bewegen. Du kannst es offenbar nicht. Wir wissen nicht, was dir fehlt. Es könnte eine Gehirnerschütterung oder Schlimmeres sein. Du darfst nicht einschlafen.«

»Wie willst du mich daran hindern, du Idiot?«

»Ich werde Ihnen Geschichten erzählen, Sterncaptain. Das wird mich von meinen eigenen ... Schwierigkeiten ablenken.«

»Ich bin zu müde für Geschichten.«

»Ich kenne ein paar ziemlich lebhafte, Sterncaptain.«

Joanna war überrascht, wie schlüpfrig die Geschichten des Tech waren. Es war ihr erster Eindruck vom Leben unterhalb ihrer Kaste, zumindest von dem Teil davon, den Krieger niemals kennenlernten. Viele von Nomads Erzählungen illustrierten Sitten der niederen Kasten. Sie war unwillkürlich fasziniert.

Es schien nicht lange zu dauern, bis sich allmählich etwas Licht durch das Blätterdach des Dschungels zu ihnen herabkämpfte. Es war nicht sonderlich hell, aber zumindest konnten sie die Welt um sich herum in Formen und Schatten einteilen. Die meisten Formen gehörten eindeutig zur Pflanzenwelt, während der größte Teil der Schatten auf verborgene Tiere hindeutete.

»Seltsam«, meinte Joanna. »Es ist sehr still hier. Ich wünschte, ich könnte meinen Kopf höher heben. Ich kann nicht viel sehen.«

»Ich auch nicht. Aber da drüben ist ein Stück Metall.«

»Metall? Ein Teil des Landungsschiffes?«

»Möglich.«

»Wir sind abgestürzt. Aber wo sind die anderen? Wo ist das Schiff? Müßte es nicht in der Nähe sein? Müßten wir nicht irgend etwas hören?«

»Ich fürchte, das weiß ich nicht, Joanna.«

»Bitte ...«

»Sterncaptain.«

»Das ist besser. Ich werde die letzte Nacht als Folge der Schmerzen entschuldigen.«

»Wenn Sie es wünschen. Um Ihre Fragen zu beantworten: Wir wurden möglicherweise fortgeschleudert. Und ich nehme an, das, was Sie am Boden festhält, ist ein größeres Bruchstück des Schiffes. Aus diesem Winkel kann ich es nicht besonders gut erkennen, aber es sieht metallisch aus. Und verbrannt.«

»Kannst du es wegschieben?«

»Nicht mit meinem linken Arm. Aber ich fühle mich besser. Lassen Sie mich versuchen, was ich mit den Beinen ausrichten kann. Zumindest kann ich jetzt nach hinten sehen und erkennen, daß sie nur von ein paar Steinen behindert werden. Es wird schwer, aber ich denke, ich kann ... Ja, das war's. Verzeihung. Das war es.«

»Was hast du getan?«

»Fragen Sie nicht. Mein Bein läßt sich jetzt besser bewegen. Wenn ich es nur bis hierhin heben kann. Ja. Gut. Das wird einige Anstrengung erfordern. Verzichten Sie für einen Augenblick auf alle humorigen Bemerkungen.«

»Ich mache niemals humorige Bemerkungen.«

»Ja, das ist mir auch schon aufgefallen. Okay. Es geht los.« Der Aussage folgte ein Grunzen, eine Reihe von Schmerzensschreien und eine Bewegung, die Joanna nur undeutlich aus dem Augenwinkel bemerkte.

Schließlich schien Nomad nach einer schmerzhaft langen Wartezeit über ihr aufzuragen.

»Gut. Sie können jetzt wieder sprechen, Sterncaptain. Zu Ihrer Information, ich knie. Mein rechter Arm ist einigermaßen in Ordnung, aber mein Handgelenk scheint zerschmettert. Davon abgesehen ist es durchaus beweglich.«

»Schmerzt es, wenn du es bewegst? Das Handgelenk, meine ich.«

»Allerdings, erheblich sogar. Aber ich existiere, um zu dienen, frapos?«

»War das Sarkasmus, Nomad?«

»In dieser Situation bin ich mir nicht sicher. Lassen Sie mich sehen, was ich tun kann. Aber es wird trotzdem eine Weile dauern.«

Mit einem schlurfenden Geräusch rutschte Nomad auf den Knien vorwärts. Es dauerte ziemlich lange, bis er die kurze Strecke zwischen ihnen zurückgelegt hatte. Der Weg wurde von fast geflüstertem Stöhnen begleitet. Joanna konnte hören, daß er große Schmerzen hatte, es sich aber nicht anmerken lassen wollte.

»Was siehst du, Nomad?«

»Ich habe einen weiteren Teil des Landungsschiffes gefunden. Er liegt über Ihrem Körper und den Oberschenkeln. Er ist nicht allzu groß, aber er drückt schräg auf Ihren Leib, dadurch können Sie sich nicht bewegen. Ich weiß schon, was ich tun werde.«

»Was?«

»Wenn ich mich von Ihrer linken Seite vorbeuge, kann ich die Schulter unter das Teil schieben. Ich werde versuchen es anzuheben. Wenn es mir gelingt, können Sie darunter vorkriechen. Vielleicht. Sofern Sie nicht zu verletzt sind und kein Teil Ihres Körpers zerquetscht wurde.«

»Versuch nicht, mich aufzuheitern, Nomad.«

Nomads Antwort war ein undefinierbarer, kehliger Laut. Während seines mühsamen Weges an ihre linke

Seite sagte er nichts mehr. Sie konnte den Kopf nicht in seine Richtung drehen und war gezwungen, untätig zu lauschen.

»Also gut«, erklärte er endlich. »Ich bin jetzt in Position. Wenn Sie einen Schrei hören, der Ihr Jadefalken-Kreischen verblassen läßt, kriechen Sie so schnell Sie können den Hang hoch. Den anderen Arm sollten Sie zuerst wegziehen. Wenn nötig, ziehen Sie sich mit beiden Armen weiter. Sie sind soweit, frapos?«

»Pos. Los.«

Mit der Beschreibung seines Schreis hatte er fast noch untertrieben. Er war gellend, durchdringend, angsteinjagend. Ein einziger Ausdruck unmenschlichen Schmerzes.

Sie kroch fort, sobald das Gewicht nachließ. Wie er angedeutet hatte, erwies sich ihr freier Arm als der Schlüssel. Sie packte einen Fels und zog sich daran vor. Dann zerrte sie beide Arme unter dem Leib vor, hob ihn und brachte die Beine unter den Körper. Wie ein Meerestier am Ufer krabbelte sie weiter, löste sich ganz und schrie Nomad zu, das Teil fallen zu lassen.

»Hab ich schon«, antwortete er. »Schon lange. Sie haben sich schon mit den ersten Bewegungen befreit. Danke. Ich hätte nicht viel mehr Schmerzen ertragen können.«

»Du hast dich bei mir bedankt. Ich schätze, ich muß mich auch förmlich bei dir bedanken.«

»Nur keine Umstände. Ihre Dankbarkeit könnte mich zu sehr überraschen. Möglicherweise würde mich der Schlag treffen oder etwas ähnlich Unangenehmes. Sind Sie in Ordnung?«

Sein linker Arm hing herab wie ein Ast, den der Blitz getroffen hatte. Sein Gesicht war weiß vor Schmerz und Schwäche. Schweiß rann ihm von der Stirn. Er schien auf den Knien zu wanken und jeden Augenblick zusammenbrechen zu wollen.

»Warte, Nomad. Laß mich helfen.«

»Das ist ein Schock, aber ich werde ihn wohl akzeptieren müssen.«

»Laß den Sarkasmus, Nomad. Er ist für einen Tech unpassend, wie ich dir schon häufig genug gesagt habe.«

»Ja, das haben Sie.«

Seine Augen schlossen sich. Es war offensichtlich, daß er zusammenbrechen würde. Joanna, selbst auf den Knien, sprang vor und packte ihn. Die Schmerzen in der Schulter und im Handgelenk flammten wieder auf, aber ihr wurde klar, daß sie im Vergleich zu Nomads Verletzungen keine Rolle spielten.

Sie ließ ihn zu Boden, drehte ihn auf den Rücken. Seine Augen blieben geschlossen.

»Ich erinnere mich«, sagte sie, zu sich selbst. »Nomad hat sich auf mich geworfen. Er muß mich beschützt haben. Ich frage mich, warum.«

»Ich auch«, sagte Nomad, ohne die Augen zu öffnen.

»Bleib ruhig.« Nach einer Weile sagte sie: »Ein Lob muß ich dir wohl machen. Irgendwann heute nacht hast du gelernt, korrekt zu sprechen.«

»Ja«, erwiderte er, dann schien er eine Pause einzulegen, bevor er sagte: »Was 'ne Leistung. Hätt'nse das gedacht?«

8

Auf Glory gab es eine Legende über den Gestank im Blutsumpf. Sie berichtete von einem Halbgott oder Dämon namens Cadix, der durch das Universum gereist war, in hermetisch versiegelten Säcken alle üblen Gerüche gesammelt und zum Blutsumpf getragen hatte. Dann hatte er die Säcke, über dem Sumpf schwebend, nacheinander geöffnet. Die Gerüche waren zu Boden gesunken und hatten sich miteinander und mit den Nebelschwaden, die ständig über dem Sumpf hingen, vermischt. Jemandem, der den Blutsumpf durchquerte, wurde bei jedem Atemzug von einem anderen Gestank übel. Verbrecher, die in den Sumpf flohen, kamen freiwillig zurück, um sich zu stellen. Liebende, die sich aus persönlichen Gründen in den Sumpf zurückzogen, nahmen noch Wochen später seltsame Gerüche am Körper des Partners wahr. Cadix selbst sollte, nachdem er die Gerüche ausgesetzt hatte, in den Sumpf getaucht sein. Nach einer Version wurde nie wieder etwas von ihm gehört, nach einer anderen verwandelte er sich in einen weiteren üblen Gestank.

Trotz der hermetischen Versiegelung seiner *Nemesis,* die durch die Gefahr eindringenden Wassers notwendig geworden war, und der angeblich hocheffizienten Klimaanlage war Aidan sicher, daß er sich den Gestank von faulen Eiern und zerschmolzener Isolierung nicht nur einbildete.

Positiv war zu vermelden, daß der Stab bei der Ausarbeitung der Route gute Arbeit geleistet zu haben schien. Aidan war versichert worden, daß keiner der Mechs seines Sterns auf dem Weg unter Wasser verschwinden und das Wasser beim Verlassen des Blutsumpfes nur kniehoch sein würde. Trotzdem konnte Aidan, während er sorgfältig mit Hilfe des Trägheitskompasses seinen Kampfkoloß durch die nächtlichen Nebelschwaden steuerte, die Sorge nicht abschütteln, mit dem nächsten Schritt in tiefes Wasser oder, noch schlimmer, in einen der geheimnisvollen Treibsandstrudel zu geraten, die der Legende nach in Teilen des Blutsumpfes lauerten. Die Experten bezeichneten die Erzählungen als bloße Hirngespinste, aber die Krieger waren sich da nicht so sicher. Bis jetzt gab es keine Meldungen darüber, daß jemand im Sumpf vermißt wurde, aber andererseits betraten ihn die Krieger nur auf Befehl, niemals freiwillig.

Auf dem Sichtschirm bemerkte Aidan etwas ziemlich Großes, das auf seinen Mech zukam. Es war zu klein für ein Fahrzeug, aber zu groß für einen Menschen, außer vielleicht einen Elementar. Außerdem deuteten die Umrisse darauf hin, daß es sich auf allen vieren bewegte. Es näherte sich weiter, aber keines von Aidans Geräten konnte es als gloryanisches Tier identifizieren, also mußte es sich um eine der mysteriösen Kreaturen handeln, die im Sumpf lebten. Was es auch war, das Ding biß beiläufig nach dem Bein der *Nemesis,* bevor es weiterzog.

Der Nebel war so dicht, daß die Mechs ohne ihre Instrumente wahrscheinlich stundenlang im Kreis herumgewandert wären. So konnten sie recht zügig marschieren, beinahe so schnell wie in freiem Gelände bei guter Sicht. Ab und zu geriet ein Mech ins Wanken, wenn einer seiner schweren Füße auf dichten Pflanzenwuchs oder einen Felsen traf, aber alles in allem kam der Stern gut voran. Sie waren schon halb durch den Blutsumpf.

»Sterncommander?« Hengsts Stimme erklang über die Funkverbindung. Aidan hatte immer ein gutes Gefühl, wenn er Hengsts Stimme hörte. Sie waren schon lange zusammen, seit sie sich gemeinsam zum Krieger qualifiziert hatten. Es gab Momente, in denen Aidan sich gewünscht hätte, Hengst würde immer an seiner Seite bleiben, aber Hengst war ein guter Krieger und würde eines Tages ebenfalls zum Sterncommander befördert werden. Ohne die Diskriminierung freigeborener Krieger hätte er diesen Rang längst erreicht gehabt.

»Was gibt es, Hengst?«

»Ich sag es nicht gerne, aber ich orte eine Unregelmäßigkeit voraus. Und sie ist sehr groß, zu groß für eines der mythischen Sumpfwesen, es sei denn, wir haben es mit einem echten Monster zu tun. Von den Radarumrissen her würde ich auf einen BattleMech tippen. Wenn sie nicht so schwanken würden, wäre ich mir dessen sogar sicher. Sieh es dir selbst an.«

Hengst lieferte ihm die Koordinaten, und Aidan brachte den Eindringling auf den Schirm. Er sah auf den ersten Blick, was Hengst gemeint hatte. Das Objekt war eindeutig ein BattleMech, ein *Bluthund,* nach den dünnen Beinen und LSR 20er-Schulterlafetten zu urteilen. Aber es bewegte sich nicht mit der Sicherheit eines *Bluthund.* Das rechte Bein wirkte beschädigt. Der Winkel des Oberschenkels war falsch. Dadurch hatte der Mech die Neigung, wie ein Betrunkener seitwärts auszubrechen. Mit jedem Schritt kam er etwas vom Kurs ab, und der Pilot schien zu versuchen, diese Tendenz auszugleichen.

»Hältst du ihn für Freund oder Feind, Hengst?«

»Na, er sieht aus wie einer von uns nach ein paar *Fusionsbrennern.* Ich habe noch nichts davon gehört, daß die Wölfe sonderlich trinkfreudig wären, also könnte es ein Jadefalken-Pilot in seinem Mech auf einem mitternächtlichen Ausflug durch das farbenfrohe Nachtleben Glorys sein.«

Aidan grinste, nicht nur über Hengsts Kommentar, auch darüber, wie Hengst im Funkverkehr sorgfältig die Sprechmuster des Freigeborenen vermied. Es gab Momente, in denen Hengst hundertprozentig Krieger war, und Aidan wußte es zu schätzen.

»Für den Fall, daß es ein Feind ist, sollten wir vorsichtig sein. Die Umstände stehen gegen uns, und wir müssen uns vorsehen, daß wir nicht in eine der bekannten Fallen des Wolfsclans tappen. Soll ich Kontakt aufnehmen, oder machst du es?«

»Du bist so wortgewandt, daß wir deinen Verlust momentan nicht riskieren können. Dieses Bieten gewinne ich, Sterncommander, frapos?«

»Pos. Außerdem kämpfst du im Schlamm ohnehin besser als ich.«

»Ach? Darüber müssen wir uns noch unterhalten, wenn wir Zeit dafür haben.«

»Wenn wir Zeit dafür haben.«

Aidan verfolgte Hengst auf dem Schirm, als er mit seiner *Nemesis* ausscherte. Aidan und Hengst führten *Nemesis*-Mechs, seit sie ihren Positionstest in Maschinen dieses Typs bestanden hatten. Sie besaßen weder die Wendigkeit noch die Feuerkraft der OmniMechs, die Kael Pershaw für seinen Trinärstern Sturm requiriert hatte, aber sie besaßen eine altmodische, solide Effizienz.

Als er sich dem stolpernden *Bluthund* ausreichend genähert hatte, rief Hengst den Pilot über einen offenen Kanal formell an. »Hier ist Mech-Krieger Hengst, Stern Bravo, Erster Garnisons-Trinärstern, Station-Glory-Sternhaufen. Spreche ich mit einem geehrten Krieger des Clans Wolf oder des Clans Jadefalke?«

Die Stimme, die ihm antwortete, klang undeutlich, aber das mochte an einem Schaden im Funksystem liegen. »Mech-Krieger Enrique, Stern Charlie, Hades-Surats, Clan Jadefalke. Wir, äh, ich bin mit dem Trinärstern gekommen. Dem Trinärstern als Ablösung für Station Glory. Mit dem Landungsschiff. Es ist abgestürzt. Ich, äh, ich weiß nicht, wo ich bin. Ist das hier Glory? Wo ist Station Glory? Ich wandere hier herum, seit mein Kokon aufschlug ... abstürzte ... was immer.«

Hengst antwortete dem verirrten Piloten leise und teilte ihm mit, wo er war. Aidan brachte seine *Nemesis* vor und sprach Enrique an. »Krieger, in deinem Zustand schaffst du es nicht alleine aus dem Sumpf. Und dein BattleMech braucht dringend eine Reparatur. Wir müssen dich so schnell wie möglich zu Station Glory bringen, denn wir werden dich und deinen Mech schon sehr bald brauchen. Mech-Kriegerin Nis!«

»Ja, Sterncommander?« Nis' sanfte Stimme täuschte über ihre Härte im Kampf hinweg.

»Du wirst Mech-Krieger Enrique aus dem Sumpf führen. Er ist zu angeschlagen, um den Weg alleine zu finden.«

Nis klang enttäuscht, als sie den Befehl bestätigte. Wie Aidan und Hengst — oder jeder andere Clan-Krieger — wollte Nis keinen Kampf oder Einsatz verpassen. Aber sie war eine loyale freigeborene Kriegerin und in der Lage, Befehle zu akzeptieren, ebenso wie sie die Beleidigungen eines Wahrgeborenen einstecken konnte. Sie würde Enrique geduldig zurück zu Station Glory führen. Nicht nur das, sie besaß gewisse Techkenntnisse, und wenn die beiden Mechs erst einmal diesen Teil des Sumpfes hinter sich hatten, konnte sie festen Grund finden und an Enriques *Bluthund* ein paar provisorische Reparaturen vornehmen. Sie würde Pilot und Mech retten, und von Enrique zum Dank wahrscheinlich nur Murren ernten, sobald er entdeckte, daß sie eine Freigeborene war.

Bis auf die Kurzstrecken-Sprechverbindung war Enriques Kommunikationsanlage außer Betrieb. Nis konnte ihm eine generelle Routenbeschreibung geben, die Daten aber nicht auf Enriques Navigationscomputer übertragen.

»Hast du nach dem Absturz andere deines Trinärsterns gesehen?« fragte Aidan.

»Einen. Mech zerstört, Pilotin mit zerquetschtem Brustkorb. Am Leben, aber nicht lange. Sie konnte nicht reden.«

»Sie? Es war nicht deine Kommandeuse, oder?«

»Sterncaptain Joanna? Nein. Die wäre mit zerquetschtem Brustkorb abmarschiert.«

»Lebwohl, Enrique. Der Geist Nicholas Kerenskys geleite euch.«

Die beiden Mechs verschwanden im dichten Nebel. Aidan hatte die Verbindung zwischen den Mechs offengelassen, aber schon bald hörte er nur noch das Krachen der Statik. Er schaltete ab und gab Hengst ein Zeichen.

»Was sollte das mit dem Geist Kerenskys?« fragte Hengst.

»Nur gute Wünsche, Hengst. Alles nur gute Wünsche.«

»Ich wußte, daß die tote Kriegerin nicht Joanna sein konnte. Sie ist viel zu bösartig, um so leicht zu sterben.«

»Du kennst sie doch kaum.«

»Ich habe sie häufig genug gesehen. Und da sind noch deine Erzählungen ...«

»Das sind nur Erzählungen. Sie haben keine Bedeutung.«

»Du hast ihr Bett geteilt.«

»Und das war auch schon alles. Es war keinerlei Intimität damit verbunden, kein gemeinsames Erleben. Es war wie Sex mit einem Drachen, nicht mehr und nicht weniger. War das ein Lachen?«

»Du machst mir Spaß, Sterncommander Jorge. Sex mit einem Drachen. Was für ein Bild.«

»Und dabei wollen wir es belassen. Wir haben einen Auftrag und sind nur noch zu viert.«

»Ich frage mich, ob noch andere Mitglieder des Trinärsterns überlebt haben.«

»Wenn der Sumpf uns nicht verschlingt, werden wir es bald genug erfahren. Stern!«

Hengst und die anderen reagierten auf den Befehl, und die vier Mechs stampften weiter durch den Sumpf, blind, nur auf ihre Sensoren angewiesen, um einen Weg durch das Labyrinth des Dickichts zu finden. Aidan dachte daran, wie seltsam sie aussehen mußten, wäre jemand in der Lage gewesen, sie zu sehen. Vier mächtige, gefährliche Kampfkolosse, die wie übergroße Kinder durch Pfützen stapften. Aber keine Pfütze hatte je die großen Gefahren geborgen, die im Blutsumpf lauerten.

9

Joannas *Höllenbote* stand jetzt aufrecht. Sein Kopf lag knapp unter einem überhängenden, dichtbelaubten Ast, dessen Blätter ab und zu vom Wind über die Panzerung gestrichen wurden.

Es war harte Arbeit gewesen, den *Höllenbote* aufzurichten, aber mit Hilfe von Nomads Anweisungen hatte Joanna es schließlich geschafft. Die Maschine war allerdings noch nicht kampfbereit, und es war auch keineswegs sicher, daß Joanna sie ohne Reparaturen würde in Bewegung setzen können.

Es war schlimm genug, an dem Mech zu arbeiten und die Aufgaben durchführen zu müssen, die Nomad normalerweise übernommen hätte, wäre er nicht verwundet gewesen. Sie hatte Stunden damit zugebracht, mit seinen Werkzeugen einen elektrohydraulischen Servomotor zum Laufen zu bringen, und anschließend hatte sie die richtige Umleitung für den Hüftaktivator suchen und sicherstellen müssen, daß die Geschütze funktionierten. Sie hatte Glück, daß die Schäden so gering waren, aber andererseits überraschte sie das nicht. Clan-Mechs waren die besten BattleMechs des bekannten Universums. Zumindest nach Ansicht der Clan-Krieger.

Jetzt stand sie vor ihrem Mech und sah daran empor. Sie erkannte viele seiner Kampfspuren wieder. Die Techs entfernten bei den Reparaturen nach einem Gefecht zwar die meisten beschädigten Teile, aber ein paar Spuren blieben immer zurück — eine Rille im Metall, ab und zu sogar Fehler in einer Panzerplatte, die einen Streifschuß abbekommen hatte. Es war unsinnig, eine ganze Platte zu ersetzen, nur weil ein paar Splitter abgesprengt worden waren, oder Bauteile auszutauschen, die repariert werden konnten. Die Kriegergesellschaft der Clans diktierte einen erstklassigen Zustand aller Mechs, aber auch hier war, wie in jeder Hinsicht, Wirtschaftlichkeit der wichtigste Gesichtspunkt, ganz besonders bei technischen Reparaturen. Die Handbücher verlangten, daß alle Bauteile, die wieder auf die ursprüngliche Leistung getrimmt werden konnten, weiterverwendet wurden.

Ebensowenig ließen Krieger ihre Mechs auf Hochglanz polieren oder mit dem Ziel warten und lackieren, einen atemberaubenden, strahlenden Anblick zu liefern, der mehr den Gegner beeindruckte als eine effiziente Kampfweise zu ermöglichen. Man erwartete von den Mechpiloten der Kriegerkaste Arroganz und Allüren, aber übertriebener Hochmut wurde nicht gern gesehen, da er die Harmonie auf dem Gefechtsfeld störte. Irgendwo in der *Erinnerung* gab es eine Passage über einen hochmütigen Krieger, der zum Untergang verurteilt war, während der kluge und realistische Krieger den Sieg errang. Das gesamte Leben war ein Wettstreit und ein Bieten, diesen Streit zu gewinnen, erklärte das Gedicht, und der geringste Teil der verfügbaren Kräfte war der Stolz, daher mußte der wahre Krieger lernen, darauf zu verzichten. Was am Ende des Bietens als letztes vernünftiges Gebot blieb, waren Intelligenz, Geschicklichkeit und Aufopferung. Wer auf einen dieser drei Faktoren verzichtete, konnte nur noch verlieren.

»Der obere Torsodrehring macht ein unangenehmes Geräusch«, stellte Nomad von seinem Platz auf einer großen Baumwurzel aus fest.

»Wie kannst du aus einem bloßen Geräusch soviel schließen?«

»Geräusche sind der Schlüssel zu Fehlern.«

»Und der Drehring hat einen Fehler?«

»Kann sein, kann nicht sein. Ich hör nur ein Geräusch, das da normalerweise nicht ist.«

Da ihr Medpack den Absturz nicht überstanden hatte, hatte Joanna eine Schlinge für seinen verletzten Arm improvisiert. Außerdem hatte sie mit Stoffstreifen, die sie aus einer alten Uniform im Mechcockpit gerissen hatte, Nomads Handgelenk bandagiert. Er behauptete, es gehe ihm schon besser, und bot immer wieder an, die Arbeiten selbst zu übernehmen. Ganz offensichtlich gefiel es ihm nicht, wenn jemand anders seine Arbeit machte — da ging es ihm genau wie Joanna. Aber weit schlimmer als die Arbeit selbst war die Tatsache, daß sie Befehle von Nomad entgegennehmen mußte. Es war kein bißchen weniger erniedrigend als ihr Alter zu erreichen, ohne sich für einen Blutnamen zu qualifizieren.

»Und? Was soll ich mit dem Drehring machen?«

»Nichts. Sie kommen gar nicht ran. Dazu brauchen wir 'ne anständige Wartungshalle.«

»Warum erzählst du mir dann davon?«

»Ich hatte gehofft, daß es Ihnen Sorgen macht.«

»Das macht es auch. Stehen noch andere Reparaturen an?«

»Massenhaft. Aber mit dem Werkzeug haben wir so ziemlich alles gemacht, was wir schaffen können.«

»Dann wird es Zeit, ins Cockpit zu steigen und den alten *Ter* anzuwerfen.« Ter war Joannas Name für ihren Mech. Nur wenige Clan-Krieger machten sich die Mühe, ihren Maschinen einen Namen zu geben, auch wenn das unter den Kriegern der Inneren Sphäre angeblich üblich sein sollte. Nomad wußte, daß sie den Kampfkoloß nach ihrem früheren Kommandeur, Falknercommander Ter Roshak benannt hatte, aber er hatte keine Ahnung, warum sie an diesen mürrischen und über alle Maßen gemeinen Krieger erinnert werden wollte. Es schien, daß Joanna eine Art Rache oder Perversion darin sah, diesen Namen zu verwenden, aber wie ihre Beweggründe genau aussahen, war ihm unbekannt.

»Sie sollten besser schlafen, bevor Sie losmarschieren«, sagte er. »Wir wissen nicht, wo wir sind, und es wird schnell dunkel. Ich habe noch nie eine so tiefe Dunkelheit wie in diesem Dschungel gesehen, und wir könnten uns leicht verlaufen. Vielleicht nimmt jemand

Kontakt mit uns auf. Es gibt mindestens eine offene Frequenz in ...«

»Du willst sagen, wir brauchen Hilfe, frapos?«

»Pos. Das ist unbekanntes ...«

»Hier findet ein Test um den Besitz des genetischen Erbes von Kael Pershaw statt, falls dir das entfallen ist, und wir wurden geboten. Wir sind Kael Pershaw keine Hilfe, wenn wir uns mitten in einem von Glorys kleinen Dschungeln schlafen legen.«

»Und wären wir ihm eine Hilfe, wie Sie es ausdrükken, indem wir ziellos durch diesen, wie Sie es nennen, kleinen Dschungel wandern?«

Joanna starrte Nomad eine Weile verärgert an, dann hob sie die Hände zum Gesicht und rieb sich die Augen. »Ich schätze, du hast recht, Nomad. Ich würde lieber kämpfen, aber vielleicht tut mir eine kleine Ruhepause ganz gut ...«

Sie setzte sich, lehnte den Kopf gegen den rechten Fuß ihres Mechs, arrangierte umständlich ihre Beine, um eine bequeme Position zu finden, und fiel abrupt in den Schlaf. Nomad wünschte sich, die Arme gebrauchen zu können. Er wäre ins Mechcockpit geklettert und hätte ihr eine Decke geholt. Es wurde Nacht und ausgesprochen kalt.

Mit einem Stirnrunzeln in Richtung des schlammigen Bodens rund um den Mech wanderte Nomad etwa zwanzig Meter weiter zu einer kleinen Baumgruppe. Er schmiegte sich in eine Nische zwischen zwei Luftwurzeln. Jede Bewegung sorgte für stechende Schmerzen im Handgelenk, mit dem er sich abstützen mußte. Als die Schmerzen langsam nachließen, fiel auch Nomad in Schlaf und träumte davon, sich immer wieder zu überschlagen, während der Mechkokon durch die Leere stürzte.

Er wurde vom Lärm der realen Riesen geweckt, von denen er geträumt hatte. Für einen ausgebildeten Tech war der Krach unverwechselbar. Nur Mechs konnten sich so anhören wie urzeitliche Kreaturen, die alles zermalmten, was unter ihre Füße geriet. Mondlicht fiel in dünnen Strahlen durch das Blätterdach und lieferte das einzige Licht. Offensichtlich hatte Joanna den tragbaren Scheinwerfer ausgeschaltet.

Sie war schon wach und auf den Beinen. »Ich werde *Ter* anwerfen«, sagte sie, und ohne auf eine Antwort zu warten, rannte sie zu ihrer Maschine.

»Warten Sie«, rief Nomad ihr hinterher, aber sie blickte sich nicht um. »Ich kann mich nicht bewegen«, fügte er leise hinzu. Irgendwie hatte er sich im Schlaf bewegt und war nun zwischen den Baumwurzeln eingekeilt.

Joanna hatte die Pilotenkanzel erreicht. *Ter* lag im Schatten, aber er konnte die wuchtige Gestalt des *Höllenbote* ausmachen, eine riesige Silhouette, etwas dunkler als die sie umgebende Nacht. Nomad bemerkte eine leichte Bewegung in *Ters* Armen, hörte die leisen Aktivierungsgeräusche der Aggregate, spürte die Erschütterungen, die vom Fusionsreaktor im Herzen des Kolosses erzeugt wurden. Es war möglich, einen BattleMech wie diesen recht schnell in Bewegung zu setzen, aber konnte Joanna es schnell genug schaffen?

Wie um ihm zusätzlich Angst zu machen, fühlte er das Beben sich nähernder Mechschritte. Sie schienen direkt auf ihn zuzukommen. Nur einen Augenblick später wurde ihm klar, daß sie das tatsächlich taten.

Auf welcher Seite diese Mechpiloten auch waren und wie auch immer sie mit einem verletzten Jadefalken-Tech verfahren würden, Nomad wußte, er steckte in großen Schwierigkeiten. Er war so zwischen den Baumwurzeln eingekeilt, daß es überhaupt keinen Unterschied machte, auf welcher Seite die Piloten waren. Sie konnten ihn so oder so nicht sehen.

Er verrenkte den Hals, um in Richtung der näherkommenden Schritte blicken zu können. Gleichzeitig hörte er das unverwechselbare Krachen von Joannas Mech, der bei seinem ersten Schritt Unterholz zermalmte. Er war sicher, daß sie *Ter* wendete, um sich den Eindringlingen zu stellen.

Das donnernde Krachen wurde immer lauter, bis schließlich eine *Nemesis* aus dem Wald auftauchte und dabei zwei Bäume beinahe bis zum Boden knickte. Der Pilot schien weder Nomad noch Joanna in ihrem Mech zu bemerken. Der Mech marschierte einfach geradeaus. Er wirkte etwa so, als sei er auf einem Abendspaziergang. Zuerst schien es, als würde er an Nomads Baum vorbeiwandern, aber dann blieb er wenige Meter davor stehen und schien das Gelände abzutasten. Plötzlich änderte er die Richtung; wahrscheinlich hatte der Pilot *Ter* geortet.

Die *Nemesis* lief geradewegs auf Nomads Baum los. Mit einer beinahe wissenschaftlich zu nennenden Faszination beobachtete der Tech die Füße des Mechs und maß deren Schrittweite. Es war überdeutlich, daß sich einer dieser gewaltigen stählernen Ausleger in wenigen Sekunden genau auf die beiden Wurzeln senken würde, zwischen denen er festsaß. Der Mechfuß würde die Wurzeln zermalmen, und mit ihnen alles, was zwischen ihnen in der Falle saß.

Noch bevor Nomad seine Berechnungen weiterführen konnte, hing der enorme Fuß schon über seinem Kopf und senkte sich auf ihn herab.

10

Als Joanna sah, wie Nomad unter dem gigantischen Fuß der *Nemesis* zerquetscht zu werden drohte, die unverhofft aus dem Nebel aufgetaucht war, wußte sie, daß sie keine Zeit hatte, den Eindringling zu identifizieren. Clan Wolf oder Clan Jadefalke, das spielte keine Rolle, wenn das Leben eines Mitglieds ihrer Einheit in Gefahr war. Obwohl sie Nomad verachtete, wann immer sie sich die Mühe gab, einen Gedanken an ihn zu verschwenden — und ihn unter gewissen Umständen ohne Skrupel selbst zerquetscht hätte —, es wäre Verschwendung gewesen, untätig zuzusehen, wie er starb. Instinktiv feuerte sie die Laserkanone gegen den Fuß ab.

Sie hatte genau gezielt. Die Laserimpulse kochten die Panzerung in Knöchelhöhe, gerade genug, um den Mech aus dem Gleichgewicht zu bringen und den Fuß zur Seite zu stoßen. Der riesige Metallfuß prallte gegen den Baumstamm und stampfte Zentimeter neben eine der Wurzeln, zwischen denen Nomad eingeklemmt war, zu Boden. Dieser spezielle Schuß war schon immer eine Spezialität Joannas gewesen. Er lenkte feindliche Piloten ab, indem er sie zwang, ihre Maschine wieder ins Gleichgewicht zu bringen. In diesem entscheidenden Moment konnte Joanna häufig den tödlichen Treffer anbringen.

Von der Trefferstelle stieg Rauch auf. Joanna hatte etwas getroffen. Als der Mech wie erstarrt stehenblieb, ragten seine dicken, wuchtigen Beine direkt über Nomad empor, der schreckensbleich nach oben starrte.

»Guter Schuß, Krieger«, meldete sich eine Stimme über die Funkverbindung zum Mech des Neuankömmlings. »Ist es bei dir üblich, auf die unteren Gliedmaßen von Mechs der eigenen Seite zu feuern? Woher nimmst du das Recht ...«

»Ich erkenne deine Stimme, Krieger. Aidan, richtig?«

»Nein, falsch. Ich bin Sterncommander Jorge, Station Glory, Garnisonssternhaufen.«

Hätte sie keine nietenbesetzten Handschuhe getragen, hätte Joanna sich mit der flachen Hand gegen die Stirn geschlagen, als ihr die Dummheit ihres Fehlers klarwurde. Natürlich konnte sie ihn nicht Aidan nennen. So hieß er nicht mehr.

»Verzeihung, Krieger. Du klingst wie jemand, den ich einmal kannte. Wie dumm von mir. Aidan ist längst tot.«

»Du hast meine Frage nicht beantwortet. Ich halte nichts davon, während einer Hilfsmission als Zielscheibe zu dienen.«

»Du warst im Begriff, meinen ChefTech in eine Frikadelle zu verwandeln, Sterncommander Jorge. Ich hatte keine andere Möglichkeit, das zu verhindern.«

Anstatt zu antworten, überprüfte Aidan die Lage. Als er den Mann zwischen den beiden Wurzeln sah, murmelte er unwillkürlich: »Nomad.«

Die Funkanlage fing sein Murmeln auf. Es überraschte Joanna. Sie hatte vergessen, daß Aidan und Nomad während Aidans kurzer Zeit als AsTech zusammengearbeitet hatten.

»Hengst, du und die anderen warten, während ich mit dem Sterncaptain spreche«, befahl Aidan. »Ich werde meinen Mech für eine Weile verlassen.«

Er löste die Gurte, die ihn auf der Pilotenliege hielten, und kletterte den Mech hinab zu Nomad, der noch immer zu der riesigen *Nemesis* hochstarrte.

»Ich hatte nicht erwartet, dich jemals wiederzusehen, Nomad.«

»Gleichfalls. Sie sehen gut aus. Sie sind fülliger geworden, muskulöser. Jetzt sehen Sie endlich wie ein Krieger aus.«

»Sah ich denn vorher nicht so aus?«

»Nicht für mich. Und da Sie ihren Test nicht geschafft hatten, gab es keinen Grund ...«

»Still!« Warum mußte heute jeder auf seine alte Identität anspielen? »Es könnte jemand hören.«

»Wer sollte es hören? Sie, ich, Joanna? Wir wissen es alle.«

»Trotzdem ...«

»Nichts trotzdem. Ich hätte nicht gedacht, daß ein Krieger soviel Angst haben kann. Und überhaupt, warum haben Sie Angst? Wenn es jemand herausfindet, ...«

»Bin ich tot. Ich kann nicht weniger als ein Krieger sein, und ein Krieger kann ich nur als Jorge sein.«

»Nein. Ich kann an Ihren Augen sehen, daß Sie immer ein Krieger sein werden, was auch immer man mit Ihnen macht.«

»Man hat mir gesagt, daß in meinen Augen nicht zu lesen ist.«

»Vielleicht lese ich zwischen den Zeilen.«

»Du sprichst absichtlich in Rätseln. Kannst du dich bewegen?«

»Nein. Meine Arme, sie ...«

»Ich werde dich herausheben.«

Aidan holte Nomad vorsichtig zwischen den Baumwurzeln hervor und hob ihn hoch, um ihn ein Stück von den Bäumen fortzutragen.

»Eine rührende Rettung«, bemerkte Joanna, die in seinem Weg stand.

»Nicht so beeindruckend wie deine.« Er wies mit dem Kopf auf den Fuß seiner Maschine. »Ich werde daran arbeiten, um die maximale Beweglichkeit wiederherzustellen. Es gibt schon zu viele humpelnde Mechs in dieser Gegend.«

Joanna hob fragend die Brauen, und Aidan erzählte ihr von dem *Bluthund,* den er mitten im Blutsumpf getroffen hatte.

»Blutsumpf, ja?« Sie schürzte die Lippen. »Station Glory wird von Minute zu Minute attraktiver. Hast du Kontakt mit anderen meiner Krieger gehabt?«

»Bis jetzt nicht.«

»Heißt das, der größte Teil meines Trinärsterns hat den Absturz nicht überlebt?«

»Nicht unbedingt. Ein paar von ihnen können noch bewußtlos sein. Andere können durchaus Notsignale senden. Eine Besonderheit dieses Dschungels liegt darin, daß er Langstreckenfunk schluckt. Selbst die Kurzstreckenkommunikation ist beeinträchtigt. Hier muß eine Mecheinheit dicht zusammenbleiben. Wenn ein Mech davonwandert und den Kontakt verliert, kann der Pilot in dem verwirrenden Labyrinth von Bäumen und der ewigen Nacht leicht völlig die Orientierung verlieren. Radar und magnetische Anomaliedetektoren sind nutzlos. Der Versuch, mit Hilfe von sichtbarem Licht einen Weg zu finden, ist ein Herumtasten in grüner Dunkelheit. Wärmesensoren sind nützlicher, aber Schatten und Objekte können so verwechselbar werden, daß man in ein Hindernis läuft, von dem man schwören könnte, es sei zwei Meter entfernt. Trotzdem, wenn die Mitglieder zusammenarbeiten, ist es möglich, eine Einheit ohne allzugroße Schäden durch den Dschungel zu führen.«

»Hört sich toll an. Wie leicht ist es, Station Glory zu erreichen?«

»Es ähnelt einer Reise durch die Hölle in einem Papiermech.«

»Dies ist nicht der rechte Zeitpunkt für farbenfrohe Kriegerphrasen. Warum setzt du Nomad nicht irgendwo ab? Seine Beine kann er schließlich durchaus benutzen.«

Nachdem Aidan den Tech abgesetzt hatte, befahl Joanna Nomad, ein Stück beiseite zu gehen, damit sie ungestört mit Sterncommander Jorge reden konnte. Nomads Ansicht, daß es nichts von solcher Wichtigkeit gab, das er nicht hätte hören dürfen, war deutlich. Aber Kastenunterschied war Kastenunterschied, und selbst er hatte sich den Regeln zu beugen.

»Ich hatte nicht erwartet, dich hier zu treffen«, sagte Joanna, als Nomad weit genug fort war.

»Natürlich nicht. Es ist nicht clangemäß, daß alte Kameraden in Kontakt bleiben.«

»Keinen Sarkasmus. Davon höre ich genug von Nomad. Und ich bin sicher, er hat mehr Talent dafür als du. Wie ist deine Einheit zusammengesetzt, welche Mitglieder und welche Kampfkraft hat sie?«

»Wozu mußt du das jetzt und hier wissen?«

»Wenn ich den Befehl übernehmen soll, muß ich wissen, was ...«

»Den Befehl übernehmen?«

»Ich habe den höheren Rang, frapos?«

»Pos. Aber ich habe eine Mission zu ...«

»Diese Mission hast du noch immer, Sterncommander. Es ist auch meine. Ich muß die Überreste meines Trinärsterns zusammensuchen, um in den Kampf um das genetische Pershaw-Erbe einzugreifen. Sträubst du dich dagegen, von mir Befehle anzunehmen? Eine ehrliche Antwort.«

»Ja, allerdings. Das ist mein Stern, und du ...«

»Unter Gefechtsbedingungen zählt nur der Rang, das weißt du. Tritt ins Licht.«

Aidan schritt in den fahlen Lichtstrahl. Er fühlte sich wie auf einer Bühne, angestrahlt von einem grellen Scheinwerfer.

Joanna nickte. »Wie ich es mir dachte. Ich habe gesehen, daß deine Uniform verziert war, und wir wissen beide, daß Krieger ihre Gefechtsabzeichen nicht in die Schlacht tragen. Ich vermutete eine schwarze Schärpe. Du hast dich nicht geändert, was, Sterncommander Jorge? Du warst als Kadett schon bockig und ein Unruhestifter noch dazu.«

»Ist es Bockigkeit, wenn man ...«

»Still, du Dreck. Du dürftest nicht einmal mit mir reden, ohne daß ich die Erlaubnis dazu gebe.«

»Bei allem Respekt, Sterncaptain, ich denke nicht,

daß die Bedingungen der schwarzen Schärpe während einer Rettungsmission zur Anwendung kommen können.«

»O doch, das tun sie, Jorge, das tun sie. Und es wird mir ein Vergnügen sein, sie anzuwenden.«

»Joanna, ich ...«

Er hatte die Peitsche in ihrer rechten Hand nicht gesehen. Sie ließ sie beiläufig zucken und verfehlte knapp sein Gesicht.

»Das reicht, Sterncommander. Wir werden dafür sorgen, daß in dieser Einheit wieder Disziplin einkehrt. Du wirst nur auf meinen Befehl hin reden. Wir müssen die schwarze Schärpe respektieren. Nomad wird dir Anweisungen geben, wie der Schaden am Fuß deines Mechs repariert werden muß. Darin ist er ziemlich gut. Danach werden wir weitersehen.«

Aidan starrte sie haßerfüllt an, als sie Nomad zurückrief. Sie hatte ihm arroganterweise den Rücken zugekehrt, und es drängte ihn, sie anzuspringen, ihren Hals zu packen und ihr das Genick umzudrehen, wie er es bei Bast getan hatte. Aber nein, selbst wenn seine Clanerziehung und die schwarze Schärpe ihn nicht zurückgehalten hätten, wußte er, daß er Joanna nicht so einfach überwältigen konnte.

Nomad sah sich den Schaden am Fuß der *Nemesis* an. Entsprechend den Anweisungen des Techs zog Aidan eine Reihe geschwärzter Bruchstücke aus der langen Brandspur, die *Ters* Laser hinterlassen hatte. Nomad ließ ihn ein paar Drähte verbinden und eine Änderung an einer Platine vornehmen. Anschließend erklärte der Tech den Mechfuß für einsatzbereit.

»Es ist nur ein Provisorium, aber es sollte halten«, kommentierte Nomad. »Das ist ungefähr so, als ob man einem Löwen einen Dorn aus der Tatze zieht.«

»Es gibt eine alte terranische Legende ...«

»Ja, so was hab ich auch gehört.«

Da Nomad nicht allein in Joannas *Höllenbote* klettern

konnte, nahm sie ihn auf die Schultern, bevor sie in die Kanzel kletterte. Aidan sah ihnen schweigend zu, dann stieg er zurück in seinen Mech.

»Sterncommander Jorge, du wirst mir die Koordinaten für die wahrscheinlichen Aufenthaltsorte der Überlebenden meines Trinärsterns übermitteln. Antwort.«

Mit tonloser Stimme lieferte Aidan Joanna die verlangten Informationen.

»Die Namen deiner Leute kenne ich nicht«, fuhr sie fort. »Ich brauche sie auch nicht, da es sich ohne Zweifel bei ihnen allen um dreckige Freigeburten handelt. Wie du selbst eine bist.« Da Joanna eine der wenigen war, die Aidans wahre Abstammung kannte, war ihre Beleidigung bewußt kalkuliert. Wogen lange vergessenen, aber dadurch nicht gemilderten Abscheus schlugen über ihm zusammen. Er hatte sie schon seit Jahren nicht mehr gesehen, aber der Haß war frisch und unverbraucht. Jetzt wußte er, gegen wen er im Kreis der Gleichen antreten würde, wenn er die schwarze Schärpe erst einmal abnehmen konnte — falls Kael Pershaw den Kreis je wieder einführte.

»Sterncommander, einer der Krieger wird die Spitze übernehmen und den Weg freiräumen. Ich werde ihm folgen. Du und die beiden anderen Mechs folgen mir, frapos. Antwort.«

Aidan fühlte sich, als wäre er wieder auf Ironhold, mit Joanna als Ausbildungsoffizier.

»Pos, Sterncaptain. Hengst, du gehst nach vorne.«

»Jawohl, Commander.«

Aidan beobachtete auf seinem Bildschirm, wie Hengst sich vor Joanna setzte. Auf ihrem privaten Kanal fragte Hengst leise: »Jorge, was geht hier vor? Diese arrogante Kuh scheucht dich wie ...«

»Sie hat den höheren Dienstgrad, Hengst.«

»Aber sie war noch nie auf Glory. Jeder halbwegs vernünftige Offizier würde dir als ...«

»Sie hat den höheren Dienstgrad.«

»Du gibst zu schnell auf. Das paßt nicht zu dir. Irgendwas stimmt nicht. Ist es die schwarze Schärpe? Sie ist es, richtig?«

»Tu deine Arbeit, Hengst.«

»Ich wußte nicht, daß die schwarze Schärpe ihren Träger in einen Feigling verwandelt.«

Aidan hätte Hengst am liebsten angeschrien, aber er hielt sich unter Kontrolle. »Tu, was dir gesagt wird, Hengst.«

Hengst murrte, aber er führte den zeitweise auf volle fünf Strahlen aufgefüllten Stern aus der Lichtung und in ein Dschungelgebiet, das dunkler und bedrohlicher aussah als alles, was sie bis dahin gesehen hatten.

11

In sämtlichen Einheiten, in denen sie je Dienst getan hatte, war Joanna augenblicklich durch ihre kalte Gleichgültigkeit aufgefallen. Keine Katastrophe, keine Tragödie, kein Tod eines Kameraden konnte die Mauer aus Eis, die sie um sich herum aufbaute, durchbrechen. Sie riß sie jedoch häufig genug selbst ein, wenn es darum ging, ihre Untergebenen zu terrorisieren. Bei Inkompetenz oder Dummheit konnte sie wütend werden, ja regelrecht außer sich geraten. Zu viele solcher Ausbrüche hatten lange ihre Beförderung verhindert. Und eine gewisse strategische Unvorsichtigkeit hatte ihre Versuche vereitelt, einen Blutnamen zu gewinnen.

Im Dschungel von Glory wurde ihre berüchtigte Kälte auf eine harte Probe gestellt. Zusammen mit Aidans Stern fand sie ein Bruchstück des Absturzes nach dem anderen. Sie sah BattleMechs, die so schwer beschädigt waren, daß keinerlei Hoffnung bestand, sie rechtzeitig für den Kampf gegen Clan Wolf wieder zu reparieren. Sie sah Krieger ihrer Einheit tot zwischen verbogenen Wrackteilen liegen oder mit letzter Kraft auf sie zuhumpeln. Sie sah Blut, in Pfützen, in Rinnsalen, wie Tau auf den Blättern. Die Szenen, die sich vor ihr auftaten, konnten selbst einem Clan-Krieger eine Träne oder ein Stöhnen entlocken. Sie hörte über die Funkverbindung die Krieger in Aidans Stern, der jetzt ihr Stern war, keuchen, aber natürlich waren das dreckige Freigeburten, von denen sie keine Disziplin erwarten konnte. Trotzdem, selbst Joanna mußte sich eingestehen, daß der Anblick ihr zu schaffen machte. Nicht, daß sie bereit gewesen wäre, ihre Gefühle körperlich oder verbal zum Ausdruck zu bringen. Mehr noch als bloßen Ekel fühlte sie Wut über die schiere Verschwendung, die sie miterleben mußte. Es hatte eine Zeit gegeben, in der sie einen Trinärstern kommandiert hatte. Jetzt war sie — zumindest zeitweise — zur Kommandeurin eines einzelnen Sterns dreckiger Freigeburten geworden. Und der wenigen brauchbaren Mechs des Trinärsterns, die noch in der Lage waren, den Reaktor hochzufahren und ihrem Stern zu folgen. Sie hätte fast gelächelt, als sie an diesen Satz dachte. Ihrem Stern folgen. Das war doch eine uralte Redewendung, wahrscheinlich noch aus den Tagen der terranischen Menschheit. Auf den Dörfern hatte sie gelegentlich gehört, wie Leute zueinander sagten: »Folge deinem Stern, und er wird dich ins Glück führen.« Dörfer eigneten sich dazu, nutzlose Volksweisheiten aufzuschnappen. Freigeborene konnten ihr Leben mit den bedauernswertesten Sinnsprüchen und Redewendungen ausschmücken. Krieger brauchten so etwas nicht. Für einen Clan-Krieger zählte nur, was er persönlich erreicht hatte. Er schaffte den Test, errang im Krieg den Sieg, erkämpfte sich einen Blutnamen, verewigte sich im heiligen Genfundus. Es bestand keinerlei Bedarf, einem Stern zu folgen oder auf das Schicksal zu vertrauen, wie es die niederen Kasten häufig taten. Ein Krieger war sein eigener Glaube, sein eigenes Schicksal.

Jedenfalls bestand ihre Einheit jetzt aus neun Kriegern. Neben ihr selbst und den vier Kriegern in Aidans Stern waren noch vier Krieger des Trinärsterns hinzugekommen. Andere Überlebende — Techs und Krieger, deren Mechs kampfunfähig waren — drängten sich für den Transport zu Station Glory in den Mechkanzeln. Dort konnten sie als Reserve oder Hilfstruppen von Wert sein.

Aidan hatte vorschlagen wollen, die Techs und die Krieger ohne Mechs zurückzulassen, damit sie später abgeholt werden konnten. Die Einheit hätte sich ohne die zusätzliche Belastung der Maschinen schneller bewegen können. Aber Joanna hatte ihn nicht nach seiner Meinung gefragt, und die schwarze Schärpe hinderte ihn daran, ihr seinen Rat anzubieten. Wozu auch? dachte er. Die Schärpe machte gegenüber Joanna wenig aus. Sie hätte keinen Rat angenommen, gleichgültig von wem er kam. Wenn sie einmal entschieden hatte, was Sache war, bestand keine Möglichkeit, diese Auffassung zu verändern. Sie war schon auf Ironhold so gewesen, und sie schien sich seitdem nicht merklich verändert zu haben.

Im Moment hatten sich alle Mechs auf einer Lichtung versammelt. Die Vegetation war über diesem Abschnitt des gottverlassenen Dschungels weniger dicht, und die wenigen Sterne, die durch das Blätterdach zu erkennen waren, lieferten ein Minimum an Licht. Vielleicht waren die Tiere durch die Fremdlinge in ihrer Mitte verunsichert, denn zwischen den Bäumen klangen mehr Bewegungsgeräusche als sonst auf, und das Schnattern, Kreischen und Schreien schien zuzunehmen, statt mit zunehmender Dunkelheit abzuklingen.

»Sterncommander Jorge«, klang Joannas verhaßte Stimme im Lautsprecher auf, »ich denke, wir haben jeden Krieger des Trinärsterns gefunden. Es sind noch ein paar Techs unter den Vermißten, aber das sind schließlich nur Techs.«

Aidan verstand sie nur zu gut. Mit ›nur Techs‹ meinte sie, daß sie zum größten Teil Freigeborene waren. Und die Wahrgeborenen unter ihnen hatten es nicht geschafft, sich zum Krieger zu qualifizieren. Das machte sie unwichtig, vernachlässigbar.

»Kannst du mir die Koordinaten unseres Aufenthaltsortes geben, damit ich den Rückweg zu Station Glory planen kann?« Aidan genoß das Privileg, zu schweigen und auf ihre ausdrückliche Erlaubnis zu warten. »Schon gut, schon gut. Antwort, Jorge.«

»Ich kann die Datei in dein Kommprogramm überspielen, aber ich empfehle dir, dich und deine Krieger von uns hinausführen zu lassen. Wir haben den Weg schon einmal hinter uns gebracht. Es gibt viele Tücken, Gefahren ...«

Ihr plötzliches Schweigen gefiel Aidan. Er konnte

Joanna in ihrem Cockpit vor sich sehen, wie sie sich wand und mit sich kämpfte, dieses *eine Mal* nachzugeben.

Schließlich kam ihre Antwort. »Ich stimme dir zu. Und Jorge ... Von jetzt an gestatte ich dir, in missionsbezogenen Fragen und Situationen von taktischer Bedeutung ohne meine Aufforderung zu sprechen.«

Wie schwer mußte ihr dieses Eingeständnis gefallen sein, dachte er, und der Gedanke war ein größerer Genuß für ihn als ein dreifacher *Fusionsbrenner* mit einheimischem Wein zum Nachspülen.

Seine Freude hielt nicht lange an. Sie wurde von fernem Explosionsdonner und plötzlichen Lichtblitzen unterbrochen, die das Blätterdach aufleuchten ließen.

»Freigeburt!« rief Joanna. Selbst über die Funkanlage war die Schärfe ihrer Stimme unüberhörbar. »Die Schlacht hat begonnen. Wir dürfen keine Zeit verlieren. Wie weit ist es bis Station Glory?«

»Etwa hundert Kilometer.«

»Und die Ebenen sind in der Nähe?«

»Der Kampfschauplatz, den Kael Pershaw gewählt hat, liegt zehn bis zwölf Kilometer von der Station entfernt.«

»Das ist zu weit. Bestimme einen Kurs, der uns durch den Sumpf auf die Glory-Ebene führt.«

»Bei allem Respekt, Sterncaptain, ich finde, wir brauchen einen Aufenthalt in der Station für Reparaturen und ...«

»Wir haben keine Zeit, erst noch zur Station zu marschieren. Wir sind Clanner. Es spielt keine Rolle, ob unsere Mechs reparaturbedürftig sind. Angesichts der vielen Verluste beim Absturz glaube ich, daß das Schicksal uns die momentanen Bedingungen diktiert.«

Aidan wollte Joanna sagen, daß sie Unsinn redete, aber er verkniff es sich.

»Kael Pershaw kämpft in Unterzahl«, fuhr sie fort. »Sein Gebot wurde von der strategischen Täuschung des Wolfsclans seines Wertes beraubt. Wenn wir nicht bald auf dem Schlachtfeld erscheinen, ist der Kampf verloren. Jorge, du und deine Einheit wurden mitgeboten, frapos?«

»Pos.«

»Als Freigeborene hatte ich mit der Möglichkeit gerechnet, daß er auf euch verzichtet hatte. Du mußt unsere Route zur Glory-Ebene festlegen.«

»Sterncaptain Joanna, bei allem Respekt, du hast mich eben noch dazu bestimmt, euch aus dem Dschungel zu führen. Nicht nur müssen die Mechs überprüft werden, wir sollten voll bewaffnet in das Gefecht ziehen. Wir wissen nicht einmal, ob die Geschützsysteme deiner verbliebenen Maschinen vollständig betriebsbereit sind. Nicht nur das ...«

Obwohl Joanna während seiner Einwände nichts gesagt hatte, konnte Aidan spüren, wie sie ihre Erwiderung plante und ihre nächsten Worte genoß. »Sterncommander Jorge, du scheinst keinen Geschmack am Kampf zu haben. Ich hatte nicht erwartet, daß du die schwarze Schärpe wegen Feigheit trägst.«

»Dem ist auch nicht so. Ich trage sie wegen ...«

»Warum versuchst du dann, dich meinem Befehl zu widersetzen? Ich schlage vor, daß wir direkt in die Schlacht ziehen, statt zurück nach Station Glory zu kriechen und unsere Wunden zu lecken. Wir sind Kämpfer. Wir sind Krieger. Du kennst die Gesänge. Sie bringen die Gesänge auch den Freigeborenen bei, oder nicht? Antwort, bitte.«

»Das tun sie, Sterncaptain.«

»Gut. Vielleicht verstehen dreckige Freigeburten die Worte nicht so wie wir Wahrgeborenen es tun. Genaugenommen ist es für uns mehr als bloßes Verstehen. Wir *nehmen* die Worte *in uns auf,* die den Mut unserer Krieger und das Wesen der Clans verkünden. Sie werden Teil unserer Persönlichkeit, unseres Charakters. Hör mir zu, Sterncommander Jorge, und hör auf, wie der dreckige Freigeborene zu protestieren, der du bist. Berechne unseren Kurs aus diesem Drecksloch. Hast du verstanden?«

»Ich habe verstanden. Aber da ist ein Befehl... ich korrigiere mich, eine *Bitte,* die ich an dich und deine Krieger habe.«

»Ja?«

»Ihr müßt eure Waffensysteme herabfahren, wenn irgend möglich völlig abschalten.«

»Deine Bitte ist mir ein Rätsel, Sterncommander.«

»Wir werden eines der dichtbewaldetsten Gebiete des gesamten Clanreiches durchqueren. Das Gebiet ist mehr Wald als Dschungel. Zeitweise werdet ihr von Bäumen eingeschlossen sein. Ein einziger Laserschuß, ein fahrlässiger Schuß auf einen gespenstischen Schatten, und der gesamte Wald kann um euch herum in Flammen aufgehen. Ihr könntet geröstet werden, bevor ein Aussteigen möglich ist. Und wenn es jemandem gelingen sollte, würde er wahrscheinlich mitten in ein Flammenmeer geschleudert. Mit einem Gefecht am Ende unseres Weges, noch dazu gegen einen zahlenmäßig überlegenen Gegner, können wir es uns nicht leisten, durch Unfälle noch mehr Mechs zu verlieren.«

»Also gut, Jorge. Ich werde den Befehl geben. Aber sobald wir im Blutsumpf sind und den Gestank der Wölfe riechen, bringen wir sie wieder auf volle Stärke.«

»Einverstanden.«

»Was für ein Recht hast du, dein Einverständnis zu geben, dreckige Freigeburt? Die korrekte Antwort ist eine simple Bestätigung, frapos?«

Wahrscheinlich genoß sie sein Zögern ebenso wie den Klang ihrer Zurechtweisung. »Pos«, erwiderte er schließlich.

Als sie ihre Leute aufforderte, die Waffen herunterzufahren, drang Hengsts Stimme durch den privaten Kanal. »Was für Sumpfgas hast du da geblasen? Der ganze Wald geht plötzlich in Flammen auf? Das ist etwa so wahrscheinlich wie meine Wahl zum ilKhan. Die Blätter triefen geradezu von Feuchtigkeit, und die Rinden sind vollgesaugt wie Schwämme.«

»Joanna kennt das Gelände nicht. Und sie hatte schon immer eine Schwäche für impulsive Aktionen. Ich wollte sie ... ihre *Einheit* nicht durch einen unbedachten Akt in Gefahr bringen, besonders nachdem ein zu nervöser Abzugsfinger ...«

»Moment, Moment. Du weißt, daß ich die Müllgeburten hasse und nichts dagegen hätte, wenn sie alle in Flammen aufgehen. Aber ich glaube nicht, daß du einen Gedanken an die Sicherheit der *Einheit* verschwendest. Das ist eine Sache zwischen dir und Sterncaptain Joanna, oder nich? Oder nich?«

»Bitte, Hengst. Deine Aussprache.«

»Jetzt weiß ich, daß etwas mit dir nicht stimmt. Du ärgerst dich nur über meine Aussprache, wenn du dich wieder als Wahrgeborener siehst. Du sitzt auf dem hohen Roß, Jorge. Diese Joanna hat deine Rolle übernommen, und du willst dich dafür rächen. Ich höre es in jeder Antwort, die du ihr gibst. Und möglicherweise stammt dieser Drang nach Rache sogar noch von Ironhold, hab ich Recht?«

»Ich will nur nicht, daß schießwütige Eindringlinge das Tierleben von ...«

»Du klammerst dich an Strohhalme. Seit wann interessiert dich das Tierleben hier? Du bist wütend auf sie, weil sie ihren höheren Dienstgrad gegen dich ausgespielt hat. Du willst die Kontrolle behalten, selbst wenn du es heimlich machen mußt. Indem du hinter den Kulissen an den Fäden ziehst.«

»Laß sein, Hengst. Wir haben einen Auftrag zu erfüllen.«

»Ich will nur nicht, daß du uns alle für deine private Vendetta in Gefahr bringst, Jorge. Wir haben vielleicht nicht dein genetisches Markenzeichen, aber wir haben dir gut gedient.«

»Das weiß ich, Hengst. Ich gebe zu, daß ich Joanna nicht ausstehen kann, und ich würde mich freuen, sie in den Kreis der Gleichen zu bekommen und diesmal zu zerquetschen, aber ...«

»*Diesmal?* Es ist schon einmal passiert? Ihr zwei habt schon früher gekämpft?«

Aidan erinnerte sich daran, wie ihn Joanna bei einem Ehrenduell im Kreis besiegt hatte. Und plötzlich erkannte er, daß Hengsts Spekulation den Nagel auf den Kopf traf. Er wollte jene Niederlage rächen, *mußte* sie rächen. Es hatte damals einen Augenblick gegeben, in dem er sich geschworen hatte, sie zu rächen. Und dieses Versprechen war ihm so heilig wie ein Clanschwur.

»Wir brauchen das nicht weiter zu diskutieren, Hengst. Wir haben einen Auftrag.«

»Ich hasse es, wenn du zur Müllgeburt wirst.«

»Ich *bin* eine Müllgeburt, und das weißt du.«

»Ja, das weiß ich.«

Hengsts Stimme war ungewöhnlich bitter, als er abrupt die Verbindung unterbrach. Der einzige Mensch im Universum, den Aidan nicht gegen sich aufbringen wollte, war Hengst. Sie waren schon so lange zusammen, daß sie im Gefecht zusammenarbeiteten, ohne sich absprechen zu müssen. Sie hatten ihren Test zusammen bestanden und seitdem in denselben Einheiten gedient. Er würde es wieder gutmachen müssen.

Als er sich sagte, daß Hengst der einzige Mensch war, dessen Zustimmung er brauchte, wurde ihm plötzlich klar, daß das nicht ganz stimmte. Da gab es auch noch Marthe. Seit er sie zum letztenmal auf Ironhold gesehen hatte, mußte sie rapide aufgestiegen sein. Wahrscheinlich war sie inzwischen Sterncaptain. Immerhin hatte sie sich bei ihrer Prüfung mit zwei ›Abschüssen‹ zur Kriegerin qualifiziert, wodurch sie ihre Laufbahn sofort als Offizierin begonnen hatte. Aidan hatte niemals danach gefragt, ob jemand etwas von ihr gehört hatte, und auch nie die Aufstellungen anderer

Sternhaufen auf anderen Welten nach ihrem Namen abgesucht. Sie waren zusammen in einer Geschko aufgewachsen, und bis ihn Marthe in der Kriegerausbildung überholt hatte, waren sie einander sehr nah gewesen, näher als die meisten Geschkinder einander je kamen. Joanna wußte wahrscheinlich, wo Marthe jetzt war. Aber er wäre eher vor Kael Pershaw auf die Knie gesunken und hätte ihn um die Antwort angefleht, als Joanna danach zu fragen.

12

Sterncaptain Dwillt Radicks BattleMech, eine *Viper,* strotzte — zumindest vor seinen Augen — vor Energie und Zuversicht, vor einem Eifer, in die Schlacht zu ziehen, die seinem eigenen in nichts nachstand. Er lehnte sich zu einer weiteren Überprüfung der Instrumente in die Kommandoliege zurück und holte Geländekarten auf den Sekundärschirm. Kael Pershaws Wahl des Schlachtfeldes hatte ihn überrascht. Es war ein relativ flaches Gelände, und abgesehen von einem Sumpf, in den kein Mech-Krieger seine Maschine freiwillig steuern würde, bot es kaum eine Möglichkeit, sich zu verstecken. Die häßliche sogenannte Glory-Ebene war von niedrigem Buschwerk und größeren Ansammlungen buschiger Sträucher bedeckt. Sie verdiente weder die Bezeichnung Ebene noch den Namen Glory. Ebenen hatten erhaben, wenn nicht gar majestätisch zu sein — ein Meer aus Gras, das im Wind wogte, brillante grüne Weiten, offenes Gelände, in das die Zivilisation kaum eingedrungen war.

Von dem, was er über Glory wußte, spiegelte nur wenig an dem Planeten den ehrenvollen Namen wider, den ihm irgendein wahnsinniger Kartograph gegeben hatte. Es war eine riesige Schutthalde, auf der sich kein vernünftiger Mensch sehen ließ, wenn er keinen verflucht guten Grund dafür hatte. Das Generbe Pershaws war so ein Grund. Die Pershaws waren eine solide Blutlinie, die regelmäßig Krieger hervorbrachte, wie Clan Wolf sie respektierte. Keine ruhmsüchtigen Draufgänger, einfach nur Helden, die erstaunlich viele Siege errangen. Die Wolfsclan-Wissenschaftler hatten die Blutnamen mehrerer Clans überprüft, und die Pershaw-Linie hatte sich als eine der besten erwiesen. Da weder Radick noch Mikel Furey die Hauptziele ihres Clans kannten, konnte Radick nur vermuten, daß der Kampf um Genmaterial mit einer ruhmreichen Tradition Teil eines gerüchteumwobenen Programms war, die Wölfe zum mächtigsten der siebzehn existierenden Clans zu machen.

In der Ferne sah Radick Berge zur Linken und Station Glory zur Rechten, aber keine der beiden Landschaften war interessanter als die direkt vor ihm. Am Fuß eines langen Abhangs hinter den Einheiten des Wolfsclans begann der berüchtigte Blutsumpf. Pershaws Strategie, die Wolfsclantruppen vor dem Sumpf aufstellen zu lassen, hatte eine Niederträchtigkeit, die Radick bewunderte. Er war nicht sonderlich scharf darauf, mit einem Sumpf im Rücken zu kämpfen, aber es war ein Nachteil, den er leicht zum Vorteil kehren konnte. Er hatte seinem Sternhaufen bereits eine motivierende Rede mit dem Tenor gehalten, daß sie sowenig Platz zum Manövrieren hatten, weil Clan Jadefalke offensichtlich wußte, daß Clan Wolf sich niemals zurückziehen würde. Der Feind hingegen hatte viel Raum für einen Rückzug, ein Beweis seiner Feigheit. Aber das war pure Rhetorik. Radick wußte, daß Pershaw und die Krieger der Jadefalken tapfer und für ihre Standhaftigkeit berühmt waren. Pershaw hatte den Kampfplatz aus strategischen Erwägungen gewählt, die möglicherweise in Beziehung zu seiner bereits reduzierten Truppenstärke standen. Radick hatte bereits zwei Mechs in den Sumpf geschickt, um festzustellen, was sich aus einem erzwungenen Rückzug in dieses Gebiet machen ließ. Er hoffte nur, daß die Kundschafter auch den Weg zurück fanden.

»Sterncommander Ward!«

»Ja, Sir?«

»Was hältst du denn von der Aufstellung der Jadefalken?«

»Sie ist seltsam. Sie erinnert mich an terranische Krieger, die vor den Mauern ihrer Heimatstadt zum Kampf antreten.«

»Freigeboren! Du improvisierst. Vor den Mauern der

Heimatstadt. Kael Pershaw kennt keine vorclanische Militärgeschichte.«

»Wenn du es sagst. Es war nur eine Beobachtung.«

»Statt zu beobachten, solltest du Berechnungen anstellen. Wie werden die Jadefalken eröffnen?«

»Ich erwarte, daß sie unseren ersten Zug abwarten.«

»Nein, wir werden auf ihn warten. Er ist geschwächt. Es ist nur fair, daß wir ihm aus Höflichkeit den ersten Zug überlassen. Wie lange noch, bis der Kampf beginnen kann?«

»Drei Minuten.«

Radick wandte sich wieder dem Gelände zu und suchte weiter nach einem Hinweis auf Kael Pershaws Pläne.

»Lanja!«

»Ja, Sir.«

»Zeit?«

»Zwei Minuten, Sir.«

»Sind deine Elementare bereit?«

»Wie immer.«

»Natürlich, ich hätte gar nicht zu fragen brauchen.«

Kael Pershaw ging ein letztesmal die Checkliste durch. Er hatte das Gefühl, seit Stunden auf die Karten und Bildschirme gestarrt zu haben, und so sehr er auch analysierte und nachrechnete, die Zahlen standen gegen ihn. Sterncaptain Dwillt Radick von den Wölfen hatte einen zusätzlichen Trinärstern im Feld, während der Pershaws irgendwo im Blutsumpf lag, unter den Trümmern des Landungsschiffes begraben, kampfunfähig oder vermißt. Und dann war da noch Jorges Stern. Pershaw gab es nicht gerne zu, aber angesichts des beeindruckenden feindlichen Aufgebots, dem er sich nun gegenübersah, hätte er nichts dagegen gehabt, dieses Kontingent stinkender Freigeburten auf seiner Seite zu wissen. Lanja hatte ihm oft genug erklärt, daß sie gute Kämpfer waren — etwas unorthodox, aber gut. Trotz allem wäre er lieber auf einem Planeten ohne freigeborene Krieger gewesen.

»Es ist fast soweit, Sterncolonel«, meldete sich Lanja. »Ein Krieger meines Strahls kennt Dwillt Radick. Er meint, der Mann wird dir den ersten Zug überlassen.«

»Wie zivilisiert von ihm. Unser erster Zug, wie du es ausdrückst, muß beeindruckend ausfallen, frapos?«

»Pos. Wir warten auf deine Befehle. Die Zeit ist um.«

Im selben Augenblick, in dem Pershaw den Befehl gab, feuerten die LSR-bewaffneten Mechs seiner Einheit ein Bombardement auf den Weg, das man mit einem Pfeilhagel in einem Gefecht Jahrtausende zuvor auf Terra hätte vergleichen können. Natürlich flogen diese Raketen im Gegensatz zu Pfeilen auf unsichtbaren Leitstrahlen gegen den Feind. Er hatte die Hälfte der Kampfkolosse angewiesen, ihre Langstreckenraketen in gerader Bahn abzufeuern, während die andere Hälfte ihre Geschosse in einer hohen ballistischen Flugbahn abschoß. Wenn es schon sonst nichts brachte, zwang diese Taktik die Wölfe zumindest, ihre Raketenabwehr auf eine der beiden Geschoßsalven zu richten, was die Chance vergrößerte, daß die Raketen der anderen ihr Ziel erreichten.

Noch bevor die LSR die Hälfte der Flugbahn hinter sich gebracht hatten, schickte Lanja die drei Strahlen ihrer Elementare mit jenem das Blut zum Gefrieren bringenden Kreischen auf den Weg, das ihr Markenzeichen war. Fünfzehn der gepanzerten Riesen schossen auf Flammenzungen in den Himmel und auf die Linien des Wolfsclans zu.

Pershaw betrachtete beide Aktionen auf getrennten Schirmen. Sein Kopf ruckte hin und her. Wie er erwartet hatte, wurden viele der Raketen noch in der Luft zerfetzt. Der resultierende Vorhang aus Rauch und Trümmern hüllte die Wolfsclan-Truppen ein und erschwerte die Beobachtung. Die tieffliegenden Raketen hatten mehr Glück. Trotz Raketenabwehr detonierten sie näher an ihren Zielen. Die Explosionen warfen Staub und Felsbrocken auf, von denen viele Mechbeine und Torsopartien trafen. Pershaw sah mit Befriedigung, wie Beinpanzerung zerschellte, und hoffte mit diesen Treffern den Anfang einer Serie von Angriffen gemacht zu haben, in deren Verlauf die Gliedmaßen der gegnerischen Kampfkolosse zertrümmert werden würden.

Als er sah, wie eine Salve direkt einschlug, ohne unter Abwehrfeuer zu geraten, grunzte er zufrieden. Der Clan-Wolf-Mech mußte entweder seine gesamte Raketenabwehrmunition verbraucht haben oder unter einem Systemversagen leiden. Der Treffer war nicht vernichtend, aber er schleuderte große Panzerbrocken davon, und die ersten Risse in den Mauern wurden sichtbar.

In der Deckung der Explosionen und Rauchwolken hatten Lanjas Elementare bereits die halbe Distanz zurückgelegt, bevor der erste Elementar Clan Wolfs sich rührte. Radick hatte so viele seiner Strahlen aufgegeben, daß die Jadefalken-Infanterie der einzige Gefechtsfaktor war, bei dem Pershaw einen leichten Vorteil besaß. Die Elementarstrahlen beider Seiten boten ein atemberaubendes Bild, als sie aufeinander zurannten. In ihren Kampfanzügen aus superdicken Panzerplatten wirkten sie wie fremdartige Lebensformen aus einer fernen Ecke des Universums. Anstelle eines Gesichts besaßen sie eine dunkle, V-förmige Sichtscheibe. Ihre Füße waren gespalten und stahlbeschlagen. Ihre Köpfe wuchsen ohne Hals wie Kuppeln aus den Schultern empor. Der rechte Arm endete in einer Lasermündung; unter dem linken Unterarm hing ein Maschinengewehr. Auf dem Rücken des Kampfanzugs hing eine wuchtige, zweiläufige Raketenlafette. Die auf Kraft und Größe gezüchteten Clan-Infanteristen waren im Feld wahre Übermenschen. Die Elementare des Wolfsclans eröffneten das Feuer zuerst, aber die Jadefalken-Strahlen schlugen augenblicklich zurück. Innerhalb von Sekunden schien das Kreuzfeuer beide Seiten zu einer Einheit zu verweben, und noch hatte sich nicht ein Mech bewegt.

Zeit, den nächsten Schritt zu tun, um die Initiative zu behalten.

»Angriffsnova Charlie«, befahl Pershaw. »Rechte Flanke.«

Er hatte sich entschlossen, diese Abteilung seines Sturm-Trinärsterns einzusetzen, weil sie mehr als einen Grund hatte, sich tapfer zu schlagen. Es war Sterncommander Basts Einheit gewesen. Traditionell kämpften Einheiten, die ihren Anführer verloren hatten — an Basts Stelle war Mech-Krieger Ersik getreten, den Pershaw kommissarisch zum Sterncommander befördert hatte —, besonders hart. Niemand wußte, ob es daran lag, daß sie ihren neuen Kommandeur beeindrucken wollten, oder ob es ihnen darum ging, die Erinnerung des Toten zu ehren.

Als Pershaw die nächsten Befehle gab und seine eigene Einheit, Sturmnova Alpha, in Bewegung setzte, bemerkte er zahlreiche Lücken in seinen Linien. Diese Öffnungen konnten den Wolfsclan-Kriegern die Möglichkeit bieten, durchzubrechen und die Jadefalken einzukesseln.

Dwillt Radick roch eine Falle. Er wußte, daß Pershaw praktisch seinen gesamten Sternhaufen in den Kampf schickte, während Radick eine Nova in Reserve halten konnte. Vielleicht hätte er auch alle Truppen benutzen sollen, um Pershaw zu überwältigen, den Kontrakt für das Genpaket an sich zu nehmen und diese Müllhalde hinter sich zu lassen. Aber selbst mit den Truppen, die er jetzt anführte, mußte es möglich sein, Pershaw und seine Hinterwäldlerkrieger zu überwältigen. Der Witz war, es ohne zu große Verluste zu schaffen.

Craig Ward steckte bereits mitten im Kampf, feuerte Laserimpulse auf den Gegner ab, während er seinen

Eismarder mit weiten Schritten vorwärts trieb. Seine Gegner waren die Mech-Krieger von Pershaws Nova Charlie. Der *Eismarder* wankte, als zwei Jadefalken-Mechs, eine *Nemesis* und ein *Grauluchs,* gleichzeitig versuchten, seinen linken Armlaser auszuschalten. Ward drehte den Mechtorso und feuerte abwechselnd auf beide Gegner. Seine Schüsse wirbelten Panzerfetzen durch die Luft. Der von Wards Überfall beschädigte *Grauluchs* schwankte und fiel nach vorne. Ward wollte ihn entgültig erledigen, aber eine heftige Kanonade durch die *Nemesis* lenkte ihn ab. Er blickte auf den Sichtschirm und sah einen großen Panzerbrocken vorbeifliegen. Es dauerte einen Augenblick, bis ihm klar wurde, daß die Platte von seiner Maschine stammte.

Kael Pershaw hatte während der Ausbildung gute Noten in den theoretischen Fächern erhalten und eine der höchsten Bewertungen in der Geschichte des Ironhold-Ausbildungszentrums verbucht. Jetzt, als die Wolfsclan-Mechs vorstürmten und die Elementare hinter sich ließen, die in der Mitte des Gefechtsfeldes in einer Pattsituation verkeilt waren, sah er, daß der Angriff an der linken Flanke im Scheitern begriffen war und auch die Mitte bald zurückgeworfen werden mußte. Auf der Seite der Jadefalken machte nur die rechte Flanke Fortschritte, anscheinend beflügelt vom Vorbild der Angriffsnova Charlie. Ein paar Wolfsclan-BattleMechs wurden allmählich den Hang hinab in den Blutsumpf gedrängt. Aber Kael Pershaws Truppen entfernten sich zu sehr von einander. Das konnte nur in einer Katastrophe enden.

Als Pershaw den Befehl zum strategischen Rückzug gab, meldete sich Lanja über Funk: »Es ist zu früh. Du wirst wie ein Feigling aussehen.«

»Nur für den Augenblick. Wir müssen uns neu gruppieren. Wir haben es in der Vorbesprechung erörtert. Uns war klar gewesen, daß es zu einer zweiten Angriffsphase kommen würde. Befiehl deine Strahlen zurück. Sie sollen die Tornister absprengen.«

Pershaw wußte, daß seine nächste Taktik in manchen Kreisen als fragwürdig angesehen werden konnte, aber im Krieg war nichts wirklich unfair.

»Sie kneifen den Schwanz ein, Craig Ward«, rief Dwillt Radick erregt.

»Da wäre ich mir nicht so sicher, Sterncaptain.«

»Nein. Sie sind geschwächt. Hinterher!«

»Vielleicht sollten wir ihnen einen würdevollen ...«

»Würde! Was für eine widerliche Phrase! Hinterher!«

Craig Ward fragte sich, wie Dwillt Radick einen so hohen Wert auf Höflichkeit legen konnte, ohne einen Gedanken an Würde zu verschwenden. Aber mitten im Gefecht war nicht der Zeitpunkt, um sich mit seinem Vorgesetzten anzulegen. »Ja, Sir«, war alles, was er sagte.

Als die nachsetzenden Mechs der Wölfe über die von den Jadefalken-Elementaren zurückgelassenen Tornister donnerten, lösten die Erschütterungen ihrer schweren Schritte die darin versteckten Vibrabomben aus. Die Wucht der Explosionen und der davon ausgelöste Schrapnellhagel wirbelte Panzerung durch den Rauch, zertrümmerte Aggregate unter der Panzerung, zertrennte Leitungen und ließ einen *Gargoyle* krachend zu Boden stürzen. Der Aufprall tötete nicht nur den Piloten, er bedeutete auch das Ende für mehr als einen Strahl Wolfsclan-Elementare, die ihre Jadefalken-Gegenspieler verfolgten.

In seinem Mech mit der treffenden Typenbezeichnung *Höllenbote* gestattete Kael Pershaw sich ein zufriedenes Lächeln. Jetzt standen die Chancen etwas besser. Clan Wolf war immer noch im Vorteil, aber zumindest der Rückzug war gedeckt.

Die nächste Phase des Gefechts würde bei Station Glory stattfinden, wo er Nachschub, insbesondere Munition, in der Nähe hatte, während die Wölfe ihre Nachschublinien verlängern mußten. Er fragte sich, ob er Barrikaden hätte errichten lassen sollen. Sie hätten riesig sein müssen, um Mechs Deckung zu bieten, und außerdem hatte der Gedanke an ganze Einheiten, die aus sicherer Deckung auf den Gegner feuerten, etwas Abstoßendes. Wenn er die Zeit für ihren Aufbau gehabt hätte, hätte er es vielleicht dennoch getan.

Als sich der Rauch verzog, sah Pershaw nicht nur den zertrümmerten *Gargoyle* und die gefallenen Elementare beider Seiten, er sah auch eine Ebene, die von einer Unzahl von Keramik- und Metallsplittern bedeckt war, den Spuren des Gefechts. Die Truppen des Wolfsclans hatten die Verfolgung offensichtlich aufgegeben. Hinter ihnen warf der Blutsumpf das Tageslicht zurück und legte einen rötlichen Schein über die gesamte Szenerie.

Er dachte an die möglichen Verstärkungen irgendwo jenseits des Sumpfes und an den Vorteil, den sie in diesem Kampf bringen mochten. Aber er hatte seit dem Abmarsch Sterncommander Jorges und seines Rettungssterns nichts mehr gehört. Daß hieß natürlich noch gar nichts. Jeder wußte, wie sehr der Sumpf und der Dschungel dahinter alle Funksprüche verzerrte. Die Überlebenden des Absturzes und ihre Retter konnten durchaus noch dort draußen sein.

Kael Pershaw hätte sich nicht träumen lassen, eines Tages so flehentlich darauf zu hoffen, daß Sterncommander Jorge und seine stinkenden Freigeburten ihren Platz in einem edlen Clangefecht einnahmen.

13

»Aid ... äh, Jorge, da ist irgend etwas auf meiner Schulter.«

»Sterncaptain Joanna, in diesem Klima ist es ganz natürlich, daß ab und zu Insekten ins Cockpit eindringen, aber deswegen brauchst du nicht ...«

»Nein, du Narr! Nicht auf meiner eigenen Schulter. Ich meine, auf Ters.«

»Ters?«

»Ich vergaß, du kannst es nicht wissen. Ich habe meinem Mech den Namen *Ter* gegeben. Und verkneif dir deine Bemerkungen. Es ist kein Zeichen von Bewunderung, sondern von Haß.«

»Ich dachte, ihr beide stündet euch nahe.«

»Ich habe unter Ter Roshak gedient. Ich habe ihn nicht gemocht.«

»Du hast mich für Ter Roshak verfolgt und zurück nach Ironhold gebracht.«

»Das stimmt. Aber ich wollte es nicht. Und ich wollte nicht, daß du zurückkehrst. Diese Idee von der zweiten Chance war Irrsinn.«

»Du hältst Ter Roshak für verrückt?«

»Jorge, das ist nutzloses Gerede. Was kann ich gegen dieses Vieh auf der Schulter meines Mechs unternehmen?«

»Wie sieht es aus?«

»Ich kann es nicht erkennen. Es ist groß. Ich kann fühlen, wie der Mech sich durch das Gewicht nach rechts neigt. Es scheint ein katzenartiges Tier zu sein.«

»Oh. Das ist wahrscheinlich ein Baumpuma. Davon gibt es viele in diesem Dschungel. Sie sind schwarz, manchmal schwärzer als der Dschungel selbst, und manchmal reicht das Licht aus, um ihre Augen glitzern zu lassen. Es ist ziemlich gespenstisch. Noch nie wurde einer gefangen. Aber es hatte wohl auch noch niemand das Bedürfnis dazu. Er wird eine Weile mitreiten und dann auf einen Ast springen. Man hat noch keinen am Boden bemerkt.«

Aidan lauschte dem Lärm, der sie umgab. Neben den zahllosen Lauten der Dschungelfauna und dem Rauschen der Blätter hörte er das kontinuierliche Krachen der vorauswandernden BattleMechs, die sich den Weg durch das Dschungeldickicht brachen. Aidan hatte den kürzestmöglichen Weg zum Schlachtfeld gewählt, so gut seine verzerrten Sensorergebnisse das ermöglichten. Zu der ständigen Geräuschkulisse kamen, meist von Lichtblitzen angekündigt, die Schlachtgeräusche aus der Ferne. Sie bestimmten ihren Kurs mindestens ebensosehr wie Aidans Berechnungen.

»Er ist fort«, sagte Joanna plötzlich. »Der Baumpuma. Ich habe nicht einmal bemerkt, wie er gesprungen ist. In einem Augenblick war er da, im nächsten war er weg.«

Hinter ihr war Nomad eingeschlafen. Sein Gesicht war schmerzverzerrt. Ein Klopfen in der Schulter hatte ihm Sorgen gemacht, und er hatte Joanna vor dem Einschlafen noch gewünscht, daß sie die Jadefalken schnell retten konnte, damit er versorgt wurde.

Auf ihrem Hauptschirm sah der Dschungel immer gleich aus. Sie fragte sich, wie überhaupt jemand hier einen Weg finden konnte. Sie wollte Aidan noch ein paar Fragen über den Sumpf stellen, als Hengsts rauhe, unangenehme Stimme über den offenen Kanal drang. »Sterncommander!«

Wut über die Frechheit dieser lausigen Freigeburt stieg in ihr hoch. Immerhin war sie die kommandierende Offizierin. Er hätte ihr Bericht erstatten müssen. Als sie Aidan aufgefordert hatte, sie aus dem Dschungel zu führen, hatte es sich um die Delegierung einer Aufgabe gehandelt, nicht um eine Beförderung. Nur die Dringlichkeit in Hengsts Stimme hielt sie davon ab, ihn scharf zurechtzuweisen.

»Bericht, Hengst«, erwiderte Aidan.

»Ich orte zwei magnetische Anomalien, die sich uns vom rechten Rand des Sensorbereichs nähern. Sie könnten zu uns gehören, aber das bezweifle ich. Eine der Signaturen gehört zweifelsfrei einer *Sturmkrähe.* Die letzte *Sturmkrähe* in unserem Garnisons-Sternhaufen war das Schrottmodell, das wieder zurückgeschickt wurde.«

»Also sind es Wölfe?«

»Ich denke schon.«

»Wenn wir sie sehen, besteht eine gute Chance, daß sie uns geortet haben. Wir werden sie ausschalten müssen, frapos?«

»Pos.«

»Sterncommander, ich darf dich daran erinnern«, tönte Joannas kühle Stimme über die Funkverbindung, »daß ich hier das Kommando führe. Ich entscheide, wer gegen diese Eindringlinge antritt.«

Die Worte *Bei allem Respekt* wurden mit der Zeit ermüdend, aber Aidan benutzte sie trotzdem: »Bei allem Respekt, Sterncaptain, aber Hengst und ich haben Erfahrung mit diesem Gebiet, besser gesagt, mit diesem Planeten. Wir sind in der Lage, die auftretenden Probleme zu kompensieren. Es wäre besser, wenn wir uns diesen beiden entgegenstellen, während die übrigen Mechs als ...«

»Darf ich dich daran erinnern, Sterncommander, daß du nicht nur mein Untergebener bist, sondern auch noch die schwarze Schärpe trägst? Ich muß jede Form von Widerspruch als Mißachtung der Schärpe auffassen. Du wirst mich beim Gefecht gegen die Eindringlinge begleiten. Alle anderen warten hier.«

Als sie sich in Richtung der Wolfsclan-Mechs entfernten, nahm Hengst über ihren privaten Funkkanal mit Aidan Kontakt auf. »Ich gebe dir Deckung, Jorge. Sie wird nicht einmal bemerken, daß ich in der Nähe bin.«

»Danke, Hengst. Wenn Joannas Dummheit mich in

den Treibsand führt, denk daran, am nächsten Baum eine Gedenktafel anzubringen.«

Ein rascher Blick auf die Geländekarte des Sekundärschirms zeigte Aidan, daß sie die fremden Mechs im Blutsumpf treffen würden. Joannas Unkenntnis des Dschungels und des Sumpfes bremsten sie. Aidan mußte vorausgehen und ihr den Weg bahnen. Das mochte ihr Bedürfnis nach Unterordnung befriedigen, aber es behinderte die Mission.

Als sie den Sumpf erreichten, wurde das Fortkommen etwas leichter, wenn auch nicht schneller. Aidan war vorsichtig, weil er seine *Nemesis* nicht unversehens in tiefes Wasser lenken wollte. Auf dem Schirm erkannte er, daß die Wolfsclan-Mechs sie definitiv bemerkt hatten und auf sie zukamen.

»Jorge.«

»Ja?«

»Mein Neurohelm scheint fehlerhaft zu arbeiten. Ich habe das Gefühl, mich wie im Traum zu bewegen.«

»Das ist keine Fehlfunktion. Es ist eine Begleiterscheinung der Bewegung durch den Sumpf. Im Grunde ist es nur ein Entsprechung des Gefühls, wenn man sich zu Fuß durch ein Sumpfgebiet bewegt. Der normale Schritt wird gebremst, und das erzeugt ein Gefühl der Unsicherheit, wenn sich der Fuß senkt. Die Anpassung der Gehbewegung, die ein Mech durchführen muß, ist ganz ähnlich, und das fühlen wir durch den Neurohelm. Wenn du erst ein paarmal im Blutsumpf gewesen bist, gewöhnst du dich daran.«

»Das bezweifle ich.«

Joanna fragte sich, ob die Dienstzeit auf Station Glory noch etwas anderes als Sumpf und Verwirrung für sie bereithielt. Als Kriegerin sollte sie theoretisch in der Lage sein, sich an alle Bedingungen anzupassen, aber praktisch sah sie nur die Absurdität eines Kampfes in diesem gottverlassenen Gebiet.

Als die beiden Mechpaare einander näher kamen,

knisterten die Lautsprecher. Anscheinend versuchten ihre Gegner, Kontakt aufzunehmen. Aidan hantierte an den Kontrollen und versuchte, die Statik auf einen anderen Kanal zu verbannen, während er die Stimmen auf der beabsichtigten Frequenz hielt. Es gelang ihm nicht, das Rauschen völlig zu unterdrücken, aber er konnte die Stimme des *Sturmkrähe*-Piloten verstehen.

»Identifiziert euch und die Stärke eurer Einheit.« Es war der Schluß einer rituellen Herausforderung.

»Ich bin nicht verpflichtet ...«

»Jorge, ich werde antworten.«

»Soll mir recht sein.«

»Wir sind Clan Jadefalke«, erklärte sie. »Ich bin Sterncaptain Joanna von der Falkengarde. Unsere Stärke ist ohne Bedeutung für euch, wenn ihr Clan Wolf angehört.«

»Wir identifizieren uns mit Stolz als Clan Wolf. Wir sind Kundschafter. Seid ihr für das Gefecht geboten?«

»Natürlich sind wir das.«

»Du redest mit einem Freigeburtenakzent.«

Diese Beleidigung war eine schwere und bewußte Provokation. Selbst ein Mitglied Clan Wolfs mußte wissen, daß es in der Falkengarde keine Freigeborenen gab.

Statt mit Worten zu reagieren, feuerte Joanna mehrere Salven ihrer Autokanone ab. Aidan stellte fest, daß ihre Waffensysteme wieder volle Leistung brachten. Die Schüsse waren ungezielt. Sie rissen ein paar Blätter ab, schreckten möglicherweise einen Baumpuma auf, aber ansonsten waren sie nicht mehr als ein Schuß vor den Bug in alten terranischen Zeiten. Hengsts Lachen drang durch den Privatkanal. Er mußte hier ganz in der Nähe sein.

Aidan erkannte, daß es sich bei dem zweiten Kundschaftermech um eine *Natter* handelte. Wie die *Sturmkrähe* eine leichtere Maschine als seine und Joannas. Allerdings glich der Sumpf Unterschiede in Masse und

Bewaffnung weitgehend aus. Andererseits wurde Aidan plötzlich klar, daß er der einzige Kämpfer mit Erfahrung im Blutsumpf war. Er war begeistert und überzeugt, daß er nicht verlieren konnte. Im Gegenteil, er konnte beide Gegner auf einmal besiegen.

Ohne auf Joannas Anweisungen zu warten, watete Aidan ins Gefecht — im wahrsten Sinne des Wortes. Als Joanna sah, was er vorhatte, brüllte sie ihn über Funk an. »Halt! Ich werde diese Insubordination nicht zulassen, Sterncommander. Antwort!«

Aidan schwieg und marschierte weiter.

»Dafür, Sterncommander Jorge, werden wir uns im Kreis der Gleichen wiedersehen.«

»Kael Pershaw hat den Kreis auf Glory abgeschafft«, bemerkte Aidan, ohne sich aufhalten zu lassen.

Sie sah auf dem Sichtschirm, wie er mit seiner *Nemesis* im dichten Nebel verschwand. Sie blieb auf seiner Spur und bemerkte, daß er nur noch etwa dreißig Meter von den Wolfsclan-Mechs entfernt war. Als sie ihm folgte, eröffnete er das Feuer. Seine ersten Schüsse schienen die feindliche *Natter* voll zu treffen.

»Das ist Effekthascherei, du dreckige Freigeburt«, knurrte sie im Bewußtsein, daß Aidan zuhörte, auch wenn er ihr nicht antwortete. Aber jemand anders antwortete ihr, und seine Stimme erschreckte sie. Sie hatte völlig vergessen, daß Nomad an Bord war, in einen herunterklappbaren Passagiersitz geschnallt.

»Was sagten Sie?«

Sie zuckte zusammen.

»Es ist unwichtig, was ich gesagt habe, Nomad. Es war nicht für dich bestimmt. Halt dich fest. Wir greifen in ein Gefecht ein.«

Sie steuerte ihren *Höllenbote* in den Kampf, wütend über die Tatsache, daß Aidan bereits gegen einen der Wolf-Mechs Erfolg gehabt hatte. Die *Natter* war nach hinten gekippt. Nur ein Baumstamm verhinderte, daß sie flach im schmutzigen Wasser lag. Eine Bewegung des Mechs oder seines Piloten war nicht auszumachen. Aidan und die *Sturmkrähe* bestrichen sich gegenseitig mit Laserfeuer, und die Schadensmeldungen zeigten — so genau dies bei der momentanen Sensorleistung möglich war —, daß Aidan im Vorteil war. Die *Sturmkrähe* wurde von immer neuen Treffern geschüttelt.

Plötzlich geriet Joannas *Höllenbote* mit dem Fuß in tiefen Schlamm. Der Mech kam ins Wanken. Dann verlor auch der andere Mechfuß den Halt, und der Kampfkoloß schien nach hinten kippen zu wollen. Joanna konzentrierte sich, um ihre Maschine an einem würdelosen Sturz auf den unteren Torsorand zu hindern. Aber als sie den Kampfkoloß wieder senkrecht aufgerichtet hatte, bemerkte sie, daß dessen Fuß festsaß. Nichts, was sie dagegen unternahm, schien den saugenden Griff des mysteriösen Sumpfbodens um das Bein ihres BattleMechs brechen zu können.

Sie fluchte lauthals, als sie sah, wie sich das Gefecht zwischen Aidans Maschine und der *Sturmkrähe* von ihrer Position entfernte. Die Wolfclan-Maschine bewegte sich rückwärts, entweder als Folge von Aidans Treffsicherheit oder weil ihr Pilot den Rückzug angetreten hatte. In einem verzweifelten Versuch, ihren Mech zu befreien, stieß sie den Gashebel bis zum Anschlag vor. Plötzlich explodierte die provisorisch reparierte Steuer- und Funkkonsole in einem Funkenregen, und der Mech schaltete sich ab. Damit war sie allein, an einem Ort, an dem sie noch nie zuvor gewesen war, in einem zumindest zeitweise ausgefallenen Mech, getrennt vom Rest der Einheit und ohne die geringste Ahnung, wie sie aus diesem verdammten Blutsumpf je wieder herausfinden sollte.

Im fahlen Licht der leeren Monitore, das ihren Gesichtern ein gespenstisch graues Aussehen verlieh, sah Nomad, wie Joannas Schultern bedrückt nach unten sanken.

»Wir haben da wohl ein paar Schwierigkeiten?« fragte er, wobei er sich das Lachen kaum verkneifen konnte.

Nur die Dunkelheit und die Haltegurte ihrer Kommandoliege hinderten Joanna daran, Nomad auf der Stelle umzubringen.

14

Die Kampfpause gab beiden Seiten die Möglichkeit, kleinere Reparaturen durchzuführen und Munition nachzuladen. Hätten die Wölfe normale Clantaktik angewandt, wären sie vorgestürmt und hätten die Unsicherheit des Jadefalken-Rückzugs ausgenutzt. Kael Pershaw war überrascht, als Radick und Clan Wolf sich zurückhielten. Der kleine Hinterhalt der Elementare hatte Radick anscheinend zumindest fürs erste vorsichtig werden lassen.

Das Ausbleiben der Verfolger erlaubte dem Station Glory-Garnisonssternhaufen, sich neu zu gruppieren, aber Pershaw war enttäuscht. Er hatte geplant, Angriffsnova Charlie zur linken Flanke zu ziehen, wo die Einheit versucht hätte, ein oder zwei Mechs aufs Korn zu nehmen und unter Einsatz der gesamten Munition aus dem Gefecht zu werfen. Es wäre ein unclangemäßes Manöver gewesen, da hierbei die Mechs nicht einzeln gegeneinander antraten, aber Pershaw war zu dem Schluß gekommen, daß seine beste Chance, die zahlenmäßige Überlegenheit Clan Wolfs zu brechen, in einer Methode bestand, die man in früheren Zeiten als Nadelstichtaktik bezeichnet hätte. Der Kampf konnte zu rituellen Formen zurückkehren, wenn die Chancen gleichmäßiger verteilt waren. Er wußte, daß Dwillt Radick in seiner Lage auch improvisiert hätte. Die Wirklichkeit erforderte eben häufig Kompromisse. Die normale Taktik würde er sich für eine andere Gelegenheit, möglicherweise sogar einen anderen Krieg, aufheben müssen.

Pershaw wanderte über das freie Gelände außerhalb Station Glorys und nahm sich Zeit, seinen Kriegern zuzureden. Er kletterte in einige Mechcockpits, öffnete Luken und schrie den Piloten zu, gleichmäßig zu feuern und nach einer Schwachstelle in der Deckung des Gegners Ausschau zu halten, wenn das Gefecht weiterging.

Unter den Elementaren gratulierte er den hoch über ihm aufragenden Riesen zum Erfolg ihres hastig gelegten Minenfelds und bat sie, mit der gewohnten Tapferkeit weiterzukämpfen.

Lanja hatte inzwischen ihren Befehlstrahl verlassen und kam zu ihm. Im Gefecht waren sie so förmlich, wie es sich für einen Kommandeur und seine Adjutantin gehörte.

»Es gibt Neuigkeiten, Sterncolonel.«

»Nämlich?«

»Wir können dem Sternhaufen zwei neue Mechs hinzufügen. Mech-Kriegerin Nis, eine der Kriegerinnen Sterncommander Jorges, hat den Mech eines Überlebenden des Landungsschiffabsturzes zum Südeingang der Station geführt. Sie ...«

Die Information erregte Pershaws ganzes Interesse. »Nur zwei? Gerade zwei Überlebende der *ganzen* Operation?« In Gedanken wälzte er bereits alternative Schlachtpläne.

»Das wissen wir nicht sicher«, erwiderte Lanja. »Jorges Stern fand Mech-Krieger Enrique, den Überlebenden des Absturzes, als er alleine durch den Sumpf irrte. Anscheinend hatte er unter furchtbaren Bedingungen eine weite Strecke zurückgelegt. Ein Bein seines Mechs wurde durch den Absturz beschädigt, aber wir können es reparieren. Sterncommander Jorge befahl Nis, mit Enrique hierher zurückzukehren. Sie sagt, daß sie nur langsam vorangekommen sind, weil Enriques Mech nur mit menschlicher Fußgängergeschwindigkeit vorankam. Der neue Mech wird gerade repariert, und Nis kann sich Stern Alpha des Ersten Garnisonstrinärsterns anschließen, sobald an ihrem Mech kleinere Arbeiten abgeschlossen sind. Du verziehst das Gesicht. Warum?«

»Nis. Eine Freigeburt. Das hebt meine Zuversicht nicht gerade. Sie soll die Reparatur des beschädigten Mechs abwarten. Dieser Wahrgeborene, Enrique, soll Nis' Mech übernehmen.«

»Nis hat sich als recht tapfer erwiesen. Außerdem liegt Enrique zur Behandlung in der Medostation.«

»Schon gut, schon gut. Nis kann Stern Alpha unterstützen. Einer ihrer Mechs und Piloten ist ausgefallen. Ist ja auch egal, wer dort die Lücke schließt.« Lanjas Ansichten über die Fähigkeiten aller Clan-Krieger waren ihm wohlbekannt. In ihren Augen glaubte er zu lesen, sein Haß auf Freigeborene trübe sein Urteilsvermögen. Aber sie war zu loyal, um Pershaws Äußerungen in einer Gefechtssituation in Frage zu stellen. Manchmal wunderte er sich, wie loyal sie war.

»Lanja, ich brauche deine Hilfe.«

»Was kann ich tun?«

»Ich habe eine Idee, aber dazu muß einer deiner Elementare sein Leben riskieren.«

»Wenn es weiter nichts ist. Erzähl.«

»Es wird bald Nacht. Ich erwarte, daß Clan Wolf dann angreifen wird. Wir werden uns ihnen stellen müssen. Solange Radick ein paar Einheiten in Reserve hält, ist seine Überlegenheit nicht allzu groß. Ich denke, wir können sie zumindest zeitweise aufhalten. Aber wir brauchen mehr Mechs im Feld. Wir müssen herausfinden, was aus dem Trinärstern an Bord des Landungsschiffes geworden ist.«

»Denkst du, Jorges Stern hat versagt?«

»Ich weiß es nicht, aber ich muß es wissen. Wenn es überlebende Krieger und kampfbereite Mechs gibt, brauche ich sie hier. Im Augenblick wäre mir sogar der Freigeburten-Stern recht. Lanja, wähl einen der Krieger aus und laß ihn einen Weg durch den Sumpf suchen. Wir müssen alle Überlebenden des Absturzes oder des Rettungsteams finden, über die Lage aufklären und so schnell wie möglich hierherbringen.«

»Im Sumpf ...«

»Ich weiß, ich weiß. Der Elementar müßte ohne Kampfanzug losziehen, um beim Durchqueren der Wolfsclan-Linien nicht entdeckt zu werden. Das Schicksal hat mir viele Prüfungen auferlegt, und ein Elementar ist alles, worauf ich verzichten kann. Wenn mein Schicksal wirklich in meiner Hand liegt, wird er den Stern finden. Falls er feststellt, daß die Suche nach Überlebenden noch andauert, soll er meinen Befehl übermitteln, die Suche sofort abzubrechen und zurückzukommen. Such einen Krieger deiner Strahlen aus.«

»Das ist nicht nötig. Ich werde selbst gehen.«

»Aber das wäre nicht ...«

»Korrekt? Vielleicht nicht. Aber ich bin die schnellste Läuferin und habe die besten Bewertungen in Überlebenstechniken, frapos?«

»Nun, pos, aber ...«

»Es besteht kein Bedarf für weitere Diskussionen. Dein Befehl lautete, für diese Mission einen Krieger abzustellen. Das habe ich getan.«

Lanjas Entschluß stand fest. Pershaw respektierte sie, wie er alle seine guten Offiziere respektierte. Es war immer seine Politik gewesen, die Befehle eines vertrauten Untergebenen zu unterstützen, und er vertraute niemandem mehr als Lanja. Wenn sie sich entschlossen hatte zu gehen, dann mußte es so sein.

»Wenn du keinen der Mechs oder auch nur ihrer Überreste finden kannst, verschwende keine Zeit mit langen Suchaktionen. Kehr sofort um, frapos?«

»Pos. Ich mache mich auf den Weg, sobald es dunkel wird.«

»Gut. Weggetreten.«

Wie immer drehte sie sich auf den Fersen um und marschierte davon. Pershaw fühlte einen seltenen Augenblick der Sorge. Lanja war die beste Adjutantin, die er je gehabt hatte. Er wollte nicht, daß ihr etwas zustieß. Aber natürlich gehörten sie beide zum Clan und waren in der Lage, den Tod ohne viel Aufheben zu akzeptieren. Es gab Geschichten über Clan-Krieger, die einander jahrelang gekannt hatten, zusammen gedient hatten, einander zahllose Male das Leben gerettet hatten. Und doch ging, nachdem einer von ihnen fiel, der andere weiter, ohne sich auch nur umzusehen. Würde er sich nach Lanja umsehen, wenn sie der Tod ereilte? Einmal vielleicht, als Tribut an ihre Loyalität, aber nicht öfter.

»Ich kann Joanna auf keinem Kanal erreichen«, meldete Hengst. Aidan war zu den restlichen sieben Kriegern und ihren Mechs zurückgekehrt.

»Ich auch nicht. Und niemand hat einen Hinweis auf sie auf dem Radar, franeg?«

»Neg. Wo immer sie ist, der Sumpf versteckt sie vor einer elektronischen Ortung. Du weißt doch, wie es ist, Jorge. Hier draußen kann man seinen Instrumenten nicht trauen. Wenn sie dir erzählen, daß du angegriffen wirst, kann es durchaus sein, daß dir bloß ein Baumpuma im Nacken sitzt. Wenn sie einen BattleMech zeigen, der fliegt ...«

»Hengst, erspar mir den Vortrag. Der entscheidende Punkt ist, daß wir unsere Kommandeurin nicht finden können, frapos?«

»Pos. Womit der Befehl an dich übergeht. An dich *zurückfällt,* Sterncommander Jorge.«

»Allerdings.«

»Ich kann nicht sagen, daß es mir leid tut. Und ich muß darauf hinweisen, daß eine ergebnislose Suche nach Sterncaptain Joanna uns nichts einbringen würde.«

»Wenn sie noch die Kriegerin ist, die ich kannte, wird sie selbst den Weg zurück finden. Wir haben eine wichtigere Aufgabe. Wir müssen zurück zur Garnison.«

»Es ist lange her, seit wir das letzte Anzeichen eines Kampfes am Himmel gesehen haben. Könnte er vorbei sein?«

»Ich hoffe nicht. Finden wir es heraus, frapos?«

Abgesehen von einem einzelnen Wolfsclan-Elementar auf Postendienst, den Lanja lautlos entwaffnete und erwürgte, war die Überquerung des Schlachtfelds einfach. Sie spürte, daß die Wölfe intensiv an neuen Schlachtplänen arbeiteten. Im Hauptquartier des Befehlssterns war man offensichtlich beschäftigt. Ständig gingen Krieger in der geodäsischen Kuppel ein und aus, die unmittelbar hinter den Trümmern und Leichen aufgestellt worden war. Pershaw hatte mit Radick einen einstündigen Waffenstillstand ausgehandelt, der Aufräumarbeiten ermöglichte.

Am Blutsumpf rutschte sie den Hang hinab in die feuchte Schwärze. Unten angekommen streifte sie eine IR-Sensorbrille über und sah sich um. Der Infrarotdetektor hatte nur eine kurze Reichweite, aber im Blutsumpf war er genauer als die entsprechenden Geräte eines BattleMechs. Außerdem erleichterte er die Durchquerung des Sumpfes.

Schnell und gekonnt drang Lanja etwa einen Kilometer in den Sumpf ein, bevor sie die beiden abgeschossenen Clan-Mechs fand. Die Piloten hatten die Maschinen aufgegeben, die jetzt wie ein Paar ertrunkener Riesen im brackigen Wasser lagen. Hinter ihnen jedoch waren schwache, aber deutliche Wärmespuren eines dritten BattleMechs zu erkennen. Die Wärmespur führte in gerader Linie tiefer in den Sumpf.

Lanja folgte der Spur eine halbe Stunde lang. Sie wurde immer stärker. Plötzlich stand die Elementarin auf einer kleinen Lichtung, die von einem Netz aus Wärmespuren überzogen war. Sie überquerte die Lichtung und sah deutliche Spuren einer Mecheinheit — sieben oder acht Maschinen —, die in Richtung der Glory-Ebenen weitermarschiert waren. Wenn sie ihre Richtung beibehielten, liefen sie den Wölfen geradewegs in die Arme. Sie mußte sie abfangen.

Sie rannte los, ganz auf die Wärmespuren konzentriert, die schnell stärker wurden und ihr zeigten, daß sie sich ihren Zielen näherte. Ihre Größe gestattete ihr, ziemlich hohe Zweige zu packen und sich daran vorwärtszuziehen. Einige tiefe Stellen überquerte sie mit gewaltigen Sätzen.

Plötzlich hörte sie das unverwechselbare Krachen von Mechs, die sich ein Stück voraus einen Weg durch die Bäume brachen. Bald würde sie in Sichtweite der Einheit sein. Lanja zog die Brille ab und schob sie in die Gürteltasche, ohne langsamer zu werden.

Als sie unter einem hohen Baum entlangrannte, hörte sie in den Ästen über sich ein Rascheln. Noch bevor sie hochschauen konnte, fühlte sie den Luftzug eines herabspringenden Tiers. Sie griff nach der Laserpistole, ihrer einzigen Waffe, aber sie war zu langsam. Im selben Augenblick landete der Baumpuma schwer auf ihrem Rücken und warf Lanja in das trübe, brackige Wasser.

15

Es war eine Schande, daß die Piloten in ihren Mechs und die Elementarin mit ihrer IR-Brille sich so völlig auf ihre technischen Hilfsmittel verließen. Hätten sie mehr Wert darauf gelegt, was ihre Augen ihnen von der Umgebung zeigten, hätten sie Joanna leicht finden können.

Das warme rote Licht der Notbeleuchtung, das aus ihrer Pilotenkanzel drang, war im dunklen Sumpf fast hundert Meter weit zu sehen. Ein steter Lichtpunkt zehn Meter über dem Boden. Wäre einer der Suchenden nahe genug herangekommen, hätte er den Sterncaptain sehen können, wie sie aus dem Sichtfenster starrte und versuchte, in der Schwärze, die so tief war wie die der Seele eines Peripheriebanditen, etwas auszumachen.

»Wir könnten es zu Fuß versuchen«, sagte Nomad.

»Machst du Witze? In deinem Zustand kommst du auf festem, ebenem Boden kaum voran.«

»Laß mich zurück.«

»Das würde ich nur zu gerne. Aber ich habe keine Möglichkeit, meine Marschrichtung zu bestimmen. Ich kenne keine der Tücken und Gefahren dieses Sumpfes, und ich bin nicht versessen darauf, einen wertvollen BattleMech aufzugeben, nur weil sein Fuß irgendwo festsitzt, besonders jetzt nicht, wenn die gesamte verfügbare Ausrüstung für den laufenden Kampf benötigt wird.«

»Warum versuchst du dann nicht, den Fuß herauszuziehen?«

»Was meinst du, was ich getan habe? Ich nehme an, er hat sich in irgend etwas verheddert, als er in den Schlamm einsank.«

»Worin?«

»Wenn ich das wüßte, hätte ich es gesagt.«

Das Licht im Cockpit flackerte, ging aber nicht aus.

Joanna ballte die Hand zur Faust und schlug gegen die Sichtscheibe.

»Daß wir hier festsitzen, ist nur die Schuld dieser dreckigen Freigeburt Aidan. Er hat uns bewußt hier zurückgelassen, um wieder den Befehl übernehmen zu können. Ich werde ihn umbringen, sobald ich Gelegenheit dazu habe.«

»Wie? Hier gibt es keinen Kreis der Gleichen. Ich habe gehört, wie er es Ihnen gesagt hat. Und Sie, Sterncaptain Joanna, sind bei all Ihren unangenehmen Eigenschaften keine Mörderin.«

»Sei dir da nicht so sicher. Ich könnte an dir üben.«

Nomad hörte die Drohung in ihrer Stimme und schwieg. Vielleicht würde sie ihn nicht umbringen, aber er wußte aus Erfahrung, daß sie ihm erhebliche Verletzungen beibringen konnte. Sein Arm klopfte schon genug, und er hatte keinen Bedarf für weitere Schmerzen.

Nach einer langen Periode des Schweigens, unterbrochen nur durch seltsame Heullaute und anderes Lärmen, das aus dem dunklen Sumpf in die Kabine drang, sagte Joanna schließlich: »Wir müssen diesen Mech in Bewegung setzen.«

»Wollen Sie noch einmal versuchen, den Fuß herauszuziehen?«

»Nein, ich werde hinabsteigen und ihn befreien.«

»Da draußen? Im Dunkeln?«

»Ich habe eine Lampe.«

Nomad wußte nicht, was er sagen sollte. Einerseits bewunderte er Joannas Mut; andererseits, wenn sie keinen Erfolg hatte und ihr geschah etwas, saß er hier oben im Cockpit fest, mit verletzten Armen, und seinen Beinen ging es auch nicht gerade blendend.

Es wäre vergebene Liebesmüh gewesen, Joanna damit zu kommen. Sie war an Ratschlägen ganz offensichtlich nicht interessiert. Sie packte hastig ein Seil und eine Taschenlampe aus dem Staufach. Dann öffnete sie ohne ein Wort zu ihrem ChefTech die Luke und glitt ins Freie. Nomad spitzte die Ohren, um das Geräusch ihrer Füße an der Seite des Metallriesen von den zahllosen anderen Lauten der Nacht zu unterscheiden. Er hörte nicht viel, nur ein paar deutliche Schläge von Metall auf Metall, und anschließend Joanna, die mit einer Stimme, welche es mit der Dschungelkakophonie aufnehmen konnte, einen der härteren Clanflüche ausstieß. Mit Hilfe des vor Schmerzen hämmernden rechten Arms schob er sich von seinem Sitz. Er arbeitete sich hinüber zum Sichtfenster und blickte nach unten. Außer dem zuckenden und flackernden Licht von Joannas Lampe konnte er nichts erkennen.

Einmal hätte Joanna beinahe das Gleichgewicht verloren und wäre gestürzt. Sie hing gerade an dem Seil, das sie um die Geschützkupplung des linken Mecharms geschlungen hatte. Mit einer Hand an dem noch schwingenden Seil streckte sie den anderen Arm nach einem Baum neben dem Kampfkoloß aus. Doch statt eines festen Stammes packte sie nur eine weiche und schleimige, schwammartige Masse, die das Holz des Baumes bedeckte, möglicherweise eine Art Moos. Sie war von einer kränklich grauen Farbe. Die Lampe konnte kaum irgendwo Farbe zeigen, möglicherweise eine Folge des spärlichen Lichteinfalls durch das nahezu undurchdringliche Blätterdach.

Die Berührung war ekelhaft. Sie stieß einen Fluch aus, den sie seit ihrer Zeit als Ausbilderin auf Ironhold nicht mehr benutzt hatte. Sie nahm sich zusammen und faßte das Seil fester. Dabei versuchte sie sich daran zu erinnern, wann sie das letztemal so gotteslästerlich geflucht hatte, und stellte mit Widerwillen fest, daß auch damals Aidan der Grund dafür gewesen war. An jenem Tag hatte sie erfahren, daß Ter Roshak eine Freigeburten-Einheit umgebracht hatte, nur um Aidan seine ungesetzliche zweite Chance zu verschaffen, ein Krieger zu werden. Sie hatte fast eine Stunde lang getobt und in ihrem Quartier einiges zerschlagen. Sie hatte nicht nur Roshaks Handlungen und den Vorzug verflucht, den er Aidan eingeräumt hatte, sondern auch die Tatsache, daß sie als Roshaks Agentin in die Sache verwickelt war. Es war Roshak gewesen, der ihr befohlen hatte, Aidan zu finden, einzufangen und nach Ironhold zurückzubringen.

Sie beruhigte sich, so gut es ging, bevor sie weiter nach unten kletterte. Der widerliche Gestank, der ihr entgegenschlug, verursachte ihr Brechreiz.

Als sie unten angekommen war, stellte sie fest, daß der Fuß des Mechs bis über den Knöchel im Schmutz versunken war. Die Schutzklappe des Wärmetauschers lag fast zur Hälfte unter Wasser. Mit einer Hand am Seil neigte sie sich zur Seite und faßte nach unten in den Schlamm. Die zähflüssige Masse schien ihre Hand so gierig hinabzuziehen, daß sie den Arm augenblicklich zurückriß. Im Lichtkegel ihrer Lampe bemerkte sie ein Büschel vom Baum herabhängender, dunkelgrauer Lianen. Sie erschienen ihr sehr straff. Am unteren Ende verschwanden sie im Schlamm. Joanna stieß sich mit dem Fuß vom Mech ab, schwang hinüber zu den Lianen und packte eine von ihnen. Sie konnte ihre Spannung fühlen. Als sie an einer zog, bewegte sie sich kaum. Vielleicht hatten sich diese Lianen um den Mechfuß gewickelt.

Sie wollte die Lianen mit der Laserpistole zertrennen, als ein seltsames Beben des Seiles sie hochblicken ließ. Sie hatte erwartet, Nomad zu sehen, der am Seil zog, aber die Wirklichkeit war weit schlimmer. Nicht weit über ihrem Kopf klammerte sich ein Reptil, das ungefähr wie eine Kreuzung aus einem Wildschwein und einem Alligator aussah, an die Panzerung des Mechs. Aus Gründen, die nur ihm selbst und der Schutzgottheit seiner Gattung bekannt waren, nagte diese Kreatur mit großer Hingabe an dem Seil, und allem Anschein nach machte sie große Fortschritte.

Joanna hob die Pistole und feuerte auf das Tier. Ihr Schuß war gut gezielt und riß einige der Borsten am Rücken des Reptils ab. Es glitt ab, aber sein Maul gab das Seil nicht frei. Sie feuerte noch einmal, sorgsam gezielt, um nicht das Seil zu treffen. Als das Biest herabstürzte, fühlte sie ein Zerren am Seil. Die Kreatur stürzte geradewegs auf sie zu. Sie trat nach dem Mech und stieß sich ab. Das Reptil fiel vor ihr vorbei, traf mit einem leisen Platschen auf und versank im Schlamm. Sie wollte erleichtert aufatmen, als ihre Bahn sie zurück zum Mech führte, aber die Erleichterung verwandelte sich in Angst, als sie fühlte, wie das Seil riß. Sie packte nach einer Liane, schaffte es aber nicht und stürzte mit den Füßen voran in den Sumpf.

Der Schlamm beendete ihren Sturz. Trotzdem spürte sie an den Füßen ein Ziehen. Sie wurde tiefer gezogen, aber dies ging offensichtlich langsam vonstatten. Sie fragte sich, was aus ihrer Laserpistole geworden war. Sie konnte sich nicht erinnern, sie fallen gelassen zu haben. Sie leuchtete umher und sah sie ein Stück weiter auf festem Boden, ein kleines Stück außerhalb ihrer Reichweite.

Sie war inzwischen bis zu den Knien eingesunken. Joanna sah nach unten und beobachtete, wie die Oberfläche des widerlichen Schlammlochs langsam an ihrem Körper emporkletterte.

Nomad hatte ein kleines Fernglas in Joannas Staufach gefunden. Er ignorierte das Klopfen im Handgelenk, stellte es scharf und sah, wie sie langsam einsank. Sie befand sich ein wenig links vom Mechfuß.

Er konnte ihren Neurohelm nicht dazu benutzen, die Kontrollen zu bedienen, aber wenn es ihm gelang, die Hände zu gebrauchen, konnte er den Helm umgehen und den Fuß bewegen. Na ja, zumindest eine Hand. Das verletzte Handgelenk würde fürchterlich schmerzen, aber vielleicht funktionierte es.

Er zog ein Wartungspaneel unter dem Steuerknüppel ab und riß die Drähte zum Neurohelm heraus. Joanna würde ihn anschreien, wenn sie sah, was er getan hatte, aber diese Tatsache würde bedeuten, daß er sie gerettet und zurück in ihr Cockpit geschafft hatte, wo sie ihre endlosen Beschimpfungen fortsetzen konnte.

Er packte den Steuerknüppel. Sein Handgelenk schmerzte schier unerträglich, als er den Mechfuß bewegte. Er merkte, daß er den Fuß nicht hochziehen konnte, aber nach links und rechts war etwas Spielraum. Er schaute noch einmal aus dem Sichtfenster. Joanna war jetzt bis zur Taille eingesunken. Seine schnellen Berechnungen offenbarten: Entweder würde sie, kurz bevor ihr Kopf unter die Oberfläche sank, auf der Oberkante des Mechfußes Halt finden, oder kurz danach ...

Mit einer gewaltigen Anstrengung, die ihm Tränen des Schmerzes in die Augen trieb, zerrte Nomad am Steuerknüppel. Zunächst schien der Fuß sich zu sträuben. Er zerrte stärker, und die Schmerzen wurden schlimmer. Dann bewegte sich der Fuß mit einem plötzlichen Ruck gerade weit genug zur Seite, um unter die absinkende Kriegerin zu gleiten. Der Schlamm reichte ihr jetzt bis zu den Schultern.

In seinem Arm hämmerte der Schmerz mit einer Intensität, die er nicht für möglich gehalten hätte. Nomad stolperte zurück zum Sichtfenster und sah hinab. Joanna hatte die Lampe fallen lassen. Sie trieb auf der Oberfläche des Sumpfes und warf einen schwachen, schwankenden Lichtkegel auf sie. Sie hielt die Arme hochgestreckt. Der Schlamm stand ihr jetzt bis zum Hals.

Joanna hatte ihren bevorstehenden Tod gelassen akzeptiert, besonders, nachdem sie gezwungen gewesen war, die Lampe wegzuwerfen. Als sie hochsah, bemerkte sie Nomad, der im Licht der Pilotenkanzel auf sie herabblickte. Das mußte ein erhebender Anblick für ihn sein. Wahrscheinlich träumte er seit Jahren davon, sie sterben zu sehen.

Es heißt, daß man im Augenblick des Todes sein Leben noch einmal im Zeitraffer vor den Augen ablaufen sieht. Es gibt viele Beispiele von Einzelpersonen, die im Sterben zu uralten religiösen Glaubensvorstellungen gefunden hatten. Viele Menschen bereuen ihre Taten. Man sagt, sie schließen Frieden mit der menschlichen Rasse.

Nicht Joanna. Sie würde bestimmt mit niemandem Frieden schließen. Sie hatte den größten Teil ihres Lebens damit zugebracht, die ganze Menschheit zu hassen. Warum sollte sie das jetzt bereuen? Sie hatte wenig Grund gefunden, ihre Ansichten über die Abscheulichkeit anderer Menschen zu ändern. Sie würde in der zufriedenen Gewißheit sterben, daß sie das Leben so gesehen hatte, wie es war. Aber das würde auch so ziemlich das einzige sein, womit sie zufrieden war. Vor allem war sie wütend. Was für ein absurder Tod! Sie war eine Kriegerin, und Kriegerinnen starben nicht in einem Schlammpfuhl, es sei denn, sie wären durch eine Kampfhandlung hineingeraten. Was sie mehr als alles andere bereute, war die Tatsache, daß sie sterben würde, ohne einen Blutnamen errungen zu haben, ohne ihr genetisches Erbe dem Genfundus einzuverleiben.

Sie fühlte den widerlichen Dreck an ihrem Hals. Bald würde sie ganz untergegangen sein. Mit den hochgestreckten Händen streifte sie die Handschuhe ab, die das Symbol ihrer Leistungen im Jadefalkenclan waren. Sie waren mit metallenen Sternen besetzt und repräsentierten für Joanna den Sieg in zahlreichen Gefechten. Sie wollte nicht, daß sie mit ihr im Schlamm versanken. Sie schleuderte sie, so weit sie konnte, und sah, wie sie in der Dunkelheit verschwanden. Aber sie hörte sie aufschlagen. Es war kein Platschen zu hören, als sie landeten, also würde ein anderer Krieger sie aufheben können, vielleicht weiterbenutzen.

Ergeben wartete sie auf den Tod. Das machte den Augenblick, als ihre Füße auf der Oberfläche des Mechfußes auftrafen, noch überraschender. Sie fühlte den Schlag durch ihren ganzen Körper gehen, bis hinauf zur Schädeldecke.

Plötzlich war der Tod aufgehalten. Aber sie steckte noch immer bis zum Hals im Dreck, die Arme hilflos nach oben gereckt. Die stinkende, widerliche Sumpfatmosphäre schien unmittelbar über der Oberfläche noch erstickender. Jeder Schatten schien gefährliche Raubtiere zu verbergen. Ihr Mech war funktionsunfähig, ihr ChefTech saß nutzlos oben im Cockpit fest, sämtliche Funksysteme waren ausgefallen. Vielleicht, dachte sie, wäre der Tod gnädiger gewesen.

16

Durch eine bizarre Verknüpfung der Umstände waren Kael Pershaw, Lanja und Joanna gleichzeitig in Lebensgefahr. Hätte ein aufmerksamer Gott über seine menschlichen Untertanen gewacht, wäre er möglicherweise recht beschäftigt damit gewesen, die Geschicke dieser drei gleichzeitig zu entwirren. Glücklicherweise hatten Clan-Krieger wenig Bedarf für Götter. Sie wußten ohnehin nur von ein paar wenigen aus der Vielzahl von Gottheiten der menschlichen Mythologie. Diejenigen unter ihnen, die über Götter spekulierten, kamen im allgemeinen zu dem Schluß, daß ein Krieger sich auf sich selbst verlassen mußte und keinen Gott mit irgend etwas behelligen sollte.

Kael Pershaws Mech wurde von einer Serie direkter Raketentreffer durchgeschüttelt, die meisten davon auf dem Torso. Mit dem Daumen preßte er verzweifelt den Auslöseknopf des Raketenabwehrsystems, aber es funktionierte nicht. Der Wolf-Krieger auf der anderen Seite hatte das offensichtlich auch festgestellt und feuerte eine ganze KSR-Lafettenladung auf ihn ab.

Feindliche Elementare schwärmten über die Gliedmaßen seines BattleMechs, und gleichzeitig wurde er mit furchtbarer Feuerkraft unter Beschuß genommen. In dieser Situation blieb ihm nur eine Reaktion. Er mußte vorwärts stürmen, alle Geschütze abfeuern und auf Glückstreffer hoffen.

Seine Situation wurde dadurch noch verschlimmert, daß die Schlacht ringsherum verlorenging. Jeder einzelne Jadefalken-Mech war in ernsthaften Schwierigkeiten. Die Jadefalken-Elementare waren hinter die Reihen ihrer Mechs zurückgedrängt worden.

Pershaw konnte nicht anders, er mußte sich fragen, ob seine Elementare auch so leicht zurückgeworfen worden wären, wenn Lanja dabeigewesen wäre.

Lanja kämpfte den Kampf ihres Lebens. Ein normales menschliches Wesen wäre schon tot gewesen. Den Kopf gerade noch über der unbewegten Wasseroberfläche, hatte sie es geschafft, den Baumpuma abzuschütteln und sich auf den Rücken zu werfen, bevor er wieder angriff. Sein Maul war ihr so nahe gekommen, daß sie seinen stinkenden Atem wie eine verstärkte Ausführung des allgegenwärtigen Sumpfgestanks empfand.

Das Tier war klein, was ihr aufgrund ihrer eigenen Größe einen gewissen Vorteil verschaffte. Irgendwie fand sie einen Halt für die Füße und konnte den Puma abwehren. Aber sie konnte ihn nicht daran hindern, sich zu winden und mit seinen Pranken nach ihr zu schlagen, wobei er gelegentlich einen Fetzen Haut mitriß. Die Kraft, die sie in dem Tierkörper spürte, machte ihr klar, daß sie ihren Gegner nicht ermüden konnte. Natürlich hatte auch sie ihre Vorteile, zum Beispiel die Tatsache, daß das Tier keine Kampfausbildung besaß. Sie brauchte nur an ihre Laserpistole zu kommen, und die Möglichkeiten der Technologie würden das Gefecht entscheiden. Das Problem war nur, wenn sie das Tier losließ, um nach der Waffe zu greifen, würde es ihr vorher die Kehle zerfetzen.

Joannas hochgestreckte Arme schmerzten vor Anstrengung. Sie wußte nicht, wie lange sie sie noch oben halten konnte, aber sie wollte sie auf keinen Fall in den Sumpf sinken lassen.

Sie wußte nicht, daß sie auf dem Fuß ihres Mechs stand. Soweit sie feststellen konnte, stand sie auf einem versteckten Felsausläufer oder möglicherweise einem Sumpftier. Als ihr Halt sich bewegte, fühlte sie irrationales Verlangen, die Beine anzuziehen. Aber der Sumpf gestattete ihrem Unterkörper nicht die geringste Bewegung.

Das Ding ruckte wieder, und die Bewegung schob sie vor. Ihr linker Arm fiel unwillkürlich nach unten, und bevor sie ihn wieder hochziehen konnte, war er im Schlamm versunken. Noch eine plötzliche Bewegung, und beinahe wäre auch ihr rechter Arm herabgefallen. Sie fühlte, wie sie zur Seite rutschte, und möglicherweise wäre sie unter die Oberfläche gesunken, hätte der Fuß sich nicht wieder bewegt und sie nach oben gedrückt.

Jetzt, als der Fuß durch die Oberfläche des schmierigen Modders brach und die Lianen platzten, war ihr Hauptproblem, die Balance zu halten und nicht herunterzufallen. Das war keineswegs leicht, denn einige der Lianen schwangen hinter ihr her und peitschten schmerzhaft in ihr Gesicht.

Die Götter, die Kael Pershaw, Lanja und Joanna vernachlässigten, hätten ihre Aufmerksamkeit auch anderen widmen können. Schließlich war nicht jeder in Gefahr. Aber kein Clan-Krieger wollte etwas von Göttern wissen, die sich in sein Leben, in seine Leistungen einmischten. Die Götter sollten bleiben, wo sie hingehörten, und wenn nicht, waren die Clan-Krieger bereit, in einem Kampf um spirituelle Rechte gegen sie zu bieten.

Zu den weitaus meisten Zeiten hätte Dwillt Radick jeden Gott, der so dumm war, in seinem Cockpit zu erscheinen, hinausgeworfen. In diesem Moment aber wäre er möglicherweise freundlich gewesen, weil es ihm die Gelegenheit gegeben hätte, sich mit dem bevorstehenden, beachtlichen Sieg über Kael Pershaws Jadefalken zu brüsten.

»Nicht nachlassen!« schrie er seinen Kriegern zu.

Als er diese und die anderen Anfeuerungen Radicks hörte, begann sich Craig Ward Sorgen zu machen. Hätte Radick ihn gefragt, hätte er zugegeben, daß Clan Wolf die Oberhand in der Schlacht hatte, aber er war erstaunt über die Zähigkeit der Jadefalken. Seine Analyse zeigte, daß die Verluste beider Seiten etwa gleich waren. Clan Wolf war seinen Gegnern weder in Strategie noch Taktik oder auch nur Kampfkraft überlegen. Der pure Verschleiß brachte Radick den Sieg. Und für Craig Ward, der zu den wildesten Kriegern gehörte, war das ein schmählicher Sieg.

Aidan hatte seinen Mech gewendet, um den Zustand der anderen Krieger und ihrer Maschinen zu überprüfen. Ohne diese Aktion hätte er das Geschehen hinter ihnen nie bemerkt.

»Hengst, da hinten ist etwas los. Es sieht nach einem Kampf aus.«

»Wahrscheinlich nur zwei Sumpfbewohner, die sich etwas Spaß gönnen«, erwiderte Hengst.

»Nein, danach sieht es nicht aus. Ich könnte schwören, daß einer der Kämpfer ein Mensch ist. Ich muß nachsehen gehen. Es könnte Joanna sein, die ihren Mech verlassen hat, um uns nachzukommen.«

»Wenn sie es ist, besteht kein Grund zurückzugehen.«

»Hengst, wir sind Clanner. Wir können niemand sterben lassen, der zu uns gehört.«

»Ich höre deine Worte, Sterncommander, aber ihre Aussage kann ich nicht unterschreiben.«

Aidan befahl den anderen zu warten. Er kletterte aus seiner *Nemesis* und kam auf relativ festem Boden auf. Es blubberte etwas feucht unter seinen Schritten, aber wenigstens *konnte* er darauf gehen. Es gab einen deutlich erkennbaren, festen Weg beinahe bis an den Kampfschauplatz.

Als er näher kam, sah er, daß ein Baumpuma in den Kampf verwickelt war. Er zog die Laserpistole und überprüfte die Ladung.

Ob die Götter nun einen Anteil daran hatten oder nicht, häufig lösten sich Probleme irgendwie von selbst. Liebende wurden vereint, Familien zusammengeführt, gute Regierungen lösten schlechte ab. Menschen in Gefahr wurden erstaunlicherweise gerettet. Und gelegentlich waren sogar ein oder zwei von ihnen dankbar.

Kael Pershaw hatte nur halbwegs Glück. Der automatische Rettungsmechanismus schleuderte ihn aus dem Cockpit seines BattleMechs, bevor er zu Boden ging. Er explodierte nicht, wurde auch nicht in seine Einzelteile zerblasen, aber er war ganz offensichtlich außer Gefecht. Als sein Schleudersitz den Boden erreichte, formierten sich augenblicklich fünf Elementare um ihn und wehrten die Angriffe von Wolfsclan-Elementaren ab. In einem Kampf um eine Blutlinie beendete die Gefangennahme oder der Tod des Genträgers den Konflikt, daher war es von essentieller Bedeutung, daß Pershaw am Leben und dem Zugriff des Gegners entzogen blieb.

Als er durch die eigenen Reihen zurückwanderte, sah er ringsum gestürzte BattleMechs. Seine Maschine war nicht der einzige Verlust gewesen. Er stieg über die toten Krieger und erkannte die freigeborene Mech-Kriegerin namens Nis.

Joanna rutschte von dem Fuß, aber erst, nachdem ihn Nomad irgendwie auf festen Boden gesetzt hatte, oder zumindest auf das, was in diesem widerwärtigen Sumpf als fester Boden durchging. Sie stürzte zu Boden. Als sie aufstand und sich abklopfte, blickte sie zu Nomad hoch, der sie recht verzweifelt zurück ins Cockpit winkte.

Er konnte warten. Sie mußte ihre Handschuhe suchen. Sie fand sie auf der anderen Seite des Schlammpfuhls, und bei ihnen eine weitere dieser reptilienartigen Kreaturen, welche die erste gerade untersuchte und zögernd an einem Finger nagte. Innerlich fluchend hob sie die in der Nähe liegende Laserpistole auf und blies dem Reptil den Kopf weg.

Aidans gutgezielter Schuß wäre fast daneben gegangen, weil Lanja das Tier zur Seite drücken konnte, aber er traf. Der Strahl der Laserpistole drang durch das Ohr, das sich in winzige Fell- und Fleischfetzen verwandelte, ins Gehirn des Baumpumas. Das Tier erschlaffte. Sein Gewicht fiel auf Lanja und drückte sie ins Wasser zurück. Erst verschwand ihr Kopf unter der Oberfläche, dann ihr Körper, dann der Puma, der auf ihr lag.

Aidan stürzte vor. Er griff ins Wasser, fand den Nakken des Pumas und zog. Das Tier war schwer, verdammt schwer sogar. Aber der Auftrieb im Wasser ermöglichte es Aidan, es von Lanja zu heben. Es war zu schwer, um es aus dem Wasser zu ziehen, aber mit einer gigantischen Anstrengung konnte er es beiseite schleudern. Lanja tauchte nicht wieder an der Wasseroberfläche auf. Er watete tiefer hinein, griff nach unten und suchte nach ihr. Zuerst glaubte er, sie verloren zu haben. In der Dunkelheit hatte es keinen Sinn, nach ihr zu tauchen. Er hätte nichts gesehen.

Plötzlich stieg ein paar Meter entfernt etwas an die Oberfläche. Es war Lanja, auf dem Bauch, das Gesicht im Wasser. Er schwamm zu ihr, hob ihren Kopf, zerrte sie zurück aufs Trockene. Er legte sie auf den Boden und beatmete sie.

Mit einem heftigen Ruck begann Lanja wieder selbständig zu atmen. Aidan packte die Schulter der riesigen Frau und zog, preßte, stieß so lange, bis er sie auf den Bauch gerollt hatte. Dann hämmerte er auf ihren muskulösen Rücken, um das Wasser aus ihren Lungen zu pressen. Angesichts ihrer 2,3 Meter Größe und breiten Statur war das alles andere als leicht.

Dasselbe galt für den Weg zurück zum Mech. Sie hatte versucht, aus eigener Kraft zu gehen, war aber schon nach dem ersten Schritt zusammengebrochen und einen Augenblick ohnmächtig geworden. Aidan war gezwungen, sie, so gut es eben ging, zu schleppen.

Als sie den Mech erreichten, war sie wieder bei vollem Bewußtsein und bestand darauf, daß Aidan sie losließ. Hengst stand neben Aidans Mech und erwartete sie. Aidan wollte erklären, was geschehen war, aber Lanja unterbrach ihn.

»Die Schlacht verläuft schlecht. Eure Einheiten werden dringend benötigt. Das soll ich euch von Kael Pershaw ausrichten.«

Dann erklärte sie in allen Einzelheiten, was geschehen war, bevor sie zu ihrer Mission aufgebrochen war. Hengst stellte fest, daß der Kampf noch wüten mußte, nach dem fernen Donnern der Geschütze und dem hellgrauen statt tiefblauen Schimmer des Nachthimmels zu schließen.

Er wandte sich wieder zu Lanja um und deutete auf mehrere Schnittwunden an ihrem Gesicht und Hals. »Das sind üble Schnitte«, bemerkte er.

»Das hat nichts zu sagen«, erwiderte sie. Trotzdem holte Hengst schnell den Medpack heraus und begann sie zu verarzten.

»Ich benutze Blutblatt«, erklärte er. »Das desinfiziert und beschleunigt den Heilungsprozeß.«

Lanja schien Hengsts Kommentare nicht zur Kenntnis zu nehmen. Sie redete mit drängender Stimme auf Aidan ein. »Wenn ihr euren momentanen Kurs beibehaltet, kommt ihr genau hinter den Wolfsclan-Truppen zum Vorschein. Wenn meine Berechnungen stimmen. Wir wissen beide, wie leicht Daten unter den Bedingungen hier verzerrt werden.«

»Das Wissen darum, daß wir im Rücken von Clan Wolf auftauchen, könnte uns einen strategischen Vorteil verschaffen«, meinte Aidan. »Aber wir sind nur zu acht. Das ist viel zu wenig für einen Hinterhalt, frapos?«

»Pos«, bestätigte Lanja.

»Dann brauchen wir eine Ablenkung.«

»Eine Ablenkung?«

»Ja. Kannst du uns so dicht an Station Glory bringen, daß wir Funkverbindung aufnehmen können?«

»Natürlich. Auf einer Lichtung, etwa zehn Kilometer von hier, ist ein Hügel. Von dort aus müßte ich eine sichere Stimm- und Digitalverbindung zum Sternhaufenhauptquartier etablieren können.«

Sie winkte Hengst beiseite, obwohl er noch an ihren Verletzungen arbeitete. Ihre Geste bedeutete ihm, daß sie im Augenblick keine weitere Versorgung wünschte.

»Also gut«, sagte Aidan. »Wir gehen zu Fuß. Hengst, bring den Stern, so dicht es geht, ohne den Sumpf zu verlassen, an die Wolfslinien. Einer der überzähligen Piloten aus Joannas Trinärstern soll meinen Mech führen. Ich stoße dann dort zu euch.« Er drehte sich zu Lanja um. »Gehen wir. Lanja, du wirst für mich sprechen müssen. Wegen diesem Ding« — er deutete auf die schwarze Schärpe — »braucht Kael Pershaw nicht mit mir zu reden. Und selbst ohne sie würde er sich möglicherweise weigern, den Rat eines Freigeborenen anzunehmen.«

Lanja wußte, daß das stimmte, aber sie sagte nichts. Sie hatte das Gefühl, daß Jorge die Lösung für eine Situation kannte, die ansonsten mit einer sicheren Niederlage enden mußte.

17

Joanna fragte sich, ob Nomads Eingriff in die Elektronik den Neurohelm ernsthaft beschädigt hatte. Er hatte ihn zwar wieder angeschlossen, aber das Gefühl, wenn sie den Helm benutzte, war identisch mit dem bei ihrer allerersten Anpassung an einen Neurohelm viele Jahre zuvor. Ihr Kopf war von einer Art pulsierendem Schwindelgefühl erfüllt, einem Gefühl, daß der Mech sich durch einen Nebel bewegte, obwohl er einwandfrei zu funktionieren schien.

Sie fragte sich, ob er das Gerät sabotiert hatte. Fähig dazu wäre er gewesen.

Sie atmete tief durch. Die Luftfilter waren ausgefallen, und der Geruch von Erbrochenem hing in der Luft. Nomads Schmerzen waren so stark geworden, daß er sich übergeben hatte, nachdem er den Fuß des Mechs mit letzter Kraft auf trockenen Boden gebracht hatte. Er hatte es geschafft, den größten Teil der Spuren zu entfernen, aber der Geruch war hartnäckig. Auf ein Lüften des Cockpits hatte er verzichtet. Nicht nur waren die Luftfilter ausgefallen, der Gestank der Sumpfluft war noch schlimmer.

Nachdem er eine Weile geschmollt hatte, war Nomad auf dem Passagiersitz wieder eingeschlafen. Wütend war er deshalb gewesen, weil Joanna sich nicht ordentlich bei ihm für die Lebensrettung bedankt hatte.

»Es ist deine Pflicht, deine Vorgesetzte zu retten«, hatte sie ihm erklärt. »Du bist noch immer der wertlose Unterkastler, der du schon immer warst. Ich werde dich in meinem Bericht angemessen loben. Mehr Dank braucht ein Clansmann nicht.«

»Was immer Sie sagen, Sterncaptain«, hatte er geantwortet.

»Also, Nomad, wenn es dich beruhigt, will ich zugeben, daß ich zufrieden bin, noch weiter die Möglichkeit zu haben, dem Clan zu dienen. Mir ist klar, daß du dafür verantwortlich bist. Ich respektiere alle, die ihre Pflicht tun, also respektiere ich dich ebenfalls dafür. Macht dich das glücklicher?«

»Ich bin nicht mal sicher, ob ich es kapiert habe.«

Sie war froh, daß er eingeschlafen war. Seine konstanten Anmerkungen bei jedem Wort, das sie sagte, fielen ihr auf die Nerven. Sie hatte keine Ahnung, wo sie waren, und konnte kein einziges Instrument auf der Kontrollkonsole einsetzen, um es herauszufinden, sondern mußte — metaphorisch gesprochen — blind umherstolpern. Im Sumpf gab es einfach keine Orientierungspunkte. Alles sah gleich aus.

Irgend etwas in ihrem Neurohelm verursachte Kopfschmerzen. Sie schloß die Augen und schien einen Moment lang ein voll betriebsfähiges Cockpit zu sehen. Als der Mech in einen kleinen Tümpel trat, wurde sie zurück in die Wirklichkeit gerissen. Sie mußte sich darauf konzentrieren, den Koloß durch das Wasser zu bewegen. Die Kopfschmerzen wurden noch stärker, als der Mech über etwas stolperte und gegen einen dicken Baum schlug. Sie hatte den Eindruck, im Stauraum unter dem Cockpit etwas rappeln zu hören, aber dann entschied sie, daß es sich dabei um Einbildung oder eine Fehlfunktion des Neurohelms handeln mußte.

Joanna war sicher, daß sie im Kreis gingen, wie es bei sensorlosen Mechs in unbekanntem Terrain häufig geschah. Sie hatte kein Gefühl für die Umgebung, wußte weder, was vor oder hinter ihr, noch rechts oder links von ihr lag. Sie konnte ebensogut stehenbleiben, statt dieses sinnlose Herumstolpern fortzusetzen.

Sie hielt den Mech an und verspeiste ein paar Vorräte, die sie mitgenommen hatte. Viel war es nicht. Der im Cockpit hängende Geruch war nicht dazu angetan, einen gesunden Appetit zu fördern. Sie blickte aus dem Sichtfenster und sah, daß der Mech vor einer Gruppe hoher Bäume stand, die sich bis über das Blätterdach hinaus zu strecken schienen. Die Äste und Zweige gerieten gelegentlich in Bewegung, als ob Tiere an ihnen entlanghüpften, möglicherweise in Aufregung über den Eindringling. Sie hatte von Tieren gehört, die ihr gesamtes Leben in den oberen Etagen von Sümpfen, Dschungeln oder Wäldern zubrachten und niemals einen Fuß auf den Boden setzten. Der Boden mußte ein sagenumwobenes Land für sie sein, etwas, das kaum eines wirklich zu Gesicht bekam. Für Clan-Krieger war die Innere Sphäre so ein legendärer, mythischer Ort. Vor Generationen hatten die Vorväter der Clans sie verlassen, um eine neue Heimat unter den fernen Sternen zu suchen. Damals waren sie noch keine Clans gewesen. Seit jener Zeit hofften Krieger jeder Generation, an der Invasion der Inneren Sphäre teilnehmen zu können, die anstand, sobald die Khans zu der Entscheidung kamen, daß die militärische Stärke der Clans ausreichend war, ihre Ziele zu verwirklichen.

Sie vertrieb die Gedanken an die Clans, als plötzlich ein Kopf auftauchte und durch die Blätter eines der Bäume starrte. Ihr war klar, daß es sich um ein Tier handelte, aber der Kopf war mit nichts zu vergleichen, was sie jemals zuvor gesehen hatte. Das Ding war monströs, gehörnt, besaß einen dicken Rüssel und scharfe Zähne, die weit über die Unterlippe herabhingen.

Sie haßte den Anblick so sehr, daß sie die linke Arm-PPK darauf richtete und die Kreatur aus dem Baum schoß. Als sie sie fallen sah, fühlte Joanna ein Gefühl der Befriedigung. Es war wie der Sieg über ein Alptraummonster gewesen.

Sie marschierte weiter.

Als sie über eine besonders widerwärtige Ansammlung von Sträuchern und Ranken stieg, erwachte ihr Funkgerät plötzlich mit einem warnenden Krachen zum Leben. Obwohl sie augenblicklich ein Rufsignal ausstrahlte, war sie überrascht, innerhalb einer Minute Antwort zu erhalten. »Ich höre dich, Sterncaptain Joanna«, sagte die Stimme. Sie erkannte sie als die einer der dreckigen Freigeburten in Aidans Einheit.

»Wo ist Sterncommander Jorge?« fragte sie.

»Er ist ... er ist nicht an Bord seines BattleMechs und hat mir das Kommando übertragen.«

»Dir!«

»Ja. Hast du daran etwas auszusetzen?«

»Du weißt genau, daß dem so ist. Vier deiner ... deiner Krieger stammen aus meinem Trinärstern. Du kannst sie nicht befehligen. Einer von ihnen muß den Befehl übernehmen. Es ist undenkbar, daß sie von Freigeburt-Abschaum geführt werden!«

Die Verbindung blieb stumm.

»Sterncaptain Joanna, ich hätte erwartet, daß du früher zu uns gestoßen wärst.«

»Mein Trägheitskompaß und meine Ortungssysteme sind ausgefallen. Bis eben galt dasselbe für dieses Funkgerät. Ich habe meinen BattleMech durch diesen infernalischen Sumpf gesteuert. Warum hat deine Einheit nicht nach mir gesucht?«

»Die Rückkehr zu den Einheiten bei Station Glory war wichtiger.«

Die Antwort irritierte sie, besonders, weil ihr eine Freigeburt die Worte entgegenspie, aber sie weigerte sich, mit einer so niederen Kreatur eine Diskussion zu beginnen. Die dreckige Freigeburt wäre ohnehin nicht in der Lage gewesen, logischen Gedankengängen zu folgen.

»Und warum seid ihr nicht zu den Garnisonskräften gestoßen?«

»Unser Kommandeur hat uns befohlen, an den Rand des Sumpfgebietes vorzustoßen und dort auf weitere Befehle zu warten.«

»Ich übernehme ab sofort wieder den Befehl. Ihr werdet tun, was ich euch sage.«

»Du bist nicht hier.«

»Dann sobald ich dort bin.«

»Wie willst du herkommen? Du hast selbst erklärt, daß dein Navigationssystem außer Betrieb ist.«

»Du wirst einen der Krieger herschicken, damit er mich zu euch führt. Und einen aus *meinem* Trinärstern, keine deiner dreckigen Freigeburten, der ich nicht einmal zutrauen würde, mich an ein Sumpfwasserloch zu führen.«

Ein seltsames Geräusch drang aus dem Lautsprecher, das Joanna nicht identifizieren konnte.

»Ich bitte um Verzeihung, Sterncaptain, aber ich würde empfehlen, einen von uns ... uns Freigeborenen schicken zu dürfen, so dreckig wir auch sein mögen. Wir kennen das Gelände und können dich schneller erreichen.«

Ausnahmsweise fand Joanna das Argument eines Freigeborenen schlüssig. Sie befahl Hengst, sofort einen Krieger mit Mech loszuschicken. Er antwortete, er werde es noch schneller tun.

Hengst wünschte sich, Aidan käme zurück. Mech-Krieger Prent, den er nach Joanna geschickt hatte, würde seinem Befehl folgen und sich Zeit lassen, um hinterher zu erklären, er sei unterwegs auf Hindernisse gestoßen.

Es war eine Hinhaltetaktik, aber er hatte nicht gewußt, was er sonst tun sollte. Aufgrund der Kommunikationsprobleme konnte er keinen Kontakt mit Aidan aufnehmen, um Befehle einzuholen, also mußte er Joanna hinhalten, bis der echte Offizier zurückkam, um echte Befehle zu geben. Es machte ihm nichts aus, sie hin und wieder an der Nase herumzuführen.

Lanja hielt ihr Versprechen. Nach zehn knochenharten Kilometern durch den Schlamm und Schmutz des Blutsumpfes, auf denen sie Aidan halb getragen, halb mitgezerrt hatte, baute sie ihre Funkanlage auf und richtete die Parabolantenne sorgfältig auf Station Glory aus.

Innerhalb von Minuten erschien Kael Pershaws Gesicht auf dem winzigen Schirm.

»Du sagst, die Idee zu dem Ablenkungsmanöver hast du aus einem Buch«, stellte Kael Pershaw an Aidan gerichtet fest. »Aus einem Buch? Wie kommt jemand wie du an ein Buch?«

Aidan wollte schon antworten, er hätte es gefunden, als er noch in der Geschko war, aber er hielt rechtzeitig inne. Für Kael Pershaw war er ein Freigeborener und niemals auch nur in die Nähe einer Geschko gekommen. Da er sein geheimes Bücherlager in der Freigeborenenkaserne nicht verraten wollte, versuchte er es mit einer Lüge: »Als ich noch ein Kind war, kam ab und zu eine Frau zu uns, um für mich zu sorgen, wenn ich krank war. Sie brachte das Buch mit. Nahm es übrigens auch wieder mit.«

»Und was für ein Buch war das?«

»Ein großartiges Buch, in Gedichtform und voller Schlachten.«

»Du erwartest also von mir, daß ich ein Ablenkungsmanöver durchführe, das auf jahrhundertealten Gefechtstheorien beruht. Die zudem noch in Gedichtform abgefaßt wurden.«

»So ungefähr. Wir brauchen die Ablenkung, damit der zweite Teil des Plans funktioniert.«

»Wie kommst du auf den Gedanken, daß ich den Plan einer stinkenden Freigeburt auch nur für einen Moment in Betracht ziehe?«

»Ich weiß, Sterncolonel Kael Pershaw, daß du ein Meisterstratege bist, der den Wert eines Plans erkennen kann, selbst wenn er von einer Freigeburt stammt.«

»Selbst einer Freigeburt, die die schwarze Schärpe trägt, und der ich gestatte, weit mehr zu reden, als es die Schärpe zuläßt?«

»Bei allem Respekt, Sir, ich finde, das Ritual der schwarzen Schärpe sollte während einer Gefechtssituation außer Kraft treten. Es behindert ...«

»Ja, ja, Jorge. Aber wenn ich dir gestatte zu reden, findest du kein Ende. Wie soll ich das zustande bringen? Dein Plan ist eine logistische Monstrosität.«

»Aber er kann funktionieren.«

»Er hat in einer Geschichte funktioniert. Egal, ich werde es tun. Abgesehen von einem Rückzug zur Station Glory, um auf den Sturm der Wölfe zu warten, habe ich keinen Schlachtplan mehr. Lanja!«

»Sir?«

»Ich denke, dieser Plan wird besser funktionieren, wenn wir deine Elementare einsetzen. Können sie sich in einen so kleinen Raum quetschen?«

»Er reicht für zwei oder drei von ihnen.«

»Zwei werden genügen. Und sie finden den Weg über das Feld, ohne entdeckt zu werden?«

»Ich kann es nicht garantieren. Aber wir werden es versuchen.«

»Das genügt. Jorge, du kannst wegtreten. Kehre zu deiner Einheit zurück und warte auf mein Zeichen. Wenn wir euch nicht über Funk erreichen können, werden wir eine Leuchtkugel abfeuern. Greift an, sobald ihr sie seht.«

Aidan nickte und ließ Lanja auf der Hügelkuppe allein. Pershaw rieb sich, angeekelt von der Notwendigkeit, mit einer Freigeburt zu diskutieren, den Schweiß von der Stirn.

»Das ist dir schwergefallen, nicht wahr, Sterncolonel?« fragte sie.

»Du weißt, daß ich jeden Kontakt mit Freigeburt-Kriegern hasse. Aber ich schätze, es ist immer noch besser, Hilfe von Freigeborenen zu bekommen, als mein Generbe dem Wolfsclan zu überlassen.«

»Du akzeptierst die Hilfe nicht von irgendeinem Freigeborenen. Dieser hier hat sich ausgezeichnet.«

»Wie kannst du so etwas sagen? Er hat einen meiner Offiziere getötet und war bei zahlreichen Gelegenheiten aufsässig.«

»Er hat die Überlebenden des Absturzes gerettet und damit die Zahl deiner Krieger vergrößert. Und insofern es eine Rolle spielt, hat er mich davor bewahrt, von einem Baumpuma zerrissen zu werden. Dann hat er mir noch einmal das Leben gerettet, als ich fast ertrunken wäre. Jorge hat trotz seiner unglücklichen Abkunft Mut und Findigkeit bewiesen.«

Pershaw verstand, was Lanja sagen wollte, aber tief in seinem Innern haßte er Jorge und all seine Leistungen, so nützlich und großartig sie auch waren.

»Ruh dich aus«, erklärte Lanja. »Ich muß mich meinem Team auf dem Schlachtfeld anschließen. Es wird bald einen neuen Kampf geben, und wir werden sehen, wie gut Jorges Plan ist.«

»Deine Schnittwunden sind fast verheilt.«

»Ich sage es dir nicht gerne, aber die Medizin wurde ursprünglich von einem freigeborenen Krieger entdeckt und mir von einem anderen freigeborenen Krieger verabreicht.«

Pershaw schauderte. Seine Gedanken an eine Paarung mit Lanja verkümmerten. Er hatte Angst, die Berührung des Freigeborenen auf ihrer Haut zu fühlen.

18

Lanja war schon einmal in einem Mechcockpit gewesen, aber dabei hatte es sich um aufrechte Maschinen gehandelt, die inspiziert werden mußten, nicht um Metallriesen, die auf einem verwüsteten Schlachtfeld zertrümmert auf der Seite lagen. Damit sie sich in vollem Kampfpanzer in den *Feuervogel* quetschen konnte, hatte ihr Begleiter die Pilotenliege und die Hälfte der Kontrollen herausgerissen. Andere hatten sich unter den Gefechtstrümmern versteckt.

Sie operierten in Funkstille. Kael Pershaw war zu dem Schluß gekommen, daß das Risiko eines zufälligen Empfangs durch Clan Wolf zu groß war. In der Finsternis ihres Kampfanzugs wartete Lanja ganz auf sich gestellt auf die Leuchtkugel, die Pershaw gen Himmel feuern würde, sobald er den richtigen Zeitpunkt für gekommen sah.

»Clan Wolf muß angreifen«, hatte er gesagt. »Der Plan funktioniert nur, wenn sie in Bewegung sind.«

Lanja hatte bemerkt, daß Kael Pershaw den Plan niemals in Verbindung mit Jorges Namen zur Sprache brachte. Es war, als wolle er verhindern, daß irgend jemand erfuhr, daß der Plan von einem Freigeborenen entwickelt worden war. Lanja hatte immer gedacht, sie verachte Freigeborene ebensosehr wie alle Mitglieder ihrer Kaste, aber neben Kael Pershaws Haß wirkte der ihre wie eine kindliche Laune.

In der Kuppel seines Hauptquartiers plante Sterncaptain Dwillt Radick einen letzten Vorstoß. Die beiden Supernovas waren repariert und beinahe wieder in voller Stärke verfügbar, auch wenn seine Elementartruppen auf zwölf Mann, kaum mehr als zwei Strahlen, geschrumpft waren. Wie es nach dem Gebotsprotokoll sein Recht war, hatte er die BattleMechs der dritten Supernova des Sternhaufens als Verstärkung angefordert, was seine Mechtruppen auf dreiundzwanzig Maschinen erhöhte. Er verzichtete jedoch auf die Luft/Raum-Jäger, denn Kommandeure, die mehr Truppen als notwendig einsetzten, um ein Ziel zu erreichen, brauchten nicht auf eine Beförderung zu hoffen.

Die Leute waren bereits in Position, als Dwillt Radick die Befehle für den nächsten Angriff noch einmal durchging. Er würde einen massiven Angriff geradewegs gegen Station Glory führen und Pershaws Truppen anschließend über das öde Terrain Glorys jagen, bis zum süßen Augenblick ihrer unvermeidlichen Kapitulation.

Radick wartete auf die letzten Meldungen seiner Offiziere, als Kael Pershaws überraschend ruhige Stimme aus dem Lautsprecher des Funkgeräts drang. »Schläfst du, Dwillt Radick? Wenn du deine lächerliche Mission aufgeben und mein Leibeigener werden willst, bin ich bereit, das Ritual durchzuführen. Du kannst nicht gewinnen, franeg?«

»Kael Pershaw, ich werde mir nicht einmal die Mühe machen, dich als Leibeigenen durchzufüttern. Du solltest dich besser sofort ergeben, damit dein Generbe in eine passendere Umgebung kommt als ein stinkendes Jadefalkenheim.« ›Heim‹ war der umgangssprachliche Begriff für die wissenschaftlich überwachten Anlagen, in denen genetisches Material aufbewahrt wurde. Falls Clan Wolf bei diesem Kampf siegte, würde man das Genmaterial der Pershaw-Linie zeremoniell von den Jadefalken-Gewölben in die des Wolfsclans transferieren.

»Deine hohlen Prahlereien langweilen uns, Dwillt Radick. Wenn du kämpfen willst, dann kämpfe. Kampf statt heißer Luft, frapos?«

»Mach dich bereit, deine Verluste zu zählen, Kael Pershaw.«

Dwillt Radick stieß seinen Stuhl zurück und brüllte das Personal seines Hauptquartiers an, alle Krieger zu aktivieren. »Dies wird das letzte Gefecht vor unserem Sieg«, verkündete er und sah zu, wie die KommTechs in Aktion traten. Sie waren das Herz der Kampfmaschine, das Zentrum des Gefechts, das den Informationsfluß zwischen den Supernovas koordinierte, die Flanken stabil hielt, während die Mitte in der Keilformation vorrückte, die Radick bevorzugte. Er feuerte sie noch einmal an, bevor er zu seinem *Bluthund* rannte. Er hoffte darauf, Kael Pershaw im direkten Zweikampf gegenübertreten zu können. Es würde ihm Vergnügen bereiten, Pershaws Mech vom Scheitel bis zur Sohle zu spalten. Und Pershaw selbst gleich mit.

In seiner eigenen Kommandokuppel nickte Kael Pershaw seinen Untergebenen zu, ein Zeichen, daß er Dwillt Radick zur Aktion getrieben hatte. Anschließend marschierte er geradewegs zu seinem neuen Mech, einem glänzenden *Kriegsfalke,* dessen regulärer Pilot verwundet war. Er blickte an dem Mech mit seinem flachen Kopf und den Extremreichweiten-Zwillings-PPKs in beiden Armen empor und fragte sich — wie er es vor jedem Einsatz tat —, ob dies der Mech war, in dem er sterben würde. Wenn dem so war, machte es ihm nichts aus. Es wäre der Tod, den er sich schon immer gewünscht hatte. Manchmal hatte Pershaw das Gefühl, schon mit dem Wunsch nach einem ehrenvollen Tod aus dem Kanister gekommen zu sein.

Joanna spottete über Aidans Strategie.

»Von hinten angreifen? Das ist absurd. Sobald wir aus dem Sumpf auftauchen, werden ihre Sensoren uns entdecken. Sie werden umdrehen und uns abschlachten.«

»Clan Wolf wird mit allen Kräften auf dem Vormarsch sein«, erwiderte Aidan. »Sie werden den Rükken ungedeckt lassen. Mach dir nur klar, wie schwer es ist, die Marschrichtung eines Mechs zu ändern, wenn ein Angriff einmal im Gang ist. Nein, ich erwarte nicht, daß wir auf mehr als ein paar Wachtposten treffen, vielleicht nur auf Elementare.«

»Ich genehmige keine Selbstmordaktionen.«

»Glücklicherweise brauchst du das auch nicht. Kael Pershaw hat es bereits getan.«

»Er kennt weder die Bedingungen hier noch den Zustand einiger unserer BattleMechs.«

»Ich bin sicher, daß ihm beides egal wäre. Er steht mit dem Rücken zur Wand. Ohne uns kann er nicht gewinnen.«

»Das sehe ich nicht so.«

»Dann bleib zurück und sieh aus der Deckung eines Baums zu, wie wir kämpfen.«

Aidan genoß das Funkeln in Joannas Augen. Sie gehörte zu der Art Krieger, für die selbst die Andeutung von Feigheit die schlimmste aller Beleidigungen darstellte.

»Wenn Kael Pershaw den Plan genehmigt hat, müssen wir ihn durchführen. Ich bin bereit, die Einheit in die Schlacht zu führen, was immer ich persönlich von diesem Plan halte. Das ist das Wesen des Clans.«

Hätte Aidan es sich überhaupt erlaubt, seine Gefühle auch nur durch ein Glitzern in den Augen zu zeigen, dann wäre es in diesem Moment fällig gewesen. Aus der Seitentasche seines Overalls zog er ein Faksimile des Befehls, den er von Kael Pershaw verlangt hatte, bevor er zu seiner Einheit zurückkehrte. Wortlos reichte er es Joanna.

»Was ist das?«

»Meine Autorisation, für die Dauer dieser Operation den Befehl zu übernehmen.«

Wäre Joanna eine Langstreckenrakete gewesen, wäre sie in diesem Augenblick aus dem Abschußrohr gedonnert. »Du! Er hat dir die Mission übertragen! Ich bin die ranghöchste Offizierin!«

»Das habe ich ihm gesagt. Aber er hat sich meiner

Argumentation angeschlossen, daß ich qualifizierter im Gelände und in den Taktiken von Station Glory bin, da du erst seit kurzem hier bist. Er hat mich zeitweilig zum Sterncaptain befördert, damit deine Ehre nicht verletzt wird.«

Joanna kochte. Was wußte er von Ehrverletzung? Sie hatte keinen Blutnamen, sonst hätte Pershaw ihr das nie angetan. Was hatten Gelände und Taktik bei einer derart lächerlichen Aktion für eine Bedeutung? Es war ein simpler Überfall. Ein simpler Überfall konnte nichts bewirken. Der direkte Schlagabtausch, das war Joannas Methode.

Aber es war ihr klar, daß sie keinen Fuß auf den Boden bekam. Die sorgsame Formulierung des Befehls nahm ihr den Befehl über die Einheit, ohne sie zu Aidans Untergebener zu machen, indem er ihr die Rolle einer Art freischaffenden Kombattantin verlieh. Ohne ein weiteres Wort zu verlieren, wirbelte sie herum und marschierte davon. Ihre Fersen stießen mit solcher Wucht in den weichen Sumpfboden, daß bei jedem Schritt Wasser in Fontänen aufspritzte.

»In deren Nähe solltest du dich in Zukunft nur noch mit dem Rücken zur Wand aufhalten«, bemerkte Hengst, der dem Wortwechsel mit offenkundigem Vergnügen gelauscht hatte.

»Nein. Joanna ist bissig wie ein tollwütiger Surat, aber sie würde nie jemanden unehrenhaft angreifen. Sie ist durch und durch Clannerin.«

»Na gut, dann vergiß deinen Rücken. Paß auf deinen Hals auf, vor allem, wenn in einem Kilometer Umkreis von ihr ein Messer zu finden ist.«

»Das werde ich, Hengst. Das werde ich.«

Die Wolfsclan-Mechs donnerten über die Ebene wie eine ganze Stadt, die sich in Bewegung gesetzt hatte. Kael Pershaw hielt seinen Mech ruhig und betrachtete sie mit derselben klinischen Bewunderung, die er jeder

Reihe anrückender Mechs entgegenbrachte. Obwohl sie unterschiedlich groß und unterschiedlich konstruiert waren, obwohl sie verschieden konfiguriert waren und jeder einzelne von ihnen seine eigene Form der Bewegung hatte, waren sie alle herrliche, elegante Symbole von Einheit und Stärke. Für Pershaw repräsentierten die Mechs die Clans. Jeder Clan hatte seine eigenen, einzigartigen Konfigurationen, seine eigenen Riten und Gebräuche, aber alle befolgten die grundlegenden Clanrituale. Jeder Clan war stolz auf seine Leistungen und bereit, gegen andere anzutreten, um sie zu verteidigen, aber sie alle waren bereit, sich zu einer großen Schlacht, zur Rückkehr in die Innere Sphäre, zu vereinigen. Jeder Clan hatte sein spezielles Wesen, aber über ihnen allen lag das Wesen der Clans.

Pershaw hatte eine direkte Sensorverbindung mit Sturmnova *Bravo,* die den Vormarsch der Wolfsclantruppen beobachtete. Im Augenblick sah er, wie die Wölfe sich der Linie näherten, auf der sich in der Nacht die Elementare versteckt hatten. Nur noch einen Augenblick, dann würde die Schlacht ihren Anfang nehmen. Pershaw bereitete seinen Mech darauf vor, den Sternhaufen, oder zumindest dessen Reste, ins Gefecht zu führen. Er war nicht weniger nervös als jeder Kommandeur, der gegen eine Übermacht antreten mußte, aber gleichzeitig war er begeistert darüber, daß die Herausforderung auf eine einzige entscheidende Geste hinauslief. Entweder würde sie die Schlacht wenden oder die Jadefalken in die schändliche Niederlage treiben. Kein Kommandeur konnte sich einen erregenderen Augenblick erträumen.

Pershaw konzentrierte sich ganz auf Radicks *Bluthund.* Wie es sich gehörte, marschierte der Kampfkoloß an der Spitze der Formation. In dem Augenblick, in dem Radick die versteckten Elementare zwei Schritte hinter sich gelassen hatte, würde Pershaw das Zeichen zum Angriff geben.

Einen Augenblick später stieg Radicks Mech über den gestürzten Koloß, in dem sich Lanja und ein weiterer Elementar versteckt hielten. Einen Moment lang fürchtete Pershaw, der Fuß könnte sich auf sie senken, aber er verfehlte den Mech um Zentimeter. Dann tat er einen weiteren Schritt. Noch einen.

»Jetzt«, sprach er ins Mikrofon, mit leiser, gelassener Stimme. Die Leuchtkugel stieg auf.

Für Dwillt Radick erschien der plötzliche Lichtschein durch die Sichtscheibe wie ein ferner Blitzschlag, aber sein Sekundärschirm identifizierte ihn als Leuchtkugel. Es war früher Morgen, noch Dämmerung, aber mit klarer Sicht. Wozu, im Namen von Nicholas Kerensky, feuerte Pershaw eine Leuchtkugel ab?

Rings um Lanja drang das Licht der Leuchtkugel durch sämtliche Risse des verwüsteten Cockpits. Für ihren Geschmack kam das Signal keinen Augenblick zu früh. Ihre gewaltigen Muskeln ächzten unter der Belastung des engen Cockpits.

Mit aktivierten Waffensystemen stieg sie mit ihrem Begleiter aus dem gestürzten Mech wie ein Geist aus dem Nebel. Im Gegensatz zu einem Gespenst feuerte sie jedoch in der Bewegung bereits auf den BattleMech, der vor ihr aufragte, sie aber noch nicht bemerkt hatte. Keiner der feindlichen Mechs war auf einen konzertierten Angriff von unten vorbereitet, was den Elementaren die Möglichkeit gab, schon in den ersten Sekunden erheblichen Schaden anzurichten.

Joanna sah die Leuchtkugel als eine auf Wirkung zielende Effekthascherei, typisch für einen Plan, der Aidans Hirn entsprungen war. Die große Geste, der übergreifende Zug, das Vorstürmen entgegen aller Logik — so war Aidan schon als Kadett gewesen. Jetzt, als Krieger, würden ihm diese Eigenschaften ein Bein stellen.

Sie verachtete seine individualistische Ader. Sie betrachtete es als einen seltsamen Segen, daß ihm die Umstände die falsche Identität einer dreckigen Freigeburt aufgezwungen hatten. Dadurch war es ihm unmöglich, einen Blutnamen zu erwerben. Vielleicht war es nur Verbitterung darüber, daß sie bisher in jedem Blutrechttest versagt hatte, aber Joanna war überzeugt davon, daß ein blutbenamter Aidan eine Schande für alles darstellen würde, wofür die Clans standen.

Auf Aidans Zeichen setzte sie ihren Mech in Bewegung. Ihre Verbitterung wuchs mit dem Gedanken, auch nur einen seiner Befehle ausführen zu müssen.

Aidan begrüßte den Schein der Leuchtkugel. Nichts im ganzen Universum sehnte er so herbei wie die Gelegenheit, sich als Krieger auszuzeichnen. Es war gleichgültig, ob die anderen ihn als Freigeborenen oder Wahrgeborenen sahen. Es gab nur die Schlacht, die Schlacht und die Ehre, die er in ihr gewinnen konnte.

Mit dem Zeichen zum Abmarsch führte er die Einheit aus dem Blutsumpf. Die Mechs wirkten im schnell ersterbenden Licht der Leuchtkugel wie bizarre Monstren. Sumpfwasser rann in Sturzbächen von ihren Gliedern. Blätter und Moos hatten sich an ihrer Oberfläche festgesetzt. Schlamm und Schlick bedeckten ihre Füße. Sie schienen vorzeitliche Kreaturen, die aus einem jahrtausendelangen Schlaf unter den Sumpfgebieten erwacht waren.

Im letzten Aufflackern der Leuchtkugel wurde die Szenerie noch einmal in helles Licht getaucht, dann senkte sich wieder das Halbdunkel der Morgendämmerung über das Schlachtfeld. In der Ferne zeichnete sich die Schlachtreihe Clan Wolfs grau vor dem Morgenhimmel ab. Unter ihr erhoben sich die feurigen Lichtbahnen aus den Waffen und Sprungtornistern der angreifenden Elementare wie ein flammendes Netz, um sie zu verschlingen.

19

Als sie den Sumpf endlich hinter sich hatten, schien sich Aidans *Nemesis* sofort leichter zu bewegen und erstieg den Hang mit sicheren, fast ungezwungenen Schritten. Nach dem langen Aufenthalt in Sumpf und Dschungel fühlte sich Aidan leicht desorientiert, aber sein Mech erreichte ohne Schwierigkeiten die Ebene, von der ihm ein unorganisiertes und uneffektives Feuer der als Wachen zurückgebliebenen Wolfsclan-Elementare entgegenschlug. Wie erwartet hatte Radick bei den Elementaren unterboten, so daß er nur über geringe Rückendeckung verfügte. Eine schnelle Impulssalve aus seinem mittelschweren Laser, und eine ganze Reihe von ihnen lag reglos oder zuckend am Boden. Die *Nemesis* schritt über sie hinweg. Aidans Primärschirm zeigte eine anfliegende LSR, aber sein Raketenabwehrsystem brachte sie zur Explosion, bevor sie den Jadefalken-Kriegern gefährlich werden konnte. Statt dessen regnete ihr Schrapnell auf Krieger und Hilfspersonal der Wölfe hinab, löste kleinere Brände aus und riß mehrere der Vorratskuppeln auf.

Ein Teil der Genugtuung, die Pershaw beim Eingreifen seiner heldenhaften Sumpfkrieger in den Kampf verspürte, rührte von der Wende des Kampfglücks her, ein anderer von dem Ausdruck der Verwirrung und des Zorns, den er sich auf Dwillt Radicks Gesicht vorstellte. Der Mech des gegnerischen Anführers schien zu wanken, als sei sein Pilot sich nicht sicher, ob er auf die Jadefalken-Mechs vor ihm feuern oder sich umdrehen sollte, um das kleine feindliche Kontingent in seinem Rücken zu vernichten.

Die Verwirrung gab den Jadefalken-Kriegern gerade genug Zeit, um die nächste Phase in Aidans Plan einzuleiten.

Der *Bluthund*, den Lanja so schwer beschädigt hatte, als sie aus ihrem Versteck gesprungen war, schien kurz vor dem Zusammenbruch. Er würde eine leichte Beute des zum Angriff anrückenden Jadefalken-Mechs werden. Lanja öffnete einen Kanal zu ihren gepanzerten Soldaten und befahl den Angriff auf die Kommandokuppel des Wolfsclans.

Die auf ihren Sprungdüsen hoch in den Morgenhimmel schießenden Jadefalken-Elementare boten einen furchterregenden Anblick. Die ohnehin schon durch den Jadefalken-Angriff aus dem Sumpf dezimierten Elementare des Wolfsclans stellten sich diesem neuen Ansturm nicht minder verwirrt entgegen als die Wolfsclan-Mechs in der Mitte des Schlachtfelds.

In der Kommandokuppel des Wolfsclans jagten die Taktiker immer neue Befehle an Mechs und Elementare hinaus. Sie versuchten, die drei Supernovas im Feld zu einer Einheit zu verschmelzen und ihre einzelnen Elemente spezifischen Teilen des ringsum wogenden, weitverstreuten Kampfgeschehens zuzuweisen. Die Meldungen flogen die Funkverbindungen entlang.

Auf der anderen Seite des Schlachtfelds sah Kael Pershaw, daß die Wolf-Mechs ihre Reihen schlossen, um den Angriff der drei vorrückenden Jadefalken-Einheiten abzuwehren.

Wenn Jorge seine Mission nicht bald erfüllte, konnte sich das Kampfgeschick wieder zugunsten der Wölfe wenden. Konnte? Es würde mit Sicherheit geschehen. Kael Pershaw hatte nicht die Mittel zu einem langanhaltenden Schlagabtausch. In einer Abnutzungsschlacht würde Clan Wolf den Sieg davontragen.

Joanna sah, daß Aidan in Schwierigkeiten steckte. Soeben war ein feindlicher *Höhlenwolf* durch die Reihen der Jadefalken-Elementare gestoßen und hatte einige von ihnen gestreift und verwundet. Als die KSR-Lafette in seinem linken Arm eine Salve abfeuerte, sah Aidan sie nicht rechtzeitig. Die Geschosse explodierten auf dem Torso seiner *Nemesis* und rissen eine große Bresche knapp über dem Gehäuse des Fusionsreaktors. Der nächste Treffer würde den Mech ausschalten, die Mission zum Scheitern verurteilen und möglicherweise die Niederlage der Jadefalken einleiten. Sie war zu weit von der Kommandokuppel entfernt, um Aidans Mission zu übernehmen, daher konnte sie nur vorstürmen und den gegnerischen Mech aus allen Rohren feuernd angehen. Sie war eindeutig seiner Position am nächsten. Die übrigen aus dem Sumpf gestiegenen Mechs waren selbst in Schwierigkeiten und unter Beschuß. Ein Mech ihres Trinärsterns wankte unter dem konzentrierten Angriff einiger Elementare.

Joanna konzentrierte sich ganz auf den gewaltigen, schwerbewaffneten ClanMech und warf ihre Maschine mit jener Entschlossenheit nach vorne, die ihr in ihren bisherigen Missionen sowohl Flüche als auch Lob beschert hatte. Sobald sie in Reichweite war, feuerte sie eine Kurzstreckenraketensalve ab. Sie hoffte darauf, daß der *Höhlenwolf*-Pilot sich auf Aidans Vernichtung konzentrierte und das winzige Symbol auf seinen Gefechtsschirmen übersah, das ihren Eintritt in den Kampf meldete. Die Hochgeschwindigkeitsgeschosse jagten auf den *Höhlenwolf* zu, aber Joanna wartete nicht bis zu ihrem Einschlag, bevor sie aus den Lafetten am Hüftgelenk ihrer Kampfmaschine die zweite Salve auf den Weg schickte. Wenn die erste Salve keinen Schaden anrichtete, würde die unverhofft auftauchende zweite es wahrscheinlich tun. Aber auch das reichte nicht, sie zufriedenzustellen. Sie stürmte mit ihrem *Höllenbote* los und löste die PPKs in beiden Mecharmen aus.

Die Innentemperatur ihres Cockpits schoß in die Höhe, und Schweiß strömte ihren Körper hinab. Sie feuerte die drei mittelschweren Laser im Torso des *Höllenbote* ab, dann schlug sie auf den Vetoschalter, um die automatische Stillegungssequenz des Fusionsreaktors zu unterdrücken. Es spielte keine Rolle, wieviel Feuerkraft sie einsetzte. Es spielte keine Rolle, ob ihre Munition durch die Hitzeentwicklung des überlasteten Fusionsreaktors detonierte. Es spielte keine Rolle, ob sie in ihrer Kanzel bei lebendigem Leib geröstet wurde. Dies war der einzige Kampf, den sie gewinnen mußte, der einzige feindliche Mech, den sie besiegen *mußte.*

Und das alles, dachte sie verbittert, um Aidan zu retten, diesen scheinheiligen Betrüger, der freigeborener geworden war als jede echte Freigeburt.

Aidan wurde von den Treffern des *Höhlenwolf* durchgeschüttelt und bemerkte Joannas Eingreifen in das Gefecht zunächst überhaupt nicht. Einen Augenblick lang glaubte er, seine eigene schwache Gegenwehr würde die furchtbaren Schäden am Mech seines Gegners verursachen.

Nachdem die Detonation der ersten Raketensalve eine lange Bresche in die obere Torsopartie des *Höhlenwolf* gerissen hatte, schienen die Geschosse der zweiten Salve die von ihren Vorgängern geschlagenen Beschädigungen noch weiter aufzureißen. Dann sah er ihren *Höllenbote,* der seine PPK mit einer solchen Schußgeschwindigkeit einsetzte, daß die Wärmeentwicklung, die sie für diesen Abschuß riskierte, enorm sein mußte.

Es dauerte einen Augenblick, bis ihm klar wurde, daß sie ihn zu retten versuchte. Ausgerechnet das Miststück Joanna rettete ihn! Stahl ihm den Abschuß! Der *Höhlenwolf*-Pilot wurde vom Rettungssystem davongeschleudert, während sich seine Maschine in einem Stakkato von Detonationen aufzulösen schien. Aidan war außer sich vor Zorn und Frustration, aber er kämpfte um seine Beherrschung. Durch ihr Handeln ermöglichte Joanna ihm, seine Mission fortzusetzen und den größeren Ruhm zu ernten.

Hastig überprüfte er auf dem Sekundärschirm die Schäden. Einer der *Höhlenwolf*-Treffer hatte den PPK-bestückten rechten Arm seines Kampfkolosses ausgeschaltet. Die Waffe hatte aufgrund ihrer Treffsicherheit eine wichtige Rolle in seiner Planung gespielt. Jetzt würde er sich auf Raketen und seine Autokanone im linken Arm verlassen müssen.

Egal. Wenn seine Planung stimmte, konnte er sogar ganz ohne Waffensysteme den Sieg erringen, und wenn nicht, verdiente er es, zu Asche zerblasen zu werden, die sich über das Schlachtfeld legte oder vom Wind zurück in den Dunst über dem Blutsumpf getrieben wurde.

Lanja bemerkte die drei BattleMechs, die sich aus den Wolfsclan-Reihen gelöst hatten, um sich um die Eindringlinge aus dem Sumpf zu kümmern. Sie nutzte die Verwirrung dazu aus, ihren Sprungdüseneinsatz mit jener Präzision abzupassen, für die Elementare berühmt waren. Sie stieg zügig im Rücken eines vorbeikommenden Wolf-*Henker* auf und stieß die Krallen des linken Kampfanzugarms in eine Fuge zwischen den Panzerplatten. Sie stieß den Laser in die Lücke und pumpte Megajoules an Energie ins Innere der Kampfmaschine. Dann ließ ein Elementaren angeborener sechster Sinn sie abrupt herumwirbeln und Distanz gewinnen, indem sie so weit wie möglich davonsprang. Am Boden rollte sie sich hinter eine Bodenwelle.

Aus ihrer Deckung sah sie die Rückenpartie des *Henker* in einer riesigen Stichflamme explodieren. Die eingelagerte Munition war detoniert. Eine Sekunde lang bewegte sich der Mech noch vorwärts, dann zuckte sein linkes Bein und gab nach. Der Mech wankte zur Seite. Sie hatte erwartet, daß der Kampfkoloß augenblicklich zusammenbrach, aber sein offensichtlich erfahrener Pilot weigerte sich beharrlich auszusteigen und hielt die Maschine auf eine stolpernde, zur Seite geneigte Weise in Bewegung. Sie torkelte in Lanjas Richtung.

Lanja wurde augenblicklich klar, daß sie einen Fehler gemacht hatte. Als der wankende Mech schließlich doch stürzte, kam er direkt auf sie zu. Sie versuchte, noch einmal zu springen, aber ihr Sprungtornister brachte nicht mehr genug Leistung.

Als die riesige Maschine auf sie stürzte, starrte sie voll Schrecken zu ihr hoch, aber sie gab keinen Laut von sich. Elementare schrien nicht.

Pershaw kannte Lanjas Plan und behielt sie auf einem Schirm im Auge, während er auf einem anderen Jorge beobachtete. Gleichzeitig feuerte er eine Schwarmladung auf einen anrückenden *Eismarder.* Der Wolfsclan-Mech hatte das Feuer bereits eingestellt. Seine PPK hing nutzlos vom linken Arm, und die Raketenlafette am rechten Arm war leer. Der Abschuß war ein Kinderspiel. Pershaw konnte keine Ehre gewinnen, indem er ihm den Gnadenstoß gab, aber er hatte auch kein Interesse daran, sein Bluterbe zu verlieren.

Der *Eismarder* zog sich zurück, aber er war zu langsam, um Pershaws unnachgiebigem Autokanonenbombardement zu entkommen. Auf seinem Bildschirm sah Pershaw Jorge, der beinahe schon aus dem Spiel gewesen wäre, aber jetzt gegen die Kommandokuppel vorrückte, während ein anderer Krieger den Mech ausschaltete, der Jorge beinahe erledigt hätte. Gleichzeitig näherten sich ihm von der anderen Seite zwei weitere BattleMechs.

Er sah, welchen der beiden Lanja sich zum Ziel genommen hatte. Zufrieden konstatierte er, wie sie an seinem Rücken emporstieg, während er mit seinen Feuerstößen den *Eismarder* zu Boden schickte. Er beobachtete die Detonationen, die den Rücken des Mechs in Qualm hüllten, dann sah er, wie die Maschine sich zu

Boden neigte. Unmittelbar vor dem Aufprall wurde Pershaw klar, daß der Elementar unter dem Mech Lanja war. Es schien, als versuchte sie zu entkommen, aber kurz bevor der Mech aufschlug, verdeckten von der Maschine abfallende Trümmer seine Sicht.

Pershaws Kehle war wie ausgetrocknet, als er sich klar machte, daß Lanja, seine Adjutantin und Geliebte, höchstwahrscheinlich tot war. Dann konzentrierte er sich wieder auf die Schlacht und Jorges Vormarsch.

Aidan war wild entschlossen. Er nahm wahr, was sich sonst noch auf dem Schlachtfeld abspielte, aber er machte es sich nicht bewußt. Er feuerte einen Raketenhagel auf die Kommandokuppel ab. Anscheinend war jemand in seinem Innern damit beschäftigt, sie zu orten und mit einem statischen Raketenabwehrsystem auf der anderen Seite der Kuppel abzuschießen. Keine der Raketen erreichte ihr Ziel, aber ein paar der herabfallenden Trümmer beschädigten die Kuppel. Er hatte keine Raketenabwehranlage erwartet, aber er hatte auch nicht mit dem Schaden gerechnet, den zu Boden fallende Metallteile anrichten konnten. Er feuerte eine weitere Salve ab, die etwas schneller abgewehrt wurde, so daß weniger Trümmer die Kuppel trafen. Aber sie reichten aus, die Risse zu vergrößern. Durch sein Sichtfenster konnte Aidan Bewegung in der Kuppel ausmachen, gelassene Techs, die ihren Gefechtsaufgaben nachgingen. Es gab keine Zeit zu verlieren.

»Aidan!« Es war Joanna, und das verdammte Weib hatte den falschen Namen benutzt. Hatte sie jemand gehört? Als sie den Namen ein zweitesmal benutzte, mußte er antworten. Jetzt fehlte nur noch, daß Kael Pershaw mithörte und Fragen zu stellen begann.

»Was ist los, Joanna?« Im Gegenzug für ihren Mangel an Überlegung verzichtete er bewußt auf ihren Rang. Wenn sie die Beleidigung bemerkte, ließ sie es sich nicht anmerken.

»Du wirst angegriffen. Von rechts, ein *Eismarder!*«

Sie hatte recht. Und der Gegner war schon nah herangekommen.

Er schätzte, daß er noch gerade genug Zeit hatte, zur Kommandokuppel zu kommen, bevor der Wolfsclan-Mech ernsthaften Schaden anrichten konnte. Gleichzeitig löste er das Raketenabwehrsystem aus, um eine schlecht gezielte Raketensalve zu vernichten.

Er hatte keine Zeit zum Gegenangriff. Der *Eismarder*-Pilot konnte tun, was immer ihm einfiel. Aidan mußte das Risiko eingehen. Mit etwas Glück reichte der Schaden, den er einstecken mußte, nicht aus, ihn von seinem Ziel abzuhalten.

An Bord des *Eismarder* war Craig Ward zugleich wütend und verwirrt. Die Guerillataktik der Jadefalken schien unfair, aber gleichzeitig wußte er, daß der Begriff Fairneß in der Kriegsführung der Clans nicht existierte.

Er fing an zu glauben, daß diese Jadefalken einfach Glück hatten, verdammtes Glück. Aber Geier wäre möglicherweise ein besserer Name für sie gewesen, denn Falke war zu nobel. Der Feind hätte dem Ansturm des Wolfsclans niemals so lange standhalten dürfen, aber sie hatten es geschafft. Ihre Feuerkraft hätte nicht ausreichen dürfen, um die beiden anderen Mitglieder seines Sterns auszuschalten, die abgestellt worden waren, um diesen Angriff abzuwehren, aber sie hatte ausgereicht. Jetzt feuerte dieser verdammte Pilot in seiner *Nemesis* eine Salve nach der anderen auf die Kommandokuppel. Bis jetzt hatte er keinen ernsten Treffer gelandet, aber bei dem Glück, das die Geier bis jetzt zur Schau gestellt hatten, fürchtete Craig Ward, daß der Pilot dieses Feindmechs, dieses Monsters, das sich aus dem Schlamm der Sümpfe erhoben hatte, bald einen Zufallstreffer landete.

Wütend und ganz ohne das taktische Geschick,

durch das er sich sonst auszeichnete, hob Craig Ward den rechten Arm seines *Eismarder* und feuerte zwei Raketen auf die *Nemesis* ab.

Aidan konnte nicht zwei Dinge zugleich tun. Er aktivierte die Raketenabwehr zu spät, und beide Geschosse schlugen seitlich in seinen Mech ein, wobei sie schweren Schaden am ohnehin schon verwüsteten Torso anrichteten. Noch einen Treffer konnte er sich auf keinen Fall leisten. Er mußte die Kuppel jetzt zerstören.

Er rückte vor und wehrte dabei eine weitere Raketensalve des *Eismarder* ab. Plötzlich wurde ihm klar, wie er die nächste Salve zu seinem Vorteil ausnutzen konnte.

Er nahm die Kuppel mit der Autokanone unter Beschuß und richtete noch mehr Schaden an. Von der anderen Seite feuerten einige Wolfsclan-Elementare verzweifelt ihre Armlaser. Kurzstreckenraketen schossen aus ihren Abschußrohren gegen die *Nemesis.* Ihre Schüsse waren zu kurz, aber sie beschädigten die Beinpanzerung seiner Maschine.

Die *Nemesis* würde es nicht mehr lange machen, aber das war nicht weiter schlimm. Noch ein Schritt, und sein Mech war in Position, ragte über der Kuppel auf. Er wollte noch ein paar Schüsse mit der Autokanone abgeben, aber das Abwehrfeuer eines der Elementare traf den Arm der *Nemesis* und riß ihn nach oben.

Egal. Er war jetzt nahe genug.

Aidan drehte den Mech etwas zu dem Wolfsclan-*Eismarder,* der jetzt nur noch ein paar Meter entfernt war und verzweifelt seine PPK abfeuerte. Jeder seiner Treffer schüttelte die *Nemesis* durch. Aidan berechnete die Schußbahn des *Eismarder* und beugte den Mech leicht über die Kuppel, wie ein segnender Riese.

Die *Nemesis* war ihm ein guter Mech gewesen, dachte er. Sie hatte ihm auf Station Glory wertvolle Dienste geleistet, aber jetzt hieß es Abschied nehmen. Er war über diese Aussicht weder mehr noch weniger betrübt als über den Tod jedes tapferen Kriegers.

Dann kam der Einschlag, auf den er gewartet hatte, an der rechten Schulter, knapp unterhalb des Cockpits. Er war sein Zeichen, den Rettungsknopf zu drücken. Seit seinem ersten Positionstest war er nicht mehr aus einem Mech ausgestiegen, und die Hitze der Glory-Ebene raubte ihm fast das Bewußtsein, als sie über ihm zusammenschlug.

Wie Aidan berechnet hatte, flog sein Schleudersitz über die Funkzentrale des Wolfsclans hinweg. Durch seine Flugrichtung sah er nicht, wie die *Nemesis* wie in Zeitlupe auf die Kommandokuppel stürzte, sah den Aufprall nicht, der die Bruchstücke der Kuppel wie Granatsplitter in den Himmel schleuderte, sah den Mech nicht in die Mauern krachen, sah die Wolfsclan-Techs nicht in wilder Panik von ihren Monitoren und Konsolen stürzen, um einen Weg aus der Kuppel zu suchen, bevor sie zerquetscht wurden, sah weder die Funken, noch den Qualm oder die Flammen, in denen die Kommandokuppel und ihr Zerstörer untergingen.

Aidan war bester Laune, als er den mit einem Gleitschirm ausgestatteten Schleudersitz zu Boden steuerte. Es störte ihn nicht einmal, daß er beinahe in die Arme eines pistolenschwingenden Wolfsclan-Mech-Kriegers stürzte, der sich trotz der Waffe und deutlicher körperlicher Vorteile als recht leichtes Opfer für Aidans beste Waffe, seine bloßen Hände, erwies. Er erwürgte seinen Gegner, und das Gefühl des Sieges erinnerte ihn an einen anderen Tod, der ihm eine enorme Befriedigung verschafft hatte, an den Tod Sterncommander Basts. Seine zerfetzte schwarze Schärpe war blutverschmiert, aber das machte Aidan nichts aus.

20

Auf seinem Fußmarsch über das Schlachtfeld mußte Aidan Wolfsclan-Kriegern ausweichen, Mechpiloten, die aus ihren Maschinen ausgestiegen waren und jetzt unbeholfen und mit ungläubigen Mienen umherstolperten. Er hätte nichts dagegen gehabt, nur zur Übung ein paar Zweikämpfe mit ihnen auszutragen, aber die Schlacht war vorüber, und die Jadefalken hatten gewonnen. Aidan sah keinen Sinn darin, nach einer Schlacht zu fallen, wenn es später noch genug Gelegenheit geben würde, *in* einer zu fallen. Aber die frustrierten Wolf-Krieger waren wütend genug, einen sinnlosen Kampf vom Zaun zu brauchen, deshalb ging Aidan ihnen aus dem Weg.

Einer seiner Stiefel war während des Kampfes aufgerissen, und er hatte ihn weggeworfen. Der Boden unter seinem nackten Fuß war heiß, und Aidan trat vorsichtig auf. Nach einer Weile ungelenken Gehens zog er den anderen Stiefel auch noch aus, um schneller weiterzukommen. Der heiße Boden scheuchte ihn vorwärts und half ihm ganz entscheidend, das Gangtempo zu erhöhen.

Er fand Lanja unter einem großen Panzerbruchstück eingeklemmt. Es mußte von dem Mech herabgestürzt sein, neben dem sie lag. Er hätte sie überhaupt nicht bemerkt, wenn ihn seine schmerzenden Füße nicht gezwungen hätten, auf einem vorragenden Bruchstück des gestürzten Kolosses Rast zu machen. Sein Sitzplatz war auch nicht gerade kühl, aber zumindest mußte das jetzt ein anderer Teil seines Körpers aushalten.

Er bemerkte Lanja erst, als sie aufstöhnte. Es war ein abruptes Geräusch, mehr ein Ausdruck der Frustration als des Schmerzes. Zunächst sah er nur ihren Kampfpanzer unter dem Metallfragment hervorragen. Als er darum herumging, entdeckte er Lanja, die in dem zerschlagenen Wahrzeichen ihres Gewerbes lag.

»Bist du in Ordnung, Sterncommander Lanja?«

»Nein. Das ist ziemlich offensichtlich, frapos?«

»Nun, pos. Aber ich dachte mir, es sei höflicher, wenn ich frage.«

»Eine höfliche Freigeburt. Wie ungewöhnlich. Was ist aus dem Kampf geworden?«

»Er ist vorbei.« Aidan erzählte ihr, was er davon wußte, einschließlich der Vernichtung der Kommandokuppel.

»Dein Plan hatte also Erfolg«, stellte sie fest. »Und deine schwarze Schärpe. Sie ist zerrissen.«

Er sah an sich hinab. »Tatsache. Ich hatte eine kleine Auseinandersetzung. Dabei muß es wohl passiert sein.«

»Du bist ein guter Krieger, Jorge.«

»Es muß dich ziemliche Überwindung kosten, das zu sagen. Ich habe schon immer gewußt, daß du uns verachtest, frapos?«

»Freigeburten? Ich habe Freigeburten schon immer gehaßt. Ich hasse dich, hier und jetzt. Aber du bist ein tapferer Krieger.«

»Ich werde deinen Haß noch etwas steigern.«

»Oh? Wie?«

»Indem ich dich zur Medokuppel trage, Sterncommander Lanja.« Er ignorierte ihre angewiderte Miene, nahm seine ganze noch verbliebene Kraft zusammen, hob das Trümmerstück an und schob es zur Seite. Als es aus dem Weg war, sah er zu ihr hinab. Beim Anblick ihres geschundenen Körpers — vor allem der zerquetschten Oberschenkel — versagte seine emotionslose Clannerhaltung. Lanja mußte das Zucken seiner Augen bemerkt haben.

»Kannst du dich bewegen?«

»Ich fühle kaum etwas, aber ich werde es versuchen.«

Ihre Arme reagierten normal, und sie konnte den Kopf heben.

»Dein Rücken scheint unverletzt, ebenso wie dein Oberkörper. Wir müssen dich hier wegschaffen.«

»Wir?«

»Eine Redewendung. Wir Freigeborenen nehmen, äh, nehmen's nicht so genau, weißt du das nicht?«

Mit schnellen Handgriffen baute Aidan aus Metallstücken und Drähten von verschiedenen Teilen des gestürzten BattleMechs eine Art metallener Trage, eine Schleppbahre. Irgendwo mußte er etwas über eine Vorrichtung dieser Art gelesen haben. Er riß ein paar Stromkabel aus dem Mech und bastelte daraus einen Griff, an dem er die flache Metallkonstruktion ziehen konnte.

Der schwierigste Teil der Rettungsaktion bestand darin, Lanja aus den Überresten ihres Kampfanzugs und auf die improvisierte Schleppbahre zu ziehen. Sie war über und über mit der schwarzen Flüssigkeit bedeckt, die das Medosystem des Anzugs zur Versorgung verletzter Elementare produzierte. In Verbindung mit Lanjas massiger Statur erschwerte diese Substanz das Vorhaben, sie auf die Schleppbahre zu befördern. Mit weiteren Stromkabeln schnürte er sie fest. Als er sicher war, daß sie nicht unnötig umherrutschen und sich verletzen konnte, packte er den Griff and begann zu ziehen.

Ihm war sofort klar, daß er nur langsam vorankommen würde. Das Gewicht der Schleppbahre war erheblich höher als das einer beliebigen echten Bahre. Außerdem mußte er sich vorsehen, um sie trotz des recht steinigen Untergrunds möglichst erschütterungsfrei zu transportieren. Mit jedem Schritt schienen sich die Schmerzen in seinen Füßen zu verschlimmern.

Es dauerte jedoch nicht lange, bis der Boden mit steigender Entfernung vom Gefechtsschauplatz abkühlte. Dann wurde er von Jadefalken-Elementaren entdeckt, die heraneilten, um den Transport der Schleppbahre zu übernehmen. Der müde und erschöpfte Aidan war dankbar für die Kraft der riesigen, muskelbepackten Krieger.

Die letzten Schritte in das Jadefalken-Lager fühlte Aidan kaum noch. Er stolperte in die Mitte des Lagers und brach am Eingang der Kommandozentrale bewußtlos zusammen. Kael Pershaw war da. Er hatte Aidan die ganze Zeit beobachtet, seinen Untergebenen aber verboten, dem erschöpften Krieger zu helfen.

Pershaw fühlte sich ausgesprochen gut. Er hatte soeben Dwillt Radicks Kapitulation entgegengenommen.

»Ich werde also dein Leibeigener sein«, stellte Radick fest.

Pershaw lachte in sich hinein, bevor er antwortete: »So weit wird es nicht kommen. Du wurdest von einer Freigeburt besiegt. Einen derart beschämten Krieger kann ich nicht als Leibeigenen akzeptieren. Du kannst mit deinem Sternhaufen auf deine Heimatwelt zurückkehren.«

»Kael Pershaw, du *mußt* mich zum Leibeigenen nehmen. So will es das Clangesetz.«

»Nein, nicht das Gesetz. Es ist nur Sitte. Ich weise die Sitte zurück. Wärst du mein Leibeigener, würde ich mich jedesmal, wenn ich dein Gesicht sähe, an deine Schande erinnern. Eine Schlacht durch die Taten von Freigeburten zu verlieren. Das könnte ich nicht ertragen. Wenn du auf der Sitte bestehst, nehme ich dich zum Leibeigenen und gebe dich augenblicklich wieder frei. Ich wünsche dir, daß du Kerenskys Segen verstehen lernst, Sterncaptain Dwillt Radick.«

Er wußte, daß Radick am anderen Ende der Leitung kochte, aber der Wolf konnte nichts tun. Es war mehr als eine bloße Sitte, es war das Gesetz der Clans, das Pershaw das Recht gab, sämtliche Bedingungen zu diktieren. Pershaw hielt die Niederlage — gegen alle Wahrscheinlichkeit und mit einem so großen Anteil von Freigeburtsaktionen — für beschämend genug. Warum sollte er Dwillt Radick noch zusätzlicher Schande aussetzen? Er würde sie auch so lange genug ertragen müssen, vielleicht für den Rest seines Lebens.

Dann kam der Bote mit der Nachricht. Lanja lebte, aber sie war verletzt, und der Held der Schlacht war zurückgekehrt, nachdem er sie über fast ein Drittel des Schlachtfelds geschleppt hatte.

Als Jorge ihm entgegenwankte, konnte Pershaw den Ekel, den er vor der Freigeburtsabkunft des Mannes verspürte, nicht unterdrücken.

Als Aidan erwachte, lag er auf einer Pritsche in Pershaws Büro in Station Glory. Pershaw saß neben ihm. Seine Finger spielten mit der zerfetzten schwarzen Schärpe.

»Basts Bild ist nicht mehr da«, stellte er lakonisch fest.

»Es muß abgefallen sein. Verzeihung, ich hätte nicht ohne Erlaubnis reden dürfen.«

»Unter den gegebenen Umständen können wir diese Regel ignorieren. Genaugenommen können wir die Schärpe ganz ignorieren.«

Mit einem Ruck, der Schmerzen durch Aidans Rükken schießen ließ, riß Kael Pershaw die schwarze Schärpe herunter.

»Jetzt kannst du wieder so reden wie immer, respektlos und grob. Betrachte es als Belohnung für den Sieg. So ziemlich das genaue Gegenteil der schwarzen Schärpe. Erwähne es nicht einmal. Ich hasse die Tatsache, daß du eine Ehrung verdient hast, und ich werde jeden Augenblick meiner Teilnahme an deiner Ehrung hassen, aber deine Leistungen, besonders die fähige Improvisation, verdient den Orden, den wir dir gezwungenermaßen verleihen müssen.«

»Verleih mir nichts. Ich gehöre zum Clan. Wir tun, was wir tun müssen.«

Pershaw lachte abrupt auf. Ein Geräusch, das jedem

kalte Schauer über den Rücken jagte. Aidan fragte sich, ob in Station Glory schon jemals jemand Pershaw hatte lachen hören. Natürlich war es kein echtes Lachen, mehr das erfreute Knurren eines Raubtiers kurz bevor es zuschlägt, der erfreute Aufschrei des Jadefalken, bevor er am Berghang seine Beute packt. Es war ein Lachen, wie man es in einem Alptraum hört.

»Du bist ein solcher Betrüger, Jorge, daß ich dich beinahe mag. ›Wir tun, was wir tun müssen.‹ Gesprochen wie ein Wahrgeborener, Jorge, aber aus dem Mund einer Freigeburt ist es Schmutz.«

Pershaw stand auf und trat an das Fenster hinter seinem Schreibtisch. Aidan versuchte sich aufzusetzen, aber ein augenblickliches Schwindelgefühl zwang ihn, den Versuch aufzugeben.

Pershaw drehte sich nicht zu Aidan um, als er sprach. »Ich habe vorhin dem Anführer der Wolfsclan-Krieger die übelste Schande zugefügt. Ich konnte den Haß in seiner Stimme hören. Und trotz meiner Befriedigung über den Sieg, habe auch ich Schande erfahren. Ich bin dankbar, daß mein Generbe nicht in die Gewölbe Clan Wolfs gebracht werden muß, und ich verdanke es dir, Jorge. Es waren dein Plan und deine Taten, die mein Blutrecht beschützt haben. Aber dieser Sieg wird in all unseren Kodaxen als dunkler Fleck auftauchen. Wir Wahrgeborenen sollten nie einer Freigeburt für unsere Siege danken müssen, und ich werde diese Schande nie vergessen können.«

Aidan wußte nicht, was er darauf sagen sollte. Er wollte nicht arrogant erscheinen, hatte keinen Grund, die Erniedrigung noch zu verschlimmern.

»Wie geht es Lanja?«

»Sie ist gestorben«, antwortete Kael Pershaw leise.

»Das tut mir leid.«

»Ja. Deine mutige Rettungsaktion hat sich als nutzlos erwiesen.«

»Das ist es nicht, was mir leid tut.«

»Ich weiß nicht, was du meinst, aber ich verbiete dir, es mir zu erklären. Wenn du wieder gehen kannst, darfst du wegtreten.«

Pershaw verließ den Raum. Seine Schritte waren lang, länger als üblich, als habe er es eilig fortzukommen.

Aidan schloß die Augen. Vor seinem inneren Auge sah er seine *Nemesis,* die auf die Kommandokuppel stürzte, und diesmal saß er im Cockpit. Das hätte ihm vielleicht ein Gefühl des Sieges gegeben. Was Kael Pershaws Worte in keiner Weise vermocht hatten.

Er schlug die Augen wieder auf und fragte sich, wie lange er die endlose Verachtung des Wahrgeborenen noch würde ertragen können.

Dwillt Radick herrschte seinen Untergebenen Craig Ward an.

»Wenn du sein Vorhaben früher erkannt hättest, hättest du vielleicht besser gezielt und den Mech der Freigeburt so getroffen, daß er neben die Kuppel gestürzt wäre.«

»Das war unmöglich. Ich habe versucht, die Kuppel zu schützen. Er hat seinen Mech unerwartet über die Kuppel gebeugt, bevor ich eine Chance hatte, den Beschuß umzudirigieren. Er hat das Feuer bewußt auf sich gezogen. Er ...«

»Das weiß ich alles! Ich habe die Bänder studiert. Du hast versagt, Craig Ward!«

Diese Beschuldigung war zuviel, der Tropfen, der das Faß zum Überlaufen brachte.

»Vielleicht habe ich die Lage falsch eingeschätzt! Das geschieht uns allen in der Hitze des Gefechts. Selbst dir!«

»Nicht in einem solchen Grad, Sterncommander.«

»Dann laß mich dir folgende Frage stellen, Dwillt Radick: Welche strategische Fehleinschätzung hat dich bewogen, eine permanente Kommandozentrale einzurichten, statt die Verantwortung zu übernehmen, die Schlacht von deinem Cockpit aus zu lenken?«

»Dafür könnte ich dich anklagen.«

»Kreis der Gleichen.«

»Vielleicht. Wenn wir zurückgekehrt sind.« Radick atmete tief durch. Dieser Craig Ward würde ihn wohl noch auf Jahre peinigen. »Eine permanente Funkzentrale arbeitet effizienter, als es einem einzelnen Kommandeur aus der Pilotenkanzel seines Mechs möglich ist. Die Techs können jede Phase des Gefechts verfolgen, während der Kommandeur gleichzeitig die Schlacht kontrollieren und den Gegner abwehren muß.«

»Und Kommandeure tun es seit Jahrhunderten. Man darf die Schlacht nicht Technikern überlassen. Man muß ...«

»Ich habe die Schlacht wie ein Soldat aufgebaut, wie die großen Militärexperten vergangener Zeiten, unter Berücksichtigung aller Facetten von Strategie, Taktik und Logistik.«

Einen Augenblick lang erinnerte sich Craig Ward an seine Position. »Bei allem Respekt, Sir, vielleicht sind die Gedankengänge eines Kommandeurs denen eines Soldaten vorzuziehen.«

»So wie du es vorexerziert hast? Indem du in ein Gefecht gestolpert bist, in dem du klar im Vorteil warst, um es dann trotzdem zu verlieren? Hat das die Gedankengänge eines Kommandeurs repräsentiert?«

Daran, wie Dwillt Radick vor Wut bebte, sah Craig Ward, daß er seine Kompetenzen überschritten hatte. Schnell griff er zu allen Vorsichtsritualen der Unterwerfung, um Radick allmählich zu beruhigen und zum normalen, gereizten Friedenszustand zwischen ihnen zurückzukehren.

21

Kael Pershaws Blick war stechender als jeder Xenon-Suchscheinwerfer. Jeder andere hätte sich unter diesem Blick gewunden. Aber Aidan war nicht jeder andere. Er genoß es, Blicke wie diesen auszulösen. Besonders bei Kael Pershaw.

»Ich weiß, daß du eine Freigeburt, arrogant und dumm bist, Jorge, aber ich hätte nicht gedacht, daß du durch eine närrische und beleidigende Geste ein heiliges Ritual unterbrichst. Nur die Tapferkeit deiner letzten Leistung hält mich davon ab, dich auf der Stelle niederzuschießen.«

»Wenn du meinen Anspruch nicht akzeptierst, werde ich mich dir im Kreis der Gleichen stellen, um ihn zu beweisen.«

Unter den in ihrer zeremoniellen Kleidung prächtig ausstaffierten versammelten Jadefalken-Kriegern wurde ein ominöses Murmeln laut. Einige unter ihnen wären allzugern bereit gewesen, Kael Pershaw dabei zu helfen, diese aufmüpfige Freigeburt zu töten, die eines ihrer ehrwürdigsten Rituale so hochmütig beleidigt hatte.

»Was für einen Anspruch könntest du haben, Freigeburt?« schrie Kael Pershaw, dessen Stimme noch immer im Ton der Zeremonie vibrierte, die Aidan unterbrochen hatte. »Freigeburten dürfen nicht um einen Blutnamen kämpfen!«

»Das stimmt. Als freigeborener Krieger hätte ich kein Recht, einen Anspruch anzumelden, und du wärest berechtigt, mich auf der Stelle zu erschießen.«

»Mir scheint, du hast gerade dein eigenes Todesurteil gesprochen, frapos?«

»Im Gegenteil, ich sagte, daß dem so wäre, wenn ich ein Freigeborener *wäre.* Aber ich bin kein Freigeborener, Sterncolonel Pershaw. Meine Herkunft ist ebenso wahr wie deine und die jedes Wahrgeborenen hier.«

Das Murren der versammelten Krieger wurde lauter

und zorniger. Noch niemals in der Geschichte des Clans hatte ein einzelner Krieger in so wenigen Worten so viele Beleidigungen ausgestoßen. Wie konnte diese Freigeburt wagen, den Status eines Wahrgeborenen zu beanspruchen?

Kael Pershaw hob die Hand und bedeutete den Kriegern zu schweigen. Er war sich jetzt sicher, daß Jorge unter Wahnvorstellungen litt. Vielleicht hatte die Schlacht ein paar Synapsen durcheinandergeschüttelt, oder die minderwertigen Gene des Mannes hatten ein chemisches Ungleichgewicht erzeugt, das ihn schließlich die geistige Gesundheit gekostet hatte. Mit einer leichten Kopfbewegung winkte Pershaw seine Leibwache näher, damit sie zuzupacken konnten, falls Jorge Amok lief.

»Ich werde vergessen, was du gesagt hast, wenn du dich setzt und den Mund hältst, Sterncommander Jorge. Dein kürzlich bewiesener Mut hat dir einen gewissen Spielraum verschafft, aber der ist jetzt aufgebraucht. Damit das klar ist: Du darfst nicht um einen Blutnamen kämpfen, und du darfst auch keinen Anspruch darauf anmelden.«

»Du hörst nicht zu, was ich sage. Ich kann Anspruch anmelden. Ich bin kanistergeboren und in einer Geschko aufgewachsen, einer Geschko der Mattlov-Pryde-Blutlinie. Mein Name ist nicht Jorge, sondern Aidan. Das Clangesetz gestattet mir, um den Blutnamen Pryde zu kämpfen, der meiner Genmutter Tanya Pryde gehörte. Sie war Galaxiscommander, und ihre Leistungen sind in den Annalen der Jadefalken verzeichnet.«

Aidan fühlte, wie sich seine Nackenhaare sträubten. Er fragte sich, ob es eine Reaktion auf die Wut war, die von den um ihn versammelten Kriegern ausging. Die meisten davon schienen bereit, ihn auf der Stelle vom Leben zum Tode zu befördern.

Aber das konnte ihn nicht bremsen. Ohne zu zögern begann er, die Geschichte seines Lebens auf Ironhold zu erzählen, als Kadett, als fehlgeschlagener Testling, als erfolgreicher Freigeborener.

Joanna war außer sich. Der Narr! Ter Roshak hatte ihn davor gewarnt, jemals seine wahrgeborene Herkunft aufzudecken. Roshak hatte Aidan versprochen, ihn zu töten, wenn er je zugab, daß ihm Roshaks Manipulationen eine zweite Chance verschafft hatten, Krieger zu werden. Welcher Wahnsinn hatte von ihm Besitz ergriffen, jetzt das Recht auf einen Blutnamenstest zu beanspruchen? Noch während der Gedanke ihr durch den Kopf ging, kannte Joanna die Antwort darauf. Wie häufig erhielt ein Krieger die Chance, sich einen Blutnamen zu verdienen? Aus eigener Erfahrung wußte sie, wie selten diese Gelegenheiten waren. Aidan hatte wahrscheinlich schon lange geplant, seinen Anspruch anzumelden. Im großen und ganzen war die Blutlinie der Prydes von gemischter Qualität, mit einigen guten Blutrechten und einigen mittelmäßigen. Dieses spezielle Blutrecht der fünfundzwanzig Pryde-Blutrechte jedoch, das über Generationen vom ursprünglichen Besitzer des Namens, Aeneas Pryde, herabgekommen war, war vor zwei Generationen von einem Clanhelden namens Teukros Pryde und bis vor kurzem von Ileana Pryde getragen worden. Es war ein besonders edles und herausragendes Blutrecht, ein Name, um den die besten Krieger streiten würden. Kael Pershaw hatte Ileana Pryde für ihren Mut gepriesen, mit dem sie — mit dem Rücken ihres BattleMechs gegen eine hohe Klippenwand — in wildem Kampf um Territorium auf dem Planeten York die Mechs des Clans Schneerabe reihenweise zurückgeschlagen hatte. Ileana hatte bei diesem Gefecht den Tod gefunden, wodurch der Blutname freigeworden war.

Ihr Vorgänger als Blutnamensträger, Teukros Pryde, hatte eine Litanei von Leistungen angesammelt, die in jedem anderen Krieger Neidgefühle hervorriefen. Teukros Pryde hatte zahllose Gegner getötet, um sich diesen Ruhm zu verschaffen. Und dieser Aidan, ein Wahrgeborener, der seinen Positionstest durch den arroganten Versuch verloren hatte, seine drei Gegner gleichzeitig anzugreifen, der sich als Freigeburt hatte ausgeben müssen, um überhaupt ein Krieger zu werden — was für ein Recht hatte er, seinen besudelten Namen in den Streit um ein dermaßen stolzes Blutrecht zu werfen? Selbst in dem unwahrscheinlichen Fall, daß es ihm gelingen sollte, ihn zu erwerben, würde seine Vorgeschichte das Ansehen des Blutnamens mindern, noch bevor er ihm je als Krieger dienen konnte.

Während sie zuhörte, wie Aidan unter den ungläubigen Ausrufen der Zuhörer seine Geschichte erzählte, mußte Joanna einen Wutanfall unterdrücken, der die Hälfte der versammelten Jadefalken das Leben hätte kosten können. Sie selbst war weit vom Ideal der Clan-Kriegerin entfernt. Sie hatte zwar ihr ganzes Leben danach gestrebt, dieses Ideal zu erreichen, aber zu häufig hatten sie ihre heftigen Gefühle überwältigt, wenn kühle Überlegung angebracht gewesen wäre. Es war mehr als ein bloßer Widerwillen allen gegenüber, denen sie begegnete. Wäre es nur das gewesen, hätte ihre Laufbahn als Kriegerin geradliniger verlaufen können. Nein, sie haßte alle und jeden. Sicher, in ihrer Geschko-Zeit war sie ein paar zeitweilige Bindungen eingegangen, aber als ihre Gefährten in der Ausbildung ausgesiebt worden waren, hatte Joanna sie für ihre Minderwertigkeit gehaßt. Es stimmte auch, daß sie für drei ihrer Kommandeure einen gewissen Respekt empfunden hatte, aber sie alle hatten ihre Achtung unvermeidlich verspielt, sei es durch zu geringen Kampfgeist, zu geringes Durchsetzungsvermögen oder zu geringe Leistungen. Sie haßte auch Nomad, aber das war zumindest ein fröhlicher Haß, ein Haß, an dem sie Gefallen hatte. Sobald er wieder gesund war, würden sie auf der Stelle damit fortfahren, sich gegenseitig Beleidigungen an den Kopf zu werfen.

Wahrscheinlich gab es im ganzen Clan Jadefalke niemanden, der so ungestüm hassen konnte wie Joanna, oder so abgrundtief.

Aber gleichzeitig wußte sie, daß sie mit einer ausgeglicheneren Sichtweise einen Blutnamen hätte gewinnen können. Sie erinnerte sich noch deutlich an einen kürzlichen Versuch, bei dem sie einer der letzten Wettbewerber gewesen war. In ihren früheren Versuchen hatte sie den Blutnamenstest schon eher verloren. Das konnte man je nach Laune als Schande auslegen oder als Zeichen dafür, daß sie für ein späteres Blutrecht aufgehoben wurde. Sie konnte immerhin auf letzteres hoffen. Aber mit achtundzwanzig lief ihre Zeit allmählich ab. In den Clans erwarben alte Krieger keine Blutnamen. Vielmehr endeten sie üblicherweise als Kanonenfutter bei irgendeinem Ablenkungsmanöver.

Sie studierte Aidans ruhigen Anspruch auf das Pryde-Blutrecht und haßte ihn mehr als je zuvor. Während der Ausbildungszeit auf Ironhold war sie gelegentlich zu der Überzeugung gekommen, daß Aidan ihr ganz persönlicher Fluch war. Spätere Ereignisse hatten wenig dazu beigetragen, diesen Eindruck zu verwischen. Hätte es nicht in direktem Gegensatz zum Wesen der Clans gestanden, wäre sie augenblicklich losgerannt, um ihm mit ihrem Messer seine wertlose Kehle aufzuschlitzen.

Kael Pershaw mußte nur selten um Worte ringen, wenn überhaupt, aber in diesem Moment hatte er keinen Schimmer, was er sagen sollte, wenn dieser Jorge/Aidan entsprechend den Regeln des Rituals zum Ende seines Vortrags kam. Er wünschte sich, Lanja wäre noch da, um ihm die kleinen Zeichen und Hinweise zu geben, die ihm so häufig dabei geholfen hatten, ein Urteil zu fällen. Es war das erstemal, daß Pershaw an sie dachte, seit er diesem Stück Abfall, das hier vor ihm stand und sprach, ihren Tod verkündet hatte. Es sollte einige Zeit dauern, bis er sich wieder an sie erinnerte.

Schließlich kam Aidan zum Ende.

»Und das sind die Worte eines wahrgeborenen Kriegers des Jadefalken-Clans, direkt, ungeschliffen und in jeder Einzelheit wahr. Mein Anspruch ist gerecht. Ich will meinen Dienst abbrechen und mich um den Blutnamen des Aeneas Pryde bewerben.«

Aidan sah sich zu den anderen um, als erwarte er, daß sie seinen Anspruch plötzlich durch ein ernstes ›Seyla‹, die rituelle Bestätigung, anerkannten. Aber niemand sprach.

»Wie lautet dein Urteil, Sterncolonel Kael Pershaw?« fragte Sterncaptain Shan Zeke, der die Funktion des Lehrmeisters übernommen hatte. Er wirkte nicht minder erstaunt als alle anderen Mitglieder der Versammlung mit Ausnahme Aidans und Joannas.

Kael Pershaws Blick schweifte über die Versammlung, dann rief er: »Ich kann kein gerechtes Urteil fällen, sofern niemand vortritt, um den Anspruch dieses ... dieses Kriegers zu unterstützen.«

Hengst war von Kopf bis Fuß ein Freigeborener, als er augenblicklich in den Kreis trat. Zumindest wußten die versammelten Krieger, daß es, was ihn betraf, keine Kontroverse über seine Herkunft geben konnte.

»Ich weiß, daß er die Wahrheit spricht, Sterncolonel«, erklärte Hengst. »Ich wurde zusammen mit Sterncommander Aidan ausgebildet, nachdem er meiner Einheit zugeteilt wurde. Ich erkannte ihn als Wahrgeborenen, weil ich ihm bereits in einer früheren Übung gegenübergestanden hatte.«

Hengst berichtete die Geschichte detailliert. Manche Krieger zuckten zusammen, als Hengst darüber sprach, wie er als einfacher Freigeborener Kadett Aidan beinahe besiegt hätte, indem er eine Bündelladung am Rükken der Mechhülle angebracht hatte, die sein Gegenüber bei der Übung benutzt hatte.

»Mech-Krieger Hengst, erinnerst du dich gut genug, um mit Sicherheit sagen zu können, daß dieser Jorge der Kadett war, gegen den du in der früheren Übung angetreten warst?«

»Ja. Und als ich ihn darauf ansprach, hat er seine Identität zugegeben.«

Kael Pershaw schüttelte langsam den Kopf. »Nein, Mech-Krieger Hengst, das genügt nicht. Es bestätigt nur, daß eine scheinbare Freigeburt namens Jorge nach einem unglücklichen Unfall auf einem Trainingskurs in deine Einheit versetzt wurde. Es ist nicht bewiesen, daß es sich um den Kadetten Aidan handelte, gegen den du zuvor gekämpft hattest. Außerdem kann deine Aussage keinen anderen Punkt der Aussagen Sterncommander Jorges bestätigen. Geh zurück an deinen Platz, Mech-Krieger Hengst.«

Hengst schien noch mehr sagen zu wollen, aber dann zuckte er die Achseln, salutierte vor Pershaw und zog sich zurück. Viele der Krieger knurrten ihn an und verhöhnten ihn, als er an ihnen vorbeikam. Sie machten kein Geheimnis daraus, daß sie es ihm übelnahmen, sich überhaupt zu Wort gemeldet zu haben. Hengsts Mundwinkel zuckten in einer offensichtlichen Trotzreaktion.

»Bestätigt irgendein Mitglied dieser Versammlung den gerechten Anspruch dieses Kriegers?« fragte Kael Pershaw.

Die Stille hing schwer über dem Saal. Nicht ein Krieger bewegte sich oder atmete auch nur. Als Pershaw den Blick über die Menge schweifen ließ, hallte das Flattern seines Umhangs und das Klirren seiner Orden bis in die hintersten Reihen.

Das nächste Geräusch war das Scharren zweier Füße, als Aidan sich zu den Kriegern von Station Glory umdrehte.

»Ja«, ertönte schließlich eine Stimme. »Ich kann die wahre Identität dieses Mannes bestätigen.« Mehrere Untergebene grob zur Seite drängend, bahnte sich Joanna einen Weg nach vorne.

22

Joanna hatte ihre Verantwortung gegen ihr besseres Wissen abgewogen, und die Verantwortung hatte schwerer gewogen. Oder vielleicht hatte sie auch nur den Verstand verloren. Sie verspürte kein besonderes Bedürfnis, Aidans Anspruch zu bestätigen, aber es *war* die Wahrheit. Schlimmer noch, sie war eine der wenigen Personen im Universum, die das wußten, und zu ihrem Unglück befand sie sich gerade in dem Augenblick, in dem sie es bestätigen *konnte,* in Station Glory. Wenn es nur an ihr gelegen hätte, sie hätte mit Freuden den Mund gehalten und zugesehen, wie diese miese Pseudo-Freigeburt an ihren eigenen Worten erstickte. Natürlich wußte sie, daß er seine Identität früher oder später durch genetische Tests hätte beweisen können, aber das hätte länger gedauert als die Blutrechtskämpfe um den Namen Aeneas Prydes überhaupt in Anspruch nahmen. Es wäre eine Zeit der Schande gefolgt. Welche Beweise auch für seine Abstammung existiert hätten, Aidans Jahre als Freigeborener hätten ihn trotz seiner Geburt als minderwertigen Krieger abgestempelt. Welchen Spaß hätte es ihr bereitet, auch nur einen Bruchteil dieser Erniedrigung mitzubekommen. Aber es wäre unfair gewesen, im Augenblick seiner Anspruchserklärung zu schweigen oder das Schicksal zu ignorieren, das sie nach Station Glory geführt hatte, um von ihren Füßen immer näher an die Empore getragen zu werden, auf der Kael Pershaw stand und wartete.

»*Du* hast Beweise, Sterncaptain Joanna?«

»Ja. Ich war auf Ironhold die Ausbilderin dieses Offiziers.«

Ein Raunen ging durch die Menge. Aidan hatte bei seinem Bericht keine Namen genannt und dadurch Joannas Beteiligung verschwiegen.

»Dann spricht er die Wahrheit, frapos?«

»Pos.«

»Und du weißt von der Täuschung, die er beschreibt, der Verschleierung seiner Identität, um an einem zweiten Test teilzunehmen?«

Seit Aidans Anspruchserklärung hatte sie diesen Moment, diese spezielle Frage gefürchtet.

»Ich weiß nicht nur davon, Sterncolonel Kael Pershaw«, antwortete Joanna, »ich war daran beteiligt.«

Diese Enthüllung war ein Schock von der Größenordnung, wie ihn zuvor Aidan ausgelöst hatte. Nur wenige der anwesenden Krieger kannten Joanna, aber sie respektierten sie dafür, daß sie den BattleMech abgeschossen hatte, der Aidan hätte besiegen, die Mission zum Scheitern verurteilen und den Kampf über das Pershaw-Generbe für die Wölfe hätte entscheiden können.

Auf Pershaws Aufforderung hin berichtete Joanna knapp und nicht ohne Verbitterung, wie ein vorgesetzter Offizier sie hinter Aidan hergeschickt hatte, nachdem er in die Tech-Kaste zurückgestuft worden und von Ironhold geflohen war. Sie hatte ihn aufgespürt, zurückgebracht und für die Freigeborenen-Einheit gedrillt. Sie berichtete von ihrem Glauben, nur einen zufällig gestorbenen Freigeborenen durch Aidan zu ersetzen. Erst später hatte sie erfahren, daß der Tod des Kadetten und der gesamten freigeborenen Trainingseinheit arrangiert worden war. Inzwischen hatte der Lauf der Dinge sie gezwungen, den Befehl über die Freigeborenen-Einheit zu übernehmen, in der Jorge Dienst tat. (Joanna verzichtete bewußt darauf, den mysteriösen Tod einer der früheren Ausbilderinnen der Freigeborenen-Einheit zu erwähnen, der ihr ebenfalls sehr verdächtig erschien.)

Sie schloß mit den Worten: »Nachdem Kadett Aidan sich durch unorthodoxe Strategie und Zusammenarbeit mit der Freigeburt, die vorhin aussagte, die Qualifikation zum Krieger erworben hatte, wurde er versetzt. Ich habe ihn nicht mehr gesehen, bis ich hierherkam, und ich habe auch nichts über seine Leistungen als Krieger gehört. Als loyale Clan-Kriegerin muß ich feststellen, daß seine Aktionen in den jüngsten Kämpfen Aufmerksamkeit verdient haben. Das ist alles. Dies sind die Worte einer wahrgeborenen Clan-Kriegerin, direkt, ungeschliffen und in jeder Einzelheit wahr.«

Kael Pershaw starrte Joanna lange schweigend an, bevor er mit leiser Stimme das Wort ergriff. »Ihr habt beide eine seltsame Geschichte von Trotz und Täuschung erzählt, aber beide habt ihr darauf verzichtet, den Namen des Offiziers zu erwähnen, der für die erbärmlichen Taten verantwortlich ist, die ihr beschrieben habt. Wie lautet sein Name, Sterncaptain Joanna?«

Auch diesen Moment hatte Joanna gefürchtet.

»Falknercommander Ter Roshak«, erwiderte sie in präzisem und knappem Ton. »Er war Kommandeur der Division Bravo der Kadettenausbildung auf Ironhold.«

»Hat er diesen Posten heute noch inne?«

»Ich glaube, ja, Sterncolonel. Das letzte, was ich von ihm hörte, war seine Belobigung dafür, mehr erfolgreiche Krieger ausgebildet zu haben als jeder andere Falknerkommandeur.«

»Die letzte Bemerkung war unnötig, Sterncaptain. Sämtliche Leistungen dieses Individuums, alle Höhepunkte seines Kodax werden durch die Aussagen, die du und Sterncommander Jor ... Aidan hier gegeben habt, entwertet. Ter Roshak hat uns alle verletzt. Er hat die Clans beleidigt und unser Wesen pervertiert. Ich habe keine andere Wahl, als Sterncommander Jorge, Sterncaptain Joanna und Mech-Krieger Hengst unter Arrest zu stellen und zurück nach Ironhold bringen zu lassen, wo sich zweifellos ein Großes Konklave der Jadefalken einfinden wird, um den Fall zu untersuchen und ein Urteil zu fällen.«

Auf ein Schnippen von Pershaws Fingern packten zwei Elementare Joanna an den Armen. Zwei andere packten Aidan. Unruhe weit hinten in der Menge deutete darauf hin, daß die Festnahme von Mech-Krieger Hengst weniger glatt verlief.

»Weiterhin«, verkündete Kael Pershaw, »werde ich als Kommandeur der Basis, auf der dieser Verrat aufgedeckt wurde, nach Ironhold reisen, um auszusagen. Und deine Verurteilung, Sterncommander Aidan, wird mir große Freude bereiten.«

»Erlaubnis zu sprechen, Sir«, rief Aidan.

»Erteilt.«

»Ich nehme dein Urteil und den Transport zurück nach Ironhold an, aber ich fordere erneut dein Urteil bezüglich meines Anspruches.«

Ausnahmsweise wirkte Kael Pershaw unsicher, aber er fing sich schnell wieder. »Ich habe keine Wahl, Sterncommander. Wenn deine Aussage der Wahrheit entspricht und du matrilinear von der Blutlinie der Prydes abstammst, darfst du selbstverständlich am Blutrechtkampf teilnehmen, aber ich bezweifle, daß einer der blutbenamten Krieger dich vorschlagen wird.«

»Ich werde mich dem Gestampfe stellen.«

»Ach? Nun, das ist natürlich deine Entscheidung, aber schmiede keine voreiligen Pläne, Sterncommander. Erst mußt du vor dem Großen Konklave erscheinen, das über deinen Fall befinden wird. Aller Wahrscheinlichkeit nach wirst du dir keine Sorgen über das Gestampfe machen müssen. Hingerichtete Krieger nehmen im allgemeinen an keiner Phase des Blutrechts teil.«

Pershaws Sarkasmus ärgerte Aidan, aber er zwang sich, nichts davon zu zeigen. »Ich akzeptiere dein Urteil und alle bevorstehenden Urteile«, erklärte er ruhig. »Ebenso wie die Clanrituale, die sie stützen.«

»Schafft sie fort«, befahl Pershaw. »Ein Sprungschiff wird in einer Woche aufgeladen und abflugbereit sein. Alle mit dem Aidan-Anspruch befaßten Personen werden an Bord dieses Schiffes nach Ironhold reisen.«

Trotz heftiger Proteste wurde Joanna zusammen mit Aidan in eine Zelle gesperrt. Da nur sehr wenige Vergehen mit Kerker bestraft wurden, verfügte der kleine Karzer von Station Glory nur über zwei Zellen. Sittengemäß wurden Wahrgeborene und Freigeborene getrennt inhaftiert, so daß Hengst alleine in der anderen Zelle saß.

»Du bist ein Narr, Aidan«, knurrte Joanna leise, »aber du hast Chuzpe, bei deiner Laufbahn einen Blutnamen anzustreben. Es ist reichlich überheblich von dir, die Möglichkeit auch nur in Betracht zu ziehen. Und du siehst keine Verletzung des Codes?«

»Des Codes? Welchen Codes?«

»Wenn du das nicht fühlst, macht es dir natürlich auch nichts aus, ihn zu brechen. Der Code, von dem ich spreche, ist der Verhaltenscode unter Kriegern. Wir hängen voneinander ab und unterstützen einander, in der Schlacht ebenso wie in allen anderen Aktionen.«

»Sehr seltsame Worte aus deinem Mund, Joanna. Du hast keine Kameraden.«

»Das stimmt, aber es bedeutet nicht, daß ich nicht mit Mitkriegern die Reihen schließe, wenn sie angegriffen werden oder in einer Krise stecken. Der Code verlangt, daß du Ter Roshak beschützt, statt seinen Verrat dem Universum zu verkünden.«

»Ein Verrat wie der Ter Roshaks dürfte nicht erlaubt werden. Täten wir das, würde es uns ebenso dekadent und schwach machen wie die Menschen der Inneren Sphäre.«

Joanna war überrascht. »Was weißt du von der Geschichte der Inneren Sphäre?«

»Ich habe sie studiert, an Hand von ... von Quellen, die ich entdeckt habe.«

»Ich weiß nichts von dieser Dekadenz, aber ich weiß, daß wir den Code der Loyalität wahren müssen.«

»Warum?«

»Ich verstehe dich nicht, Aidan.«

»Ich frage, warum die Loyalität solchen Vorrang hat. Welche Loyalität hat Ter Roshak gezeigt, als er uns in seine Pläne involviert hat?«

»Er hat dir eine zweite Chance verschafft.«

»Die ich nicht hätte bekommen sollen.«

»Aber du hast sie bekommen, und damit hättest du zufrieden sein sollen.«

»Als ein Freigeborener?«

»Du bist ein Krieger, oder nicht?«

»Das stimmt, und nachdem ich als Freigeborener gelebt habe, respektiere ich sie und ...«

»*Respekt?* Du kannst eine Freigeburt respektieren?«

»Freigeborener, es heißt Freigeborener. Ja, das kann ich. Ich habe in den letzten Jahren ausschließlich mit Freigeborenen gedient. Ihre Minderwertigkeit existiert nur in den Gedanken der anderen. Wenn sie eine Chance erhalten, sind ihre Leistungen keinesfalls geringer.«

»Ich kann nicht glauben, daß du solche Obszönitäten von dir gibst, Aidan. Hör damit auf. Eine Freigeburt ist und bleibt eine Freigeburt. Was immer du dir einreden magst, du bist ein Wahrgeborener. Du wirst es immer sein. Du kannst eine andere Identität mit der Leichtigkeit eines Stammeskriegers annehmen, der sich ein Tierfell überwirft, aber deine wahre Identität hängt von deiner Abstammung ab. Wie gut du dich auch daran gewöhnt haben magst, eine Freigeburt zu sein, versuche nicht, mich zu deinen Vorstellungen über Freigeborene zu bekehren.«

»Na gut.«

»Also, ich frage dich noch einmal: Warum hast du dich entschieden, Ter Roshaks Karriere zu ruinieren — und deine eigene dazu?«

»Der Preis eines Blutnamens rechtfertigt jedes Opfer.«

»Egal, was auf Ironhold geschieht, du wirst keinen Blutnamen erringen. Du wirst nie soweit kommen.«

»Es gibt immer eine Mög ...«

»Es gibt keine Möglichkeit! Du und Ter Roshak, ihr habt die Clangesetze gebrochen, die Clangebräuche geschändet. Und ich werde ebenfalls mit Dreck beworfen werden, weil ich ein Rädchen im Getriebe von Ter Roshaks Plan war. Und ich bin in letzter Zeit schon genug durch den Schmutz gezerrt worden, vielen Dank.«

Aidan lächelte, eine Seltenheit bei einem Clansmann. »Ja, ich habe davon gehört, daß du im Sumpf beinahe ertrunken wärst. Joanna, es tut mir wirklich leid, was jetzt mit dir geschieht. Wenn ich gedacht hätte, daß du ...«

»Wenn du gedacht *hättest.* Genau das ist dein Problem. Du denkst nicht, du handelst. In deinem ersten Test hast du dich übernommen, und in deinem zweiten Test hattest du Glück mit einer improvisierten Taktik. Und deswegen bist du jetzt ins andere Extrem verfallen. Erst hast du deine Kandidatur zum falschen Zeitpunkt angemeldet. Du hättest erst sicherstellen müssen, ob du dich legitimerweise um den Blutnamen bewerben kannst.«

»Ich habe mich nicht übernommen, wie du es ausdrückst. Jeder Zug, den ich heute gemacht habe, alles, was ich gesagt habe, war geplant. Berechnet. Ich habe das Recht, mich um diesen Blutnamen zu bewerben. Und ich werde es tun.«

Sie verstummten. Aidan wandte sich von Joanna ab und blickte aus dem kleinen Zellenfenster hinaus auf das Lager. Es war keine Bewegung zu sehen. Pershaws Konklave mußte noch tagen.

»Jedenfalls muß sich Ter Roshak jetzt für seine Taten verantworten«, stellte Joanna fest. »Ich frage mich, ob er seine Motive erläutern wird. Ich würde gerne noch viel darüber erfahren. Auch wenn ich darauf verzichten könnte, wenn es mir die Hinrichtung ersparte.«

»Man wird dich nicht hinrichten. Du hast dich nur der Beihilfe schuldig gemacht.«

»Legst du dir schon zurecht, was du vor dem Konklave sagen willst?«

Wieder verstummten beide eine Weile, bis Joanna das Gespräch erneut aufnahm. »Aidan, du hast noch immer nicht gelernt, daß die wahre Sünde bei den Clans die Täuschung ist. Deine zweite Chance, dein Leben als Freigeburt, die Annahme einer falschen Identität — alles Täuschung. Das sind schwere Anschuldigungen.« Sie lachte laut auf, ein Lachen, das echte Fröhlichkeit ausdrückte. »Pryde — Hochmut. Vielleicht solltest du den Namen tatsächlich erhalten. Wer sonst würde so zu ihm passen?«

Hengst und Aidan saßen beieinander, als sie und Joanna zur Raumfähre gebracht wurden. »Ich wünsche dir in jeder Hinsicht den Sieg, Aidan«, flüsterte Hengst.

»Deine Unterstützung bedeutet mir viel, Hengst.«

»Unterstützung? Nenn es bitte nicht so. Ich unterstütze dich nicht. Ich schäme mich für dich.«

»Du schämst dich?«

»Du hast deine freigeborene Identität aufgegeben, um einen Blutnamen zu erlangen. Tief in deinem Innern bist du ein Wahrgeborener geblieben. Tief in deinem Innern verachtest du uns ebenso wie es die anderen tun.«

»Das stimmt nicht, Hengst. Es ist ...«

»Nein. Wenn du uns wirklich respektieren würdest, wie du es behauptet hast, hättest du deine freigeborene Identität nicht aufgegeben. Du bist wie ein echter Jadefalke, der überallhin fliegt, aber immer zu dem Nest zurückkehrt, in dem er geschlüpft ist. Du bist vielleicht als Freigeborener geflogen, aber jetzt kehrst du zu deinem wahrgeborenen Nest zurück.«

»Hengst ...«

»Oder sollte ich müllgeboren sagen?«

»Willst du denn nicht, daß ich einen Blutnamen gewinne und mich in den Genfundus einbringe?«

»Um die Wahrheit zu sagen, nein. Es ist mir egal, was jetzt aus dir wird. Ich werde in jeder Hinsicht dein Kamerad bleiben, aber es ist mir egal, was geschieht. Freigeborene erniedrigen sich nicht für Blutnamen. Sie haben auch kein Bedürfnis, sich in den Genfundus einzubringen. Vielleicht gewinnst du diesen Wettbewerb, vielleicht wirst du sterben. Was es auch wird, wenn du es willst, werde ich an deiner Seite stehen. Aber ich *schäme* mich.«

»Es ist der Blutname, Hengst.«

»Das weiß ich. Und es ist keine Entschuldigung. Jorge habe ich mehr respektiert, als ich Aidan Pryde je respektieren kann.«

Damit war das Gespräch beendet, aber auf dem restlichen Weg ließ sich Aidan den Klang des Namens auf der Zunge zergehen: Aidan Pryde. Eine beinahe lüsterne Erregung fuhr durch seinen Körper. Der Name klang natürlich. Wie konnte er versagen? Trotz des Chaos, das er durch sein Verlangen nach ihm angerichtet hatte. Trotz der Schmerzen, die er würde ertragen müssen, um sein Ziel zu erreichen. Trotz der Gefahren auf dem langen Weg zu einem Blutnamen.

23

Joanna kam zu dem Schluß, daß die Sache gelaufen war, sobald sie die Konklavemitglieder der Jadefalken den Saal betreten sah. BattleMechs, die mitten im Kampf aus allen Rohren feuernd vorstürmten, wirkten freundlicher als diese Blutnamenträger. Es waren so viele. Die meisten waren von fernen Außenposten zu diesem Konklave nach Ironhold gekommen. Einige Clanner hatten, wie es ihr Recht war, auf die Teilnahme verzichtet, weil ihre Pflichten es unmöglich machten. Weit mehr jedoch hatten sich dafür entschieden, zu kommen und über diesen ungewöhnlichen Fall zu Gericht zu sitzen. Joanna hatte gehört, daß fast 475 der 960 qualifizierten Krieger (nun gut, zwei weniger. Ileana Pryde war tot, und Ter Roshak stand vor Gericht) sich auf Ironhold aufhielten, und während der Verhandlung konnten noch weitere eintreffen. Jedes Detail der Aussagen würde auf Video aufgezeichnet werden, um auf sämtlichen Jadefalken-Welten untersucht zu werden. Das Verbrechen war so ungewöhnlich, so grotesk, daß die Konklavemitglieder nach Ironhold strömten, um möglicherweise in die Geschichte des Clans einzugehen.

Sie hatte auch gehört, daß ein wichtiger Grund für das brennende Interesse an dieser Verhandlung der Status des umstrittenen Blutnamens war. Sein ursprünglicher Träger, Aeneas Pryde, war bereits vor dem Exodus ein Mitglied von Aleksandr Kerenskys Stab gewesen. Als Sternenbund-Offizier hatte er sich in der 131. Gefechtsdivision, der sogenannten ›Herkules-Division‹, im Kampf ausgezeichnet. Die 131. hatte sich ihren Beinamen verdient, weil ihre Leistungen Vergleiche mit den Großtaten eines mythischen Helden namens Herkules nahegelegt hatten.

Joanna kannte diesen Herkules nicht, aber auf der Reise nach Ironhold hatte ihr Aidan erklärt, es handele sich um einen Sagenheld, dessen Taten weit über die normalen menschlichen Möglichkeiten hinausgegangen waren. Sie verspottete Aidan, weil er sich mit derartig sinnlosem Wissen belastete, aber insgeheim war sie beeindruckt. Es konnte kein Zweifel daran bestehen, daß er sich in seinen Jahren als Freigeburt verändert hatte. Bildung war kein herausragendes Merkmal des Aidan gewesen, den sie gekannt hatte. Was ihn verändert hatte, konnte sie sich weder vorstellen, noch interessierte es sie. Eine seiner Eigenschaften hatte sich allerdings kein bißchen verändert. Da er sich ohne die geringste Befürwortung um einen Blutnamen zu bewerben plante, war er als Krieger noch immer so unbelehrbar eigensinnig wie als Kadett. Selbst Aeneas Pryde hätte wahrscheinlich Widerwillen bei dem Gedanken empfunden, daß sich Aidan um seinen Namen bewarb.

Ileana Pryde, die letzte Trägerin dieses Blutrechts, hätte Aidans Vorhaben möglicherweise mehr Sympathie entgegengebracht, denn sie war für eine ganz ähnliche Entschlossenheit und Tapferkeit bekannt gewesen.

Joanna hatte sie gekannt, eine Kriegerin, die weder besser noch schlechter war als zahlreiche andere. Die großgewachsene, gutaussehende Ileana mit ihrer hoheitlichen Art war bereits eine Berühmtheit gewesen, als sich ihr Weg mit dem Joannas gekreuzt hatte. Sie hatte versucht, mit Joanna über besondere Strategien zu diskutieren, die zu einem unnützen blutigen Gefecht zwischen den Clans Eisteufel und Mungo geführt hatten. Ileanas Vorstellungen waren präzise und durchdacht gewesen, aber Joanna hatte das nicht zugeben und sie bestätigen wollen. Daraufhin hatten sie sich schon bald genauso sinnlos gestritten wie die beiden Clans. Als sie eine Pattsituation erreicht und sich entschlossen hatten, die Diskussion abzubrechen, schien Ileana durch die hitzige Debatte aufgeblüht zu sein. Joanna nahm es als Zeichen, daß Ileana ihr recht ähnlich sein mochte, und ihre Respekt für die berühmte Kriegerin hatte noch zugenommen.

Joanna und Aidan saßen an einem Tisch nahe der Mitte des riesigen Konklavesaals. Von hier aus schienen sich die von blutbenamten Kriegern besetzten Ränge endlos fortzusetzen. In ihren zeremoniellen Masken und Gewändern mit ihren individuellen, prächtigen Ausschmückungen boten die Konklavemitglieder das Bild eines enormen Flickenteppichs, der ungleichmäßig über eine Seite des Saales ausgebreitet war. Am Hauptpodium saßen der Lehrmeister, der Verteidiger, die Inquisitorin und der momentane Khan der Jadefalken, Elias Crichell. Elias Crichell hatte sich als großer Krieger und gewiefter Politiker Ruhm erworben. Er galt auch als strenger Richter, der an härteste Strafen selbst für die geringsten Vergehen glaubte. Von vielen Seiten wurde ihm das Verdienst für den Erfolg der Jadefalken unter den siebzehn Clans zugesprochen.

Joanna unterbrach ihre Betrachtung des Konklaves, als sie sich plötzlich eines durchdringenden Blicks bewußt wurde, der auf sie gerichtet war. Schon bevor sie sich umdrehte, wußte sie, wessen Augen auf ihr ruhten, denn sie hatte erfahren, daß Ter Roshak, der Hauptbeschuldigte dieses Verfahrens und höchstrangige Offizier, allein am zentralen Tisch sitzen würde. Als sie zu ihm hinüberblickte, war sie überrascht, wie sehr er sich verändert hatte. Während er früher mächtig und beeindruckend gewirkt hatte, schien Roshak jetzt geschrumpft zu sein. Sein Gesicht, das in seiner Härte einer Gebirgslandschaft geglichen hatte, schien weicher, als wären Beulen und Gruben an die Stelle von Klippen und Schluchten getreten. Nur seine Augen waren gleich geblieben. Sie strahlten wie Leuchtfeuer. Ihr Blick war durchdringend wie der Strahl eines Impulslasers. Plötzlich wurde ihr klar, daß Ter Roshak gar nicht sie ansah. Sein Haß konzentrierte sich völlig auf Aidan.

Aidan hatte Ter Roshak hereinkommen sehen. Die beiden hatten sich nicht mehr getroffen, seit Aidan Ironhold einige Jahre zuvor verlassen hatte. Roshak hatte geschworen, Aidan zu töten, wenn er die Täuschung aufdeckte. Die Drohung hatte Aidan keine Angst gemacht, aber er hatte dennoch häufig daran gedacht.

Er fragte sich einen Augenblick lang, ob er sein Handeln bereuen sollte, weil er damit Roshaks Karriere mit Sicherheit ein Ende bereitet hatte. Aber was hatte diese Karriere für einen Wert, wenn der Mann die Clangesetze brach? Von den drei Personen, die sich unter verschiedenen Anklagepunkten hier vor dem Konklave zu verantworten hatten, verdiente nur Roshak tatsächlich eine Bestrafung. Weder Aidan noch Joanna hatte einen Mord befohlen. Natürlich kam es nicht auf diesen Mord an.

Kaum einer der Clanner, die hier zu Gericht saßen, würde das Auslöschen von Freigeborenen auch nur für erwähnenswert halten. Nein, es war Roshaks Manipulation der Ereignisse im Widerspruch zu den Clangesetzen, die so furchtbar war.

Aidan jedoch war über den Mord, den Roshak so berechnend in Szene gesetzt hatte, erschüttert. Vielleicht hatten die terranischen Bücher in seiner geheimen Bibliothek seinen Geist verdorben. Er wußte wohl, daß die Clans dem Leben weniger Bedeutung beimaßen, als es die Terraner getan hatten, aber das Töten von Kadetten mit Kriegerpotential, nur um ihm eine neue Identität zu verschaffen, war unmoralisch. Trotzdem verspottete er sich deswegen manchmal selbst. Was kümmerte ihn Moral? Ein Mord wie der, den Roshak begangen hatte, war möglicherweise ein Fehler, ein fehlerhaftes Urteil, aber Moral spielte bei Clanaktionen gar keine Rolle.

Noch immer strömten Krieger in den Saal. Es würde noch einige Zeit dauern, bis die Verhandlung begann, und Aidan wurde unruhig. Er wollte mit Joanna reden, aber er mußte damit rechnen, aus dem Saal geworfen zu werden, wenn er ihr auch nur zunickte. Schweigen war angesagt, nicht nur für die Angeklagten und Zeugen, auch für die zu Gericht sitzenden Krieger. Im Konklave wie im Krieg gehörte es zum Wesen der Jadefalken, alle Aufmerksamkeit auf das Ziel zu richten. Während der Verhandlung würde ein Krieger nur sprechen, nachdem er aufgestanden war und vom Lehrmeister, der das Verfahren leitete, erkannt worden war.

Die einzigen momentan erlaubten Gespräche waren die zwischen den Gerichtsfunktionären, die an einem langen Tisch gegenüber Roshaks Platz saßen. Sie unterhielten sich in einem nicht zu entziffernden, aber stetigen Murmeln. Seit Roshak den Saal betreten hatte, hatte er keinem von ihnen auch nur einen Blick gewidmet.

Der Verteidiger der drei Angeklagten beendete seine Unterredung mit der Inquisitorin und Khan Elias Crichell, der den Eindruck machte, mit den Ereignissen gar nichts zu tun zu haben. Der Verteidiger stand auf und kam auf den Tisch zu, an dem Aidan und Joanna saßen. Sein Name war Beck Qwabe, und das war auch schon alles, was Aidan von ihm wußte. Er war fast so groß wie Aidan, ein deutlicher Gegensatz zur recht kleinen Inquisitorin, und hatte für einen Jadefalken-Clansmann ungewöhnlich sanfte Augen. Aidan hatte Falken mit solchen Augen gekannt. Sie erwiesen sich meist als schlechte Jäger. Er hoffte, daß das nicht auch für Beck Qwabe galt.

»Das Verfahren wird bald beginnen«, erklärte Qwabe. »Ich soll euch mitteilen, daß ihr euren Anteil an der Verhandlung verringern könnt, indem ihr eure Schuld zugebt, das Ritual der Verzeihung ausführt und es darauf ankommen laßt, welche Strafe der Khan für euch beschließt. Nach dem, was ich über euch beide weiß, erwarte ich, daß ihr ein solches Angebot ablehnt, frapos?«

Sowohl Aidan als auch Joanna antworteten auf rituelle Weise. »Pos.«

Beck Qwabe gab ihnen letzte Anweisungen zu den Verfahrensregeln. Aidan hatte diese Instruktionen, seit er auf Ironhold angekommen war, bereits so oft gehört, daß seine Gedanken zu wandern begannen. Wie es Joannas Blicke schon vorher getan hatten, glitten seine Blicke über die Krieger, die sich auf den Rängen versammelt hatten. Wenn die Grausamkeit in vielen der Augen ein Hinweis auf den Ausgang des Verfahrens war, hatten weder er noch die anderen eine Chance.

Plötzlich erregte ein Augenpaar seine Aufmerksamkeit, nicht durch den Haß oder auch nur die Kälte dieser Augen, sondern durch ihre Vertrautheit. Sie gehörten jemand, der weit oben auf den Rängen saß, so weit entfernt, daß diese Augen wenig mehr als Punkte waren. Aber Aidan erkannte an den Augen und an der geradlinigen Haltung ihrer Besitzerin, daß dort oben Marthe auf ihn herabschaute. Es konnte niemand sonst sein.

Und es ergab einen Sinn. Mit zwei Abschüssen bei ihrem Positionstest — einer davon Aidan — war Marthe im Rang eines Sterncommanders in die Kriegerkaste eingetreten. Seitdem war genug Zeit vergangen, um ihr Gelegenheit zu geben, weiter aufzusteigen und um einen Blutnamen zu kämpfen, einen der vierundzwanzig anderen Pryde-Blutnamen. Aidan hatte erst jetzt beschlossen, sich um einen Blutnamen zu bewerben, aber er wußte, daß während seiner Zeit als Krieger schon zweimal ein Pryde-Blutname freigeworden war. Marthe mußte einen davon errungen haben.

Er wußte nicht warum, aber es befriedigte ihn, daß Marthe bereits Blutnamensstatus erlangt hatte. Weil sie sich in der Geschko so nahegestanden hatten, hatte er immer erwartet, daß sie in allen Clanunternehmungen gemeinsam Erfolg hatten. Als sie ihn dann in der Kadettenausbildung überholt hatte und ihre Beziehung einfror, war Aidan lange Zeit unglücklich gewesen. Möglicherweise sehr lange Zeit. Vielleicht bis jetzt.

Beck Qwabe wurde zurück an den Richtertisch gerufen, und mit einem Nicken von Khan Elias Crichell nahm der Prozeß seinen Anfang.

24

»Mech-Krieger Hengst«, sagte Lenore Shi-Lu, die Inquisitorin, mit volltönender Stimme. Aidan fand sie weit beeindruckender als Beck Qwabes recht dünnen Tenor, besonders, wenn man den Größenunterschied der beiden Gerichtsfunktionäre mit in Betracht zog. Lenore Shi-Lu war ebenso zart und hübsch wie Beck Qwabe wuchtig und häßlich. Wie bei Beck Qwabe entdeckte Aidan in ihren Augen Ähnlichkeit mit denen eines Falken. Und auch in dieser Hinsicht war der Unterschied immens. Shi-Lus Augen waren nicht sanft wie die Qwabes. Sie hatte die Augen eines Jagdfalken, Augen wie die Warhawks, des Falken, den Aidan in seiner Jugendzeit besessen hatte.

»Mech-Krieger Hengst«, sagte sie. »Das kann nicht dein wahrer Name sein.«

»Isser auch nicht«, antwortete Hengst. »Ich benutze meinen wahren Namen nich.« Die Worte waren mit leiser Stimme gesprochen, aber sie hallten durch den riesigen Saal.

Beim Klang seiner Antwort ging ein Schaudern durch die Zuhörer, nicht nur aufgrund seiner Sprache, sondern auch wegen des angedeuteten Widerspruchs. Trotzreaktionen eines Freigeborenen wurden bei offiziellen Zeremonien nicht geduldet. Die meisten Krieger in diesem Saal hatten kaum Kontakt mit freigeborenen Kriegern.

»Sei es, wie es mag«, stellte Lenore Shi-Lu mit merklicher Verachtung für den Freigeborenen in ihrer Stentorstimme fest, »aber dies ist ein offizielles Verfahren, und bei offiziellen Verfahren gelten offizielle Unterlagen. Du mußt uns den Namen mitteilen, unter dem du geboren wurdest. Komm schon, Mech-Krieger, keine Verzögerungen. Wir können ihn ohnehin aus deinem Kodax erfahren.«

Hengst nickte. Er wußte, daß die Inquisitorin den

Namen bereits kannte und nur wollte, daß er ihn aussprach. »Tyle. Mein wahrer Name ist Tyle. Ich wurde nach meinem Vater genannt.«

Das Wort ›Vater‹ löste unter den Zuhörern Unruhe aus, denn es war eine Erinnerung an die widerliche Herkunft eines Freigeborenen. Genvater oder Genmutter waren ehrbare Bezeichnungen, aber die nackten Begriffe ›Vater‹ und ›Mutter‹ waren so obszön, daß sie nicht einmal als Fluch benutzt wurden.

»Danke«, antwortete die Inquisitorin zufrieden und stellte Hengst eine Reihe von Fragen, die Aidans Beteiligung in der Freigeborenen-Ausbildungseinheit betrafen. Sie gestattete ihm, den Test zu beschreiben, bei dem er und Aidan zusammengearbeitet hatten, um zwei gegnerische BattleMechs zu besiegen und den Kriegerstatus zu erwerben.

»Und du warst dir zu diesem Zeitpunkt bewußt, daß dieser Aidan — oder Jorge, wie du ihn kanntest — bereits bei einem früheren Test durchgefallen war?«

»Er hat es mir gesagt, ja.«

»Dann muß dir auch klar sein, daß deine Qualifikation zum Krieger das Ergebnis eines Betruges war.«

»Nein, das ist mir keineswegs *klar.* Ich hätte mich mit oder ohne Hilfe qualifiziert. Ich bin genausogut wie jeder wahrgeborene Krieger.«

Wären im Konklavesaal Waffen gestattet gewesen, Hengst wäre das Opfer einer Salve von Schüssen von den Rängen geworden.

»Es scheint«, stellte Lenore Shi-Lu halb zum wütenden Publikum gewandt fest, »daß Sterncommander Aidans Arroganz und Widerspruchsgeist auf dich abgefärbt haben, Krieger. Ich erinnere dich daran, daß dies ein offizielles Verfahren ist und jede Verletzung der Clansitten in deinem Kodax festgehalten wird.«

»Weiß ich.«

»Und es ist dir gleichgültig?«

»Und ob.«

Lenore Shi-Lu nickte und sah sich zum Lehrmeister um, dessen Geste ihr bedeutete, das Verhör abzuschließen.

»Eine letzte Frage, Mech-Krieger Tyle.«

»Hengst. Ich bin es nicht gewohnt, auf den Namen Tyle zu antworten.«

»Du wirst auf jeden Namen antworten, mit dem ich und das Konklave dich ansprechen, Freigeborener. Meine Frage, Mech-Krieger Tyle, lautet: Sollte ein Krieger, der seinen Status durch Betrug erworben hat, die Erlaubnis erhalten, sich um einen ehrenvollen Blutnamen zu bewerben?«

»Is' für mich kein Hindernis nich.« Hengsts grammatikalisch falscher Satzbau in Verbindung mit seiner schludrigen Aussprache löste unter den Clannern beinahe gewalttätige Reaktionen aus. »Aidan hat besser gekämpft und war ein fairerer Offizier als jeder Wahrgeborene, den ich je getroffen habe.«

Der Lehrmeister bedeutete Lenore Shi-Lu erneut, die Befragung zu beenden. Sie schien erfreut, ihm mitteilen zu können, daß sie keine weiteren Fragen hatte.

Anschließend führte Beck Qwabe ein kurzes Verhör mit Hengst durch, in dem er deutlich machen wollte, daß Aidan den Respekt seiner Krieger besaß und besonders im Kampf um das Pershaw-Bluterbe tapfer gekämpft hatte. Innerlich war Aidan davon überzeugt, daß Hengsts positive Aussagen auf das Urteil des Konklave keinerlei Auswirkungen haben konnten. Für die hier versammelten Blutnamensträger waren Hengsts Worte nicht mehr als das unflätige Gestammel einer Freigeburt.

»Sterncolonel Kael Pershaw, du hast die Tapferkeit Sterncommander Aidans während des Gefechts gegen Clan Wolf gut beschrieben«, stellte Lenore Shi-Lu fest. Sie hatte Pershaw eine lebendige, detailreiche Beschreibung der Kämpfe entlockt. »Du hast ihm nicht nur die

Verantwortung für die Tat zugesprochen, die den Kampf entschieden hat, sondern auch für die Strategie, die schlußendlich den Sieg brachte.«

»Das ist korrekt.«

»Aber nur Tage vorher hattest du diesem selben Mann das Symbol tiefster Schande, die schwarze Schärpe, umgehängt, nachdem er sich, wie du ausgesagt hast, geweigert hatte, Surkai zu leisten. Warst du nicht beschämt, diesem widerspenstigen Krieger eine so herausragende Rolle in diesem Gefecht zu übertragen?«

Kael Pershaw hatte nicht erwartet, den eigenen Namen in einem Aufwasch mit Aidans Verbrechen genannt zu hören. Er war ein loyaler Clansmann, der hierhergekommen war, um *gegen* ihn auszusagen. Normalerweise nahm er sein Recht, als Blutnamensträger am Konklave teilzunehmen, nicht wahr.

»Die Umstände verlangen häufig Improvisation. Das weiß jeder Kommandeur im Feld.« Er starrte Lenore Shi-Lu an, wie um anzudeuten, daß sie kein echtes Verständnis der Handlungsweise eines Kriegers im aktiven Dienst haben konnte. Sie hatte ihre Ausbildung mit außergewöhnlichem Erfolg abgeschlossen, war aber von Khan Elias Critchell augenblicklich in seinen Befehlsstab berufen worden, wo sie zu seinen höchstrangigen Beratern zählte. Sie hatte kaum Kampferfahrung.

»Sterncommander Aidans Plan hatte Vorteile«, erklärte er im Kommandeurston. »Er nutzte die Tatsache aus, daß wir unbekannte Kämpfer besaßen, die im Sumpf vor normalen Ortungsmethoden geschützt waren, und sich die Einheiten Clan Wolfs über das Schlachtfeld verstreut hatten. Dadurch wurde Clan Wolf von zwei Seiten angegriffen — und zusätzlich durch Elementare ›von unten‹. Woher der Gefechtsplan stammt, ist von geringerer Bedeutung als das Urteil des Kommandeurs. Ich habe den Plan als Kommandeur der Einheit gebilligt und übernommen. Ohne mich hätte er nicht durchgeführt werden können. Das ist die Art von Improvisation unter Gefechtsbedingungen, von der ich spreche, Inquisitorin.«

Lenore Shi-Lu hatte schon genügend Konklaveverhöre geführt, um zu erkennen, wenn ihr jemand erfolgreich Kontra bot. Sie neigte leicht den Kopf in Anerkennung.

Während seines Verhörs kehrte Beck Qwabe zu dem Konflikt mit Clan Wolf zurück. »Du meinst also, daß Sterncommander Aidans Kampfleistungen und seine Strategie ihn nicht unbedingt dazu qualifizieren, sich um einen Blutnamen zu bewerben?«

»Nein, das tun sie nicht. Sie sind nicht mehr und nicht weniger, als ich von jedem Krieger unter meinem Befehl erwarte.«

»Trotzdem hast du seinen Anspruch, um den Blutnamen zu kämpfen, bestätigt.«

»Er hat aufgrund seiner matrilinearen Abstammung das Recht dazu. Sein beklagenswertes Leben hat darauf keinerlei Auswirkung. Ich war gezwungen, den Anspruch zu bestätigen.«

Der Lehrmeister unterbrach das Verhör. »Beck Qwabe, es ist nicht notwendig, näher auf die Bestätigung des Anspruchs dieses Kriegers auf einen Blutnamen einzugehen. Es sind weder seine Leistungen als Krieger noch seine matrilineare genetische Abstammung, über die dieses Konklave entscheiden soll. Wir befassen uns nur mit den Umständen, unter denen Sterncommander Aidan das Privileg des Kriegerstatus erworben hat. Das Konklave muß über sein Recht auf diesen Status befinden, bevor es ihm erlaubt werden kann, um einen Blutnamen zu kämpfen.«

»Ich nehme die Zurechtweisung an, Lehrmeister«, entschuldigte sich Qwabe. »Ich möchte nur feststellen, daß Sterncommander Aidans Kodax unbefleckt ist, selbst wenn für seinen Charakter etwas anderes gelten mag.«

»Ein sehr würdiges Ziel, Beck Qwabe. Bitte fahr fort.«

In seinen abschließenden Aussagen wies Kael Pershaw darauf hin, daß Sterncommander Aidan trotz seiner Leistungen schwierig zu kontrollieren und zu disziplinieren war.

»Kael Pershaw«, fragte Lenore Shi-Lu bei ihrer zweiten Befragung, »findest du, daß Sterncommander Aidans erster, fehlgeschlagener Test gelten, der zweite Test für ungültig erklärt und er zum Tech zurückgestuft werden sollte? Du zögerst. Warum?«

»Bei allem Respekt, Lenore Shi-Lu, muß ich feststellen, daß ich Sterncommander Aidan verachte. Trotzdem bereitet deine Frage mir Schwierigkeiten. Wenn er seine Pflichten als Krieger effektiv erfüllt hat, und dieser Ansicht bin ich, sollte dann sein Kodax einfach gelöscht werden?«

»Ich finde, hier sollte ich die Fragen stellen, Sterncolonel.«

»Und ich sollte ehrlich antworten, frapos? Und ich glaube, Sterncommander Aidan hat seine Pflichten fähig und, wie schon erwähnt, tapfer erfüllt. Er war ein Krieger. Ob er diesen Status betrügerisch erworben hat oder nicht, seine Taten können ihn bestätigt haben. Ich bin hierhergekommen, um ihn zu verurteilen, aber ich muß zugeben, daß die einzigen dunklen Punkte in seiner Akte unter meinem Kommando auf seine Persönlichkeit zurückgehen, nicht auf sein Handeln. Ich beginne mich zu fragen, ob nicht der zweite Test das gültigere Ergebnis erbracht hat.«

Lenore Shi-Lu spürte wieder, daß seine Aussage ihr zum Nachteil gereichte, und entließ Kael Pershaw, der seinen Sitz im Konklave wieder einnahm. Aidan studierte ihn, so gut er es auf diese Entfernung konnte. Er fand in seiner Miene keinerlei Hinweis darauf, warum er Aidans Sache plötzlich unterstützt hatte. Wahrscheinlich würde er auch nie einen finden.

Dann traten noch ein paar Charakterzeugen auf, die Ter Roshaks militärische Laufbahn bezeugten, bevor der Prozeß in die nächste Phase überging: das Verhör der Angeklagten. Joanna atmete tief durch, als sie ihren Namen hörte.

25

Lenore Shi-Lu führte Joannas Verhör mit peinlichster Genauigkeit durch. Fast alle Fragen, die sie und der Verteidiger stellten, stammten von Konklavemitgliedern und wurden über Computerschirme übermittelt. Die Fragen spiegelten die Sorgen der Krieger im Bezug auf diese delikate Angelegenheit wider. Die Aufgabe der Inquisitorin bestand darin, sie in eine Form zu bringen, die ihre Schlagkraft maximierten. Lenore Shi-Lu erwies sich dieser Aufgabe mehr als gewachsen. Es dauerte nur Minuten, bis ihre höflich formulierten Fragen Joanna auf die Nerven gingen, aber sie machte sich klar, daß alle Fragen diesen Effekt haben mußten, wenn sie sich häuften. Ihre Aussage fiel ihr besonders schwer, weil sie, auch ohne sich umzudrehen, die schweren Blicke Aidans und Ter Roshaks auf sich ruhen fühlte.

Ter Roshak hatte den vorhergegangen Abend damit zugebracht, an einem Tagebuch zu schreiben, das er seit seiner Kadettenzeit führte. Auf diesen Seiten formulierte er seine Gedanken aus.

Er schrieb, daß seine Laufbahn als Clan-Krieger beendet war, was auch geschehen mochte. Selbst im unwahrscheinlichen Fall, daß das Clan-Konklave ihn von allen Vorwürfen freisprach, würde er nicht in seinen alten Rang als Falknerkommandeur zurückkehren können. Der Hauch des Zweifels und Mißtrauens, der ihm überallhin folgen würde, hätte seine Autorität untergraben, und das konnte er nicht zulassen.

Und inzwischen war er zu alt, um in den aktiven Dienst als Krieger zurückzukehren. Alt zu sein, war die einzige unverzeihliche Sünde bei den Clans, und nur wenigen war es gelungen, sie zu überwinden.

Er konnte um die Abstufung in eine niedrigere Kaste bitten, um sein restliches Leben mit sinnvoller Arbeit auszufüllen und ein Handwerk zu lernen. Aber welcher echte Krieger konnte das akzeptieren? Gab es Ruhm zu erringen durch das Nachstellen einer Eichung oder beim Töpfern eines Krugs?

Nein, auf ihn wartete nur noch der Tod. Und er hatte vor, ihm mit der Willensstärke und dem Kampfgeist eines echten Clan-Kriegers gegenüberzutreten. Dieser Prozeß war nur eine Folter, die es zu ertragen galt. Er kannte das Ergebnis, beinahe exakt. Oh, es war durchaus möglich, daß ein paar Konklavemitglieder im letzten Moment anders stimmten, aber das konnte die Sachlage kaum ändern.

In den Tagen vor dem Prozeß hatte Roshak mit allen Blutnamensträgern gesprochen, die er kannte, besonders mit denen, die ihm Gefallen schuldeten. Er hatte einige von ihnen von der Unabwendbarkeit des Urteils überzeugt und ihnen erklärt, daß er das Maß der Entehrung reduzieren wollte, um entsprechende Maßnahmen treffen zu können. Wenn es ihm gelang, die Abstimmung auf ein Verhältnis von drei zu eins, oder zumindest vier zu eins zu reduzieren, konnte er seinen Plan angehen, die einzige verbliebene Möglichkeit für ihn, sein Leben mit einem gewissen Gefühl von Ehre zu beenden, und das einzige Geheimis, das er nicht einmal seinem Tagebuch anvertrauen konnte.

Was immer im Konklave geschieht, so schrieb er, das Leben des Ter Roshak ist vorüber. Es besteht kein Bedarf mehr für ein Tagebuch.

Als er den letzten Band seines Tagebuchs geschlossen hatte, nahm er die vielen Bände, die er im Verlauf der Jahre mit seinen Gedanken gefüllt hatte, und warf sie, einen nach dem anderen, in das Feuer, das er außerhalb seiner Unterkunft entzündet hatte. Zuzusehen, wie die Flammen die Seiten verzehrten, schien wie ein Logenplatz bei der Zerstörung seines Lebens. Jede dieser Seiten war ein Stück Zeit. Wenn sie in Flammen aufging, verschwand die Zeit, als hätte die Hand eines unsichtbaren Gottes sie ausgelöscht. Es gab keinen

Gott, dachte Roshak, weder sichtbar noch unsichtbar. Oder vielleicht war er, Ter Roshak, der Gott. Er zog eine gewisse Befriedigung daraus, sein endgültiges Urteil über das Leben eines seiner fehlbaren Untertanen vollstreckt zu sehen. Die Seiten drehten sich nicht unterwürfig ein und ergaben sich dem Feuer. Vielmehr tanzten sie, wie der Mann, der sie beschrieben hatte, in den Flammen, als wollten sie sich ihnen widersetzen.

Ter Roshak hatte nicht erwartet, Sterncaptain Joanna als Zeugin zu sehen. Ihre Rolle bei der Täuschung war so klein gewesen, nicht mehr als die eines Botenmädchens, daß er Bedauern darüber empfand, daß sie ebenfalls angeklagt worden war. Aber mit ihrer Schläue und ihrem angeborenen Mißtrauen hatte sie gerade genug von seinem Täuschungsmanöver aufgedeckt, um die Anklage zu rechtfertigen. Sie hätte ihn schon damals melden sollen, aber sie hatte es nicht getan, und dafür würde ihre Karriere ebenso ein Ende finden wie seine und Aidans.

Es sei denn, sein neuer Plan funktionierte. Es *bestand* eine geringe Chance, aber sein Ziel war nicht der Sieg. Er wollte nur sterben, auf dieselbe Weise, wie er gelebt hatte. Als Krieger. Der Tod als Krieger bedeutete ihm mehr als jede vergangene Leistung, und sicherlich mehr als ein Betrug.

»Sterncaptain Joanna, du wußtest, daß Sterncommander Aidan eine zweite Chance erhielt, frapos?«

»Das weißt du sehr genau.«

Der Lehrmeister unterbrach das Verhör. »Deine Antworten dürfen weder sarkastisch noch beleidigend oder zornig ausfallen, Sterncaptain Joanna.«

Sie schaute zum Lehrmeister hinüber. Seinen Namen kannte sie nicht. Er war alt für einen Krieger, mit grauen Strähnen im Haar und müden Augen.

»Ich bitte um Verzeihung, Lehrmeister. Ich habe keine Respektlosigkeit beabsichtigt. Ich werde meine Worte mit mehr Sorgfalt wählen.«

»Danke, Sterncaptain Joanna.«

»Was wußtest du zum betreffenden Zeitpunkt?« fragte Lenore Shi-Lu.

»Ich wußte, daß er eine zweite Chance erhielt. Ich habe ihn darauf vorbereitet, die Rolle einer Freige ... eines Freigeborenen zu spielen. In den letzten Tagen seiner Ausbildung war ich die Falknerin seiner Einheit. Außerdem führte ich den BattleMech, der seinen Test beendete, nachdem er den erforderlichen Abschuß erzielt hatte.«

»Dann läßt es sich ohne Übertreibung feststellen, daß du an dem Betrug beteiligt warst, frapos?«

»Pos. Ohne jede Übertreibung, Inquisitorin.«

»Wie rechtfertigst du deine Verheimlichung der Fakten?«

»Als Gehorsam. Ich habe die Befehle Falknercommander Ter Roshaks befolgt. Außerdem hatte er von mir einen Geheimhaltungsschwur verlangt, noch bevor ich wußte, was er plante.«

»Als du entdeckt hast, daß Ter Roshaks Befehle auf einem Betrug basierten, ist es dir nicht in den Sinn gekommen, daß dich diese Tatsache von deinen Gehorsams- und Geheimhaltungsschwüren entband?«

»Nein. Schwüre sind dazu da, gehalten zu werden.«

»Gibt es nicht einen höheren Schwur — den deinem Clan gegenüber?«

Joanna fühlte sich von Lenore Shi-Lus Vorhaltung in die Enge gedrängt. »Inquisitorin, ich kenne die Theorien über den höheren Schwur, und ich habe häufig darüber nachgedacht. Aber ich wollte nicht zusehen müssen, wie ein fähiger Offizier unterging, dessen Leistungen als Falkner meiner Ansicht nach unübertroffen sind. Ich war der Ansicht, daß Ter Roshaks Fähigkeiten über dem höheren Schwur lagen, und dieser Ansicht bin ich noch.«

Joannas Bemerkung ließ Ter Roshaks Augenbrauen in die Höhe schnellen. Er hatte gewußt, daß sie über viele Kriegerqualitäten verfügte, aber Loyalität hatte er nicht darunter vermutet.

»Du hast eine einzigartige Ansicht der Clanphilosophie, Sterncaptain Joanna.«

»Vielleicht liegt es daran, daß ein Krieger im Feld gegen Abschaum …«

»Sterncaptain Joanna!« schrie der Lehrmeister, und sie entschuldigte sich hastig.

»Ich glaubte, das Richtige zu tun«, stellte sie ruhig fest.

»Aus purer Loyalität.«

»Nein, nicht nur aus Loyalität. Mir war klar, daß Sterncommander Aidan kein echtes Kriegerleben führen konnte, indem er sich als Freigeburt ausgab. Selbst wenn er durch seine Qualifizierung die Regeln brach, konnte er nicht mit einer Belohnung rechnen, wenn man berücksichtigt, welche Art von untergeordneten Packeselmissionen sein Schicksal werden mußte und auch geworden ist. Ich sah keinen Schaden darin, solange er keinen Schaden anrichten konnte. Ich habe den Schaden, den er angerichtet hat, nicht vorausgesehen.«

»Schön formuliert, Sterncaptain. Aber wie deine erzwungene Anwesenheit hier beweist, war dein Handeln zumindest fragwürdig, frapos?«

»Pos.«

»Findest du, daß Sterncommander Aidan des Blutnamens würdig ist, um den er sich bewerben will?«

»Bei allem Respekt, Inquisitorin, ich war der Ansicht, daß seine Blutnamenswürdigkeit in diesem Prozeß keine Rolle spielt.«

Lenore Shi-Lu lächelte. »Du hast recht, Sterncaptain. Aber die meisten Mitglieder des Konklave möchten es wissen. Trotzdem ziehe ich die Frage zurück. Laß mich dir eine andere Frage stellen, die ebenfalls viele Konklavemitglieder bewegt. Hältst du Ter Roshaks Aktionen in irgendeiner Weise für gerechtfertigt?«

»Nein!«

»Du hast keine Sympathie für seine Unterstützung eines Kriegerkandidaten, von dem er anscheinend glaubte, er habe seine Prüfung durch einen unglücklichen Zufall verloren?«

»Nein! Ungeachtet seiner bemerkenswerten Fähigkeiten hatte Sterncommander Aidan versagt. Wenn ein Kadett versagt, erhält er keine zweite Chance. Das ist das Wesen des Clans.«

»Aber er hat eine zweite Chance erhalten und sich gut geschlagen, frapos? Warum sagst du nichts? Wären die Verteidiger von Station Glory ohne die Tapferkeit Sterncommander Aidans nicht besiegt worden?«

»Das wären sie. Aber vielleicht wäre das besser gewesen.«

»Oh? Das mußt du erklären.«

»Die Schande, die er über den Rest der Krieger von Station Glory gebracht hat, kann der Sieg kaum aufwiegen.«

»Du hältst eine Niederlage aus, sagen wir, ethischen Gründen für besser als einen Sieg? Eine interessante Ansicht, Sterncaptain.«

»Ich weiß nichts von Ethik. Ich sehe nur die Schande.«

»Du hast deine Meinung ehrlich dargelegt, Sterncaptain Joanna. Ich habe keine weiteren Fragen.«

Beck Qwabes Verhör war kurz und oberflächlich. Er hatte offensichtlich nicht die Absicht, die Konklavemitglieder noch weiter mit Joannas ungewöhnlichen Antworten zu verwirren, die zum größten Teil ohnehin eher die Argumentation der Gegenseite stützten. Und im Augenblick schien die beste Möglichkeit einer erfolgreichen Verteidigung in panikartigem Rückzug zu liegen.

Als Joanna auf ihren Platz zurückkehrte, rief der Lehrmeister Aidan in den Zeugenstand. Als Aidan sich erhob, war seine Miene bemerkenswert gelassen.

26

Aidan wußte nicht, wie die Verhandlung enden würde, aber er vertraute darauf, daß die Rechtmäßigkeit seiner Sache den Sieg erringen mußte. In einem der Bücher seiner geheimen Bibliothek befand sich ein Gedicht über einen alten, längst vergessenen Helden, der über die Kraft von zehn Männern verfügte, weil sein Herz rein war. Aidan konnte sich der Reinheit seines Herzens nicht sicher sein, aber er fühlte sich ungemein stark.

Als Lenore Shi-Lu auf ihn zukam, dachte er, was für ein ungleiches Paar sie waren — er so groß, sie so klein. Er blickte auf sie hinab und verspürte eine seltsame Zuneigung. Es war natürlich nicht das erstemal, daß er sich von einer Frau angezogen fühlte. Da waren Marthe, Peri und noch eine Reihe anderer gewesen, die er nur kurz gekannt hatte. Aber diesmal schien es etwas anderes zu sein. Diese Frau hielt sein Schicksal in den Händen. Er hätte sie weder respektieren noch sich von ihrer sexuell angezogen fühlen dürfen, und doch war beides der Fall.

Als Lenore Shi-Lu auf den Computerschirm blickte, nutzte Aidan die Gelegenheit, die Zuhörerschaft nach Marthe abzusuchen. Sie war noch immer an ihrem Platz und sah unbewegt auf ihn herab. Und sie wendete den Blick nicht ab. Er wünschte sich, mit ihr reden zu können.

»Sterncommander Aidan«, sprach Lenore Shi-Lu ihn abrupt an und riß ihn aus seiner Träumerei. Die Lautstärke und Autorität ihrer Stimme spülte seine Gefühle davon. »Geht es dir gut?«

»Mir geht es ausgezeichnet.«

»Einen Augenblick lang schienst du mir abwesend. Bevor ich mit dem Verhör beginne, möchte der Lehrmeister mit dir reden. Lehrmeister?«

Der Lehrmeister blickte zu Khan Elias Crichell, der

mit einem Nicken seine Zustimmung ausdrückte. »Mit der Autorisierung des Khans habe ich eine formelle Befragung der Mitglieder dieses Konklave durchgeführt«, verkündete der Lehrmeister. »Das Ergebnis dieser Befragung zeigt, daß das Konklave bereit ist, alle Anklagen gegen dich fallenzulassen, einschließlich der Anklage des Verrats, sofern du eine Bedingung erfüllst.«

Der Lehrmeister hielt einen Augenblick inne, um seinen Worten Gewicht zu verleihen. »Wenn du deinen Anspruch auf die Zulassung zum Wettbewerb um einen Blutnamen aufgibst, sind wir bereit, die meisten anderen Übertretungen zu entschuldigen. Bevor du antwortest, muß ich dieses einzigartige Angebot erklären. Khan Elias Crichell ist bereit, deinen Kriegerstatus zu bestätigen, solange du keinen Blutnamen beanspruchst. Er hält dies für einen würdigen Kompromiß, der deine Pflichterfüllung als Krieger anerkennt und gleichzeitig die betrügerische Weise berücksichtigt, mit der du diesen Status erlangt hast. Außerdem ist er der Ansicht, daß du ohne Rücksicht auf deine Abkunft mit dem Versagen in deinem ersten und einzig offiziellen Test das Recht auf den Kampf um ein Blutrecht verwirkt hast. Er hält dich für einen schätzenswerten Krieger, der die obersten Befehlsränge erreichen kann. Solltest du jedoch einen Blutnamen gewinnen, würdest du ihn mit einem ernsthaften Makel beflecken. Mehr als zwei Drittel der anwesenden Blutnamensträger stimmen dieser Einschätzung zu. Wie lautet deine Antwort, Sterncommander Aidan?«

Aidans Ruhe war mit einem Schlag dahin. Er wollte seine Wut hinausbrüllen. Im nächsten Augenblick erinnerte er sich an seinen Schwur, sich würdig zu betragen. Er wollte diesen Kriegern keine Befriedigung verschaffen, indem er auf irgendeine Weise die Ansicht bestätigte, ihm hafte ein Makel an, er sei ein Betrüger oder ein solcher Feigling, daß er dieses beleidigende Angebot annahm.

»Bei allem Respekt, den ich dir, Lehrmeister, allen hier versammelten Kriegern und dem geehrten Khan Elias Crichell gegenüber empfinde, kann ich dieses Angebot nicht annehmen.«

Der Rest seiner Erklärung wurde von dem augenblicklich ausbrechenden Tumult verschluckt. Manche Krieger erhoben sich von ihren Plätzen und schüttelten die Fäuste. Einige wenige versuchten, über ihre Tische zu klettern und auf ihn loszustürzen. Andere begnügten sich damit, ihr Mißfallen hinauszubrüllen. Er hörte ihre Rufe als eine einzige lange Botschaft in zahlreichen, ineinander übergehenden Stimmen: »Freigeburt! Du bist eine Schande für ... Recht hast du, den ... entehren ... gewürgt, bis dein Gesicht blau ... Gedärme herausgerissen und von wilden ... wagen, das großzügige Angebot des Khans ... in tausend Stücke gehackt und ...«

Der Lehrmeister mußte sein ganzes Können aufbieten, um die Versammlung zu beruhigen. Es dauerte einige Zeit, während der Aidan wortlos dastand, ohne jemand im besonderen anzusehen. Aber er senkte den Blick auch nicht.

Joanna war beeindruckt. Aidan schaffte es immer wieder, sie zu überraschen, und bisher war dies einer der stärksten Schocks. Beinahe bewunderte sie ihn dafür. Das Angebot, wenn auch großzügig formuliert, war absurd und beleidigend. Wie hätte irgendein wahrgeborener Krieger es annehmen können? Von dem Augenblick, in dem ein Wahrgeborener aus dem Kanister fiel, wurde er darauf vorbereitet, sein Schicksal zu erfüllen, mit besonderem Gewicht auf kriegerische Leistungen und einem einzigen Ziel: einen Blutnamen zu gewinnen und sich in den heiligen Genfundus einzubringen.

Die Geste des Konklave war politischer Natur, ein Versuch, die Clanführung aus einem ernsthaften Dilemma zu befreien. Aber mit seiner Weigerung hatte

Aidan sich wahrscheinlich dem Untergang geweiht. Jetzt würde die Stimmung noch deutlicher gegen ihn ausschlagen. Der Khan hatte ihn in die Enge getrieben und der Abstimmung ein Ziel gegeben. Das Konklave würde Aidan daran hindern, sich um einen Blutnamen zu bewerben. Khan Elias Crichell war für seine geschickten politischen Schachzüge bekannt, und gerade hatte er ein weiteres Meisterstück abgeliefert.

Einige Krieger wanden sich noch immer erregt auf ihren Plätzen und unterhielten sich in zornigem Flüsterton, aber der Saal fand langsam zur Ruhe. Lenore Shi-Lu begann mit dem Verhör. Ihre ersten Fragen betrafen biographische Einzelheiten, die Aidan knapp und emotionslos lieferte.

»Sterncommander Aidan«, ging sie plötzlich und ohne vorbereitende Fragen zum Angriff über, »als du hier auf Ironhold die Rolle des Freigeborenen spieltest, warst du dir bewußt, daß Ter Roshak die Clangesetze verletzt hatte?«

»Ich hätte eigentlich keine zweite Chance bekommen dürfen.«

»Aber als sie dir angeboten wurde, hast du sie ergriffen, frapos?«

»Pos. Ich wollte ein Krieger werden. Der erste Versuch ist nur aufgrund meines Wagemuts fehlgeschlagen. Sonst hätte ich meinen Test bestanden.«

»Du sagst, du hättest gewonnen, wenn du anders vorgegangen wärst. Aber wie kann ein Clan-Krieger *zu* wagemutig sein? Kannst du das beantworten?«

»Nein. Das kann ich nicht. Ich habe mich falsch ausgedrückt. Ich habe als Kadett verloren, weil ich es nicht anders verdient hatte. Das akzeptiere ich.«

»Ebenso leicht wie du deinen zweiten Test akzeptiert hast.«

»Ich schätze, so kann man es ausdrücken. Inquisitorin, ich bin jetzt seit einiger Zeit Krieger. Als Krieger kann ich zurückblicken und feststellen, daß ich ehrlicherweise die zweite Chance nicht hätte erhalten dürfen. Aber ich glaube auch, daß es für den Clan zu spät ist, mir den Status wieder abzuerkennen. Ich habe den Jadefalken gut gedient, und zwar als Krieger.«

»Dann tritt in deiner Einschätzung Pragmatismus an die Stelle eines korrekten Verfahrens, frapos?«

»Pos. Was auch immer hier geschieht, ich bin ein Krieger.«

Obwohl er nur leise sprach, hallten Aidans Worte durch den Saal. Auf den Rängen brach augenblicklich neuer Protest aus.

Aidan stand allein und ruhig im Zentrum des Sturms. Gegen ihren Willen mußte Joanna ihn bewundern.

Auf eine gewisse Weise hatte er recht. Seine Art des Widerstands, der Standhaftigkeit, des Beharrens auf dem eigenen Standpunkt um jeden Preis — auch das war Teil des Clans. Die Weigerung zurückzustecken gehörte ebenso zum Wesen des Clans wie alle Rituale und Gebräuche. Aidan steckte nie zurück. Wie konnte jemand von ihm erwarten, es jetzt zu tun und die Art seiner Berufung in den Kriegerstatus zu widerrufen? Derartige Überlegungen hätten einige der versammelten Krieger wütend gemacht, aber für Joanna ergaben sie einen Sinn.

Auf seltsame Art ist Aidan mein Verbündeter, dachte sie. Wir beide ähneln uns. Vielleicht hasse ich ihn deshalb mehr als jeden anderen. Und vielleicht scheint mein Schicksal deshalb mit dem seinen verwoben.

Aidans Antworten auf Lenore Shi-Lus weitere Fragen waren belanglos. Nein, er hatte nicht gewußt, wie Ter Roshak die Ereignisse manipuliert hatte, die zu seiner zweiten Chance führten. Ja, er hatte dunkle Machenschaften vermutet und Ter Roshak mit seinem Verdacht konfrontiert. Nein, Ter Roshak hatte Aidan gegenüber nichts von Bedeutung zugegeben. (Praktisch alle Anwesenden wußten, daß Ter Roshak viel zu gewieft war, um einen solchen Fehler zu begehen.) Ja, der Positionstest war fair abgelaufen, und er hatte den Kriegerstatus durch eine überlegene Strategie erworben.

Beck Qwabes Fragen fügten Aidans Aussagen wenig hinzu. Als Aidan an seinen Platz zurückkehrte, blieb er gelassen; das Rumoren unterdrückten Hasses von den Rängen zeigte keine Spuren in seiner Haltung. Während der Befragung war er ebenso ruhig geblieben, eine Leistung, die bei Aidan ans Übermenschliche grenzte. Er wußte, was er tat, und als der Lehrmeister Ter Roshaks Namen aufrief, vermutete er bereits, was Ter Roshak tun würde.

Der Falkner stand auf. In kerzengerader Haltung, mit militärisch zurückgezogenen Schultern wirkte er zum ersten Mal wieder wie der Roshak alter Zeiten.

27

»Wie bitte? Habe ich das richtig verstanden, Ter Roshak? Willst du uns tatsächlich erzählen, deine Motive für das Verbrechen, dessen du beschuldigt wirst, seien ehrenhaft und gnädig gewesen?«

Der normalerweise über den Dingen stehende Lehrmeister konnte die Ungläubigkeit in seiner Stimme nicht verbergen. Er hatte Lenore Shi-Lus Verhör abrupter und unhöflicher unterbrochen, als es für ihn üblich war.

»Das ist korrekt, Lehrmeister.«

»Ter Roshak, als Blutnamensträger mit einer ausgezeichneten Kampfgeschichte bist du berechtigt, deine Verteidigung vorzutragen, obwohl ich nicht sehen kann, wie die von dir vorgeschlagenen Begriffe dein Handeln rechtfertigen können.«

»Wenn du mir Gelegenheit gibst, es auszuführen, Lehrmeister?«

»Ich bitte darum.«

Roshak blickte zu den Rängen der Jadefalken-Krieger auf, die sich zum größten Teil mit zweifelnder Miene vorbeugten.

»Im Verlauf dieser Verhandlung ist wiederholt festgestellt worden, daß ich Kadett Aidans zweiten Test aufgrund eines besonderen Potentials arrangiert habe, das ich in ihm erkannte. Ich habe dieses Potential tatsächlich erkannt, aber für sich genommen war das nicht ausreichend, um einen Bruch der Clangesetze zu rechtfertigen, wie er für eine zweite Chance notwendig war. Ich habe schon zu viele Kadetten mit ebensoviel Potential in niederen Kasten oder als Leichen auf einem verwüsteten Schlachtfeld enden sehen. Außerdem wurde Kadett Aidans Potential von seinen übertrieben selbstsicheren, voreiligen, beinahe arroganten Taktiken fast völlig aufgehoben. Zu großer Wagemut kann gelegentlich zu beeindruckenden individuellen Heldentaten führen, aber viel wahrscheinlicher folgt daraus ein zu niedriges Gebot und eine daraus resultierende beschämende Niederlage. Bei seinem offiziellen Test kam er der Qualifikation nahe, aber sein Schicksal wollte es anders. Ich bin schon lange der Ansicht, daß die Clans manchen Kadetten einen zweiten Test zugestehen sollten, aber nur die außergewöhnlichsten Gründe konnten mich dazu bewegen, gegen die Gesetze und Gebräuche des Clans zu verstoßen.«

»Wir warten mit angehaltenem Atem darauf, diese außergewöhnlichen Gründe kennenzulernen«, kommentierte Lenore Shi-Lu trocken. »Bitte beschränke dich in deinem Vorwort auf die wichtigsten Punkte und komm zu den Fakten, um die es hier geht.«

»Ich bitte um Verzeihung. Ich wollte bei meiner Aussage dieselbe Gründlichkeit an den Tag legen, durch die sich die Fragestellung der Inquisitorin auszeichnet.«

»Schmeichelei ist eine Schwäche der Inneren Sphäre, Ter Roshak. Bitte verzichte darauf.«

»Sicher. Aber ich muß noch ein kleine Vorbemerkung loswerden, wenn es gestattet ist. Für diesen Fall ist von Bedeutung, daß ich vor meiner Aufgabe als Falkner unter Ramon Mattlov diente, einem der größten Galaxiscommander in der Geschichte der Jadefalken.«

Lenore Shi-Lu gab etwas in die Tastatur des Computerterminals auf dem Haupttisch ein und betrachtete den Monitorschirm. »Mattlov ist der Genvater von Sterncommander Aidans Geschko, frapos?«

»Pos. Ramon Mattlov war ein großer Held im Leben, und ich sah ihn als großen Held sterben. Als ich aus dem Kriegsdienst ausschied und den Befehl über das Ironhold-Ausbildungszentrum übernahm, habe ich ihm meine Arbeit gewidmet. Meine Gedanken waren häufig bei Ramon Mattlov, während ich meine Pflichten erledigte. Ich bedachte seine Ansichten, wenn ich Entscheidungen zu fällen hatte, und bei meinen Besprechungen mit den Falknern wiederholte ich Ramon Mattlovs Ansichten und Grundsätze häufig wörtlich. Es gab Zeiten — und ich muß das Konklave um Verzeihung dafür bitten, daß ich in dieser offiziellen Sitzung solche unclangemäßen Gedanken zum Ausdruck bringe —, in denen ich beinahe glaubte, Ramon Mattlov zu *sein*. Ich putzte einen Kadetten herunter, so wie er es getan hätte, ich demonstrierte eine Gefechtstaktik, so wie er sie mir demonstriert hatte, ich führte überraschende Inspektionen ebenso brutal durch, wie er es getan hatte.«

Vielleicht, dachte Joanna, hast du dich auch bis zum Umfallen besoffen, genau wie Ramon Mattlov, deine Untergebenen mißhandelt, genau wie Ramon Mattlov, dich närrisch gegen dein Schicksal aufgelehnt, genau wie Ramon Mattlov.

Ausnahmsweise wirkte Lenore Shi-Lu unsicher. Sie sah sich ratsuchend zum Lehrmeister um, aber dessen Aufmerksamkeit war so auf Roshak konzentriert, daß er ihren stummen Hilferuf nicht bemerkte. Schließlich drehte sie sich wieder zu Roshak um. »Ich bin wohl etwas schwer von Begriff, Falknercommander, aber vielleicht kannst du mir erklären, was diese — darf ich es Besessenheit nennen? — in bezug auf Ramon Mattlov mit der Anklage und dem Thema dieser Versammlung zu tun hat?«

»Es wird gleich deutlich werden.«

»Das beruhigt mich. Bitte, fahre fort.«

Roshak zögerte einen Augenblick und schien in Gedanken versunken. In Wahrheit ordnete er sie, um sie in militärischer Präzision an den Konklavemitgliedern vorbeiparadieren lassen zu können.

»An dem Tag, als Kadett Aidans Geschko auf Ironhold eintraf, glaubte ich, einen Geist zu sehen, als mein Blick auf den jungen Mann fiel. Es war, als stünde Ramon Mattlov wieder in Fleisch und Blut vor mir, nur etwas jünger als bei unserer ersten Begegnung. Oh, auch andere in der Geschko ähnelten meinem alten Kameraden. Das war nur natürlich in einer Gruppe mit demselben genetischen Hintergrund. Ein anderes Geschkind, eine junge Frau, ähnelte Ramon Mattlov ebenfalls gespenstisch. Sie ist heute unter uns, eine ehrbare Kriegerin, die sich das Recht auf einen Pryde-Blutnamen erkämpft hat.«

Ein paar Mitglieder der Versammlung sahen sich zu Marthe um, die keine Miene verzog.

»Aber in Kadett Aidan sah ich mehr als eine bloße Ähnlichkeit. Auf den ersten Blick hielt ich ihn fast für die Reinkarnation Ramon Mattlovs.«

Die versammelten Clan-Krieger raunten bei seiner letzten Bemerkung, die ihnen ein deutlicher Hinweis auf seinen Wahnsinn schien. Irresein war selten unter Clan-Kriegern, aber nicht völlig unbekannt.

»Kadett Aidan sah nicht nur aus wie mein früherer Kommandeur, er besaß seine Haltung, die trotzige Neigung der Schultern, die fest auf den Boden gepflanzten Füße, als sei er bereit zum Sprung. Keines der übrigen Geschkinder hatte diese Haltung. Als ich ihn mit Kadettin Marthe reden sah, neigte er den Kopf in ihre Richtung, exakt wie Ramon Mattlov es getan hatte, wenn er einen anderen Offizier instruierte.«

»Wirklich bemerkenswert, Falknercommander«, bestätigte Lenore Shi-Lu, »aber wie kann das deine spätere Handlungsweise rechtfertigen?«

»Geduld, Inquisitorin. An jenem Tag studierte ich Kadett Aidan insgeheim. Als ich in der Funktion seines kommandierenden Offiziers in seine Nähe kam, starrte ich ihm die Augen. Sie waren kühl und selbstbewußt, die Augen Ramon Mattlovs. Und nicht nur das, ich sah dieselbe Andeutung von Gefahr in ihnen. Bei der ersten Begegnung verabreichte der Ausbilder den Kadetten die übliche Tracht Prügel, die jede frisch eingetroffene Geschko verdient hat. Als Falknerin Joanna Kadett Aidan für die härteste Bestrafung auswählte, wehrte er sich verbissener als jeder andere Kadett, den ich je gesehen habe. Und auch darin glich er Ramon Mattlov.

Nachdem er zu Boden geschlagen worden war, stand er wieder auf. Schwer angeschlagen kämpfte er weiter. Er weigerte sich, die Niederlage zuzugeben. Wieder Eigenschaften Ramon Mattlovs. Ich hatte alle diese Qualitäten im Verlauf verschiedener Gefechte kennengelernt, die ich an Ramon Mattlovs Seite durchgestanden hatte, und jetzt sah ich seine wilde Verbissenheit wieder. Im Verlauf der Ausbildung wurde die Ähnlichkeit immer frappierender. Und die wichtigste Übereinstimmung war die mit Ramon Mattlovs Neigung für einen entscheidenden Schlag, und seine Weigerung, unter irgendwelchen Umständen eine Niederlage zu akzeptieren. Ramon Mattlov hat das Schlachtenglück mehr als einmal in einem Augenblick gewendet, in dem die meisten Krieger ihr Übergabeangebot formuliert hätten. Seine Taktiken waren so extrem, daß er häufig die Niederlage riskierte. Er machte Gebote unterhalb der benötigten Feuerkraft, oder wählte Taktiken, die so unorthodox waren, daß selbst erfahrene Kämpfer versuchten, ihn zu einer Änderung zu überreden. Aber er hatte Glück und erreichte meist sein Ziel. Er hatte sich lange vor seinem Tod im Gefecht das Recht erworben, sein Erbe in den heiligen Genfundus einzubringen.«

Roshak sah sich im Konklavesaal um, über den sich während seiner Grabrede für Ramon Mattlov Stille gesenkt hatte. Lenore Shi-Lu brach das Schweigen. »Fahre fort, Falknercommander.«

»Das war es, was meinem Wunsch Nahrung gab, Kadett Aidan erfolgreich zu sehen. Deshalb habe ich ihn gedrängt und angetrieben, und dafür gesorgt, daß meine Offiziere dasselbe taten. Seine Erfolge bei den ersten Tests wurden heruntergespielt, um ihn zu noch größeren Anstrengungen anzuspornen. Rückschläge wurden überbetont, damit er sie sich zu Herzen nahm und sich anstrengte, sie beim nächstenmal auszuschließen. In dieser Zeit hatte ich kaum direkten Kontakt mit ihm, aber ich erinnere mich an eine Gelegenheit, als ich ihm unerwartet begegnete, während er Wache schob. Einen Augenblick lang hielt ich ihn für Ramon Mattlov. An diesem Tag wußte ich, daß es eine Schande für das Angedenken Ramon Mattlovs gewesen wäre, wenn Kadett Aidan bei seinem Test versagte.«

»Ich bin mir nicht sicher, daß ich deinen Überlegungen folgen kann, Falknercommander«, unterbrach Lenore Shi-Lu. »Du weißt, der Clan lehnt metaphysische Gedankengänge ab. Wie hätten die sehr realen Leistungen Ramon Mattlovs durch einen Kadetten befleckt werden können, der ihm körperlich ähnelte?«

Zum erstenmal wirkte Ter Roshak entgeistert. »Du hast mich mißverstanden, Inquisitorin. Die Ähnlichkeit war *mehr* als nur körperlicher Natur. Ich hielt ihn für die Verkörperung all dessen, was Ramon Mattlov gewesen war. Das hieß, daß er potentiell der beste Krieger des Clans war. Als der junge Mann bei seinem Positionstest durchfiel, konnte ich es nicht akzeptieren. Er hätte gewinnen müssen. Jeder, der die Unterlagen und Bänder dieses Tests durchgeht, wird mir beipflichten müssen. Aber selbst dann hätte ich nicht eingegriffen, wenn Kadett Aidan — inzwischen AsTech Aidan — nicht bei der ersten Gelegenheit von Ironhold geflohen wäre und versucht hätte, auf eigene Faust sein Glück zu machen. Unter ähnlichen Umständen hätte Ramon Mattlov dasselbe getan. Das war der Punkt, an dem ich wußte, was ich zu tun hatte. Ich mußte dafür sorgen, daß ein neuer Test möglich wurde.«

»Und dazu«, unterbrach Lenore Shi-Lu wieder, »hieltest du es für notwendig, den Tod eines Freigeborenen zu arrangieren, um diesem Kadetten, den du so favorisiertest, eine neue Identität und eine zweite Testchance zu verschaffen?«

»Das ist im großen und ganzen korrekt.«

»Im großen und ganzen?«

Ter Roshak schien zu zögern, bevor er antwortete. »Ich habe den Tod des Freigeborenen nicht nur *arran-*

giert. Ich habe persönlich scharfe Sprengladungen in einem Trainingsminenfeld plaziert. Und als der freigeborene Kadett, dessen Platz Kadett Aidan einnehmen sollte, deren Detonationen als einziger überlebte, habe ich ihn umgebracht.«

Aidan war überrascht. Er hatte nicht geahnt, wie stark sich Roshak persönlich engagiert hatte.

»Wir sind für deine Ehrlichkeit dankbar, Falknercommander, aber der Tod ein paar freigeborener Kadetten hat wenig Einfluß auf diesen Fall. Die Frage hier lautet, *warum* du diesen Betrug begangen hast, nicht *wie.* Müssen wir davon ausgehen, daß all deine Aktionen Sterncommander Aidan gegenüber auf Loyalität zu Ramon Mattlov beruhten?«

»So knapp formuliert, mindert deine Feststellung die Schwere meiner Beweggründe, aber was du sagst, entspricht der Wahrheit. Loyalität ist das Wesen des Clans, und meine Loyalität zu Ramon Mattlov ließ alle anderen Erwägungen verblassen.«

»Loyalität zu einem *toten* Kommandeur, wie ich zu betonen gezwungen bin. Loyalität extremster Ausprägung. Sicher in gewisser Weise lobenswert, aber nicht wert, die Clangesetze zu brechen.«

Das zustimmende Raunen der Zuschauer schien Lenore Shi-Lus Feststellung zu unterstreichen.

»Wenn du dieser Ansicht bist, Inquisitorin, werde ich dir nicht widersprechen.«

»Warum nicht, Falknercommander? Du hast die Clangesetze gebrochen, warum widersprichst du dann nicht einer ihrer loyalen Dienerinnen?«

»Bei allem Respekt, Inquisitorin. Ich finde, ich habe meine Motive für die Handlungen, wegen derer ich hier stehe, dargelegt. Das Urteil wird folgen. Ich habe nichts mehr zu sagen.«

Ter Roshak sagte allerdings doch noch etwas, denn er mußte noch, wenn auch knapp, auf Beck Qwabes Fragen antworten, auch wenn seine vorhergehende Aussage sie bereits irrelevant gemacht hatte. Auch Qwabe war klar, wie die Sache ausgehen würde, und er führte nur ein symbolisches Kreuzverhör durch, bei dem er die Fragen stellte, die von den seiner Position zuneigenden Kriegern gestellt wurden. Zuerst war er überrascht gewesen, wie viele der Anwesenden die Angeklagten zu unterstützen schienen, aber dann hatte er gesehen, daß die meisten davon Ter Roshaks Generation angehörten — alternde Krieger in den letzten Dienstjahren. Roshak hatte ausstehende Schulden kassiert, dessen war sich Qwabe sicher. Die Abstimmung würde knapper ausfallen, als er ursprünglich erwartet hatte.

Nach Abschluß des Verhörs bat der Lehrmeister die Konklavemitglieder zur Abstimmung. Von den 493 Kriegern, die ihre Stimme abgaben, bezogen 372 Position gegen Ter Roshak und Aidan. Joanna, deren Fall separat behandelt wurde, fand Gnade bei 167 Kriegern, 326 stimmten für eine Verurteilung.

Der Lehrmeister hatte das Ergebnis kaum verkündet, als Aidan und Ter Roshak aufstanden. Als dienstälterer Offizier sprach Roshak zuerst.

»Ich nehme das Urteil dieses Konklave nicht an. Ich verlange einen Widerspruchstest.«

»Ich auch«, rief Aidan.

Der Khan nickte müde und winkte dem Lehrmeister. Die meisten der versammelten Krieger erkannten, daß das Gericht mit der Anfechtung des Urteils gerechnet hatte. Aidan spekulierte über die Wahrscheinlichkeit, daß Roshak alte Schulden bei seinen Kameraden eingeklagt hatte, um das Ergebnis auf ein akzeptables Verhältnis zu drücken. Eine schnelle Berechnung ergab, daß die Chancen beim Widerspruchstest drei zu eins gegen sie standen. Das war eine beträchtliche Überlegenheit, aber zumindest hatten sie eine Chance. Er hatte schon auf dem Hinweg geplant gehabt, das Urteil anzufechten, und damals hatte er eigentlich mit einem erheblich schlimmeren Kräfteverhältnis rechnen müssen.

Der Widerspruchstest stellte das Recht jedes Kriegers dar, ein vom Konklave gegen ihn ausgesprochenes Urteil auf dem Schlachtfeld anzufechten. Dieses aus den frühen Tagen der Clans stammende Ritual gestattete es dem Krieger, seine Sache zu beweisen, indem er gegen einige der besten verfügbaren Krieger des Clans antrat; die Anzahl seiner Gegner beruhte auf dem Ergebnis der Abstimmung. Bei einem Stimmenverhältnis von drei zu eins würden Ter Roshak und Aidan gegen sechs Krieger kämpfen müssen. Eine schwere Aufgabe, dachte Aidan, aber mit Können und einem entsprechend modifizierten Mech war es zu schaffen. Es war auf jeden Fall eine bessere Ausgangssituation als der Kampf gegen eine sechs- oder siebenfache Übermacht, der ihm ohne Ter Roshaks politisches Geschick sicher gewesen wäre.

Als der Lehrmeister die Bedingungen des Widerspruchstests verkündete, erstaunte Joanna alle, indem sie sich erhob und ums Wort bat.

»Ja, Sterncaptain Joanna?«

»Das gegen mich ausgesprochene Urteil ist ein Makel auf meinem Namen. Zwei Drittel der anwesenden Krieger sind der Ansicht, daß ich falsch gehandelt habe. Das kann ich nicht akzeptieren. Ich verlange, an dem Widerspruchstest teilzunehmen.«

»Aber Sterncaptain, deine Sache wurde in einer eigenen Abstimmung behandelt. Da nur zwei von drei Kriegern gegen dich gestimmt haben, bist du nicht verpflichtet, gegen eine dreifache Übermacht anzutreten.«

»Ich will es aber. Ich war an ihrem Handeln beteiligt. Ich werde mich reinwaschen. Und das Kräfteverhältnis ist für mich ohne Bedeutung. Was macht ein BattleMech mehr oder weniger schon aus?«

Die Gerichtsfunktionäre berieten sich, dann erklärte der Lehrmeister, der Test werde in zwei Tagen stattfinden. Die drei Verurteilten würden sich neun ihrer Richter in einem Mechgefecht stellen.

Als sie den Saal verließen, holte Aidan Ter Roshak ein. »Wann besprechen wir unsere Taktik?« fragte er.

»Du bildest dir wie üblich zuviel ein. Wir werden nichts besprechen. Ich habe nicht die Absicht, mit dir zusammenzuarbeiten. Warum hast du nicht den Mund gehalten, wie ich es dir befohlen hatte?«

»Das solltest du besser wissen als ich. Kein wahrer Krieger kann die Gelegenheit, einen Blutnamen zu gewinnen, ungenutzt verstreichen lassen. Ich muß ihn haben.«

»Was für ein Narr! Du wirst sterben, bevor die Blutrechtskämpfe beginnen. Es wird mir Vergnügen bereiten, dich auf dem Schlachtfeld sterben zu sehen. Lebwohl, Sterncommander Aidan. Wir werden nicht mehr miteinander reden.«

Aidan sah Ter Roshak nach und fragte sich, ob der Mann verrückt war. Zumindest schien er verwirrt. Schließlich kam er aber zu dem Schluß, daß Ter Roshaks Handeln zu seiner Vorgeschichte paßte. Es war nie leicht gewesen, die Aktionen des Falknercommanders vorherzusagen.

»Worüber habt ihr geredet?« fragte Joanna.

»Ter Roshak weigert sich, die Kampftaktik für den Widerspruchstest zu besprechen. Ich glaube fast, es kümmert ihn nicht, ob er gewinnt oder verliert.«

»Vielleicht will er in einem Cockpit sterben, und dies ist seine letzte Chance.«

»Wenn das wahr ist, verringert es unsere Chancen erheblich.«

»Allerdings. Die Vorstellung, daß Ter Roshak seine ganz persönliche Tragödie inszeniert und uns mit sich in den Untergang reißt, gefällt mir ganz und gar nicht. Aber wie ich schon im Gerichtssaal sagte, was macht ein BattleMech mehr oder weniger schon aus? Oder zwei?«

»Du hättest dich heraushalten sollen, Joanna.«

»Keine Vertraulichkeiten.«

»Schon gut, Sterncaptain Joanna. Ich mache dir keinen Vorwurf, wenn du dich zurückziehst. Du kannst noch immer deinen eigenen Widerspruchstest beanspruchen.«

»Nein. Ich stehe zu meinen Worten. Außerdem kann ich so vielleicht feststellen, ob in Ter Roshaks Aussage irgendein Sinn steckt. Vielleicht lebt ja tatsächlich Ramon Mattlovs Geist in dir.«

»Er hat nichts von Geist gesagt.«

»Du hast nicht zugehört. Er hat *genau* das gesagt. Also, wir haben zwei Tage. Laß uns besprechen, was wir zu tun haben. Immerhin wird dieser Test anders ablaufen als alle, die wir bisher kannten. Alle Mechs im Feld werden uns gleichzeitig angreifen. Es wird keinen der Einzelzweikämpfe geben, die wir bei anderen Tests gesehen haben. Bei einem Widerspruchstest muß das Kräfteverhältnis der Abstimmung gewahrt bleiben. Wir müssen uns auf die unterschiedlichsten Möglichkeiten vorbereiten. Besonders jetzt, wo sich Ter Roshak als unberechenbarer Faktor entpuppt hat.«

»Ganz meine Meinung. Wir müssen ...«

Plötzlich verstummte Aidan, als er Marthe näherkommen sah. Er starrte sie an. Sie mußte sich seines Blicks bewußt sein. Einen Augenblick schienen ihre Augen zu ihm herüberzuzucken, dann ging sie vorbei, ohne ihn anzusprechen oder irgendwie zu zeigen, daß sie ihn bemerkt hatte. Es hatte eine Zeit gegeben, in der er ihr nachgelaufen wäre und verlangt hätte, daß sie mit ihm sprach. Aber jetzt, da sie Blutnamensträgerin war und die Rangabzeichen eines Sterncaptains trug, wollte er ihr nicht die Befriedigung verschaffen, ihn weiter beleidigen zu können.

»Sieh sie dir an«, stellte Joanna fest. »Ich habe sie ausgebildet. Ich habe ihr Respekt für den Clan und den Wunsch nach einem Blutnamen eingeimpft. Jetzt hat sie den Blutnamen und geht ohne ein Wort an mir vorbei. Ich hoffe, sie steuert einen der Mechs im Test, damit ich sie vernichten kann.«

Aidans Gedanken waren weniger aggressiv, und seine Hoffnungen hatten nichts mit der Vorstellung von Marthe in einem BattleMech-Cockpit zu tun. »Wenn es dir nichts ausmacht, Sterncaptain«, wechselte er das Thema, »würde ich gerne einen Plan schmieden, all unsere Gegner möglichst schnell auszuschalten.«

»Hast du dafür einen besonderen Grund?«

»Ja. Einen Tag später beginnt das Gestampfe für den Blutnamen von Haus Pryde. Ohne einen Krieger, der mich nominiert, stellt es meine einzige Möglichkeit dar, einen Blutnamen zu gewinnen.«

Joanna seufzte und schenkte Aidan ein seltenes Lächeln. »Im Augenblick weiß ich wirklich nicht, wer von euch der Verrücktere ist, du oder Ter Roshak. Oder vielleicht bin ich es auch, die hier verrückt geworden ist.«

28

Neun BattleMechs kamen im Pulk über die breite Hügelkuppe. Sie erhoben sich in den Himmel wie Raketen bei einer Art Zeitlupenstart.

»Neun kleine BattleMechs, die haben Spaß gemacht«, flüsterte Aidan Joanna über die Funkverbindung zu. »Einer hat sich totgelacht, da waren es nur noch acht.«

»Wovon, in Kerenskys Namen, redest du da?«

»Ich hab es irgendwo aufgeschnappt, ich glaube, als ich spielenden Kindern zuhörte. Acht kleine BattleMechs haben es toll getrieben, bei einem hat das Herz versagt, da waren es nur noch sieben.«

»Kauderwelsch. Verschone mich jetzt mit Kauderwelsch, Aidan.«

»Schon gut«, erwiderte er. »Halten wir uns an den Plan. Abmarsch.«

»Was ist mit Ter Roshak?«

»Da er seine Funkanlage gründlich verwüstet hat, wird er selbst entscheiden müssen, ob er uns folgt oder nicht.«

Langsam bewegten sie sich auf ihre Gegner zu. »Neun kleine BattleMechs ...« Aidan murmelte leise vor sich hin. Sehr leise, damit Joanna ihn nicht hörte.

Obwohl Joanna gezögert hatte, die Testkampftraditionen des Clans zu brechen, war es Aidan gelungen, sie davon zu überzeugen, daß ihre einzige Chance in der Überraschung lag. Und so marschierten sie in den Kampf, er in seinem favorisierten Mechtyp, einer *Nemesis,* sie in einem *Bluthund.* Aidan war überrascht über die Variation schwerer Mechtypen, denen sie sich gegenübersahen. Er machte einen *Höhlenwolf* aus, zwei *Kriegsfalken,* einen *Henker,* einen *Bluthund* und einen *Gargoyle.* Einige dieser Typen waren ungewöhnlich für Jadefalken-Truppen und mußten extra für diesen Kampf eingeflogen worden sein, sofern sie nicht in den

Wehrübungskursen auf Ironhold zum Einsatz kamen. Die drei restlichen BattleMechs waren eine *Nemesis* und zwei leichtere Einheiten, eine *Sturmkrähe* und ein *Eismarder.*

Aidan hatte in Betracht gezogen, einen leichteren Mech zu wählen, aber der Verlust an Feuerkraft wäre zu groß gewesen. Er hatte die primäre Geschützkonfiguration der *Nemesis* verändert und auf die PPK im rechten Arm verzichtet, um die Größe der LSR-Lafette auf der Schulter erhöhen und eine zusätzliche Kurzstreckenblitzlafette einbauen zu können. Allerdings mußte er dadurch auch ohne Raketenabwehrsystem auskommen, eine Defensivwaffe, die er in jeder Konfiguration gerne zur Verfügung hatte.

»Also dann, Joanna. Du erinnerst dich an den Drill?«

»Natürlich. Welcher zuerst?«

»Die *Sturmkrähe* scheint eine Art Vorhutfunktion zu haben. In Ordnung.«

»Ich bin dabei.«

Aidan und Joanna war klar, daß die Umstände bei einem Widerspruchstest extrem ungünstig waren, sowohl im Hinblick auf Feuerkraft wie auf Beweglichkeit. Es war eine Sache, sich mehreren Mechs nacheinander zu stellen, aber wenn sich eine ganze Gruppe auf einen Krieger stürzte, wußte der nicht, wohin er zuerst schießen sollte. Es war noch schlimmer als beim Gestampfe, bei dem zumindest alle Mechs unter den gleichen Bedingungen antraten, jeder gegen jeden, und um dasselbe Ziel kämpften. Dadurch waren die Chancen für alle Beteiligten gleich. Bei einem Widerspruchstest konzentrierten sich die Gegner auf den Herausforderer und vergeudeten nicht einen Schuß gegeneinander. Dadurch standen die Chancen eines einzelnen Kämpfers im Gestampfe immer noch besser als in diesem Test. Wenn sie jeden Gegner so behandelten, als sei er im Augenblick der einzige Feind, hatten sie bessere Möglichkeiten und liefen weniger Gefahr, sich zu verzetteln.

Trotzdem, so sehr Aidan die Zahlen auch durchrechnete, sei es per Hand oder per Computer, ein Sieg für ihn und Joanna schien unmöglich, besonders, wenn Ter Roshak auf eigene Faust kämpfte, statt mit ihnen zusammenzuarbeiten.

Trotzdem hatten er und Joanna sich abgesprochen, einen Plan auszuarbeiten und sich auch daran zu halten, solange keine unerwarteten Taktiken der Gegenseite sie zur Improvisation zwangen. Gemeinsam nahmen sie die *Sturmkrähe* ins Visier. Sechzig flammende Pfeile zuckten von den Schultern ihrer Kampfkolosse durch die Luft auf den Mech zu. Dessen Pilot wurde von der Raketenbreitseite völlig überrascht. Der Mech schien wie erstarrt. Die meisten Raketen schlugen in den oberen Torso der *Sturmkrähe* ein und sprengten ein riesiges Loch. Eine zweite Salve warf den Mech nach hinten. Er wankte noch einen Augenblick, dann explodierte seine Brustpartie und er kippte um. Noch während die *Sturmkrähe* auseinanderbrach, erschien über ihr ein dünner Kondensstreifen: der Schleudersitz des Piloten. Völlig verdutzt von dieser Taktik hatten die übrigen Mechs fast tatenlos zugesehen.

»Gute Arbeit!« schrie Joanna.

»... Da waren es nur noch acht«, murmelte Aidan. »Soviel zum Überraschungsmoment. Jetzt ist es an der Zeit, feige zu sein. Bewegung, Joanna.«

Ter Roshak beobachtete mit beinahe akademischem Interesse, wie Aidan und Joanna sich schlugen. Er war für die Ausbildung des einen verantwortlich gewesen, und die andere hatte unter ihm gedient. Sie erledigten ihren ersten Abschuß zügig, ohne größeren Schaden einzustecken.

Als ihre Gegner daraufhin anrückten, drehten die Kampfkolosse der beiden Verurteilten sich um und rannten davon! Joannas Mech bewegte sich hastig durch das Gelände, während Aidan mit einem Sprung noch mehr Raum gewann. In den Reihen ihrer Gegner löste sich der *Henker* von den anderen und sprang seinerseits hinterher. Der Sprung war elegant, besonders für eine Maschine von so gewaltiger Masse. Aber er war nicht perfekt berechnet. Der *Henker* landete knapp hinter Joannas schnellem *Bluthund.* Da sie seinen Flug genau verfolgt hatte, konnte sie ihn unter Beschuß nehmen, noch bevor der Pilot sich neu orientiert hatte.

Ter Roshak drehte seinen Mech um und feuerte eine LSR-Salve ab. Seine Kampfmaschine war eine *Nova,* einer von ganzen zwei Mechs dieses Typs, die es auf Ironhold gab. Die Raketenlafette war im rechten Arm montiert, der in der Primärkonfiguration zwei mittelschwere Laser trug. Die Langstreckenraketen würden die Pilotin des *Henker* überraschen, da sie nur selten bei einer *Nova* montiert wurden. Die Geschosse waren gut gezielt und flogen ihr Ziel in einem ungewöhnlichen Winkel an, der wohl mit dazu beitrug, daß die *Henker*-Pilotin sie nicht rechtzeitig bemerkte. Ihr Mech wankte bereits unter dem konzentrierten Feuer aus Joannas linkem Armlaser, dessen Impulse ein asymmetrisches Muster auf die Brustpartie des Stahlriesen brannten. Zwei der LSR waren Direkttreffer auf dem oberen Torso des *Henker.* Normalerweise hätte der Schaden nicht ausgereicht, den Mech aus dem Kampf zu werfen, aber diesmal rissen sie das Cockpit auf und töteten die Pilotin, bevor sie wußte, wie ihr geschah. Joannas *Bluthund* spurtete davon, und der *Henker* blieb wie ein Denkmal stehen, eine leere Hülle, deren obere Partie an zahlreichen Stellen aufgesprengt war.

Einen Augenblick lang war Ter Roshak begeistert. Der Abschuß erinnerte ihn an die Zeiten, in denen er noch Seite an Seite mit Ramon Mattlov gekämpft hatte. Jetzt konzentrierte er sich auf seine Cockpitsensoren und den *Bluthund,* der auf ihn zustürmte. Die schweren Laser der gegnerischen Maschine feuerten bereits, und erste Streifschüsse richteten leichten Schaden an seiner *Nova* an.

»Da waren es nur noch sieben«, kommentierte Aidan leise das Ende des *Henker.* »Warst du das mit deinen Lasern, Sterncaptain Joanna?«

»Um die Wahrheit zu sagen, ich bekam etwas Hilfe.« Sie erklärte, wie Roshaks direkter Cockpittreffer den *Henker* ausgeschaltet hatte.

»Der schlafende Riese erwacht früh«, stellte Aidan fest. Er sah den *Bluthund,* der Roshaks *Nova* attackierte. Der Zweikampf war ungleich, da der *Bluthund* erheblich schwerer war als die *Nova,* aber Ter Roshak hatte seinem Gegner viel voraus. Erstens war er ein erfahrener Pilot. Es gab nicht viele Mechpiloten seines Alters. Zweitens war die *Nova* auf einem Jadefalken-Planeten eine relativ unbekannte Größe. »Sollten wir ihm helfen?« fragte er Joanna. Sein Tonfall klang eher analytisch als von Mitgefühl für Ter Roshaks Probleme geprägt.

»Nein, wir können es uns nicht leisten, Feuerkraft zu verschwenden. Er hat uns ohne Hilfe kämpfen lassen, jetzt soll er damit auch alleine fertig werden. Sind wir weit genug gerannt?«

»Ich denke schon. Unsere Verfolger scheinen sich in zwei Gruppen geteilt zu haben. Es wird Zeit, die vorderste Reihe auszuschalten. Aber wir brauchen eine Möglichkeit, sie weiter aufzuteilen. Ändere den Kurs nach rechts. Ich werde gleich zu dir stoßen.«

Joanna war überrascht, wie leicht es ihr fiel, Aidans Anweisungen zu folgen. Vielleicht war er tatsächlich ein geborener Krieger.

Aidans *Nemesis* drehte sich um und sprang in Richtung der beiden vordersten Verfolger, eines der *Kriegsfalken* und des *Eismarder.* Gleichzeitig bemerkte er, daß zwei der vier restlichen Maschinen, der *Höhlenwolf* und der *Gargoyle,* sich eindeutig auf Joanna konzentrierten.

Die Lücken zwischen den Mechgruppen wurden immer größer, wozu auch der harte Zweikampf des *Bluthund* mit Ter Roshaks *Nova* beitrug.

Als Aidan mit der *Nemesis* aufsetzte und sich zu den beiden vordersten Mechs umsah, fiel ihm eine Variation des Kinderreimes ein, der ihm schon die ganze Zeit durch den Kopf ging: »Sieben kleine BattleMechs liefen ohne Strümpf. Zwei stolperten und fielen um, da waren es nur noch fünf.«

Ter Roshak hatte den Widerspruchstest in einer Stimmung begonnen, in der es ihm gleichgültig gewesen war, ob er gewann oder verlor, lebte oder starb. Der Tod wäre gar nicht so schlecht gewesen. Damit hätte er das Konklave herausgefordert, anstatt seine Schande anzunehmen, in einem letzten Test gefochten, statt ein sinnloses Leben ertragen zu müssen, und wäre ehrenvoll gefallen, statt als Kanonenfutter zu enden. Aber im Schlagabtausch mit dem *Bluthund* fühlte er, daß sein Leben wieder einen Sinn bekommen hatte. Der Wunsch zu sterben war jetzt in weite Ferne gerückt.

Er hatte einen Impulslaser an der linken Seite der *Nova* montieren lassen. Im Augenblick wechselte er zwischen diesem Geschütz und den Lasern des linken Mecharmes ab, um die Hitzeentwicklung unter Kontrolle zu halten.

Der *Bluthund* hatte nicht mit derartigen Beschränkungen zu kämpfen. Er benutzte nur zwei Waffen, Gaussgeschütze, die alle zehn Sekunden eine melonengroße Kugel aus gehärtetem Stahl mit doppelter Schallgeschwindigkeit ausspien. Schon zweimal hatten die Geschosse getroffen und den größten Teil der Panzerung in der Mitte und an der rechten Flanke des *Nova*-Torsos zertrümmert. Roshak war gezwungen, die angeschlagene Seite seines Mechs abzuwenden. Das hinderte ihn daran, die Raketenlafette im linken Arm einzusetzen. Er umkreiste seinen beinahe bewegungslosen

Gegner in einem unberechenbaren Tanz. Langsam trug sein methodischer Beschuß die Panzerung des *Bluthund* ab. Der andere hatte noch keinen weiteren Treffer mit einem Gaussgeschütz erzielt, aber Roshak wußte, daß es sich nur um eine Frage der Zeit handelte.

Plötzlich fragte er sich, ob er die Unbeweglichkeit des *Bluthund* nicht in einen Vorteil verwandeln konnte. Er mußte bald etwas tun, das war ihm klar. Aus den Mündungen der gegnerischen Geschütze zuckten silberne Blitze an seinem Kanzeldach vorbei.

Aidan berechnete schnell die Entfernung und feuerte eine Salve Donner-LSR auf den *Kriegsfalke* und den *Eismarder* ab. Er beobachtete, wie die Raketen vor den Zielen niedergingen und unmittelbar über dem Boden detonierten. Die beiden Piloten waren dumm genug gewesen, ihre Raketenabwehr einzusetzen, deren Schüsse jedoch zu kurz gewesen waren.

Falls einer der beiden ahnte, was nun kommen mußte, ließen zumindest ihre Reaktionen das nicht erkennen. Sie verringerten die Geschwindigkeit ihrer Maschinen nicht. Aber Aidan hatte berechnet, daß sie auch bei einer Vollbremsung dem Minenfeld nicht hätten ausweichen können, das die Raketen gelegt hatten. Die riesigen Mechfüße seiner Verfolger kamen direkt auf ganzen Minenbündeln nieder, und drei der vier Beine wurden in Kniehöhe abgerissen. Der *Eismarder* krachte zu Boden, löste dabei noch weitere Minen aus und tötete ohne Zweifel seinen Piloten, während der *Kriegsfalke* auf dem einzelnen, verbliebenen Bein nach vorne kippte. Mit einer übermenschlichen Anstrengung schaffte es der Pilot, seinen Kampfkoloß zur Seite zu werfen, weg von dem Minenfeld. Dann stürzte auch er zu Boden. Einen Moment später war der *Kriegsfalke*-Pilot ausgestiegen.

Aidan sah den Schleudersitz aufsteigen und erkannte mit einem Blick, daß ihn die Flugbahn nur knapp bis zum Rand des Minenfeldes trug. Der Tod des Piloten war unnötig, aber das Schicksal kannte kein Erbarmen. Als der Schleudersitz den Boden berührte, wurde er von einer Feuersäule zerrissen.

»Unsere Zuschauer dürften allmählich unruhig werden«, stellte Joanna über Funk fest. »Bald sind wir in der Überzahl. Es sei denn, die Burschen, die da auf mich zukommen, haben mehr Glück. Übrigens, du wolltest doch zurückkommen, oder?«

Als Antwort sprang Aidan mit seiner *Nemesis* auf Joanna zu, die in einen Feuerwechsel mit dem *Gargoyle* verstrickt war. Der notorisch langsame *Höhlenwolf* war noch unterwegs. Nach Aidans Einschätzung hatten sie etwa zwanzig Sekunden, bevor der Pilot die beträchtliche Feuerkraft seines Mechs gegen sie einsetzen konnte.

»Ich weiß überhaupt nicht, wozu du mich brauchst, Joanna.«

»Mach keine Witze. Du weißt, daß ich keinen Sinn für Humor habe.«

»Wer macht hier Witze?«

»Ich schlage vor, du lenkst den *Höhlenwolf* ab.«

»Mit Vergnügen, Joanna.«

Als Aidan auf den *Höhlenwolf* zusprang, sang er, diesmal lauter: »Fünf kleine BattleMechs verließen ihr Revier. Einer starb an Magenkrämpfen, da waren es nur noch vier.«

Er feuerte eine KSR-Salve auf den *Höhlenwolf* ab. Im selben Augenblick warf er einen Blick aus dem Sichtfenster und bemerkte, daß Ter Roshak bei seinem Kampf gegen den *Bluthund* in argen Schwierigkeiten steckte.

Roshak hätte den Angriff kommen sehen müssen. Plötzlich richtete der Pilot des *Bluthund* seine Ultra-Autokanone nach unten und sprengte die Panzerung vom rechten Fuß der *Nova*. Roshak fühlte, wie sich ein Beben, vom Mechbein ausgehend, durch den Kampfkoloß fortpflanzte und wußte, daß der Schuß etwas Wichtiges getroffen hatte.

Der direkte Schlagabtausch hatte keinen Sinn mehr. Er löste die Sprungdüsen aus und sprang fast die Maximalweite von 150 Metern auf Aidan und Joanna zu, die mitten in einem heftigen Kampf steckten. Aber als sein Mech landete, kam er auf dem beschädigten Fuß auf und verlor das Gleichgewicht. Hätte Roshak nicht frenetisch den Steuerknüppel bearbeitet, um die Maschine zu halten, wäre er flach auf den Rücken geknallt. So sank er nur auf ein Knie, das andere Bein etwas zur Seite gestreckt. Die *Nova* lag schräg, aber sie war zumindest noch kampffähig.

Das mußte sie auch sein, denn der *Bluthund* kam langsam, aber stetig auf sie zu.

Aidan ließ nicht nach, während er sich auf den Gegner zubewegte. Er feuerte den Rest seiner Donner-LSR, aber der Pilot des *Höhlenwolf* steuerte seine schwerfällige Maschine einfach um die Sprengköpfe herum, die sie abwarfen. Aidan erkannte, daß er es mit einem konventionellen Kämpfer zu tun hatte, einem Krieger von der Art jener Kämpfer, die sich geradlinig auf ihr Ziel zubewegten und im allgemeinen durch bloße Ausdauer und Entschlossenheit siegten. Zumindest, bis sie auf einen besonders mutigen oder dummen Gegner trafen. Aidan wußte, daß er in eine der beiden Kategorien fiel, auch wenn er sich nicht sicher war, in welche.

Um die Hitzeentwicklung durch die ungeheure Bewaffnung seiner Maschine in Grenzen zu halten, feuerte der *Höhlenwolf*-Pilot nur zwei seiner schweren Laser gleichzeitig ab, während er langsam die Entfernung verminderte. Was Aidan anbetraf, so hatte er nicht die Absicht, die Maschine seines Gegners in einem Langstreckenduell zum Überhitzen zu treiben, und ein Schlagabtausch auf kurze Distanz war Selbstmord. Es war mal wieder an der Zeit, das Schicksal herauszufordern.

Er stürzte direkt auf den *Höhlenwolf* zu und beschleunigte seine Maschine auf volle Laufgeschwindigkeit. Auf dem Sekundärschirm beobachtete er die abnehmende Entfernung.

600 Meter.

400 Meter.

Der *Höhlenwolf*-Pilot sah Aidans *Nemesis* geradewegs auf sich zukommen und hielt an. Von den Beinen und der Rückenpartie seiner Maschine stiegen Hitzeschwaden auf.

350 Meter.

200 Meter.

Die Arme des *Höhlenwolf* hoben sich. Die Geschützmündungen wiesen direkt auf die anstürmende *Nemesis.* Als die acht Armlaser auf volle Leistung aufgeladen wurden, zuckten statische Entladungen über ihre Mündungen.

175 Meter.

150 Meter.

Pure Energie zuckte im selben Augenblick aus den gestreckten Armen des *Höhlenwolf,* in dem Aidan auf den Sprungknopf schlug. Die *Nemesis* erhob sich über das tödliche Geschützfeuer. Für einen Augenblick versuchten die Arme des *Höhlenwolf,* das fliegende Ziel zu verfolgen, aber es war zu spät. Siebzig Tonnen häßlichen Stahls landeten mit den Füßen voran auf dem Cockpit der Maschine.

Während Aidan seinen Mech aus den Trümmern befreite, ging ihm ein Reim durch den Kopf: »Vier kleine BattleMechs, die aßen süßen Brei. Einer biß auf eine *Nemesis,* da waren's nur noch drei.«

Einen Augenblick lang konnte Aidan sich nicht entschließen, wohin er wollte. Zwei Maschinen, die im Verlauf des Tests noch keine Rolle gespielt hatten, ein

Kriegsfalke und eine *Nemesis,* näherten sich mit einiger Geschwindigkeit. Ganz in der Nähe hielt sich Joanna ganz gut gegen den *Gargoyle,* aber wahrscheinlich konnte sie inzwischen Hilfe gebrauchen. Und Ter Roshak war halb besiegt. Sein Mech schien fast wie betäubt, und der *Bluthund* kam immer näher.

Wer die Wahl hat, hat die Qual, dachte Aidan.

Ter Roshak war tatsächlich wie betäubt. Er hatte nicht nur das Ende seiner Möglichkeiten als Krieger erreicht, er hatte kein Gefühl mehr in den Beinen. Eine Verletzung war nicht zu sehen, es konnte auch kein Schuß des *Bluthund* seine Beine getroffen haben. Vielleicht stammte das taube Gefühl auch nur von einem zu langen Aufenthalt im Pilotensessel, eine Alterssteifheit, nicht mehr.

Die Schlacht hatte ihn zu sehr mitgenommen. Anscheinend waren alte Krieger tatsächlich nichts mehr wert. Er hatte sich sein Alter nie eingestehen wollen, aber dieser Test zeigte seine Schwächen gnadenlos auf. Er war alt. Er verdiente den Tod. Warum feuerte der *Bluthund* nicht endlich den Schuß, der allem ein Ende machte?

Er schloß die Augen und wartete auf den letzten Augenblick. Er würde nicht aussteigen. Dann riß er die Augen wieder auf. Das entsprach weder dem Wesen der Clans noch dem eines guten Kriegers. Wenn er schon dem Tod gegenübertreten mußte, würde er es offenen Auges tun.

Aidan wußte nicht, ob es klug war, sich mit dem *Bluthund* anzulegen, der es auf Ter Roshak abgesehen hatte. Die Beine seines Mechs waren von dem Sprung auf den *Höhlenwolf* beschädigt. Anscheinend hatte auch die Reaktorabschirmung unter dem Aufprall gelitten, denn er bewegte sich nicht mit voller Geschwindigkeit. Und um das Maß voll zu machen, war seine Langstreckenmunition verbraucht; er mußte sich mit den Kurzstreckenraketen und der Autokanone begnügen.

Er rückte gegen den *Bluthund* vor und feuerte eine Haufenladung der LB 10-X ab, die der linken Seite des schweren Mechs erheblichen Schaden zufügte. Aidan war dankbar für die große Reichweite des Geschützes. Normalerweise wäre der Treffer für die Maschine nicht mehr gewesen als ein Insektenstich für einen menschlichen Gegner, aber Roshak hatte bereits tiefe Breschen in die Panzerung seines unnachgiebigen Gegners gebrannt. Aus einer dieser Breschen schoß jetzt eine Feuer wie aus einem Flammenwerfer.

Der *Bluthund* blieb abrupt stehen. Anscheinend mußte der Pilot sich mit dem plötzlichen Feuer beschäftigen. Einen Moment lang war Aidan wie vor den Kopf geschlagen. Er wußte nicht, was er tun sollte. Der gegnerische Pilot würde jeden Moment die Kontrolle über seine Maschine zurückgewinnen und den Kampf weiterführen. Die beiden restlichen Mechs mußten gleich ankommen. Joannas Gefecht stand vor der Entscheidung, und das konnte sowohl ein Sieg wie eine Niederlage sein. Es waren zu viele Faktoren und unzureichende Lösungen.

Er wollte fluchen, aber das stärkste Schimpfwort, das ihm einfiel, war ›Freigeboren‹, und durch seine Erfahrungen unter Freigeborenen war es ihm unmöglich, dieses Wort als Fluch zu benutzen. Die Richtung, die dieser Widerspruchstest nahm, schien unfair. Sie waren zu dritt gegen neun Gegner angetreten. *Fünf* davon hatten sie bereits besiegt. Fünf war eine beeindruckende Zahl, aber bei einem Widerspruchstest konnten die Herausforderer nur gewinnen, wenn sie sämtliche Gegner besiegten. Sie waren dem Sieg nahe gekommen, aber das reichte nicht.

Und seine Chance, einen Blutnamen zu gewinnen, hing von diesem Test ab.

Er biß die Zähne zusammen, vergaß die Chancenberechnungen und stürzte sich mit donnernder LB 10-X auf den *Bluthund.* Zu seiner Überraschung gelang ihm ein weiterer schwerer Treffer, und der rechte Arm des *Bluthund* fiel kraftlos hinab. Aidan hatte irgend etwas getroffen, dessen Ausfall den Arm kampfunfähig machte, selbst wenn es nur das entscheidende Bündel Myomerfasern war. Der Pilot des *Bluthund* schien außer sich vor Haß, der Heftigkeit nach zu urteilen, mit der er den Mechtorso in Aidans Richtung drehte.

»Sieh dich vor, Aidan«, erklang Joannas Stimme aus dem Funkgerät, »jetzt ist nicht die Zeit, alles in den Kampf zu werfen. Dein Mech sieht aus, als ob er nur noch von Spucke und guten Wünschen zusammengehalten wird. Versuch eine Finte oder sonst etwas. Ich bin unterwegs.«

»Was ist aus dem *Gargoyle* geworden?«

»Was meinst du wohl? Er ist erledigt. Und für den Fall, daß du es noch nicht bemerkt hast, die Chancen stehen inzwischen gleich, drei gegen drei. Natürlich treten zwei davon gerade erst in den Kampf ein, ohne allzuviel Munition oder Energie verbraucht zu haben.«

Aidan hatte den Kindervers fast vergessen, aber jetzt drängte er sich wieder in sein Bewußtsein. »Drei kleine BattleMechs, die waren stets dabei. Bis einer auseinanderfiel, da waren es nur noch zwei.« Er wünschte sich, ebenso leicht Waffen schmieden zu können wie Verse. Vielleicht konnte man Drachen mit Metaphern besiegen, aber bei einem BattleMech sah die Sache anders aus.

Jetzt wünschte sich Ter Roshak, er hätte seine Funkanlage nicht angerührt. Er verspürte den verzweifelten Wunsch, den Rest der Schlacht zu koordinieren, aber er konnte es nicht tun. Vielleicht war das ein weiteres Zeichen des nahenden Alters.

Seit sein Mech auf die Knie gefallen war, betrachtete er die Lage aus einem ungewöhnlichen Blickwinkel. Alles, was sich außerhalb seines Cockpits abspielte, wirkte schief. Er wußte, daß die beiden BattleMechs, die er sehen konnte, aufrecht standen, aber sie schienen sich auf einer schiefen Landschaft nach rechts zu neigen.

Der *Bluthund* stand kurz davor, der *Nemesis* den Garaus zu machen, soviel konnte Roshak erkennen. Wäre die *Nemesis* neuwertig gewesen, hätte die Sache anders ausgesehen. Der *Bluthund* war durch den Kampf gegen Ter Roshak und die Treffer von Aidans Waffen schwer angeschlagen. Es war egal, welchem Typ ein Mech angehörte, man konnte ihn besiegen.

Auf dem Zweitschirm sah Roshak sowohl die heranrückenden Gegner wie Joannas Mech, der sich wieder in den Kampf einmischte, auch wenn er noch ein gutes Stück entfernt war.

Nachdem er sich in Richtung der *Nemesis* gedreht hatte, schüttelte der *Bluthund* sie mit einem Treffer aus seinem verbliebenen Gaussgeschütz durch. Ein Leuchten aus dem Innern des *Nemesis*-Cockpits zeigte dem erfahrenen Ter Roshak, daß die Reaktorabschirmung aufgebrochen war und Abwärme des Fusionsreaktors, der die Kampfmaschine antrieb, ins Innere des Mechs drang. Vielleicht schien Aidan sich deshalb aus dem Gefecht zurückzuziehen. Der Schaden war zu groß, und in Verbindung mit der Hitze war die Gefahr einer Munitionsexplosion zu groß geworden.

Nun, zumindest hatte der *Bluthund*-Pilot Roshak und seine *Nova* vergessen. Er fragte sich, ob er je wieder eine *Nova* führen würde. Es war die falsche Wahl gewesen. Es war ihm um die Beweglichkeit dieses Mechtyps gegangen, aber so wie sich der Kampf entwickelt hatte, wäre mehr Leistung besser gewesen. Natürlich war ihm zum Zeitpunkt der Wahl seiner Maschine gleichgültig gewesen, ob er gewann oder verlor. Trotzdem, bei einem Kampf gegen eine dreifache Übermacht war die

Wahl einer *Nova* schon fast selbstmörderisch. Ihre Beweglichkeit hatte sein Ende nur hinausgezögert. Sobald der *Bluthund* sich wieder um ihn kümmerte, würde ein Treffer genügen.

Dann wurde ihm plötzlich klar, daß er keinen Grund hatte, einen letzten Schlagabtausch abzuwarten. Was hatte er noch zur Verfügung? Er hatte alle Raketen verschossen. Der Laser im linken Torso war zerstört. Nur die mittelschweren Laser im linken Arm waren ihm geblieben. Sie konnten ein paar der offenen Breschen in der Panzerung seines Gegners erweitern, aber das war auch schon alles. Trotzdem, es war alles, was er zur Verfügung hatte, und ein guter Krieger kämpfte mit dem, was er zur Hand hatte. Er aktivierte alle sechs mittelschweren Laser und zielte vier von ihnen auf verschiedene Breschen und Risse im Panzerschutz des *Bluthund.* Die beiden übrigen Laser richtete er auf das Gaussgeschütz, das den linken Arm des Riesen darstellte. Die *Nemesis* hatte den rechten Arm ausgeschaltet, und die Hoffnung, seinerseits den zweiten Arm zu ruinieren, war zu verführerisch, um der Versuchung zu widerstehen.

Plötzlich fand sich der *Bluthund* von zwei Seiten unter Beschuß. Als er den Arm gegen die *Nova* schwenkte und die Autokanone abfeuerte, fühlte Ter Roshak seinen Mech gefährlich wanken. Der *Bluthund* hätte sie mit dem nächsten Schuß aus ihrem Elend befreien können, aber Aidan riß mit einer Salve aus der LB 10-X einen großen Brocken aus dessen Panzerung und zog die Aufmerksamkeit des Piloten wieder auf die *Nemesis.*

Auf seinem Hauptschirm sah Roshak in vergrößerter Darstellung die beiden noch unbeschädigten gegnerischen BattleMechs in Geschützreichweite kommen. Der *Kriegsfalke* wirbelte Aidans *Nemesis* mit den Blitzen seiner Extremreichweiten-PPK halb herum, aber Roshak hinderte den *Bluthund* durch eine erneute Salve am Gnadenstoß. Der Pilot des schweren Mechs war gezwungen, seine Aufmerksamkeit erneut auf Roshak zu richten.

Roshak bereitete sich auf einen letzten Schuß vor. Gleichzeitig berührten seine Finger den Auslöser des Schleudersitzes, den er sich nicht zu benutzen geschworen hatte, selbst wenn es bedeutete, in der Pilotenkanzel zu verbrennen.

Plötzlich flog der *Bluthund* auseinander. Ein Schwarm Raketen hatte ihn voll getroffen. Sie waren aus Roshaks Rücken gekommen und mußten von Joannas Mech stammen. Falls der Pilot des *Bluthund* das Gefecht überlebte, was recht unwahrscheinlich war, würde er sich ohne Zweifel darüber beschweren, von allen drei Verurteilten gleichzeitig attackiert worden zu sein.

Ter Roshaks Mech geriet abrupt in Bewegung, und er fühlte, wie er weiter absank. Irgend etwas, möglicherweise ein unbemerkter Treffer, hatte auch das andere Bein abgeknickt. Wütend stellte er fest, daß er in diesem Widerspruchstest, den er für seine Ehre verlangt hatte, kaum noch etwas tun konnte. Schlimmer noch, nicht nur hing der Ausgang des Gefechts von Aidan und Joanna ab, er saß in einem Mech, der wie im Gebet mitten auf dem Schlachtfeld kniete. Was für einen absurden Anblick wir bieten müssen, dachte Roshak, mein Mech und ich!

»Zwei kleine BattleMechs, ein großer und ein kleiner. Einer hat ins Gras gebissen, da war es nur noch einer.« Joannas angewidertes Grunzen sagte Aidan, daß er den Vers unbeabsichtigt über Funk durchgegeben hatte.

»Das Kräfteverhältnis steht jetzt zu unseren Gunsten«, bemerkte Joanna. »Drei zu zwei.«

»Joanna, Ter Roshaks BattleMech bewegt sich nicht mehr. Er kann nicht einmal stehen. Deine Berechnung ist nicht gerade realistisch.«

»Mag sein. Aber Ter Roshak ist noch nicht offiziell

besiegt. Du hast recht, es genügt ein Antippen mit dem Finger, um seine Maschine umzuwerfen, aber noch hält sie sich aufrecht, und das zählt. Wir haben zumindest gleiche Chancen.«

Ein erneuter Treffer der ER-PPK des *Kriegsfalke* erschütterte Aidans Cockpit. Selbst seinem sturen Hirn dämmerte langsam, daß er diese gewaltige, kampfstarke Gefechtsmaschine nicht besiegen konnte.

Vielleicht war es vernünftiger, aufzugeben. Das Konklave hatte bei der Bekanntgabe seiner Entscheidung nicht formell die Todesstrafe gefordert. Möglicherweise würde man ihn nur in eine niedrigere Kaste abstufen. Nein, verdammt, das wäre um nichts besser. Es wäre das Schlimmste, was ihm passieren konnte. Er mußte weiterkämpfen. Besser sterben als kapitulieren, besonders an diesem Punkt.

Plötzlich schlugen Raketen der feindlichen *Nemesis* bei Joanna ein. Fünf Explosionen zuckten auf dem Rumpf ihres Mechs auf.

»Viel habe ich nicht mehr, Aidan.«

»Ich weiß. Ignorier die *Nemesis,* so gut es geht. Um die werde ich mich zu gegebener Zeit kümmern. Jetzt ist der *Kriegsfalke* unser Hauptproblem, und den müssen wir zusammen erledigen.«

»Ich sehe keinen Weg, das zu schaffen.«

»Aber ich. Ich habe keine Zeit, es zu erklären. Sterncaptain Joanna, ramm den *Kriegsfalke.* Verbrauche beim Ansturm den Rest deiner Munition, Raketen, was du hast. Lenk ihn von mir ab.«

»Ich habe nicht die notwendige Feuerkraft, um einen *Kriegsfalke* zu besiegen, schon gar nicht einen, der noch kaum einen Treffer einstecken mußte und mit voller Leistung und Munition kämpft.«

»Keine logischen Argumente jetzt, Joanna. Beweg dich.«

»Das ist mein Ende.«

»Exakt. Halt die Hand auf dem Rettungsschalter. Wenn ich es sage, steigst du aus. Los.«

»Aidan, wenn das ...«

»LOS!«

Wütend vor sich hin murmelnd, setzte Joanna ihren *Bluthund* in Bewegung. Wie befohlen feuerte sie mit allem, was ihr geblieben war. Ihre Hände bearbeiteten wie wild die Steuerknüppel. Kaum einer ihrer Schüsse traf sein Ziel, und wenn, richtete er nur minimalen Schaden an. Der Pilot des *Kriegsfalke* mußte glauben, sie habe den Verstand verloren.

Sie mußte einen Treffer nach dem anderen auf Torso und Glieder einstecken. Aber sie stürmte weiter. Das linke Knie ihres Mechs wurde fast zertrümmert, aber Joanna schaffte es, den *Bluthund* aufrecht zu halten, und stürmte weiter. Die Panzerplatten fielen vom Torso ihres Mechs wie Federn vom Körper eines sich mausernden Vogels. Die Innentemperatur erreichte gefährliche Werte. Aber sie stürmte weiter.

»Aidan, ich bin jetzt nahe dran. Ich habe fast keine ...«

»Weiter.«

Sie zwang ihren humpelnden und wankenden Mech vorwärts. Noch mehr Panzerreste flogen davon.

»Aidan, ich kann nichts mehr tun. Meine Waffen ...«

»Renn weiter. Du mußt näher ran.«

»Verdammt, ich hänge fast auf ihm.«

»Nur noch ein paar Meter. Ein paar Schritte. Du bist gleich da.«

Der Pilot des *Kriegsfalke* spielte mit ihr. Er wußte, daß ihm der Sieg sicher war. So fühlte sich ein Krieger, dessen Ziel keine Gegenwehr mehr leistete und mit jeder Sekunde näher kam.

»Aidan, die Hitzeentwicklung ist zu stark. Mir wird schwindlig. Ich muß ...«

»Noch zwei Sekunden. Lauf weiter. Weiter. Gut. Jetzt, Joanna, jetzt. Aussteigen!«

Das brauchte er ihr nicht zweimal zu sagen. Ihr Schleudersitz schoß fast noch im selben Moment über den Kopf des *Kriegsfalke* davon.

Gleichzeitig feuerte Aidan seine sechs Kurzstreckenraketen ab. Der *Bluthund* kippte langsam nach vorne. Er hing jetzt zwischen Aidans *Nemesis* und dem *Kriegsfalke,* genau da, wo er ihn haben wollte. Wenn der *Kriegsfalke* über ein Raketenabwehrsystem verfügte, wurde es von dem *Bluthund* blockiert. Aber eigentlich war das ohne Bedeutung. Die Raketen waren nicht für den *Kriegsfalke* bestimmt. Sie zielten auf die Mitte der Rückenpartie des schwer angeschlagenen *Bluthund.* Des völlig überhitzten, schwer angeschlagenen, wankenden *Bluthund.* Joannas BattleMech explodierte mit einer pilzförmigen Detonationswolke, die den *Kriegsfalke* einen Moment völlig verhüllte.

Die furiose Detonation, der Splitterhagel und der nach vorne stürzende Mech rissen den *Kriegsfalke* um, zerstörten das Cockpit und töteten den Pilot.

Der *Kriegsfalke* und der *Bluthund* verwandelten sich in einen qualmenden Schrotthaufen. Die Techs würden Wochen brauchen, um festzustellen, welches Teil zu welchem Mech gehört hatte.

In der Ferne sah Aidan Joannas Schleudersitz fast sanft aufsetzen. Sie löste die Gurte und sprang auf. Es war offensichtlich, daß bei ihr alles in Ordnung war. Er konnte seine ganze Aufmerksamkeit auf den einen verbliebenen BattleMech konzentrieren, auf die gegnerische *Nemesis.*

Sie stand reglos ein paar hundert Meter entfernt, die meisten Waffensysteme noch voll aufgeladen. Ihr Pilot hatte sich bis jetzt kaum an dem Gefecht beteiligt, der Mech fast keine Beschädigungen einstecken müssen. Aidan war eindeutig im Nachteil.

Aber was hieß das schon? Sie waren mit drei BattleMechs gegen neun angetreten. Jetzt entschied ein Zweikampf.

Aidan machte sich keine Sorgen. Er hatte während der meisten Jahre seiner Laufbahn Mechs vom Typ *Nemesis* geführt. Er hatte sich mit einer *Nemesis* zum Krieger qualifiziert. Er kannte jede Bewegung, die mit diesem Mech möglich war. Kein Pilot auf dem Planeten oder selbst im gesamten Kugelsternhaufen der Clans konnte ihn in einer *Nemesis* besiegen.

Entschlossen setzte er seinen Kampfkoloß in Richtung des gegnerischen Mechs in Bewegung. Wäre er ein Krieger gewesen, der es sich erlaubte, vor dem Sieg zu lachen, hätte Aidan in diesem Moment laut losgeprustet.

Auf dem Weg zu seinem Sieg sang er leise: »Ein kleiner BattleMech hat keinen Lebenszweck ...«

29

Als die drei Sieger bei Aidans Mech im Zentrum des Schlachtfelds zusammenkamen, wanderten ringsum entgeisterte Jadefalken-Krieger über das Gelände und nahmen die Schäden in Augenschein. Sie hatten den Test als Schiedsrichter beobachtet. In ihren Gesichtern stand Verblüffung. Drei diskreditierte Krieger hatten es geschafft, eine solche Verwüstung anzurichten. Ganze BattleMechs und Einzelteile von Mechs lagen über das ganze Gelände verstreut. Von verkohlten Trümmern stieg Rauch empor, hier und da loderten kleinere Brände, der Gestank von brennenden Flüssigkeiten und geschmolzenem Metall hing in der Luft. Die Überlebenden des Tests saßen neben ihren Maschinen und starrten geradeaus, versuchten sich darüber klarzuwerden, was sie falsch gemacht hatten. Die Toten wurden von MedTechs vom Feld getragen.

Roshak war der letzte des Trios, der seinen Platz einnahm. Mühsam arbeitete er sich aus den Trümmern seiner *Nova*.

Aidan starrte Ter Roshak schweigend an. Der Mann wirkte müde und schien seit seinem Auftritt vor dem Konklave zwei Tage zuvor um mindestens ein Jahr gealtert zu sein.

Er erwiderte den starren Blick seines ehemaligen Schülers und erklärte: »Wenn du nicht mit mir reden willst, Sterncommander Aidan, kann ich das verstehen.«

Aidan betrachtete ihn noch einen Augenblick, dann antwortete er: »Nein, es macht mir nichts aus, mit dir zu reden, Ter Roshak, aber ich hoffe, es wird nicht allzuoft nötig sein.«

»Du wolltest ein Krieger werden. Ich habe es dir ermöglicht.«

»Das stimmt, aber das bedeutet nicht, daß ich als Gegenleistung für diese Möglichkeit dein emotionaler

Leibeigener werden muß. Wir haben das alles schon früher erörtert. Unsere Aussagen haben mir nur noch deutlicher gemacht, welchen Preis ich dafür bezahlt habe, Krieger zu werden.«

»Dann verzichte darauf. Einige Jadefalken-Krieger wären hocherfreut, wenn du ihre Reihen verläßt.«

»Nein. Ich habe mir meinen Status und meinen Rang verdient. Laß uns dieses Gespräch beenden. Ich möchte dir für deinen Teil an unserem heutigen Sieg danken.«

»Ich sollte euch danken. Ihr zwei habt ein schlimmes Urteil gegen mich aufgehoben.«

»Und gegen uns«, warf Joanna ein.

»Nichtsdestotrotz wäre mein Leben auf eine ehrlose Weise zu Ende gewesen. Selbst jetzt ist nicht sicher, daß ich meine Ehre wiederherstellen kann, aber der Sieg in diesem Widerspruchstest erleichtert es mir immens, mein Handeln zu rechtfertigen.«

Als die drei verstummten, sah Aidan, wie einige Krieger, die das Schlachtfeld untersucht hatten, ihnen haßerfüllte Blicke zuwarfen.

»Nun, Sterncommander Aidan«, ergriff Joanna das Wort und kehrte zur förmlichen Anrede des Clan-Kriegers zurück, »wie geht es weiter?«

»Morgen ist das Gestampfe um den zweiunddreißigsten Platz im Blutrechtswettbewerb. Ich werde daran teilnehmen.«

Joanna nickte. »Ich bewundere deine Entschlossenheit, am Gestampfe teilzunehmen, aber wie groß deine Fähigkeiten auch sein mögen, ich muß dich daran erinnern, daß der Gewinner des Gestampfes nicht notwendigerweise der beste Krieger unter den Teilnehmern ist. Der Sieg im Gestampfe ist mehr eine Frage der Fähigkeit zu überleben als des kämpferischen Könnens.«

»Ich scheine über gewisse Fähigkeiten in dieser Hinsicht zu verfügen.«

Joanna hob die Brauen. »Zugegeben. Aber vergiß nicht: Du kannst damit beschäftigt sein, einen Gegner mit deinem ganzen Können auszuschalten, und irgendein Idiot ohne den leisesten Durchblick kann sich in deinen Rücken schleichen und euch beide mit einer Salve abschießen. Logik, weder militärische noch normale, spielt dabei keine Rolle. In einem Gestampfe ist nichts unmöglich.«

»Was es zu einem Gefecht ganz ähnlich dem heutigen macht«, gab Aidan zurück und deutete auf das trümmerübersäte Schlachtfeld. »Das könnte eine wertvolle Generalprobe gewesen sein.«

»Nach dem heutigen Kampf wirst du erschöpft sein.«

»Ich habe keine Wahl. Man wird das Gestampfe nicht verschieben, nur damit ich mich ausruhen kann. Um genau zu sein, ich habe nicht vor, überhaupt zu schlafen. Man gesteht mir keinen Tech zu, der mir hilft, diesen Mech wieder kampfbereit zu machen, und er braucht alles — Reparaturen, Munition, eine Generalüberholung.«

»Nomad ist hier auf Ironhold. Seinem Arm geht es besser, auch wenn er noch etwas steif ist. Er wird dir helfen.«

Aidan war von Joannas Angebot überrascht.

»Werte das nicht als Zeichen von Freundschaft«, wehrte sie hastig ab. »Ich verachte dich und alles, was dich bis hierher gebracht hat, so wie ich es immer getan habe. Vielleicht noch mehr, weil du bereit warst, dich als dreckige Freigeburt auszugeben. Aber heute hast du gut gekämpft, und wahrscheinlich verdanke ich dir mein Leben. Ich möchte diese Schuld möglichst schnell tilgen. Ich werde dir Nomad schicken, sobald ich ihn finde.«

Aidan verzichtete darauf, ihr zu danken, denn er wußte, daß seine Dankbarkeit sie irritiert und geärgert hätte.

»Du wirst noch andere Helfer brauchen. Wir werden Strategien ausarbeiten. Vielleicht kannst du noch ein oder zwei andere überreden, sich uns anzuschließen.«

»Hengst. Ich hätte Hengst gerne dabei.«

»Diese dreckige Freigeburt!«

»Ja. Stört dich das?«

Joanna schien ja sagen zu wollen, aber dann überlegte sie es sich anders. »Wenn du Hengst dabeihaben willst, sollst du Hengst haben. Mein Name ist schon entehrt. Es kann ihm kaum noch schaden, mit einer Freigeburt in einem Blutrechtsteam zu dienen. Irgendwie scheint es sogar passend.«

»Aber von jetzt an darfst du ihn nicht mehr Freigeburt nennen, bis ich gewinne oder ausscheide.«

Joanna verzog das Gesicht. »Du bist ein seltsamer Mensch, Sterncommander Aidan. Ein wahrgeborener Krieger, der den Verteidiger der Freigeborenen mimt. Diese Kombination dürfte genügen, dich für den Rest deiner Laufbahn zu behindern, wie der Blutrechtstest auch immer ausgeht. Aber ich werde Mech-Krieger Hengst nicht in deiner oder seiner Gegenwart als Freigeburt bezeichnen. Wie ich es unter anderen Umständen handhabe, ist eine andere Sache.«

»Gut gehandelt und akzeptiert.«

»Ich war mir klar, daß wir bieten, aber, ja, ich sehe, was du meinst. Na gut, wer soll unser Team vervollständigen? Ich wüßte niemanden sonst, der uns helfen könnte.«

Sie blickten beide auf Ter Roshak, der augenblicklich abwehrte. »Mich wollt ihr nicht. Ich wäre keine Hilfe für eure Sache, sondern eine Behinderung. Sucht besser jemand anderen.«

»Vielleicht kann ich helfen«, klang hinter ihnen eine Stimme auf. Beide erkannten Marthe, jetzt Marthe Pryde, Sterncaptain Marthe Pryde. Joanna und Aidan drehten sich um, ebenso Ter Roshak, und erblickten sie ein paar Schritte entfernt. Sie mußte sie schon eine ganze Weile beobachtet haben.

Aidan wußte nicht, ob er auf sie zustürzen und sie umarmen oder dieselbe Distanziertheit wahren sollte, die sie für ihn zu reservieren schien. Aber er brauchte nicht lange zu überlegen. Marthe trat mit ausgestreckter Hand auf ihn zu, die Finger zum Jadefalkengruß gespreizt. Das rituelle Händeschütteln bedeutete Aidan mehr, als es eine Umarmung vermocht hätte.

»Sterncaptain ...«, setzte er an, aber Marthe unterbrach ihn.

»Im Feld verzichte ich bei meinen Kriegern auf Formalitäten und gestattete ihnen, mich Marthe zu nennen. Manchmal hilft es, unsere Leistung als Einheit zu steigern. Da wir drei einen Teil unserer frühen Jahre miteinander verbracht haben, wäre dies auch unter uns angemessen. Stimmst du mir nicht zu, Joanna?«

»Im Augenblick, Marthe, bin ich mir nicht mehr sicher, was ich einmal für wahr gehalten habe. Ich werde dich Marthe nennen. Zumindest außerhalb von Kriegerversammlungen.«

»Gut genug. Nun, was ist mit meinem Angebot, Aidan? Ich kann dir wertvolle Ratschläge geben. Immerhin gehöre ich Haus Pryde an. Ich kann dich jedoch nicht nominieren. Die einzige Methode, mit der du dich qualifizieren kannst, ist durch das Gestampfe um die offene zweiunddreißigste Position. Als Pryde-Blutnamensträgerin hatte ich bereits meine Gelegenheit, einen Kandidaten zu nominieren. Leider hatte meine Kandidatin das Pech, bei einem Trainingsunfall ums Leben zu kommen, so daß ihr Gegner im ersten Durchgang kampflos gewinnt. Aber ich kann dich beraten, ohne daß es meine sonstigen Pflichten beeinträchtigt.«

»Was kannst du ihm bieten, das andere nicht bieten können?« fragte Joanna.

»Eine gute Frage, Joanna. Ich kann Aidan Informationen über seine Gegner liefern, denn ich kenne viele von ihnen. Als Mitglied von Haus Pryde habe ich die Leistungen und das Potential einiger Kandidaten analysiert. Und bei den anderen kann ich es noch nachholen.«

»Aber warum, Marthe?« fragte Aidan. »Warum tust du das? Bei unserer letzten Begegnung schienst du von unserer gemeinsamen Vergangenheit keineswegs bewegt.«

»Ich erinnere mich an unsere Zeit in der Geschko besser, als du ahnst. Aber ich bin nicht aus ungesunder Nostalgie hier. Ich habe deinen Fall studiert, bevor ich zum Großen Konklave nach Ironhold kam, und ich war in jeder Sitzung anwesend. Ich habe darum gebeten, als offizielle Beobachterin an diesem Widerspruchstest teilzunehmen. Inzwischen glaube ich, daß Ter Roshak recht hatte. Du bist ein guter Krieger, ein Krieger, den man achten sollte. Als achtenswerter Krieger hast du die Chance auf einen Blutnamen verdient. Ich bin mir nicht sicher, ob du der Beste bist, der sich um dieses Erbe von Haus Pryde bewirbt, aber die Möglichkeit will ich nicht ausschließen.«

»Setzt du dich keiner Kritik aus, wenn du einen Krieger unterstützt, der erst kürzlich vom Konklave verurteilt wurde und einen Widerspruchstest verlangt hat?«

»Vielleicht, aber ich habe das Recht dazu, besonders nachdem meine Kandidatin ausgefallen ist. Außerdem hast du den Test gewonnen und dir damit vielleicht in manchen Kreisen Respekt erworben. Jedenfalls mußt du deinen BattleMech jetzt in einen Wartungshangar schaffen und auf das Gestampfe vorbereiten.«

Marthe drehte sich um und ging mit militärisch präzisem Schritt davon. Plötzlich rannte Aidan hinter ihr her.

»Marthe, gibt es noch einen anderen Grund für deine Hilfe?«

Sie sah ihn mit ihren kühlen, ruhigen Augen an. »In gewisser Weise ja. Es gibt noch einige ... nun, erledigte Punkte zwischen uns. Ich wollte dich wiedersehen, deshalb bin ich nach Ironhold gekommen. Vielleicht hat es mit der Geschko zu tun ... ich weiß es nicht. Wir werden morgen vor dem Gestampfe noch darüber reden.«

Sie drehte sich wieder um und ließ ihn stehen. Inzwischen hatte Joanna ihn erreicht. »Alles ist im Fluß, Aidan. Ich bin mir der Dinge nicht mehr so sicher, wie ich es gewohnt bin. Das gefällt mir gar nicht.«

30

Vor dem Gestampfe warnte Marthe Aidan besonders vor einem Mech-Krieger namens Nielo, der bereits zwei frühere Blutrechte überlebt hatte. In beiden Fällen war er nominiert gewesen und hatte durchgehalten, bis nur noch acht Bewerber übrigblieben. Er hatte die Nominierung verloren, als der Blutnamensträger, der ihn zweimal vorgeschlagen hatte, eine jüngere, begabtere Kriegerin fand. Es war üblich, daß Blutnamensträger des Clans für verschiedene Blutnamenskämpfe unterschiedliche Krieger nominierten, ja, es wurde sogar erwartet.

Nielo würde eine *Viper* steuern, einen leichteren Mech als Aidans *Nemesis,* der jedoch äußerst beweglich war. Er hatte eine größere Sprungreichweite als Aidans Mech, aber seine Bewaffnung war recht konventionell. Auf Marthes Rat hin hatte Aidan seine *Nemesis* wieder auf die Primärkonfiguration umgestellt. Die einzige Änderung bestand im Austausch der LSR gegen KSR, die auf dem begrenzten Schlachtfeld des Gestampfes nützlicher waren.

»Für das Gestampfe brauchst du Vielfalt, und die liefert dir die Standardbestückung der *Nemesis.* Es besteht kein Bedarf an ausgefallenen Spielchen. Im Gegenteil, du mußt vor allem daran denken, dich zurückzuhalten, genau wie Joanna es schon gesagt hat. In einem Gestampfe ist Vorsicht die bessere Strategie.«

»Bist du dir da sicher, Marthe?«

»Nun, ich habe noch nie an einem teilgenommen, aber der Rat macht Sinn. Es wäre verlockend, am Anfang zuviel zu wagen, zuviel Munition zu verbrauchen und zuviel Hitze aufzubauen. Es ist möglich, das Gestampfe durch eine Kampfweise zu verlieren, die man in der Händlerkaste als schlechtes Wirtschaften bezeichnen würde. Also, sieh dich vor. Verteidige dich, aber halte dich ansonsten so weit wie möglich zurück.«

»Die Vorstellung gefällt mir nicht.«

»Mir würde sie auch nicht behagen. Aber hier geht es nicht darum, Einzelgefechte zu gewinnen. Du könntest hundert Einzelgefechte schlagen und gewinnen und trotzdem das letzte verlieren. Aidan, beim Gestampfe geht es ums Überleben. Je besser du den anderen aus dem Weg gehst, desto besser steht es um deine Chancen. Nur das letzte Gefecht mußt du gewinnen. Natürlich wäre es ziemlich schwierig, das ganze Gestampfe zu überstehen, ohne zumindest ein paar Gefechte führen zu müssen. Du wirst je nach Lage der Dinge entscheiden müssen. Wähle zu Anfang nur Gefechte, die du leicht gewinnen kannst. Benutz deinen Instinkt, nicht den Verstand.«

Aidan betrachtete das Feld der Kandidaten, während er den letzten Instruktionen des Hausoberhauptes lauschte. Die Anweisungen waren kürzer als in den Blutrechtskämpfen, und ihre Knappheit war beleidigend.

Über hundert Krieger hatten sich in ihren Mechs um den enormen Kreis der Gleichen aufgestellt, in dem das Gestampfe stattfinden sollte. Der Kreis verhinderte, daß sich ein Kandidat irgendwo verstecken und ausruhen konnte, um erst zu einem späteren Zeitpunkt ins Geschehen einzugreifen.

Abgesehen von den schwersten Mechtypen, die beim Gestampfe verboten waren, schien so ziemlich jeder verfügbare Mechtyp unter den Kandidaten vertreten. Einige der Mechs waren auf Hochglanz poliert, während andere zahlreiche Brandspuren und Scharten aufwiesen, als wollten ihre Piloten damit angeben, wie viele harte Kämpfe sie bereits gewonnen hatten.

Das Oberhaupt von Haus Pryde, eine schlanke junge Frau namens Risa Pryde, schloß ihre Anweisungen ab. »Jeder, der sich aus dem Kreis der Gleichen zurückzieht, gilt automatisch als besiegt. Ein Mech, der auf den Rücken stürzt, gilt als ›abgeschossen‹. Landet er auf der Frontseite des Torsos, kann er weiter am Gestampfe teilnehmen. Beim ersten Kanonenschlag werdet ihr alle an eine beliebige Stelle innerhalb des Kreises laufen. Beim zweiten Kanonenschlag beginnt das Gestampfe. Möge der Geist Nicholas Kerenskys über euch wachen.«

Aidan legte die Hände auf die Kontrollen. Er brauchte nicht lange auf das Signal zu warten. Während die anderen sich regelrecht in den Kreis stürzten, schlenderte er mit seiner *Nemesis* eher hinein. Er warf einen Blick auf den Sekundärschirm, auf dem die Bewegungen der Mechs verzeichnet waren, und schloß, daß die Sensoren zumindest für eine Weile wertlos waren. Angesichts der gewaltigen Zahl bewegter Gegner war es zu schwierig, sie alle im Auge zu behalten. Wie Marthe es empfohlen hatte, würde er Munition sparen und es den anderen überlassen, sich gegenseitig zu dezimieren.

Der zweite Kanonendonner ertönte. Für die Beobachter schien der gewaltige Kreis der Gleichen in Chaos zu versinken.

Aidan, der sich mitten im Kampfgetümmel aufhielt, fand es überraschend leicht, den Kämpfenden auszuweichen und durch ein Labyrinth von Einzelgefechten zu wandern, in dem er nur selten von einem anderen Krieger attackiert wurde. Clan-Krieger neigten zur Aggression, und aus strategischen Erwägungen zurückhaltende Kombattanten wie Aidan hatten keine Schwierigkeiten, sich auch durch die heftigsten Gefechte zu bewegen. Wenn er kämpfte, war der Schlagabtausch beiläufig und kurz. Er konnte drei Mechs mit einem Minimum an Munitionsverbrauch ausschalten. Anscheinend hatte Marthe mit ihrer Einschätzung recht gehabt, daß viele der Kämpfer weit entfernt davon waren, erstklassige Krieger zu sein.

Schon bald war der Kreis, wie Marthe es ebenfalls prophezeit hatte, mit besiegten Mechs übersät. Einige von ihnen standen ohne Pilot herum, andere lagen als metallene ›Leichen‹ auf dem Boden.

Die Reihen der Mitbewerber lichteten sich, und bis jetzt hatte Aidan Nielo noch nicht gefunden und auch noch keine einzige *Viper* gesehen. Das einzige, was er sah, war ein wogendes Kampfgetümmel. Zu seiner geheimen Bibliothek gehörte auch ein Buch namens Inferno, in dem ein alter terranischer Mythos namens Hölle beschrieben wurde. In der Hölle waren die Sünder in Kreisen der Strafe gefangen. Ihre Bewegungen waren verzweifelt und sinnlos. Das Pandämonium des Gestampfes ließ in Aidan die Vorstellung von diesem Kreis als eine Art Kriegerkreis der Hölle wach werden.

Schlußendlich war es Nielo, der Aidan fand. Er landete nach einem spektakulären Sprung über mehrere hundert Meter vom Rand des Kreises aus geradewegs vor Aidans *Nemesis,* die in ihr erstes wirklich ernstes Gefecht verwickelt war. Eine *Natter* hatte Aidans Mech schräg von hinten angegriffen und schälte mit ihrem leichten Impulslaser Panzerung von dessen Torso.

Aidan fragte sich, was im Pilot der *Natter* vorging. Der Mech war gerade halb so schwer wie seine *Nemesis,* und seine Feuerkraft war nachgerade lächerlich, und trotzdem griff er ihn mit feuernden ER-PPKs an. Er stoppte die *Natter* mit einer Salve der LB 10-X und hätte sie ausgeschaltet, wenn nicht in diesem Augenblick die *Viper* zwischen den beiden Kämpfern gelandet wäre. Mit einem Tritt stieß sie die *Natter* um und wandte sich der *Nemesis* zu. Aidan war einerseits froh, die lästige *Natter* los zu sein, aber andererseits gefiel es ihm nicht, wie beiläufig und beleidigend sie aus dem Rennen geworfen worden war.

Anscheinend hatte auch Nielo seine Energie aufgespart, denn seine mittelschweren Impulslaser eröffneten das Feuer auf Aidans *Nemesis,* noch bevor die *Natter* aufgeschlagen war. Aidan fühlte den Aufprall der

Treffer, und das Schadensdiagramm seines Mechs auf dem Sekundärschirm zeigte eine lange Bresche in der Panzerung des oberen Torsos. Er reagierte mit PPK-Blitzen, die gefährlich dicht am Cockpit der *Viper* lagen. Nielo drehte den Mechtorso fast reflexartig zur Seite.

Aidan erkannte, daß ein stationärer Schlagabtausch mit Nielo im Augenblick die schlechteste Taktik war, die er wählen konnte. Er brauchte Distanz, und dazu mußte er die Sprungdüsen einsetzen. Er rechnete damit, daß Nielo — dessen Mech eine weit größere Sprungkapazität besaß — ihm sofort folgte. Und wenn Aidan nur schnell genug reagierte, konnte das Nielos Untergang sein.

Er berechnete einen Zielpunkt hart an der Grenze des Kreises, hinter Nielo und seiner *Viper*, ein Punkt, an dem momentan nicht gekämpft wurde, und löste die Sprungdüsen aus. Die *Nemesis* stieg in einem flachen Winkel über die *Viper* auf, so daß Aidan sie mit der LB 10-X intensiv unter Beschuß nehmen konnte. Sein Feuer richtete wegen des ungünstigen Winkels nur wenig Schaden an, aber es hinderte Nielo daran, seinen Mech zu wenden und ebenfalls zu springen. Als Aidan aufsetzte, bereitete er sich augenblicklich auf Nielos Ankunft vor.

Die Antwort seines Gegners war zu berechenbar. Er kopierte Aidans flache Flugbahn und kam wie eine Rakete auf ihn zugeschossen. Die Zeit, die er sich mit seiner Autokanone erkauft hatte, arbeitete jetzt zu Aidans Vorteil. Er hatte kalkuliert, daß er die *Viper* mit einer KSR-Salve treffen mußte, bevor sie aufsetzte. Aidan zielte und feuerte auf den sich nähernden BattleMech, bevor er den Scheitelpunkt seiner Flugbahn erreicht hatte. Wie erhofft, trafen die Raketen die *Viper* am oberen Torso. Sie schien in der Luft abzubremsen, zitterte, wurde etwas zurückgeworfen, stürzte. Unter ihr feuerte gerade ein *Rotfuchs* auf einen *Eismarder*, und die *Viper* stürzte geradewegs in die Schußlinie. Eines der Geschosse detonierte in Höhe der Pilotenkanzel, und Aidan wußte, daß Nielo und sein Mech Geschichte waren. Er hatte nicht gewollt, daß der Krieger, dessen Ruf ihm vorausgeeilt war, den Tod fand. Wütend marschierte er in das Gefecht des *Rotfuchs* und demontierte den Mech mit einer brutalen Kanonade. Anschließend vernichtete er auch den *Eismarder,* gegen den der *Rotfuchs* gekämpft hatte.

Er blickte auf den Sekundärschirm und stellte fest, daß seine Munition gefährlich knapp wurde, auch wenn ihm noch Raketen zur Verfügung standen.

Aber jetzt war sein Blut in Wallung geraten, und Aidan war bereit, den Rest der Bewerber persönlich aus dem Feld zu schlagen.

Ein Problem gab es dabei allerdings: Es war niemand mehr übrig. Aidan stand allein am Rand des Kreises der Gleichen und sah auf dem weiten Feld nur beschädigte und zerstörte BattleMechs.

Er hatte gesiegt, aber Aidan verstand seine Reaktion nicht. Warum fühlte er keine Begeisterung?

31

Bei den Zeremonien, die jedem Kampf in einem Blutrechtswettbewerb vorausgingen, fühlte Aidan die Feindseligkeit der gegen ihn antreten Krieger überdeutlich. Keiner von ihnen redete mit ihm, auch wenn einige verhalten knurrten oder Beleidigungen murmelten. Einer von ihnen war ein muskulöser Krieger, der zu wuchtig wirkte, um in ein normales BattleMech-Cockpit zu passen. Sein Name war Megasa, und er war Sterncommander. Er sprach nur ein einziges Mal mit Aidan, und was er sagte, war: »Ich hoffe, daß ich dich irgendwann im Verlauf des Wettbewerbs als Gegner ziehe. Wenn es soweit ist, werde ich deinem Leben ein Ende machen, damit du den Ruhm der Jadefalken nicht länger beschmutzen kannst.« Er marschierte davon, ohne auf eine Antwort zu warten. Seine dicken Beine verliehen ihm einen eher witzigen Gang, als müsse er möglichst breitbeinig gehen, damit seine Oberschenkel sich nicht gegenseitig wundscheuerten.

Er fragte Marthe nach Megasa, aber ihre Antwort kam nur zögernd. »Ich halte ihn für den gefährlichsten Gegner in diesem gesamten Blutrechtswettbewerb. Was die Ziehungen betrifft, gehört er zur anderen Gruppe. Du kannst ihm frühestens im Endkampf begegnen. Wir wollen hoffen, daß ihm vorher etwas zustößt.«

»Im Gegenteil«, widersprach Aidan. »Ich hoffe, ihm zu begegnen.«

Marthe lächelte. Es erinnerte ihn daran, wie sie in ihrer gemeinsamen Kindheit in der Geschko gewesen war. Das gefiel ihm.

»Je mehr ich von dir sehe«, erklärte sie, »desto überzeugter bin ich, daß du diesen Blutnamen gewinnen *solltest.* Pryde wäre ein passender Name für dich. Es ist keine Übertreibung, wenn ich sage, daß ich noch nie jemand getroffen habe, der hochmütiger ist als du.«

Er zuckte die Schultern. »Mag sein. Aber mein Verlangen, gegen Megasa anzutreten, hat einen tieferen Grund. Wenn ich ihn besiege, nimmt das den Makel von mir, mit dem ich nach Ansicht dieser Krieger den Blutnamen beflecke. Bei jedem anderen Gegner werden sie annehmen, ich hätte durch Glück und nicht durch mein Können gesiegt. Oder sogar, daß es Schicksal war.«

»Schicksal? Du glaubst an Schicksal? Das paßt gar nicht zu dir!«

»Nicht Schicksal im üblichen Sinn. Aber manchmal glaube ich schon, daß eine Art Schicksal meinen Weg bestimmt, vielleicht den von uns allen.«

»Eine Art Lenksystem für Menschen?«

»So könntest du es ausdrücken.«

»Nein. Das würde ich nie sagen. Es klingt wie Unsinn. Außerdem müssen wir den morgigen Kampf besprechen. Wie heißt dein Gegner?«

»Er heißt Lopar. Er ist ein erfahrener BattleMech-Pilot.«

»Er ist mehr als nur erfahren. Er ist so gut, daß er manchmal eins mit seinem Mech zu werden scheint, als hätte man ihn gleich in der Fabrik zusammen mit dem Mech konstruiert. Du könntest ihn in einer direkten Konfrontation schlagen, aber wozu die Mühe? Du solltest versuchen, dich ihm und jedem anderen Gegner außerhalb seiner gewohnten Umgebung zu stellen.«

Während Marthe weitersprach, kam Hengst in das kleine, kahle Zimmer. Er setzte sich auf einen der beiden freien Stühle und verfolgte die Diskussion der beiden. Ihm gegenüber saß Joanna und nickte bei verschiedenen Ratschlägen Marthes zustimmend. Als Hengst ins Zimmer gekommen war, schien ihr ein Schauder über den Rücken gelaufen zu sein.

Nachdem Marthe gegangen war, übernahm Joanna Aidans Vorbereitung, indem sie seinen körperlichen Zustand testete. Sie warf ihm einen Ball zu, den er mit einer Hand fangen mußte. Er war schnell, und der Ball traf unvermeidlich seine offene Hand. Sie führten auch eine komplizierte Übung mit Stöcken durch, die sie in einer präzisen, aber arhythmischen Abfolge hin und her warfen.

Während einer Pause erhaschte Hengst Aidans Blick. »Ist es das alles wert?« fragte er. »Brauchst du unbedingt einen dieser dummen Blutnamen?«

»Ja, Hengst, der Blutname ist es wert. Er stellt die einzige Möglichkeit dar, daß meine Gene für den Genfundus ausgewählt werden.«

»Der Genfundus, der Blutname, das sind doch nur Schmuckstücke. Du hast deinen Wert als Krieger schon bewiesen.«

»Halt den Mund, Frei ...« Ein schneller Blick Aidans hinderte Joanna daran, die Obszönität auszusprechen. »... geborener. Du bist ein Mitglied in Aidans Team. Du hast kein Recht, den Blutrechtstest zu verspotten. Es handelt sich um eine ehrbare Tradition. Du bist nur neidisch, weil du nicht daran teilnehmen darfst.«

Hengst schüttelte den Kopf. »Keineswegs. Selbst wenn ich ein Wahrgeborener wäre, würde ich keinen Blutnamen wollen.«

Joanna brach abrupt in Gelächter aus. Es war ihr übliches, grausames Lachen, ein Lachen, das einmal Angst und Schrecken bei ihren Kadetten ausgelöst hatte. »Dein Name ist nicht ganz treffend, Hengst. Pferdearsch wäre treffender. Wenn du ein Wahrgeborener wärst! Du kannst dir nicht vorstellen, was es heißt, ein Wahrgeborener zu sein, kannst nicht ahnen, was es heißt, einen Blutnamen zu besitzen, kannst nicht ...«

»Und warum hast du noch keinen Blutnamen gewonnen? Bist du nicht gut genug?«

Hengst hatte Glück, daß Aidan zwischen ihm und Joanna stand. So wie sie auf Hengst losging, wäre selbst ein erfahrener Krieger wie er durch die Wand gedrückt worden. Aidan hielt sie fest, bevor es soweit kommen konnte.

»Ihr zwei seid meine Ratgeber«, beruhigte er sie. »Ich brauche eure Hilfe, keine Streitereien.«

»Du solltest ihn loswerden, Aidan«, knurrte Joanna. »Die Art Ratschläge, die er dir geben kann, werden dich ins Grab bringen.«

»Nein, Joanna«, meinte Aidan. »Ich muß beide Seiten der Medaille sehen. Wie kann ich instinktiv reagieren, wenn ich mir etwas vormache?«

»Ich kann nicht sehen, wie sein Geplapper dir irgendwie helfen könnte. Es schändet das Ideal des Blutnamens.«

»Und genau deshalb ist Hengst für mich wertvoll. Sein Gesichtspunkt gestattet mir, dieses Ideal im richtigen Verhältnis zu sehen.«

»Ich habe keine Ahnung, was du damit meinst.«

»Ich bin derart auf diesen Blutnamen fixiert, daß mir das Verhältnis seinen Wert zeigt.«

»Also, wenn es darum geht, um einen Blutnamen zu kämpfen, solltest du daran denken, daß ich das auch schon getan habe. Und ich kann dir versichern, mit Philosophieren hat noch niemand einen Tropfen gegnerisches Blut vergossen.«

Aidan wußte, wie verbittert Joanna darüber war, daß es ihr noch nicht gelungen war, einen Blutnamen ihres Hauses zu erringen, aber Marthes Rückkehr ersparte ihm eine weitere Diskussion.

Wegen des seltsamen Ausdrucks in ihrem Gesicht fragte er, was los sei.

Marthe gab nicht sofort Antwort. Sie schien überlegen zu müssen, ob sie ihre Gedanken preisgeben sollte oder nicht. Schließlich redete sie. »Alle Wettbewerber um den Blutnamen leisten einen Schwur.«

»Ich habe nichts davon gehört.«

»Weil es dabei um dich geht. Der Schwur verurteilt deine Teilnahme an diesem Blutrechtstest. Megasa hat ihn vorgeschlagen. Nach dem, was ich aufgeschnappt habe, schwören deine Gegner, daß sie versuchen werden, dich nicht nur zu besiegen, sondern zu töten. Alle Mitbewerber haben den Schwur geleistet.«

Aidan nickte nur. Sein Mund war ein dünner Strich.

»Macht dir das keine Sorgen?« fragte Marthe.

»Natürlich macht es mir Sorgen. Aber es überrascht mich nicht. Es ist ein seltsames Gefühl, so verhaßt zu sein, aber ich werde eine Möglichkeit finden, es zu benutzen. Alles kann im Kampf zum Vorteil gewendet werden.«

»Zieh dich zurück, Aidan«, riet Hengst leise.

»Nein, das kann er nicht«, insistierte Joanna.

»Und ich werde es auch nicht tun«, sagte Aidan. »Ich habe bei meinem ersten Test hier auf Ironhold versagt. Wenn ich hier beim Blutrechtstest wieder versage, sterbe ich lieber.«

Über Marthe schlug plötzlich eine Woge von Traurigkeit zusammen. Möglicherweise zuckte das Gefühl sogar durch ihren Blick, aber schon im nächsten Moment hatte sie sich wieder völlig unter Kontrolle. Niemand schien ihren Augenblick der Schwäche bemerkt zu haben.

32

Die Blutrechtsmünze machte Aidan Mut. Irgendwie erinnerte ihn das Emblem des fliegenden Jadefalken auf der Vorderseite der Münze an den Wanderfalken, den er als Junge aufgezogen und zur Jagd abgerichtet hatte. Er hatte ihn Warhawk getauft, nach einem mythischen Falken in einer Geschichte, die Geschmutter Glynn häufig erzählt hatte, und in Anlehnung an den riesigen BattleMech namens *Kriegsfalke*.

Er konnte sich nicht mehr genau an die Falkengeschichte erinnern, die Glynn mit den für sie typischen dramatischen Ausschmückungen erzählt hatte. Er erinnerte sich noch daran, daß am Ende der Falke hoch am Himmel über einem Berggipfel mit einem zweiten seiner Art gekämpft hatte. Der Warhawk in der Geschichte war in einem großartigen Sturzflug auf seinen Gegner herabgestürzt und hatte ihm in der Luft den Kopf abgerissen. Wenn er jetzt daran zurückdachte, wurde Aidan klar, wie übertrieben diese Geschichte gewesen war, genau wie all die anderen, mit denen Glynn die Kinder der Geschko unterhalten hatte. Aber diese Geschichten hatten ihre Phantasie angeregt, hatten ihr Leben und ihre Wertvorstellungen geprägt. Hätte Aidan Glynns Geschichte über Warhawk nicht gehört, hätte er vielleicht nie den Wunsch verspürt, selbst einen Vogel großzuziehen. Und vielleicht hätte er auch dieses unnachgiebige Bedürfnis nicht gespürt, seinem Schicksal bis zu diesem Augenblick hier nachzujagen. Darauf war alles hinausgelaufen, auf den Moment, in dem er hier stand, eine Münze mit einem Falken wie Warhawk in der Hand, und auf die Gelegenheit wartete, den Blutnamen zu gewinnen, nach dem er mit jeder Faser seines Wesens verlangte.

Obwohl er nicht immer Joannas Meinung war, mußte er ihr recht geben, was die Diskussion mit Hengst über Blutnamen am Abend zuvor betraf. Ein Krieger zu sein, gab seinem Leben Sinn, aber der Gewinn eines Blutnamens würde seiner Seele Frieden bringen. Egal, der Wettbewerb mußte jeden Augenblick beginnen, daher war die Diskussion bedeutungslos. Joanna und Hengst standen neben ihm, während sie darauf warteten, vom Hausleiter aufgerufen zu werden.

Aidan fragte sich, ob Lopar, sein schlanker Gegner, der auf der anderen Seite des Spaliers wartete, dieselbe Erregung spürte. Falls dem so war, zeigte sich keine Spur davon in seiner Miene. Sein Gesicht trug nur blanken Haß zur Schau. Der Blick, den er Aidan zuwarf, war mehr als die typische Kriegerpose, die rituelle Körpersprache, die den Gegner einschüchtern sollte. Nein, das war echt, tiefer, reiner Haß.

Du haßt mich also, ja, Lopar? dachte Aidan. Würde es dich überraschen zu erfahren, daß ich dich nicht hasse? Ich denke nicht daran, meinen Haß an einen Narren wie dich zu verschwenden. Hasse mich ruhig. Es wird dein Untergang sein, denn ich werde eine Möglichkeit finden, es auszunutzen.

Risa Pryde stand im Zentrum der riesigen Halle, die für die Blutrechtszeremonien ausgewählt worden war. Sie hatte das Ritual bereits für die meisten der dreißig anderen Wettbewerber durchgeführt. Aidan und Lopar stellten die vorletzte Paarung.

Erregung brandete in Aidan hoch, als sein Blick über die Reihen strich. Seit der Zeit in der Geschko hatte er davon geträumt, in einer solchen Halle zu stehen und auf seine Chance, einen Blutnamen zu erringen, zu warten. Er hatte sich nie träumen lassen, daß es auf diese Weise dazu kommen würde, aber wie hätte er je voraussehen können, daß er sich als Freigeburt würde ausgeben, einen Widerspruchstest gewinnen, um seinen Status als Wahrgeborener zu bestätigen, und die Blutnamenskämpfe in einer Situation beginnen müssen, in der alle seine Gegner einen geheimen Schwur geleistet hatten, ihn zu töten? Selbst jetzt sahen sich die anderen am Test beteiligten Krieger immer wieder zu ihm um, und der Ausdruck ihrer Gesichter reichte von Widerwillen über Ekel bis zu blankem Abscheu. Von mir aus, dachte er. Ich werde euch auf dem Schlachtfeld ebenso begeistert vernichten, wie ihr es mit mir vorhabt. Also sind wir quitt.

Schließlich wurden Aidan und Lopar zur Mittelempore gerufen, auf der Risa Pryde sie, von den anderen Mitgliedern Haus Prydes flankiert, erwartete. Bevor sie sich zurückzogen, berührten Joanna und Hengst ihn kurz an der Schulter. Aidan marschierte zügig auf die Empore zu. Joanna hatte ihm geraten, an keinem Punkt der Zeremonie ein Zögern sichtbar werden zu lassen, gleichgültig, was geschah. Marthe saß fast am Ende einer Reihe mit Pryde-Kriegern, aber sie vermied es sorgfältig, ihn direkt anzusehen. Keiner der anderen Blutnamensträger wußte von ihrer Unterstützung für ihn. Marthe war der Ansicht, ihm insgeheim besser helfen zu können.

Risa Pryde trug die zeremonielle Robe des Clans Jadefalke, einen prächtigen Umhang aus leuchtend bunten Federn. Vor dem Gestampfe hatte sie einen zierlichen Eindruck gemacht, aber in vollem Ornat mit dem schweren Umhang über den Schultern schien sie größer und beeindruckender.

Sie nickte den beiden Kandidaten zu und erklärte, daß sie die Funktion der Eidmeisterin übernahm und Haus Pryde repräsentierte. »Stimmt ihr dem zu, Krieger?«

»Seyla«, antworteten Aidan und Lopar im Chor.

»Was sich hier ereignet, Krieger, wird uns binden, bis wir alle fallen.« Der Wortlaut der Zeremonie war in allen Clans ähnlich, und Risa Pryde sprach die Formel mit tiefer Bewegung. Sie breitete die Arme aus und verkündete: »Ihr repräsentiert das Beste, was Haus Pryde aufzubieten hat. Das habt ihr bewiesen.«

Viele der versammelten Krieger grummelten in Reaktion auf diese Worte, obwohl die Regeln jedem außer der Eidmeisterin und den beiden Blutrechtsbewerbern verbaten, einen Laut von sich zu geben. Aidan wußte, daß es die rituelle Erklärung war, er gehöre zu den Besten Haus Prydes, die zum Bruch des rituellen Schweigens geführt hatte.

Risa Pryde schloß die Einleitung der Zeremonie ab, indem sie erklärte, daß die Krieger um das Recht und die Ehre kämpfen würden, den Namen Pryde zu beanspruchen. Dann wandte sie sich an Lopar. »Du bist Lopar und bist fünfundzwanzig Jahre alt. Berichte uns, was dich würdig macht, um den Blutnamen Pryde zu kämpfen.«

Lopar erklärte stolz, daß er sich die Nominierung durch seinen Mut und sein Heldentum in zahlreichen Konflikten verdient hatte, unter anderem bei der Verteidigung der Jadefalken-Siedlung auf York in einem Territorialstreit.

Risa Pryde wandte sich an Aidan und bat ihn, seine Würdigkeit zu beweisen. Wieder ging ein Raunen durch den Saal, aber das Hausoberhaupt brachte die sich beschwerenden Krieger mit einem durchdringenden Blick zum Schweigen.

»Ich wurde nicht nominiert, sondern stehe hier als Sieger über mehr als hundert Kämpfer im Gestampfe. Als Krieger des Clans Jadefalke habe ich bei zahlreichen Missionen tapfer gedient. In der Schlacht von Station Glory um das Generbe Kael Pershaws und gegen die Besitzansprüche Clan Wolfs habe ich das Kampfgeschick gewendet. Trotz gegnerischer Übermacht drang ich in das Lager Clan Wolfs ein und zerstörte das dortige Kommunikationszentrum, was den Kämpfen ein Ende bereitete.«

Bei der Vorbereitung seiner Rede hatte Joanna darauf bestanden, daß Aidan weder seine Maskerade als Freigeborener erwähnte, noch — wie es bei den Kriegern recht häufig vorkam — irgendwelche Leistungen in seiner Geschko.

Für einen kurzen Augenblick zuckte Bestürzung durch Risa Prydes Augen, als ob auch sie die Schande fühlte, die Aidans Teilnahme am Blutrechtstest mit sich brachte. Aber sie machte unbeirrt weiter. Sie lobte die Qualifikationen beider Kandidaten und verlangte von ihnen, die Münzen vorzuweisen, die ihr legitimes Recht auf die Teilnahme bestätigten. Aidan bemerkte, daß sie bei dem Wort *legitim* einen Augenblick zögerte, aber zumindest gab es keinen Protest mehr von den Zuschauern. Ein kegelförmiges Gerät schob sich aus dem Boden der Empore. Es wurde Schwerkrafttrichter genannt und diente dazu, die Entscheidung darüber zu treffen, welcher der Krieger die Waffen und welcher den Austragungsort bestimmte.

Die Eidmeisterin verlangte die Münzen von ihnen und untersuchte sie kurz, um sich zu vergewissern, daß die Rückseiten die korrekten Namen trugen.

Dann hielt sie beide Münzen in die Höhe und verkündete: »Diese beiden Münzen werden einander durch den Trichter der Entscheidung jagen. Dieses Zufallsmoment repräsentiert die Unberechenbarkeit der Schlacht, die kein Krieger kontrollieren kann. Ein Krieger, der eines Blutnamens würdig ist, muß fähig sein, widrige Umstände zu überwinden und einen überlegenen Gegner zu besiegen, selbst wenn die Schwierigkeiten überwältigend scheinen. Der Blutrechtstest spiegelt dieses Chaos des Krieges wider. Einer der Träger dieser beiden Münzen wird die Rolle des Jägers übernehmen und die Art des Kampfes bestimmen. Anschließend wird sein Gegner den Ort bestimmen. Habt ihr das verstanden?«

»Seyla«, bestätigten beide Krieger.

Die Eidmeisterin steckte die Münzen in zwei Schlitze am Trichter der Entscheidung, dann drückte sie einen Knopf, der sie freigab und in den Schwerkrafttrichter rollen ließ. Der Behälter war durchsichtig, aber die Münzen wirbelten mit einer derartigen Geschwindigkeit in ihm herum, daß es unmöglich war, sie auseinanderzuhalten.

Aidan erschien die Zeit endlos, bis die erste Münze aus dem unteren Zylinderteil des Trichters wieder auftauchte. Er und Joanna waren sich einig, daß die Rolle des Jägers und damit die Entscheidung darüber, wie der Kampf ausgetragen werden sollte, für ihn das bessere Ergebnis war. Da Lopar als erstklassiger Mechpilot galt, hielt Joanna es für logisch, eine andere Kampfart zu wählen. Aidan hatte protestiert und erklärt, lieber auf die Art kämpfen zu wollen, die sein Gegner gewohnt war. Er wollte keinen seiner Siege mit irgendwelchen Zweifeln belasten. Aber Joanna war eisern gewesen, und schließlich hatte Aidan nachgegeben. Jetzt war er sich allerdings nicht mehr so sicher. Er sah den grimmig dreinblickenden Lopar an und entschied sich, sollte er das Glück haben, zum Jäger bestimmt zu werden, BattleMechs zu wählen und Lopar auf seinem eigenen Feld zu schlagen.

Als endlich die eine, dann auch die andere Münze auftauchte, nahm die Eidmeisterin sie mit großer Sorgfalt in der korrekten Reihenfolge aus dem Behälter, die Münze des Jägers in der rechten Hand, die des Gejagten in der linken.

»Der Jäger ist Lopar«, erklärte sie und streckte die Hände aus. »Aidan wird den Schauplatz bestimmen.« Es spielte keine Rolle, dachte Aidan, denn er war sicher, daß Lopar dieselbe Kampfart wählen würde. Vielleicht würde sich die Wahl des Kampfplatzes zu seinen Gunsten auswirken. Dann überraschte Lopar Aidan und alle Anwesenden im Saal.

»Der Jäger wird diesem Emporkömmling nicht gestatten, ehrenhaft in einem BattleMech zu sterben. Ich wähle den direkten Zweikampf. Die einzige Waffe wird ein Jagdmesser sein. Minimale Bekleidung. Der Sieg soll dem gehören, der den Kampf überlebt.«

Todesjagden waren selten bei den Jadefalken, aber

die Regeln des Blutrechtstests gestatteten sie. Viele der versammelten Krieger, deren Haß sich noch immer voll auf Aidan konzentrierte, schienen Lopars verächtliche Entscheidung zu billigen.

Ich hatte gehofft, deinen Haß ausnutzen zu können, dachte Aidan, aber jetzt, Lopar, werde ich dich selbst benutzen.

»So sei es«, erklärte die Eidmeisterin und wandte sich an Aidan. »Wie lautet deine Wahl des Kampfschauplatzes? Wo wirst du dich jagen lassen, Sterncommander Aidan?«

»Auf Testfeld B, im Wald, der zum Positionstestplatz führt. Heute um Mitternacht.«

Die Ratlosigkeit einiger Krieger war offensichtlich. Sie konnten nicht wissen, daß Aidan in jenem Wald auf dem Weg zu seinem ersten Positionstest fünf Freigeborene besiegt hatte, die im Hinterhalt auf ihn gewartet hatten.

Gerade weil er damals bei seinem Test gescheitert war, war dieser Wald der richtige Platz für Aidan, den Kampf um die Ehre eines Blutnamens zu beginnen. Es war der passende Ort, weil dort alles seinen Anfang genommen hatte. Und wenn er versagte, würde Joanna dafür sorgen, daß dieser Wald sein letzter Ruheplatz wurde.

33

Die Geräusche der Nacht schlossen ihn ein. Ein anderer Krieger mochte sie als unheimlich und beunruhigend empfinden, aber Aidan erschienen sie beruhigend. Was konnte ihn nach Station Glory noch schrecken? Zumindest gab es hier keine fremdartigen Echsen und keine Baumpumas. Diesen Wald kannte er. Er hatte sich aufgrund der vorherigen Erlebnisse in sein Gedächtnis eingegraben. Zum erstenmal war er während der Ausbildung als Wahrgeborener hier gewesen und hatte vier Freigeborene getötet. Beim zweitenmal war er schon als Freigeborener Jorge hier gewesen, und ironischerweise hatte er bei dieser Gelegenheit Mitgliedern seiner Einheit das Leben gerettet.

Bei der Überprüfung seiner Unterlagen hatte Marthe festgestellt, daß Lopars Ergebnisse im Zweikampftraining ausgezeichnet waren, aber Aidan hatte dabei ebenfalls sehr gut abgeschnitten. Ihre Bewertungen waren beinahe identisch.

»Ihr beginnt den Kampf mit gleichen Chancen«, sagte sie. »Aber deine Vertrautheit mit dem Gelände könnte dir einen Vorteil verschaffen.«

»Nicht wirklich«, widersprach er. »Wenn er Zweikampferfahrung hat, spielt das Gelände keine Rolle. Wenn ich einen Vorteil habe, dann höchstens durch mein allgemeines Wissen über Ironhold. Da wäre einmal die Tatsache, daß der Wald stockfinster sein wird, weil heute nacht der Mond nicht scheint. Ich bin an die Dunkelheit gewöhnt. Ich mag sie. Meine Erfahrungen auf Glory werden mir auch helfen. Der Sumpf und der Dschungel bei Station Glory sind vielleicht die schlimmsten und tiefsten aller Clanwelten, und ich bin häufig genug hindurchmarschiert. Keiner von Lopars Kampfeinsätzen kommt dem auch nur nahe.«

Aber jetzt waren alle Spekulationen müßig. Er tastete nach dem Messer, das er in einer Scheide am Gürtel trug. Als Kleidung hatte er fast hautenge Hosen und ein entsprechendes Hemd gewählt, um zu verhindern, daß ein Rascheln der Kleidung ihn verriet, während er durch den Wald schlich. An den Füßen trug er die weichsten Ledersandalen, die er hatte finden können.

Die Nacht war pechschwarz, und Aidan wünschte sich, Lopar hätte die Voraussicht gehabt, bei der Aufzählung der Ausrüstung, die für diesen Zweikampf zugelassen war, IR-Brillen aufzuführen. Die Finsternis war so allumfassend, daß jeder, der sich durch den Wald bewegte, zwangsläufig gegen Hindernisse laufen mußte.

Aidan kauerte schon einige Zeit auf einem niedrigen Ast und lauschte nach einem Hinweis auf Lopars Standort. Als er nichts ausmachen konnte, das von einem Menschen zu stammen schien, begann er sich zu fragen, ob Lopar möglicherweise dasselbe tat — irgendwo reglos herumzusitzen und darauf zu warten, daß sich Aidan verriet.

Wie lange konnte einer dieser Blutrechtskämpfe dauern? Wenn er und Lopar an entgegengesetzten Enden des Waldes saßen und warteten, würde irgendwann ein Funktionär eingreifen und sie beide zu Verlierern erklären, so daß ihr Gegner in der nächsten Runde kampflos gewann?

Nein, das konnte nicht geschehen. Die vom Jäger aufgestellten Bedingungen mußten eingehalten werden. Lopar hatte kein Zeitlimit gesetzt, aber er hatte bestimmt, daß der Kampf auf Leben und Tod geführt wurde. Sie würden den Blutrechtstest aufhalten, wenn sie die ganze Nacht hier abwarteten, aber irgendwann würde der Tag anbrechen. Dann würde das Warten auf jeden Fall enden. Und Aidan würde seinen größten Vorteil verlieren, denn seine Kenntnis des Geländes hatte bei Tageslicht noch weniger Wert.

So behutsam wie möglich verließ er den Ast und sprang ins weiche Gras unter dem Baum. Er war sicher, daß er keinen Lärm gemacht hatte. Er hielt sich in der Nähe des Baumes auf und lehnte sich einen Augenblick an den Stamm, während er auf das Schreien, Kreischen, Flöten und Pfeifen der nächtlichen Waldbewohner lauschte. Er erkannte das traurige Trillern des kleinen, aber erfolgreichen Greifvogels, der Ironholds Version des Nachtfalken darstellte. Er bemerkte auch andere Tiere, die sich durch den Wald bewegten, manche langsam, andere sprunghaft. Nichts von dem, was er hörte, erinnerte auch nur entfernt an einen schleichenden Clan-Krieger.

Aidan tat einen zögernden Schritt in die fast körperlich auf ihm lastende Dunkelheit. Obwohl seine Augen sich inzwischen daran gewöhnt hatten, konnte er nicht einmal seine Füße sehen. Manchmal schienen dunkle Formen aus der Schwärze der Nacht aufzutauchen, aber er konnte nicht sicher sein, ob es Bäume oder Tiere waren. Die meisten der geschwungenen, herabhängenden Formen waren wahrscheinlich Äste, aber auf Ironhold gab es auch einige Giftschlangenarten, und mehrere davon bevölkerten diesen Wald.

Er schlich sich vorsichtig weiter. Nach jedem Schritt setzte er den Fuß langsam auf den Boden und hoffte, daß er nichts aufscheuchte, das ihm gefährlich werden konnte. Nach einer kurzen Strecke berührten seine ausgestreckten Arme einen Baum, von dem Feuchtigkeit tropfte. Zumindest hielt er es zunächst für Feuchtigkeit. Als er die Flüssigkeit mit der Zunge prüfte, wurde Aidan klar, daß es sich weder um Wasser noch um Tau oder Harz handelte. Es war Blut. Er hob die Hand und berührte etwas Weiches und Warmes. Seine Berührung stieß es herab, und es prallte mit einem lauten Klatschen auf den Boden. Wieder konnte er sich durch Geruch und Berührung davon überzeugen, daß es sich um ein Waldtier handelte — gehandelt hatte —, aber er konnte es im Dunkeln nicht identifizieren.

Aus einiger Entfernung hörte er Lopars begeisterten

Aufschrei. »Jetzt weiß ich endlich, wo du steckst, Freigeburt!«

Trotz der Beleidigung war Aidan klug genug, auf eine Antwort zu verzichten. Und ich habe eine ganz gute Idee, wo *du* steckst.

Kael Pershaw beobachtete den Kampf auf einem Monitor, der ein Wärmebild des Waldes lieferte. Die Darstellung verzerrte die Flora und Fauna Ironholds etwas, aber sie machte es leicht, den Bewegungen Aidans und Lopars zu folgen.

Lopars erste Aktionen hatten ihn sehr verwirrt. Der Krieger konnte sich sehr gut lautlos bewegen, aber er schien keine Jagd auf Aidan zu machen. Statt dessen pirschte er sich an vier verschiedene Tiere an und tötete sie, indem er ihnen die Kehle aufschlitzte. Dann hängte er sie in einem äußerst labilen Gleichgewicht in tief herabhängende Zweige. Erst viel später, als Aidan einen der Kadaver zu Boden warf, verstand Pershaw Lopars Plan. Der Krieger hatte keine Garantie dafür, daß Aidan unter einem bestimmten Zweig vorbeikam, aber die Tierkadaver waren nur eine von mehreren Fallen, die der listige Lopar angelegt hatte. Neben seiner Jagd auf die Tiere, hatte er die ersten Stunden seines Aufenthalts im Wald damit zugebracht, Stöcke anzuspitzen und im Boden zu versenken und Ranken, die er durch Tasten aufspürte, zusammenzubinden und in Höhe von Aidans Hals zwischen die Bäume zu spannen. Während der Stunden, die Lopar damit beschäftigt war, seine Fallen aufzustellen, hatte er keine Anzeichen irgendwelcher Besorgnis gezeigt, Aidan zu begegnen. Und er hatte auch keinen Grund zur Sorge gehabt, denn Aidan war die ganze Zeit an seinem Platz geblieben.

Pershaw hatte um die Erlaubnis gebeten, den Blutnamenstest zu beobachten, um Aidans Fortschritte zu verfolgen. Vielleicht konnte ihm das helfen, Gewißheit über diesen jungen Mann zu erlangen. Als er Aidan für einen Freigeborenen gehalten hatte, war ihm das rebellische Wesen des Kriegers als Beweis für dessen Minderwertigkeit erschienen. Aber seit er entdeckt hatte, daß Aidan in Wirklichkeit wahrgeboren war, wußte Pershaw nicht, wie er sich ihm gegenüber verhalten sollte. Angesichts der Hindernisse, denen Aidan begegnet war, waren seine Leistungen außerordentlich. Und woher er auch kam, er hatte tapfer und gut gekämpft.

Aber all das war ohne Bedeutung, wenn es Aidan nicht gelang, Lopars Strategie zu durchschauen. Denn dann würde er bald sterben.

Aidan rannte, so schnell er konnte, aus der Umgebung des Baumes, ohne sich um den Lärm zu kümmern, den er dabei machte. War das eine Brise, die in den Zweigen raschelte, oder Lopars Gelächter? Plötzlich rannte er in eine der Ranken, die Lopar zwischen zwei Bäumen gespannt hatte. Weil Aidan gerade hochgesprungen war, um einer dunklen Gestalt auszuweichen, bei der es sich sowohl um einen Busch als auch um ein Wildschwein handeln konnte, traf er mit der Schulter und nicht mit dem Hals auf. Er duckte sich unter der Ranke durch, stolperte und fiel nach vorne. Hastig kam er wieder hoch, aber er war verwirrt.

Lopar hatte offensichtlich ein Überlebenstraining absolviert. Das hatte Aidan auch getan. Lang, lang war es her. Er versuchte sich an irgend etwas Nützliches zu erinnern. Gleichzeitig fluchte er über seine Untätigkeit. Durch sein Warten hatte er Lopar reichlich Zeit gelassen, seine Schlingen auszulegen. Aidan hatte selbstbewußt angenommen, der Wald sei sein Revier, aber Lopar hatte es sich schnell zu eigen gemacht. Welchen Vorteil Aidan auch ursprünglich gehabt haben mochte, er war verloren. Jetzt wurde er tatsächlich gejagt.

Irgendwie mußte er diese Situation umkehren.

Er ging langsamer und mit vorsichtigen Schritten weiter, tastete die Dunkelheit vor sich ab. Als er eine weitere Ranke fand, die zwischen den Bäumen gespannt worden war, schnitt er sie mit seinem Messer ab, rollte sie zusammen und hängte sie über die Schulter. Etwas später stolperte er über etwas und wäre fast auf einen angespitzten Pflock gefallen. Er riß ihn aus dem Boden und betastete ihn. Lopar hatte sauber und gleichmäßig gearbeitet und eine symmetrische Spitze geschnitzt. Er steckte den Pflock in den Gürtel.

Wachsamer geworden, nutzte Aidan auch seinen Geruchssinn, der ihn zu einem zweiten Tierkadaver führte. Vorsichtig untersuchte er die Zweige des Baumes, auf dem das Tier lag, und stellte fest, daß es zwischen zwei Ästen klemmte. Der Kadaver war noch warm, also konnte das Tier erst vor kurzem getötet worden sein. Aidan preßte sich mit dem Rücken an den Baumstamm und lauschte nach Geräuschen, die auf Lopar hindeuten konnten.

Er hörte nichts.

Er ließ den Pflock am Fuß des Baumes zurück, wo er ihn schnell finden konnte, kletterte dann leise in den Baum und neben den Tierkadaver. Seine Finger tasteten das Fell ab und fanden den Punkt, an dem das Herz liegen mußte. Nachdem er die Haut des Tieres aufgeschnitten hatte, tastete er zwischen den Rippen nach dem Herzen und schnitt es mit dem Jagdmesser heraus. Langsam und vorsichtig hob er das Organ aus dem Brustkasten. Es war ein kleines Herz, ein kompakter, starker Muskel. Aidan hielt es dicht an sein Gesicht und berührte es kurz mit der Zunge. Der Geschmack war leicht salzig, mit einem sauren Unterton, den er nicht identifizieren konnte. Der Geruch von Blut umgab das Organ.

Er nahm die Ranke von der Schulter und plazierte ihre Schlingen vorsichtig auf dem Kadaver. Dann legte er das Herz sorgfältig in die Schlinge, um sein Hemd ausziehen zu können. Er schnitt ein Stück der Ranke ab und benutzte es dazu, sein Hemd zu einem Sack zusammenzubinden. Mit einem zweiten Stück Ranke machte er sich einen Gürtel, den er um die Hose schlang. Nachdem er das Tierherz vorsichtig in den improvisierten Sack gesteckt hatte, hängte er diesen an seinen Gürtel. Den Rest der Ranke ließ er lautlos zu Boden fallen.

Dann hockte er sich in den Baum und rief: »Lopar, diese Spielchen ermüden mich. Bist du ein Krieger oder ein Feigling, der durch den Wald kriecht und seinen Gegner mit Kinderfallen ärgert? Du hast einen Zweikampf verlangt. Laß uns die Sache ein für allemal klären.«

Er erwartete, daß die Anschuldigung, er sei ein Feigling, Lopar in Bewegung setzte. Nachdem er noch ein paar weitere Beleidigungen hinausgebrüllt hatte, um sicherzugehen, daß Lopar wußte, wo er war, kletterte Aidan hastig weiter nach oben. Der Sack machte die Kletterpartie schwierig, aber nicht unmöglich. Ihm kam der Gedanke, daß das, was er mit Lopar vorhatte, Poesie war. Nicht die Art Poesie, die er gelegentlich in seiner geheimen Bibliothek las, sondern eine grausame Poesie, zugeschnitten auf die Art Krieger, deren Exponent Lopar war.

Endlich hörte Aidan ein Geräusch, das nicht ins Konzert der üblichen Waldsymphonie paßte. Zum erstenmal hatte er Lopar bemerkt. Vielleicht durch Aidans Schmähungen in Wut geraten, war Lopar unvorsichtig geworden. Das Geräusch, das seine Ankunft verriet, war das leise Knirschen eines Schuhs auf Pflanzenmaterial.

Aidan holte den Sack hervor und hielt ihn vor sich. Lopar stand jetzt unter dem Baum, dessen war er sich sicher. Er nahm den Sack in eine Hand und schwenkte ihn langsam hin und her, wobei er den Bogen mit jedem Durchgang vergrößerte. Als er ihn in schnelle Bewegung versetzt hatte, ließ Aidan den Sack los. Er landete ein paar Schritte entfernt mit einem Geräusch, das, wie Aidan gehofft hatte, stark an einen Schritt im Gebüsch erinnerte. Das Gewicht des Herzens in Verbindung mit dem über das Unterholz streifenden Stoff erzeugte ein überzeugendes Rascheln.

Er spürte, wie Lopar auf das Rascheln zusprang. Aidan schätzte, wie schnell sein Gegner vorankam, und sprang. Seine schnellen Berechnungen zahlten sich aus. Er landete auf Lopar. Sein rechter Fuß traf den Gegner am Kopf, der linke an der Schulter.

Beide Krieger gingen zu Boden, und einen Augenblick lang waren sie ein wirres Gliederknäuel in der Dunkelheit. Lopar riß sein Jagdmesser hervor und stieß nach Aidans Arm. Die Klinge streifte ihr Ziel und hinterließ einen flachen Schnitt. Aidan, der sein Messer bewußt in der Scheide gelassen hatte, konzentrierte sich darauf, Lopar mit der freien Hand zu überwältigen. Er packte mit beiden Hände den Messerarm seines Gegners und drückte ihn fort. Ohne loszulassen schlug Aidan den Arm gegen den nächsten Baum.

Lopar hielt das Messer umklammert und packte mit der freien Hand nach Aidans Haaren. Er griff ein Haarbüschel und zerrte daran. Aidan schossen die Tränen in die Augen, aber er ließ nicht locker. Er rammte den Arm noch einmal gegen den Stamm und fühlte, wie etwas neben seinen Füßen landete. Das mußte das Messer sein. Er gab Lopars Arm frei und brach dessen Griff an seinen Haaren, indem er die Fingerspitzen der flachen Hand seitlich in den Arm des Gegners stieß. Die Attacke war hart genug, den Griff des Kriegers zu lösen.

Beide Kämpfer waren im waffenlosen Kampf ausgebildet worden, aber in der pechschwarzen Umgebung des Waldes, die es unmöglich machte, einen gezielten Schlag anzubringen, war ihre Ausbildung nicht viel wert. Aidan hatte den Kampf auf die Stufe einer Schlägerei reduziert, und als ehemaliger Freigeborener war er darin bestens geübt.

Nach allem, was Aidan hören und fühlen konnte, krabbelte Lopar über den Boden und suchte sein Messer.

»Laß dir Zeit, Lopar«, erklärte er. »Du darfst es ruhig finden. Ich will dich nicht umbringen, solange du unbewaffnet bist.«

Lopar hielt inne. »Was für eine dreckige Freigeburt bist du eigentlich? Du kämpfst nicht einmal wie ein wahrgeborener Krieger. Waffe oder keine, ich würde dich auf der Stelle töten.«

»Ich weiß. Ich habe meine Gründe. Ich will, daß dieser Kampf nach der Fähigkeit der Beteiligten entschieden wird und nicht als reine Glückssache. Hol dir dein Messer.«

Aidan zog sein Messer und hielt es locker vor den Leib. Er bewegte sich etwas zur Seite und tastete mit dem Fuß nach dem Sack mit dem Tierherzen. Er hatte keine Schwierigkeiten, ihn zu finden, und merkte sich den Platz.

Lopar hatte aufgehört zu suchen, und Aidan wußte, daß er sein Messer gefunden hatte. Das wird interessant, dachte er. Ohne Licht konnten sie sich nur nach vagen Schatten richten und mußten die Bewegungen des anderen erraten. Der Kampf würde auf Instinktbasis ablaufen. Ein Tier brauchte keine Berechnungen, keine Überlegungen, welche Taktik der Gegner wählen würde. Es griff einfach an, schlagend, beißend, klammernd. Wenn es ein Messer in der Pranke halten könnte, würde es nicht fechten und parieren, sondern einfach geradeaus zustechen, sooft es nötig war. Es würde sich keine Gedanken über das Messer des anderen Tieres machen.

»Bist du soweit, Freigeburt?«

»Ich bin kein Freigeborener.«

»Dann komm und beweis es.«

»Das werde ich.«

Lopar warf sich vor, aber Aidan war auf ihn vorbereitet. Wie ein Tier wich er nach links aus und stieß mit dem Messer zu. Die Klinge traf, drang in Lopars Körper. Der Mann stöhnte auf. Als Lopar vorbeiglitt, stieß Aidan erneut zu und streifte den anderen.

Er bewegte sich weiter, auf den Sack zu. Lopars dunkle Gestalt verharrte nicht, sondern fuhr herum und sprang mit gerade zustoßendem Messer vor. Der Krieger traf Aidan an der Schulter, aber der reagierte sofort. Er wich mit dem Stoß nach hinten aus, und die Klinge drang nicht allzu tief ein. Sein eigener Angriff auf Lopar hatte ebensowenig Erfolg. Lopar wich rechtzeitig aus.

Aidan griff nach unten und hob den Sack auf. An seinem Gewicht spürte er, daß das Tierherz noch immer darin war. Gut. Als Lopar wieder angriff, schwang Aidan den Sack gegen den Punkt, an dem er den Kopf seines Gegners vermutete. Er traf hart auf Lopars Schläfe und warf ihn zu Boden. Als der andere Krieger stürzte, stieß Aidan nach dessen Bauch. Aber noch im Fallen schaffte Lopar es, Aidans Arm zu packen. Er drehte den Arm brutal um, und das Messer wurde aus Aidans Hand geschleudert. Es prallte von einem Baumstamm ab und verschwand auf Nimmerwiedersehen in der Dunkelheit. Er wußte, daß Lopar ihm nicht gestatten würde, nach seiner Waffe zu suchen.

Aidan versuchte von seinem Gegner wegzukommen, der inzwischen am Boden lag, aber Lopar packte ihn an den Knöcheln und zog. Aidan fühlte, wie ihm die Füße weggerissen wurden und schlug lang auf den Rücken. Zum erstenmal verfluchte er die Dunkelheit, die er für den Kampf gewählt hatte. Gerade jetzt, als er genau wissen mußte, wo Lopar war, konnte er nicht das mindeste erkennen.

Aus den Geräuschen unterhalb seiner Füße, die Lopar inzwischen wieder freigegeben hatte, schloß Aidan, daß sein Gegner aufzustehen versuchte. Er rollte sich zu Seite und fühlte, wie Lopar in einem falsch berechneten Zug neben ihm aufschlug. Lopars Fehler bot Aidan die Gelegenheit, sich halbwegs aufzurichten und noch einmal mit dem Sack auszuholen. Er brachte keinen Volltreffer zustande, aber nach dem plötzlichen Keuchen Lopars zu urteilen, hatte er dessen Gesicht gestreift.

Er wußte, daß es keinen Zweck hatte, in dieser Position zu bleiben, und mit Lopar Schläge auszutauschen, schon gar nicht, solange er nur mit einem nassen Sack kämpfte, während Lopar das Messer einsetzen konnte, das ihm Aidan so großzügig gestattet hatte. Bei seinem letzten Hieb mit dem Sack fühlte Aidan, wie der Stoff aufriß und das Herz zu Boden fiel. Das einzig Gute an diesem Manöver war, daß es ihm ermöglichte, auf die Beine zu kommen und zurück zu dem Baum zu stürzen, in dessen Zweigen der Tierkadaver hing.

Er spürte, daß Lopar hinter ihm näherkam, und tastete nach dem Pflock und der Ranke, die er hier zurückgelassen hatte. Die Ranke fand er zuerst. Er wirbelte herum und schlug damit nach seinem Gegner. Die Ranke peitschte in das Gesicht des Kriegers, der vor Schmerzen aufheulte und auf der Stelle innehielt. Nach kurzer Suche fand Aidan auch den angespitzten Pflock, der noch immer am Baumstamm lehnte. Er packte den Schaft und benutzte den Stock wie ein langes Messer, indem er ihn auf die Mitte der dunklen Gestalt richtete, die auf ihn zusprang.

Die Wucht seines Stoßes genügte. Der von seinem Opfer so sorgfältig zugespitzte Pflock bohrte sich in Lopars Leib. Sein Stöhnen übertönte die Myriaden Laute des nächtlichen Waldes. Aidan sprang zur Seite, und Lopar prallte gegen den Baumstamm. Er röchelte. Aidan vermutete, daß er Blut hustete. Das klebrige Gefühl an Aidans Arm stammte wahrscheinlich vom Blut aus Lopars Wunde.

So dicht bei Lopar wußte Aidan, daß er keine Sekunde unvorsichtig werden durfte, auch wenn seine Nerven unter der Anspannung zu zerreißen drohten. Sein Gegner hatte noch immer ein Messer.

Wie erwartet, stieß Lopar schwach mit dem Messer nach ihm, aber Aidan drehte einfach das Handgelenk des Mannes um und hörte, wie das Messer zu Boden fiel.

»Lopar, du hast einen Kampf bis zum Tod verlangt.«

»Das stimmt.«

»Ich will dich nicht töten, und deine Verletzung muß nicht tödlich sein.«

»Auch das stimmt, Freigeburt.«

»Gib zu, daß ich kein Freigeborener bin.«

»Niemals.«

»Du kannst die Schiedsrichter bitten, dich von der Jagdbedingung des Kampfes bis zum Tod freizusprechen.«

»Niemals.«

»Dann muß ich dich töten, obwohl ich es lieber vermeiden würde.«

Aidan packte die Ranke mit beiden Händen, schlang sie um Lopars Hals und zog, bis dessen Körper erschlaffte. Dann tat er etwas, das ebenso brutal und primitiv wie beleidigend für sein Opfer und all die übrigen Jadefalken-Krieger war, die geschworen hatten, ihn zu töten. Er hob das Tierherz vom Boden auf und stopfte es Lopar in den Mund.

Vorsichtig, beinahe ehrfürchtig, holte er das tote Tier aus dem Baum und zerrte es davon. Am Rand des Waldes beerdigte er es in einem flachen Grab, das er mit Lopars Jagdmesser aushob.

34

Hätte jemand die nächste Strategiebesprechung Aidans und seiner Teamgefährten belauscht, hätte er sich leicht fragen können, ob er nicht aus Versehen bei einem der Blutrechtskämpfe gelandet war. Die vier stritten heftig und lange, aber schließlich setzte Aidan sich durch.

»Wenn ich ein Blutnamensträger werden soll«, erklärte er, »muß ich es auf meine Art schaffen. Im Gestampfe hat mir Vorsicht geholfen, aber beim Kampf gegen Lopar ist sie mir beinahe zum Verhängnis geworden. Ich weiß zu schätzen, was ihr alle für mich getan habt, aber wenn ich bis zum Ende durchhalten soll, müssen wir aggressiver planen.«

Obwohl Marthe seine hitzigste Gegnerin gewesen war, gab sie schließlich nach. »Es stimmt, daß du nur mit den Fähigkeiten gewinnen kannst, die du besitzt, Aidan. Und die wichtigste von ihnen könnte deine Hartnäckigkeit sein.«

Nachdem Aidan fort war, lächelte Marthe Joanna zu, die den Impuls unterdrückte, diese Geste zu erwidern. »Du hattest recht, Marthe«, stellte sie fest. »Er brauchte jemand, der ihn antreibt, seinen eigenen Weg zu finden. Ich bewundere die Schläue, mit der du dieses Ziel erreicht hast.«

Marthe lachte leise. »Nach dem Widerspruchstest habe ich gespürt, daß er etwas verloren hatte. Nennen wir es seinen Kampfgeist — mir fällt nichts Besseres ein. Wir mußten ihm helfen, ihn wiederzufinden. Und das haben wir getan. Selbst Hengst hat seinen Part übernommen.«

»Ich habe nur deine Anweisungen befolgt, Sterncaptain.«

Joanna war entgeistert. »Soll das heißen, die Beleidigungen dieses ... dieses Mech-Kriegers gehörten auch zu deinem Plan?«

Marthe zuckte die Schultern, und Hengst weigerte sich, das Thema zu diskutieren.

Auf dem Paradeplatz stolzierte Megasa hochmütig an Aidan vorbei. Er wartete, bis er ihn hinter sich gelassen hatte, bevor er, laut genug, so daß Aidan es hören konnte, zu einem Mitglied seines Teams sagte: »Wenn ich gegen den antreten muß, wird es ein leichter Kampf. Wenn er sich versteckt, spüre ich ihn aufgrund seines Gestanks auf. Und wenn er sich umdreht und flieht, stell ich die Raketen darauf ein.«

Aidan wirbelte wütend herum, aber als er das Wort ergriff, war seine Stimme kühl und gelassen. »Vielleicht möchtest du gleich hier kämpfen, Megasa. Vergessen wir das Blutrecht und die Blutnamen?«

Megasa lachte. »Ich habe keine Lust, es mir so leicht zu machen.«

»In einem Zweikampf würdest du nicht lange gegen mich bestehen.«

»Bist du sicher? Auf diesem Paradeplatz wirst du keine Stöcke oder Tierherzen finden.«

»Dann ersticke ich dich. Mit meinem Gestank.«

Der Witz brach die Spannung, und seine Begleiter zogen Megasa weiter. Aidan sehnte sich danach, Megasa vom Schlachtfeld zu blasen, aber dieses Verlangen hob er sich für den Testkampf auf. Er wollte den gefallenen Megasa zu seinen Füßen liegen sehen.

Kael Pershaw beobachtete die nächste Runde der Blutrechtskämpfe aus der Kommandozentrale, in die aufwendige Holotankbilder ausgewählter Gefechte projiziert wurden. Er stellte sich zu Joanna und den anderen Mitgliedern von Aidans Team, achtete aber darauf, Distanz zu Mech-Krieger Hengst zu wahren, den er noch weitaus mehr verachtete als die meisten Freigeborenen. In Hengsts Augen flackerte eine Aufsässigkeit, die bei den meisten Wahrgeborenen ein besonderes Unbehagen weckte.

Bei der Münzzeremonie des nächsten Kampfes war Aidans Münze an zweiter Stelle aus dem Schwerkrafttrichter gefallen. Als Jäger hatte er konventionelle BattleMechs gewählt. Als Austragungsort hatte seine Gegnerin, ein Sterncaptain namens Jenna, einen Gebirgszug im hohen Norden Ironholds bestimmt. Zu Beginn des Gefechts wirkten die Berge im Holotank klein und die BattleMechs wie winzige Modelle der Art, die Geschkinder zum Spielen in ihren Holotanks benutzten. Mit abnehmender Entfernung der Maschinen jedoch, die einander mit dem Ziel verfolgten, den Kampf auf ein Gelände zu verlagern, das für ihre jeweiligen Stärken von Vorteil war, wurde die Projektion größer. Es dauerte nicht lange, bis die Zuschauer in dem riesigen Bereich unterhalb ihrer Sitzplätze zwei Mechs von etwa einem Drittel Normalgröße in einem harten Kampf über zerklüftetes Gelände jagen sahen.

An diesem Punkt wurde Jennas Strategie deutlich. Sie wußte, daß Aidan eine siebzig Tonnen schwere *Nemesis* führte, und hatte einen leichteren Mech gewählt, eine fünfundfünfzig Tonnen schwere, sprungfähige *Sturmkrähe,* die sich besser für gebirgiges Gelände eignete. Kael Pershaw war sich jedoch nicht sicher, ob die *Sturmkrähe* auf lange Sicht die beste Wahl war. Die Möglichkeit, sich schneller über den Berg zu bewegen als mit der *Nemesis,* mochte das Gefecht in die Länge ziehen, aber ob das ausreichte, es zu gewinnen? Dennoch bewunderte er den Mut zu dieser Wahl.

Beim Kampf gegen Sterncaptain Jenna würde Aidans Aggressivität hilfreich sein, statt ihn zu behindern. An einem Punkt des Gefechts hätte er auf einer leicht zu verteidigenden Klippe stehenbleiben und Jenna über eine breite Schlucht hinweg unter Beschuß nehmen können, über die beide Maschinen LSR-Salven wechselten, die in etwa gleichen Schaden anrichteten. Die meisten anderen Krieger hätten diese Taktik gewählt. Aidan jedoch sprang mit seiner *Nemesis* von der Klippe auf einen gefährlichen, vereisten Grat über Jennas *Sturmkrähe.* Von dort feuerte er seine Langstreckenraketen nach unten, weniger auf Jennas Mech als auf die Nahtstelle zwischen der Klippe und dem Vorsprung, auf dem sie stand. Unter dem Einschlag der LSR zeigte der Fels unter Jennas Mech erste Risse. Aidan feuerte noch einmal. Die *Sturmkrähe* schien mit dem gesamten Felsvorsprung zu wanken, dann weiteten sich die Risse noch mehr, und der Fels stürzte in die Schlucht. Die *Sturmkrähe* und ihre tapfere Pilotin wurden von den Felsen mitgerissen.

Das Ende kam so plötzlich, daß Kael Pershaw kaum etwas mitbekam. Als die *Sturmkrähe* plötzlich verschwand, sprach er leise Worte des Lobes für Aidan und des Bedauerns für Sterncaptain Jenna.

»Du hast drei große Schlachten geschlagen«, meinte Hengst. »Das Gestampfe und die beiden ersten Runden des Blutrechts. Alle drei Gegner sind tot. Ist ein Blutname all dieses ... *Blut*vergießen wert?«

»Du weißt genau, daß er das ist, Hengst.«

Hengst antwortete nicht. Er hatte seinen Freund nie wirklich verstanden.

Marthe erkannte, daß der psychologische Vorteil sich zu Aidans Gunsten verlagerte. Beim nächsten Gefecht wählte sein Gegner, nachdem Aidan schon zweimal auf ungewöhnlichem Gelände gesiegt hatte, eines der vielen Testgelände Ironholds als Schauplatz. Marthe lehnte sich an das Geländer, um die Holoprojektion des Kampfes zu verfolgen. Sie konnte nicht bei den anderen Mitgliedern von Aidans Team stehen, ohne ihre wahre Rolle in Aidans Blutrechtsversuch aufzudecken. Joanna und Hengst beobachteten den Kampf von Sitzplätzen eine Etage höher. Kael Pershaw stand mit verschränkten Armen auf derselben Etage wie Marthe, aber ihr genau gegenüber.

Aidans Gegener, ein Sterncommander namens Grayling, hatte das Feld in einem *Waldwolf* betreten, einem Mech, der besonders bei Clan Wolf beliebt war, bei den Jadefalken jedoch kaum eingesetzt wurde. Mit den doppelten LSR 20er-Lafetten auf den Schultern wirkte der *Waldwolf* wie ein Lasttier, das auf gebeugtem Rükken schwere Kisten schleppte.

Zunächst blieben die beiden Mechs auf Distanz und beschossen sich auf eine Weise mit Langstreckenraketen, die einen langwierigen Kampf erwarten ließ. Die Raketen richteten beträchtlichen Schaden an, der gleichmäßig auf beide Seiten verteilt war. Rund um die beiden Maschinen war der Boden mit Panzertrümmern bedeckt.

Dann rückte der *Waldwolf* vor. Schwerfällig marschierte er auf die *Nemesis* zu und setzte seine schweren Laser ein, um Breschen in die Torso-Oberfläche von Aidans Mech zu schlagen.

Aber Aidan hatte Graylings Kodax studiert und wußte, daß der Mann fast zwanghaft genau nach Dienstvorschrift kämpfte. Auf den schwerfälligen Vormarsch des *Waldwolf* reagierte er, indem er seinen Mech in Bewegung setzte und allmählich schneller wurde, bis er geradewegs auf seinen Gegner zustürmte. Dann feuerte er eine LSR-Salve vor sich auf den Weg. Die *Nemesis* wurde vom Qualm und Staub der Explosionen eingehüllt. Aidan verließ sich darauf, daß Grayling sich ganz auf die Sichtoptikanzeige seines Hauptschirms konzentrierte. In dem Augenblick, den sein Gegner benötigte, um die *Nemesis* über den Sekundärschirm zu verfolgen, schwenkte Aidan zur Seite und tauchte plötzlich aus einem anderen Winkel wieder aus den Rauchschwaden auf.

Ohne langsamer zu werden, stürmte Aidan auf den *Waldwolf* zu und deckte ihn unablässig mit seinem gesamten Vorrat an Kurzstreckenraketen ein. Der Plan, den Aidan und sein Team erarbeitet hatten, verlangte, daß er die LSR-Lafetten auf den Schultern des *Waldwolf* ausschaltete.

Und die Strategie funktionierte. Erst explodierte eine Lafette, dann die zweite, und beinahe unmittelbar darauf der *Waldwolf* selbst. Die Beobachter (einschließlich Aidan, der das Geschehen aus seiner Kanzel verfolgte) atmeten auf, als sie Sterncaptain Grayling unmittelbar vor der Explosion des Mechs auf seinem Schleudersitz aus dem Cockpit schießen sahen.

»Glück gehabt«, bemerkte Kael Pershaw, als er am Ausgang an Joanna vorbeikam. Sie antwortete nicht, aber sie war ganz seiner Meinung.

Auch Megasa hatte die vierte Runde erreicht, aber er und Aidan trafen nicht aufeinander. Noch nicht.

Eine große Zahl von Kriegern hatte sich auf den Rängen versammelt, um die Gefechte Aidans und Megasas zu verfolgen. Megasa schlug in seinem *Bluthund* ohne großes Federlesen den gegnerischen *Henker* aus dem Feld. Das Gefecht war so schnell vorbei, daß er in die Zentrale kommen konnte, um Aidans Kampf zu beobachten.

Die Münze bestimmte Aidan zum Jäger, und seine Gegnerin wählte eine Insel inmitten eines Sees als Kampfplatz. Aidan war weniger besorgt darüber, wie oder wo der Kampf stattfand. Ihn bewegte mehr die Erkenntnis, daß er von den vorangegangenen Gefechten erschöpft war. Deswegen wollte er diesen Gegner schnell erledigen. Für den letzten Blutrechtskampf wollte er ausgeruht sein. Joanna lieferte die Strategie für ein Inselgefecht, basierend auf einem Kampf, an dem sie einige Jahre zuvor teilgenommen hatte.

Für diesen Kampf wurde Aidans *Nemesis* komplett auf Langstreckenraketen und eine NARC-Boje umgerüstet. Marthe warf ein, ob es nicht klüger wäre, etwas von der übrigen Bewaffnung zu behalten oder zumindest ein paar mittelschwere Laser mitzunehmen, aber Joanna und Aidan wollten alles auf eine Karte setzen.

»Und wenn sie es schafft heranzukommen?«

»Das Risiko gehe ich ein«, antwortete Aidan.

»Das Risiko geht er ein«, antwortete Joanna.

»Ja, Risiko«, stimmte Hengst mit rauher Stimme zu.

Aidans Gegner, eine Mech-Kriegerin namens Machiko, trat in einem *Höllenbote* an. Es hatte keine Auswirkung auf Aidans Strategie, die gegen jeden Mechtyp funktionieren sollte, der sich ihm entgegenstellte.

Joanna studierte das für eine Insel relativ ebene Gelände. Sie kam zu dem Schluß, daß Machiko es ausgewählt hatte, um Aidan die Möglichkeit zu komplizierten Manövern zu nehmen. Aber wenn Aidan auf Distanz blieb, war seine Kampfstrategie haltbar.

Sobald er das Startsignal für den Kampf erhielt, sprang Aidan mit seiner *Nemesis* geradewegs auf den *Höllenbote* zu. Machiko nutzte die Gelegenheit, mit ihrem mittelschweren Laser und einer PPK Panzerung vom Rumpf seines Mechs zu schälen.

Als er nahe genug heran war, feuerte Aidan seine NARC-Signalboje auf den *Höllenbote* ab. Die Spezialrakete traf den gegnerischen Mech und saugte sich fest. Nachdem er seine Mission erfolgreich abgeschlossen hatte, sprang Aidan zurück zu seinem Ausgangspunkt am Ufer der Insel. Das Wasser spülte über die Fersen der *Nemesis,* während er eine Salve nach der anderen auf den *Höllenbote* abfeuerte. Die Raketen wurden vom Sirenengesang der NARC-Boje geradewegs ins Ziel gelockt.

Wie Aidan es gehofft hatte, war der Kampf schnell vorbei. Machikos *Höllenbote* wurde von den Raketen dermaßen zerfetzt, daß er schon nach kurzer Zeit vollkommen hilflos war.

Megasa, der in der Kommandozentrale zugesehen hatte, versuchte nicht, seinen Ekel zu verbergen. Als die winzige Gestalt Machikos aus dem Mech ausstieg, flog ihre Projektion dicht an ihm vorbei, und er lehnte sich über das Geländer, als wolle er sie aus der Luft greifen.

»Jetzt hängt es an mir, unseren Clan von diesem üblen Gestank zu befreien«, erklärte er laut, als er sich umdrehte und die Zentrale verließ.

»Meinst du, Aidan kann ihn besiegen?« fragte Hengst Joanna.

»Ehrlich?«

»Ja.«

»Ehrlich gesagt habe ich nicht erwartet, daß er überhaupt so weit kommt.«

Drei Tage später dauerte es lange, bis Aidan nach der Vorbesprechung des Kampfes Schlaf fand. Er lag in seiner Koje und befingerte unablässig das Kodaxarmband an seinem Handgelenk, in der Hoffnung, aus der Vergangenheit die Zukunft zu lesen. Schließlich glitt er in einen unruhigen Schlaf.

35

Die Eidmeisterin und die beiden Kämpfer hatten alle rituellen Erklärungen und Antworten absolviert. Die Münzen waren im Schwerkrafttrichter verschwunden und wieder aufgetaucht. Megasa fiel die Rolle des Jägers zu, also hatte Aidan die Wahl des Kampfplatzes.

Während er auf Megasas Entscheidung wartete, fühlte Aidan erneut den blanken Haß, der von den Jadefalken-Kriegern ausging, die den Saal füllten. Wie konnten ihn so viele unter ihnen derart verachten? In seinem Innern hatte sich seit den Tagen, bevor er seinen Anspruch auf einen Blutnamen angemeldet hatte, nichts geändert, aber manchmal mußte er sich einfach fragen, ob die Feindseligkeit seiner Mit-Jadefalken berechtigt war. Hatte er wirklich sein Recht auf einen Blutnamen verwirkt, als er den zweiten Test akzeptiert und sich als Freigeborener ausgegeben hatte?

Zu seinem Glück hielten diese Selbstzweifel nie lange an. Aidan war ein Clan-Krieger, wahrgeboren und würdig. Wenn er das nicht bewiesen hatte, indem er sich in diesem Blutrechtstest bis in die letzte Runde vorgekämpft hatte, was dann?

Megasa wandte sich an die Zuhörer. »Es ist mir klar, daß es unorthodox ist, jetzt über etwas anderes zu reden als meine Entscheidung als Jäger«, verkündete er mit einer lauten Stimme, die ohne Probleme bis in die letzte Reihe der Versammlung drang, »aber bei diesem letzten Blutnamenskampf geht es um einen wichtigen Punkt, den zu betonen ich mich verpflichtet sehe. Wichtig nicht nur für mich, sondern für den ganzen Clan Jadefalke. Dieser Krieger hat uns entehrt, und ich werde ihm nicht gestatten, unseren Clan weiter in den Schmutz zu ziehen.«

Die Worte lösten laute Zustimmung aus der Menge aus, und Aidan fragte sich, ob die Eidmeisterin das ganze Ritual nicht einfach streichen und ihn und Megasa ihren Kampf gleich hier und jetzt austragen lassen konnte.

»Pryde ist ein ehrenvoller Blutname«, donnerte Megasa weiter. »Auch wenn wir uns noch nicht das Recht erworben haben, ihn zu tragen, verehren diejenigen unter uns, die seiner Blutlinie angehören, seine Geschichte. Generationen unserer Blutnamensträger haben in Tausenden von Schlachten gekämpft und häufig glorreich den Tod gefunden. Sie sind nicht gestorben, damit unsere Linie von einem Krieger befleckt werden kann, der trotz seiner wahren Geburt mehr freigeboren als wahr ist. Auf dem Planeten Hektor wurden mehrere gute Krieger meines Sterns in einem harten Kampf gegen den Clan Satansroß getötet. Um sie zu rächen, haben wir den gesamten Sternhaufen ausgelöscht, dem diese Satansrösser angehörten. Das bedeutet es, ein Jadefalken-Krieger zu sein. Warum sonst werden die Blutnamen unseres Clans weithin respektiert? Warum sonst versuchen andere Clans so häufig, Jadefalken-Generbschaften zu erobern? Weil wir von allen Clans die besten Krieger produzieren. Wir können nichts dulden, was uns statt Ehre Schande einbringen würde. Wir wollen nicht dulden, daß dieser Krieger uns noch länger beschämt.«

Mit einem Nicken beendete Megasa seine Ansprache und wandte sich wieder der Eidmeisterin zu. Obwohl öffentliche Kundgebungen während des Blutrechtrituals verboten waren, stieg lauter Jubel aus der Menge auf. Risa Pryde riß augenblicklich die Hand hoch, um für Stille zu sorgen, aber Megasa hatte seine Haltung vertreten, und die Krieger des Clans Jadefalke hatte ihm beigepflichtet. Aidan war der Feind. Ihn galt es zu besiegen. Einen Moment lang glaubte Aidan es beinahe selbst.

Aber er war nicht so weit gekommen, nur um sich unmittelbar vor dem entscheidenden Blutrechtskampf von einer Ansprache entmutigen zu lassen. Aidan schwor sich, Megasa die äußerste Grausamkeit anzutun. Wenn er ihn besiegt hatte, würde er Megasa das Leben schenken und ihn dazu verdammen, mit dieser Schande zu leben.

Megasa war ein berühmter BattleMech-Pilot, daher überraschte es niemanden, daß er sich für ein Mechgefecht entschied. Er und die Eidmeisterin drehten sich zu Aidan um und erwarteten seine Wahl des Kampfplatzes.

Aidan hielt seine Stimme unter Kontrolle, um die Zuhörer nicht noch weiter aufzuhetzen. »Ich wähle Rhea.«

Seine Worte wurden mit gemischten Reaktionen aufgenommen. Einige Krieger gaben ihrer Verärgerung Ausdruck, während andere sichtlich beeindruckt waren. Rhea war Ironholds Mond. Marthe hatte errechnet, daß die auf ein Sechstel des Normalen reduzierte Schwerkraft dieses Austragungsortes Megasas Gefechtsfähigkeiten so weit mindern würde, daß sich der Unterschied zu denen Aidans auf ein Minimum reduzierte. Aidan blieb der Schwächere der beiden, aber zumindest hatte er so eine reelle Chance.

Nach Risa Prydes Entscheidung erhielten die Krieger eine Stunde Zeit, sich an Rheas geringe Schwerkraft zu gewöhnen. Aidan wußte um die geringe Erfahrung Megasas bei Minimalschwerkraftgefechten — und daß der *Bluthund* Megasas auf die geringe Gravitation des Mondes und das Fehlen einer Atmosphäre eingerichtet worden war.

Nomad hatte die Waffen und Steuersysteme in Aidans *Nemesis* ebenfalls neu justiert, aber er hatte sich dazu auf die Anleitungen der Handbücher verlassen müssen. Nomad hatte Mechs noch nie auf Gefechte in Minimalschwerkraft vorbereitet.

Aber das machte ihm wenig aus. »Es wird sich anfühlen, als ob Sie auf Kissen gehen«, erklärte er Aidan.

»Oder durch einen Traum fliegen. Aber das ist nicht schlimm. Für Ihren Gegner sind die Bedingungen kein bißchen natürlicher. Sie werden sich gut schlagen.«

»Seltsame Worte von einem Tech, Nomad.«

»Im Dienst von Sterncaptain Joanna habe ich meine Kenntnisse um psychologische Fähigkeiten erweitert. Unter ihr zu dienen, ähnelt manchmal dem Kampf in einer extrem feindlichen Umwelt. Ganz ähnlich dem Gefecht, das Sie jetzt erwartet.«

»Du solltest nicht so von deiner Vorgesetzten sprechen, besonders nicht vor einem anderen Offizier.«

»Ja, stimmt schon, aber ich bin nicht leicht zu bestrafen. Fragen Sie Sterncaptain Joanna.«

Aidan kannte Nomad noch aus seiner Kadettenzeit. Der Tech war alt geworden. Besonders seit er auf Glory verletzt worden war. Aber obwohl er den Arm unnatürlich abwinkelte, schien sein Können bei der Arbeit an der *Nemesis* nicht beeinträchtigt.

Die Stunde der Akklimatisation war beinahe vorüber. Aidan fand die geringe Schwerkraft inzwischen trotz seiner fehlenden Erfahrung akzeptabel. Es gefiel ihm, wie leicht sich die *Nemesis* über das zerklüftete Gelände bewegte. Es gefiel ihm, daß er bei jedem Sprung das Gefühl hatte, die Leistung drosseln zu müssen, wenn er seinen Mech nicht ins All schleudern wollte. Es gefiel ihm zu wissen, daß die Geschütze durch den fehlenden Energieverlust an die Atmosphäre eine größere Reichweite besaßen. Es gefiel ihm, wie der Mech auch ohne die Zuhilfenahme der Sprungdüsen über die Krater und Täler segelte, mit denen die Mondoberfläche übersät war.

Risa Pryde meldete sich. Über Funk klang ihre Stimme ungewöhnlich hart. Die Zeit war um. Der Kampf konnte beginnen.

Aidan war bereit. Er setzte die *Nemesis* in Bewegung. Megasa würde ihm von der anderen Seite entgegenkommen.

Als Megasas *Bluthund* in Sicht kam, feuerte er die schweren Impulslaser an beiden Mecharmen. Die Strahlbahnen trafen schnell und sicher. Aidan mußte einigen Schaden einstecken, bevor die *Nemesis* in Dekkung war. Für einen kurzen Augenblick beobachtete er, wie die Impulse, die ihn verfehlt hatten, vorbeizuckten. Schlußendlich würden sie verpuffen, aber noch schienen sie ihren Weg bis in die Unendlichkeit fortsetzen zu können.

Bevor Megasa neu zielen konnte, ging Aidan zum Angriff über und feuerte eine LSR-Salve ab. Er erkannte sofort, daß sein Feuerleitsystem nicht voll auf die veränderten ballistischen Bedingungen der geringen Schwerkraft eingestellt war. Die Raketen schlugen zwanzig Meter hinter dem *Bluthund* ein, und bevor Aidan erneut feuern konnte, hatte Megasa seinen Mech in ein mit riesigen Felsbrocken übersätes Schotterfeld geworfen. Sein Mech war nicht sprungfähig, aber seine großen Schritte verwandelten sich in kurze Sprünge.

Megasa feuerte bei jedem Schritt. Aidan konnte fühlen, wie die Torsopanzerung seines Mechs abgesprengt wurde und weit davonflog, bevor die Trümmer sich in kleinen Staubwolken in den Boden gruben. Eine Rakete, die er erst im letzten Augenblick bemerkt hatte, traf die *Nemesis* hoch oben am Torso, in der Nähe des Schultergelenks. Der Aufprall überraschte Aidan, und sein Mech wurde fast umgeworfen, als er nach hinten taumelte und sich um 180° drehte. Megasa hatte freie Schußbahn auf seinen Rücken.

In der Kommandozentrale auf Ironhold kämpften die zahlreichen Zuschauer um einen guten Blick auf die holographische Darstellung des Gefechtes. Als Megasas Rakete ihr Ziel traf und Aidans *Nemesis* herumwarf, gefolgt von einem Stakkato von Laserimpulsen auf die Rückenpartie des Mechs, machte sich laute Fröhlichkeit unter Megasas Gesinnungsgenossen breit. Marthe zuckte etwas vom Geländer zurück. Die Rachsucht ihrer Mitkrieger widerte sie um nichts weniger an als sie Aidans Situation erschreckte.

Als sie plötzlich eine Hand auf der Schulter fühlte, wirbelte sie herum, bereit, sich mit jedem anzulegen, der es wagte, sie zu berühren. Sie erkannte Kael Pershaw.

»Können wir uns unterhalten, Sterncaptain?« fragte er.

»Ich möchte jetzt nicht weggehen. Vielleicht nach dem Kampf?«

»Was ich zu sagen habe, kann ich auch hier sagen. Hier konzentriert sich ohnehin alles auf den Kampf.«

Marthe richtete ihre Aufmerksamkeit wieder auf die Projektion. Aidans *Nemesis* hatte sich umgedreht und feuerte wie besessen abwechselnd die LB 10-X und die PPK.

Nicht, Aidan, dachte sie. Du verbrauchst deine Munition zu schnell. Gegen einen Meisterkrieger wie Megasa schaffst du keinen so schnellen Abschuß.

»Ich habe dich beobachtet«, stellte Kael Pershaw fest. »Du erlebst den Kampf wie deinen eigenen, wenn Sterncommander Aidan antritt. Ich weiß, daß ihr aus derselben Geschko kommt. Du hilfst ihm, habe ich recht?«

»Jetzt kann ich es wohl zugeben. Ja. Ich habe damit weder die Gesetze noch die Sitten des Clans verletzt.«

»Warum hältst du es dann geheim? Schämst du dich, einem Krieger zu helfen, der vorher als Freigeburt gekämpft hat? Oder schämst du dich, einem Krieger zu helfen, der beinahe jeden sonst zum Feind hat?«

»Ich schäme mich für gar nichts. Meine geheime Beteiligung an seinen Anstrengungen war politisch, nicht strategisch motiviert. Ich stimme nicht mit den Beschuldigungen gegen Sterncommander Aidan überein und glaube, daß er diese Chance verdient hat, das ist alles.«

»Es wird dich interessieren, Sterncaptain, daß ich deine Ansicht teile.«

Nur eine Aussage wie diese war in der Lage, Marthes Aufmerksamkeit vom Geschehen auf dem Schlachtfeld abzulenken. Megasa hatte sich inzwischen etwas zurückgezogen und benutzte das gebirgige Gelände als Deckung gegen Aidans Beschuß, der zum großen Teil wirkungslos verpuffte. Die von den Felshängen abprallenden Salven lieferten ein hübsches Bild, wenn sie wie Mondstrahlen über Rheas Horizont stiegen.

»Du unterstützt seine Sache. Ich dachte, als sein Kommandeur hättest du ihn verachtet.«

»Das habe ich auch, und möglicherweise tue ich es immer noch. Aber seit er in seinem ersten Blutrechtskampf Lopar besiegt hat, habe ich gelernt, sein Können zu bewundern. Das ist alles, und ich wollte, daß es jemand erfährt, der auf seiner Seite steht. Aber Sterncaptain Joanna hört mir nicht zu, und mit der Freigeburt kann ich nicht reden, also sage ich es dir.«

Ein Aufschrei der Menge riß Marthes Blick zurück auf die Hologrammszene. Megasa war hinter einer Felsformation aufgetaucht und hatte zwei Raketensalven abgefeuert. Die gewaltige Staubwolke, die von den Raketen aufgewirbelt wurde, welche ihr Ziel verfehlt hatten, erweckten einen Augenblick lang den Eindruck, Aidan und seine *Nemesis* seien zerstört worden. Erleichtert sah Marthe den Mech dann jedoch ruhig aus der Trümmerwolke auftauchen. Als sie sich wieder zu Kael Pershaw umdrehte, war dieser schon verschwunden.

Sie hatte keine Zeit, sich darüber Gedanken zu machen. Dafür war das Kampfgeschehen zu spannend. Was sie sehen mußte, ließ sie schockiert aufkeuchen, möglicherweise die heftigste Reaktion, die sie seit ihrer Zeit in der Geschko auf irgend etwas gezeigt hatte. Aidans *Nemesis* rannte in gestrecktem Galopp auf den *Bluthund* zu, und das Feuer ihrer Waffen eilte ihr voraus. Die Geschwindigkeit, mit der sie sich bewegte, machte die Vorstellung möglich, daß sie in ihr eigenes Feuer stürmte und sich selbst vernichtete. Aber es war nicht diese Illusion, die Marthe Sorgen bereitete. Sie hatte Aidan davor gewarnt, sich in der geringen Atmosphäre des Mondes zu schnell zu bewegen.

Auf Rhea konnte sich ein BattleMech sechsmal so schnell bewegen wie unter normaler Schwerkraft, aber da seine Masse gleich blieb, wurde dabei die Belastung der strukturalen Integrität eines laufenden Mechs vervielfacht. In einer solchen Situation konnte alles geschehen, vom Verklumpen der Myomermuskelfasern bis zu Rissen in der Oberflächenstruktur.

Schließlich geschah, was Marthe befürchtet hatte. Das linke Bein der *Nemesis* kam besonders hart auf die Mondoberfläche auf. Das Bein war ein mechanisches Wunderwerk aus Stützen und Stoßdämpfern, darauf ausgelegt, einen siebzig Tonnen schweren Mech bei Geschwindigkeiten von sechsundachtzig Stundenkilometern sicher zu tragen. Aber Aidan hatte seine Belastungsgrenzen um das Dreifache überschritten. Es war nicht überraschend, daß es in Kniehöhe brach.

Als der Unterschenkel wie der Montageturm bei einem Raketenstart zur Seite kippte, verschwand der Mechfuß in einer Staubwolke. Die *Nemesis* bewegte sich weiter vorwärts, und ihr Schwung erweckte den Eindruck, sie würde noch mehrere Schritte weiterhüpfen. Dann kippte sie wie ein gesprengtes Haus zur Seite und war verschwunden.

Aidan ahnte den Sturz, noch bevor er bemerkte, daß ein Bein seines BattleMechs abgebrochen war. Er wollte den Sturz abfangen, indem er das linke Bein nach innen bewegte, aber da der Koloß kein linkes Bein mehr hatte, geschah nichts.

Der Mech kam zum Rand eines breiten Kraters und hing für einen Moment im Bodenlosen. Dann rutschte sein rechter Fuß nach vorne, und die *Nemesis* stürzte in den Abgrund.

Der Mech prallte von der Kraterwand ab und wurde seitwärts gedreht. So blieb er auf dem Boden des Kraters liegen. Der Aufprall hatte Aidan das Bewußtsein geraubt.

Die holographische Projektion zeigte den Krater nicht. Aidans *Nemesis* verschwand einfach aus dem Bild, wie es auf zweidimensionalen Videobildern üblich war.

Marthe beobachtete, wie Megasas Mech anhielt und den Krater zu betrachten schien, bevor er langsam hinüber zu seinem Rand schlurfte. Sie fragte sich, ob die Schiedsrichter bereits eine Entscheidung über den Ausgang des Kampfes getroffen hatten. Wenn er wollte, konnte Megasa jetzt den Sieg beanspruchen und einer Rettungsmannschaft gestatten, Aidan aus seinem Mech zu holen. Aber Marthe wußte, daß Megasa genau wie all die anderen Beteiligten an diesem Blutrecht geschworen hatte, Aidan zu töten. Sie wußte, was ihm jetzt durch den Kopf ging. Er hatte noch massenhaft Munition. Er brauchte nur in den Krater zu feuern. Aidan konnte nicht aussteigen. Rheas Vakuum würde ihn augenblicklich umbringen. Seine einzige Hoffnung war eine mit Sicherheit auszuschließende Möglichkeit — daß Megasa ihm das Leben schenkte.

Joanna stand neben ihr. Sie hatte einige Krieger zur Seite gedrückt, um das Geländer zu erreichen. »Er hat es wieder getan«, sagte sie.

»Was?« fragte Marthe düster.

»Sich übernommen. Das war schon immer seine Schwäche. Bei Gefechten, Tests, persönlichen Konflikten. Ohne diese Neigung hätte er sich bereits im ersten Test qualifiziert.«

Marthe wollte jetzt nicht darüber reden. Besonders Joannas kalter, klinischer Tonfall regte sie auf.

Megasa stand jetzt am Kraterrand. Der Torso seines

Mechs war über den Abgrund geneigt, um dem Piloten den Blick hinab zu ermöglichen.

Als er wieder zu sich kam, war Aidan benommen. Er blickte auf und sah den *Bluthund,* der sich über den Kraterrand beugte. Und er sah Megasa durch das Sichtfenster. Offensichtlich traute er seinen Sensoren nicht, und wollte sich selbst ein Bild von Aidans pathetischer Situation machen.

Aidan schüttelte die Benommenheit ab und überprüfte mit Hilfe des Sekundärschirms die Waffensysteme seiner Maschine. Die wenigen noch verbliebenen Raketen waren nutzlos, weil die Lafette in die falsche Richtung zeigte. Und nachdem die PPK zerstört war, blieb als einzige einsatzbereite Waffe die LB 10-X. Laut Bildschirmanzeige war allerdings der Lademechanismus blockiert. Und in der Kammer der Kanone lag ein einziges Haufenmagazin. Eine bessere Schrotladung gegen einen wütenden Elefantenbullen.

Megasa winkte ihm aus dem Cockpit zu, und Aidan sah keinen Sinn darin, seine Waffe noch abzufeuern. Er war bereits tot. Er wollte einfach die Augen schließen und das Ende annehmen.

Aber nein, selbst jetzt weigerte sich etwas in seinem Innern. Er war noch nie fähig gewesen aufzugeben. Bei den Manövern seiner Kadettenzeit hatte er darauf bestanden, alle möglichen Taktiken und Strategien auszuprobieren, selbst wenn sie im Widerspruch zur Ausbildung der Geschko standen. Bei seinem ersten Test hatte er durch eine unorthodoxe Strategie beinahe gewonnen. Bei seinem zweiten Test hatte eine entsprechende Leistung Erfolg gebracht. Seine Erfahrungen als Krieger hatten die Hartnäckigkeit noch verstärkt, die er schon mit aus dem Kanister gebracht haben mußte. Es war diese Fähigkeit gewesen, gegen alle Wahrscheinlichkeiten weiterzumachen, die ihm den Sieg bei Station Glory gebracht hatte.

Damals hatte er nicht aufgegeben. Er würde auch jetzt nicht aufgeben.

Hastig richtete er die Autokanone aus, zielte auf den Teil des *Bluthund*-Torsos, der über dem Kraterrand zu sehen war, und feuerte. Die Haufenrunde war als letzte Geste des Widerstands gegen Megasa und alle anderen Jadefalken gedacht, die ihn verachteten. Natürlich würden sie das nie erfahren. Aber er wußte es, und das war genug.

Er beobachtete, wie die Geschosse zufällig und ohne Wirkung vom Torso des *Bluthund* abprallten. Er sah auch den Staub, den ein Treffer am Cockpit aufwirbelte.

Aber er sah zunächst nicht, daß dieser Treffer einen Haarriß des Sichtfensters zur Folge hatte. Das erste Anzeichen des Treffers war der Dampf, der in einer dünnen Linie austrat und immer dichter wurde. Erst jetzt bemerkte Aidan den Riß, der unter seinen Augen breiter wurde. Der letzte Beweis war Megasas Gesicht, das mit geweiteten Augen, bleichem Gesicht und geöffnetem Mund an die Scheibe gedrückt wurde.

Aufgrund des plötzlichen Druckverlustes explodierte das Cockpitdach des *Bluthund.* Megasa wurde wohl mitgerissen, aber Aidan sah ihn nicht. Teile der Trümmer und möglicherweise des Piloten fielen auf die *Nemesis* herab, die am Boden des Kraters lag.

Vielleicht war es der Schock, oder eine Nachwirkung des Sturzes. Jedenfalls wurde Aidan bewußtlos, bevor er auf die Ereignisse der letzten Sekunden reagieren konnte. Als die Welt um ihn herum in Schwärze versank, wußte er nur, daß er soeben den Blutrechtstest gewonnen hatte. Aidan hatte seinen Blutnamen erlangt.

EPILOG

Ein paar Jahre, nachdem Aidan seinen Blutnamen gewonnen hatte, qualifizierte sich seine Tochter Diana, von deren Existenz er noch immer nichts ahnte, in ihrem Positionstest zur Kriegerin.

Wäre es ihr gelungen, in diesem Test mehr als einen Mech zu besiegen, hätte sie ihre Laufbahn als Clan-Kriegerin im Rang eines Sterncommanders begonnen. Aber sie hatte respektabel gegen einen Mech gesiegt, und so war es Mech-Kriegerin Diana, die am Ende des Tests an ihrem *Höllenbote* herabstieg. Die Oberfläche des Mechs war noch immer so heiß, daß sie sich die Hand verbrannte, als sie versehentlich damit in Berührung kam.

Diana war stolz und begeistert, aber sie hatte keine grandiosen Träume im Hinblick auf ihren Kriegerstatus, denn sie wußte, daß sie sich nie um einen Blutnamen würde bewerben können. Ihr ging es nur um das Privileg, für ihren Clan an der Invasion der Inneren Sphäre teilzunehmen, die soeben begonnen hatte. Sie brannte darauf, zu ihrer Einheit zu stoßen.

Der Drang, einen Blutnamen zu erringen, der ihren Vater so in seinem Bann gehalten hatte, würde ihr Leben nicht bestimmen. Schließlich war sie das Produkt einer Verbindung zwischen Aidan und seiner ehemaligen Koschwester Peri. Obwohl Tochter zweier Wahrgeborener, machte ihre natürliche Geburt sie zu einer Freigeborenen und schloß damit aus, daß sie jemals einen Blutnamen erhalten konnte. Aber das war Diana völlig egal. Es machte ihr auch nicht viel aus, daß die Wahren die Freigeborenen so verachteten. Vielleicht hatte sie sich so daran gewöhnt, daß es ein Teil ihres Lebens schien. Wie ihr Vater hatte sie sich mit vielen Wahrgeborenen angelegt, die sie gereizt hatten, aber für sie war es mehr ein Ausdruck der Notwendigkeit, als Freigeborene wehrhaft zu bleiben.

Neben dem riesigen Fuß ihres *Höllenbote* blickte Diana empor und salutierte. Du hast mich bis hierher gebracht, sprach sie in Gedanken zu ihrem Mech, jetzt werde ich mich erkenntlich zeigen.

In all den Jahren, in denen sie davon geträumt hatte, eine Kriegerin zu werden, hatte Diana sich nie vorgestellt, ihrem Vater zu begegnen. Sie wußte nicht, warum er das Bedürfnis haben sollte, sie zu sehen oder kennenzulernen. Welcher Wahrgeborene würde es darauf anlegen, ein freigeborenes Kind anzuerkennen? Wahrgeborene trafen natürlich so gut wie nie ihre Geneltern.

Diana hatte nur ihre Mutter gekannt, aber wie eine Wahrgeborene wollte sie nichts weiter von ihrem Leben, als Clan-Kriegerin zu werden. Jetzt, da ihr Wunsch Wirklichkeit geworden war, freute sie sich darauf, im Dienst des Clans Erfüllung zu finden. Noch spielte ihr Vater keine Rolle in ihren Zukunftsphantasien.

Als sie sich von ihrem Mech entfernte, ballte und öffnete sie die rechte Faust, deren verbrannte Handfläche noch immer schmerzte.

Peri, die inzwischen eine bedeutende Wissenschaftlerin geworden war, schickte Glückwünsche, aber sie kam nicht, um sich von ihrer Tochter zu verabschieden, als deren Einheit die lange Reise durchs All antrat, die sie zu den Invasionstruppen in der Inneren Sphäre tragen sollte.

Während Diana ihre Zeit als Kriegerin begann, beendete ein anderer seine Zeit im Dienst des Clans. Sein Name war Ter Roshak, und er hatte die Jahre seiner Ehrenrettung wie Jahre der Schande erlebt. Er war nirgendwo mehr willkommen, hatte keinen einzigen Freund mehr unter den Kriegern, hatte keine Position mehr zu erfüllen. Er war jetzt ein alter Krieger, einundsechzig Jahre alt, und für den Clan wertlos.

Nun ja, nicht völlig wertlos. Er war Teil einer Infanterie-Einheit, welche aus Kriegern bestand, die als zu alt angesehen wurden, um noch einen Mech zu führen, und höchstens als Kanonenfutter in einem Gefecht dienen konnten. Diese Einheit befand sich auf einem Planeten irgendwo tief in der Inneren Sphäre, einem Raumsektor, der so lange nur ein Traum in den Herzen der Clanner gewesen war, deren Vorfahren ihn Generationen zuvor hinter sich gelassen hatten. Die Invasion, auf die sich die Clans generationenlang vorbereitet hatten, hatte begonnen, aber Ter Roshak kannte nicht einmal den Namen dieser Welt oder wie die Schlacht verlief.

Alle Mitglieder seiner Einheit hatten eine Uniform, Stiefel, ein Gewehr und ein Messer erhalten und waren losgeschickt worden, um zu Fuß gegen den Feind zu marschieren. Ter Roshak war kein Narr. Er wußte, was mit ihm geschah. Dieser Marsch war der Grund, weshalb alle alten Krieger dieser Einheit hier waren.

Als sie sich der Front näherten, sah Roshak Mechs, die über eine breite, hügelige Lichtung verteilt waren. Die Clan-Mechs waren zu einem momentanen Rückzug gezwungen, und die Kommandeure wollten sich Zeit verschaffen. Dazu sollte Ter Roshaks Einheit geradewegs gegen den Feind marschieren und ihn mit veralteten Waffen unter Beschuß nehmen, Waffen, die ebenso verzichtbar waren wie ihre Träger.

Sie würden alle sterben, aber ihr Tod würde anderen Clan-Kriegern Zeit verschaffen, sich neu zu gruppieren, Munition aufzunehmen und die Energiewaffen aufzuladen. Ihr Kommandeur hatte Ter Roshaks Einheit befohlen, so lange wie möglich am Leben zu bleiben und dabei ohne Pause zu feuern. Wenn ihre Munition verbraucht war, mußten sie die Messer benutzen. Wenn sie die Messer verloren, mußten sie den nächsten Feind mit bloßen Händen angreifen. Wenn ihre Hände gebrochen waren, mußten sie den Feind treten. Wenn ihnen die Füße abgeschossen wurden, mußten sie auf die feindlichen Krieger zukriechen und versuchen, sie mit den Zähnen zu töten. Wenn sie nicht kriechen konnten, mußten sie ins Unterholz feuern. Wenn sie sich nicht bewegen konnten, mußten sie auf den Tod warten. Wenn sie nicht sterben konnten, mußte mit ihrer Haltung etwas nicht in Ordnung sein.

Ter Roshak marschierte, und er fühlte sich besser als seit langem. Er hatte nicht mehr eine solche Erregung verspürt, seit er und sein Mech neben Ramon Mattlov in die Schlacht gezogen waren. Ramon Mattlov wäre stolz auf ihn gewesen. Hier in dieser Schlacht würde sich Ter Roshak mit seiner Waffe von der Schande reinwaschen, die seine Existenz so lange befleckt hatte. Mit jedem Schuß fühlte er, wie die Last auf seinem Herz und auf seiner Seele nachließ.

Er wußte, daß er bald sterben würde.

Dieses Wissen freute und erleichterte ihn.

ANHANG

Glossar

Karte der Inneren Sphäre

Karte der Inneren Sphäre
Kernwärtiger Sektor

Schiffs- und BattleMech-Typen

GLOSSAR

Beim Zerfall des Sternenbundes führte General Aleksandr Kerensky, der Oberkommandierende der Regulären Armee des Sternenbundes, seine Truppen beim sogenannten Exodus aus der Inneren Sphäre in die Tiefen des Alls. Nachdem sie sich weit jenseits der Peripherie niedergelassen hatte, zerfiel auch die Sternenbundarmee. Aus der Asche der Zivilisation, die Kerensky hatte aufbauen wollen, entstanden die Clans.

In diesem Band werden durchgehend die militärischen Einheitsbezeichnungen der Clans benutzt. Die Struktur dieser Einheiten sieht wie folgt aus:

Strahl	1 Mech oder 5 Elementare
Stern	5 Mechs oder 25 Elementare
Binärstern	2 Sterne
Trinärstern	3 Sterne
Sternhaufen	4 Binärsterne
Galaxis	3 bis 5 Sternhaufen
Nova	1 Mechstern und 1 Elementarstern
Supernova	1 Mechbinärstern und 2 Elementarsterne

Autokanone: Eine automatische Schnellfeuerkanone, die in schneller Folge panzerbrechende Hochexplosivgranaten abfeuert.

Batchall: Batchall ist der Name für das Clanritual der Herausforderung zum Kampf. Der Verteidiger kann verlangen, daß der Angreifer etwas aufs Spiel setzt, dessen Wert vergleichbar mit dem ist, was der Verteidiger zu verlieren riskiert.

BattleMech: BattleMechs sind die gewaltigsten Kriegsmaschinen, die je von Menschen erbaut wurden. Diese riesigen humanoiden Panzerfahrzeuge ragen zehn bis zwölf Meter hoch auf, und ihre Feuerkraft reicht aus, jeden Gegner mit Ausnahme eines anderen BattleMechs niederzumachen.

Besitztest: Dieser Test dient dazu, Konflikte zwischen zwei oder mehr Clans zu lösen, die Anspruch auf dasselbe Objekt erheben, sei es ein Gebiet, das Genmaterial eines Kriegers oder den Sieg in einer Meinungsverscheidenheit. Der Test beinhaltet die formelle Herausforderung durch den Angreifer und die Reaktion des Verteidigers und favorisiert Kommandeure des angreifenden Clans, die geschickt genug sind, einen minimalen Kraftaufwand zu bieten.

Bluterbe: Die Geschichte der Blutnamensträger eines bestimmten Blutrechts wird Bluterbe genannt.

Blutname: Als Blutname wird einer der ursprünglich achthundert Familiennamen jener Krieger bezeichnet, die während des Exodus-Bürgerkrieges auf seiten von Nicholas Kerensky standen. (Derzeit existieren nur noch 760 dieser Namen. Vierzig Namen wurden nach dem Hochverrat eines der ursprünglich zwanzig Clans getilgt.) Diese achthundert waren die Basis des ausgedehnten Zuchtprogramms der Clans. Das Recht, einen dieser Nachnamen zu tragen, ist seit Einführung dieses Systems der Wunschtraum jedes Kriegers. Nur jeweils fünfundzwanzig Krieger dürfen gleichzeitig einen bestimmten Blutnamen tragen. Stirbt einer von ihnen, wird ein Wettbewerb abgehalten, um einen neuen Träger zu bestimmen. Ein Anwärter muß zunächst anhand seiner Abstammung sein Anrecht auf den Blutnamen nachweisen und anschließend eine Abfolge von Duellen gegen seine Mitbewerber gewinnen. Nur Blutnamensträger haben das Recht, an einem Clankonklave teilzunehmen und zum Khan oder ilKhan gewählt zu werden. Die meisten Blutnamen wurden im Laufe der Zeit einer oder zwei Kriegerklassen vorbehalten. Es gibt jedoch einzelne, besonders angesehene Blutnamen, wie zum Beispiel Kerensky, die dadurch ihren genetischen

Wert bewiesen haben, daß sie von herausragenden Kriegern aller drei Klassen (Mech-Krieger, Jägerpiloten und Elementare) getragen wurden.

Blutnamen werden matrilinear vererbt. Da ein Krieger nur über seine Mutter erben kann, besteht nie ein Anrecht auf mehr als einen Blutnamen.

Blutrecht: Ein spezieller Blutname und die Reihe seiner Träger werden als Blutrecht bezeichnet. Jeder Blutname besitzt fünfundzwanzig Blutrechte. Ein Blutrecht ist kein Stammbaum nach unseren Begriffen, da die Krieger, die ein Blutrecht tragen, möglicherweise nur durch die gemeinsame Abstammung von einem einzelnen Vorfahren verwandt sind. Wie bei Blutnamen sind auch manche Blutrechte angesehener als andere, was hauptsächlich vom Bluterbe abhängt.

Im übertragenen Sinne wird der Begriff Blutrecht auch für den Kampf um einen Blutnamen gebraucht.

Blutrechtstest: Eine Abfolge von Ausscheidungseinzelkämpfen, mit deren Hilfe ein Krieger ermittelt wird, der das Recht hat, einen Blutnamen zu tragen. Jeder Blutnamensträger des betroffenen Blutlinienhauses nominiert einen Kandidaten. Das Oberhaupt des Hauses ernennt weitere Kandidaten und bringt deren Zahl damit auf einunddreißig. Um die zweiunddreißigste Position kämpfen die Krieger, die für den Blutnamen qualifiziert sind, aber nicht nominiert wurden. Die Art des Kampfes wird durch ›Münzentscheid‹ bestimmt. Die persönliche Erkennungsmünze jedes Kandidaten, sein ›Dogid‹, wird in den ›Trichter der Entscheidung‹ gesteckt. Ein Eidmeister oder Lehrmeister gibt beide Münzen gleichzeitig frei, so daß der Zufall entscheidet, in welcher Reihenfolge sie auf dem Boden des Trichters ankommen. Der Krieger, dessen Münze oben liegt, entscheidet über die Art des Kampfes (Mech gegen Mech, persönlicher Zweikampf, Mech gegen Elementar usw.), während sein Gegner den Schauplatz des Kampfes bestimmt.

Ein Blutnamensduell wird nicht notwendigerweise bis zum Tod ausgetragen, aber häufig sorgen die Heftigkeit des Gefechts und die Entschlossenheit der Kämpfer trotzdem dafür, daß der Verlierer seine Niederlage nicht überlebt.

Blutung: Ein anderer Name für den Positionstest, mit dem entschieden wird, ob sich ein Kandidat zum Clan-Krieger qualifiziert. Dazu muß er mindestens einen von drei aufeinanderfolgenden Gegnern besiegen. Besiegt er zwei oder alle drei, erhält er einen Offiziersposten. Besiegt er keinen der drei Gegner, wird er einer niedrigeren Kaste zugeteilt.

Elementare: Die mit Kampfanzügen ausgerüstete Eliteinfanterie der Clans. Diese Männer und Frauen sind wahre Riesen, die speziell für den Einsatz der von den Clans entwickelten Rüstungen gezüchtet werden.

Die Erinnerung: *Die Erinnerung* ist ein noch nicht abgeschlossenes Heldenepos, das die Geschichte der Clans von der Zeit des Exodus bis zur Gegenwart beschreibt. *Die Erinnerung* wird ständig erweitert, um neuere Ereignisse einzubeziehen. Jeder Clan verfügt über eine eigene Version dieses Epos, in der seine speziellen Meinungen und Erfahrungen verarbeitet sind. Alle Clan-Krieger können ganze Verse dieses riesigen Gedichtes aus dem Gedächtnis zitieren, und es ist durchaus nicht ungewöhnlich, Passagen auf OmniMechs, Luft/Raumjägern und sogar Rüstungen zu finden.

Eidmeister: Der Eidmeister ist der Ehrenwächter bei allen offiziellen Clanzeremonien. Die Position entspricht der eines Ordnungsbeamten in der Inneren Sphäre, beinhaltet jedoch mehr Respekt. Der Eidmeister nimmt alle Schwüre ab, während der Lehrmeister sie festhält. Die Position des Eidmeisters gebührt in der Regel dem ältesten Blutnamensträger eines Clans (sofern er diese Ehre annimmt) und ist eine der wenigen Positionen, deren Träger nicht durch einen Kampf ermittelt wird.

Freigeboren: Ein Mensch, der auf natürlichem Wege gezeugt und geboren wurde, ist freigeboren. Da die Clans so großen Wert auf ihr Zuchtprogramm legen, gelten Freigeborene von vornherein als minderwertig.

Geschko: Eine Gruppe von Kindern (Geschwisterkompanie) des Zuchtprogramms der Kriegerkaste, die wahrscheinlich von denselben Eltern abstammen und gemeinsam aufgezogen werden. Während sie älter werden, werden sie ständig getestet. Bei jedem Test scheiden Mitglieder der Geschko aus und werden in niedrigere Kasten abgeschoben. Eine Geschko besteht zunächst aus etwa zwanzig Kindern, von denen beim abschließenden Test noch etwa vier oder fünf übrig sind. Diese Tests und andere Erlebnisse binden die überlebenden ›Geschkinder‹ so eng aneinander, daß sie häufig lebenslanges Vertrauen und Verständnis füreinander zeigen.

Kanister: Clanbezeichnung für das Eugenikprogramm der Kriegerkaste. Der Name kann sich auch speziell auf den dabei verwendeten Brutkasten beziehen.

Kaste: Die Clangesellschaft ist streng in fünf Kasten unterteilt: Krieger, Wissenschaftler, Händler, Techniker und Arbeiter. Jede dieser Kasten umfaßt zahlreiche Unterkasten, die auf Spezialisierungen innerhalb eines Berufsfeldes basieren. Die Kriegerkaste pflanzt sich unter strenger Kontrolle des genetischen Erbes durch ein systematisches Eugenikprogramm fort, bei dem Genmaterial angesehener und erfolgreicher lebender und toter Krieger verwendet wird (siehe Geschko). Andere Kasten sorgen durch strategische Heiraten innerhalb der Kaste für einen hochwertigen Genfundus.

Khan: Jeder Clan wählt zwei Khane. Einer der beiden fungiert als höchster militärischer Kommandeur und

Verwaltungschef des Clans. Die Position des zweiten Khans ist weniger klar umrissen. Er ist der Stellvertreter des ersten Khans und führt dessen Aufträge aus. In Zeiten großer innerer oder äußerer Bedrohung, oder wenn eine gemeinsame Anstrengung aller Clans notwendig wird, wird ein ilKhan als oberster Herrscher aller Clans gewählt.

Kodax: Der Kodax eines Kriegers ist seine persönliche Identifikation. Er enthält die Namen der Blutnamensträger, von denen ein Krieger abstammt, sowie seine Generationsnummer, seine Blutlinie und seinen ID-Kodax, eine alphanumerische Codesequenz, die einzigartige Aspekte seiner DNS festhält.

KSR: Abkürzung für ›Kurzstreckenrakete‹. Es handelt sich um ungelenkte Raketen mit hochexplosiven oder panzerbrechenden Sprengköpfen.

Landungsschiffe: Da Sprungschiffe die inneren Bereiche eines Sonnensystems generell meiden müssen und sich dadurch in erheblicher Entfernung von den bewohnten Planeten einer Sonne aufhalten, werden für interplanetare Flüge Landungsschiffe eingesetzt. Diese werden während des Sprungs an die Antriebsspindel des Sprungschiffes angekoppelt. Landungsschiffe besitzen selbst keinen Überlichtantrieb, sind jedoch sehr beweglich, gut bewaffnet und aerodynamisch genug, um auf Planeten mit einer Atmosphäre aufzusetzen bzw. von dort aus zu starten. Die Reise vom Sprungpunkt zu den bewohnten Planeten eines Systems erfordert je nach Spektralklasse der Sonne eine Reise von mehreren Tagen oder Wochen.

Laser: Ein Akronym für ›Light Amplification through Stimulated Emission of Radiation‹ oder Lichtverstärkung durch stimulierte Strahlungsemission. Als Waffe funktioniert ein Laser, indem er extreme Hitze auf einen minimalen Bereich konzentriert. BattleMech-Laser gibt es in drei Größenklassen: leicht, mittelschwer und schwer. Laser sind auch als tragbare Infanteriewaffen verfügbar, die über einen als Tornister getragenen Energiespeicher betrieben werden. Manche Entfernungsmeßgeräte und Zielerfassungssensoren bedienen sich ebenfalls schwacher Laserstrahlen.

Lehrmeister: Der Lehrmeister ist der Wahrer der Clangesetze und -geschichte. Seine Position ist mit großer Ehre und politischer Macht verbunden. Der Lehrmeister spielt eine wichtige Rolle bei Untersuchungen und Prozessen, in denen er häufig die Rolle des Verteidigers oder Fragenstellers übernimmt.

LSR: Abkürzung für ›Langstreckenrakete‹, zum indirekten Beschuß entwickelte Raketen mit hochexplosiven Gefechtsköpfen.

Nachfolgerfürsten: Die fünf Nachfolgerstaaten werden von Familien regiert, die ihre Herkunft von einem der ursprünglichen Lordräte des Sternenbunds ableiten. Alle fünf Hausfürsten erheben Anspruch auf den Titel des Ersten Lords. Sie kämpfen seit Ausbruch der Nachfolgekriege im Jahre 2786 gegeneinander. Ihr Schlachtfeld ist die riesige Innere Sphäre, bestehend aus sämtlichen einstmals von den Mitgliedsstaaten des Sternenbunds besetzten Sonnensystemen.

Peripherie: Jenseits der Grenzen der Inneren Sphäre liegt die Peripherie, das weite Reich bekannter und unbekannter Systeme, das sich bis in die interstellare Nacht erstreckt. Die einstigen terranischen Kolonien in der Peripherie wurden durch den Zerfall des Sternenbundes technologisch, wirtschaftlich und politisch verwüstet. Derzeit ist die Peripherie größtenteils Zufluchtsort für Banditenkönige, Raumpiraten und Ausgestoßene.

Positionstest: Mit Hilfe des Positionstests wird festgestellt, ob ein Kandidat die Qualifikation zum Clan-Krieger hat. Um sich zu qualifizieren, muß er zumindest einen von drei aufeinanderfolgenden Gegnern besiegen. Besiegt er zwei oder gar alle drei, wird er automatisch als Offizier seines Clans eingesetzt. Gelingt es ihm nicht, wenigstens einen Gegner zu besiegen, wird er in eine niedrigere Kaste zurückgestuft.

PPK: Abkürzung für ›Partikelprojektorkanone‹, einen magnetischen Teilchenbeschleuniger in Waffenform, der hochenergiegeladene Protonen- oder Ionenblitze verschießt, die durch Aufschlagskraft und hohe Temperatur Schaden anrichten. PPKs gehören zu den effektivsten Waffen eines BattleMechs.

Seyla: Dieses Wort ist ungefähr gleichbedeutend mit ›Einheit‹. Es handelt sich um eine rituelle Antwort, die bei bestimmten Zeremonien gefordert wird. Ursprung und exakte Bedeutung des Wortes sind unbekannt, aber es wird nur mit äußerstem Respekt und Ehrfurcht verwendet.

Sprungschiffe: Interstellare Reisen erfolgen mittels sogenannter Sprungschiffe, deren Antrieb im 22. Jahrhundert entwickelt wurde. Der Name dieser Schiffe rührt von ihrer Fähigkeit her, ohne Zeitverlust in ein weit entferntes Sonnensystem zu ›springen‹. Es handelt sich um ziemlich unbewegliche Raumfahrzeuge aus einer langen, schlanken Antriebsspindel und einem enormen Solarsegel, das an einen gigantischen Sonnenschirm erinnert. Das gewaltige Segel besteht aus einem Spezialmaterial, das gewaltige Mengen elektromagnetischer Energie aus dem Sonnenwind des jeweiligen Zentralgestirns zieht und langsam an den Antriebskern abgibt, der daraus ein Kraftfeld aufbaut, durch das ein Riß im Raum-Zeit-Gefüge entsteht. Nach einem Sprung kann das Schiff erst weiterreisen, wenn es durch Aufnahme von Sonnenenergie seinen Antrieb wieder aufgeladen hat.

Sprungschiffe reisen mit Hilfe ihres Kearny-Fuchida-Antriebs in Nullzeit über riesige interstellare Entfernungen. Das K-F-Triebwerk baut ein Raum-Zeit-Feld um das Sprungschiff auf und öffnet ein Loch in den Hyperraum. Einen Sekundenbruchteil später materialisiert das Schiff am Zielsprungpunkt, der bis zu 30 Lichtjahre weit entfernt sein kann.

Sprungschiffe landen niemals auf einem Planeten und reisen nur sehr selten in die inneren Bereiche eines Systems. Interplanetarische Flüge werden von Landungsschiffen ausgeführt, Raumschiffen, die bis zum Erreichen des Zielpunktes an das Sprungschiff gekoppelt bleiben.

Sternenbund: Im Jahre 2571 wurde der Sternenbund gegründet, um die wichtigsten nach dem Aufbruch ins All von Menschen besiedelten Systeme zu vereinen. Der Sternenbund existierte annähernd 200 Jahre, bis 2751 ein Bürgerkrieg ausbrach. Als das Regierungsgremium des Sternenbunds, der Hohe Rat, sich in einem Machtkampf auflöste, bedeutete dies das Ende des Bundes. Jeder der Hausfürsten rief sich zum neuen Ersten Lord des Sternenbunds aus, und innerhalb weniger Monate war die gesamte Innere Sphäre im Kriegszustand. Dieser Konflikt hält bis zum heutigen Tage, knapp drei Jahrhunderte später, an. Die Jahrhunderte nahtlos ineinander übergehender Kriege werden in toto als die ›Nachfolgekriege‹ bezeichnet.

Surkai: Das Surkai ist das Clanritual der Vergebung. Die Clans legen vor allen anderen Grundsätzen ihrer Gesellschaft Wert auf Uniformität in Gedanken und Überzeugungen. Bei Meinungsverschiedenheiten zwischen Kriegern oder zwischen einem Clan und dem Konklave der Clans, oder der Beleidigung eines Clanners durch ein Mitglied einer anderen Kaste, wird Surkai erwartet. Es ist eine Frage der Ehre, daß die schuldige Partei ihre Verfehlung offen zugibt und um Bestrafung bittet.

Surkaischwur: Der Schwur der Verzeihung oder Surkaischwur ist ein ehrgebundener Friedensschluß zwischen der Mehrheit und etwaigen Andersdenkenden.

Der Surkaischwur bestimmt, daß ein Andersdenkender, der seine Bestrafung für den Widerspruch zur Ansicht der Mehrheit annimmt, seine Funktion in der Gesellschaft wieder einnehmen kann, ohne daß er für seinen Widerspruch weitere Schande erleidet.

Wahrgeboren/Wahrgeburt: Ein wahrgeborener Krieger ist aus dem Zuchtprogramm der Clan-Kriegerkaste hervorgegangen.

Widerspruchstest: Die Konklaven der einzelnen Clans und der versammelten Clans stimmen über Fragen und Gesetze ab, die die Gemeinschaft betreffen. Im Gegensatz zur Gesetzgebung in der Inneren Sphäre kann jedoch jede dieser Entscheidungen angefochten und durch einen Widerspruchstest in ihr Gegenteil verkehrt werden. Dieser Test gestattet der Verliererseite den Versuch, ihre Position auf dem Schlachtfeld durchzusetzen.

Die bei einem Widerspruchstest eingesetzten Kräfte stehen im Verhältnis zur angefochtenen Entscheidung. Wurde diese also beispielsweise mit einem Stimmenverhältnis von Drei zu Eins angenommen, kann die diese Entscheidung verteidigende Seite eine dreimal stärkere Einheit in den Kampf schicken als der Herausforderer. Durch das Bieten wird dieses Übergewicht jedoch häufig reduziert.

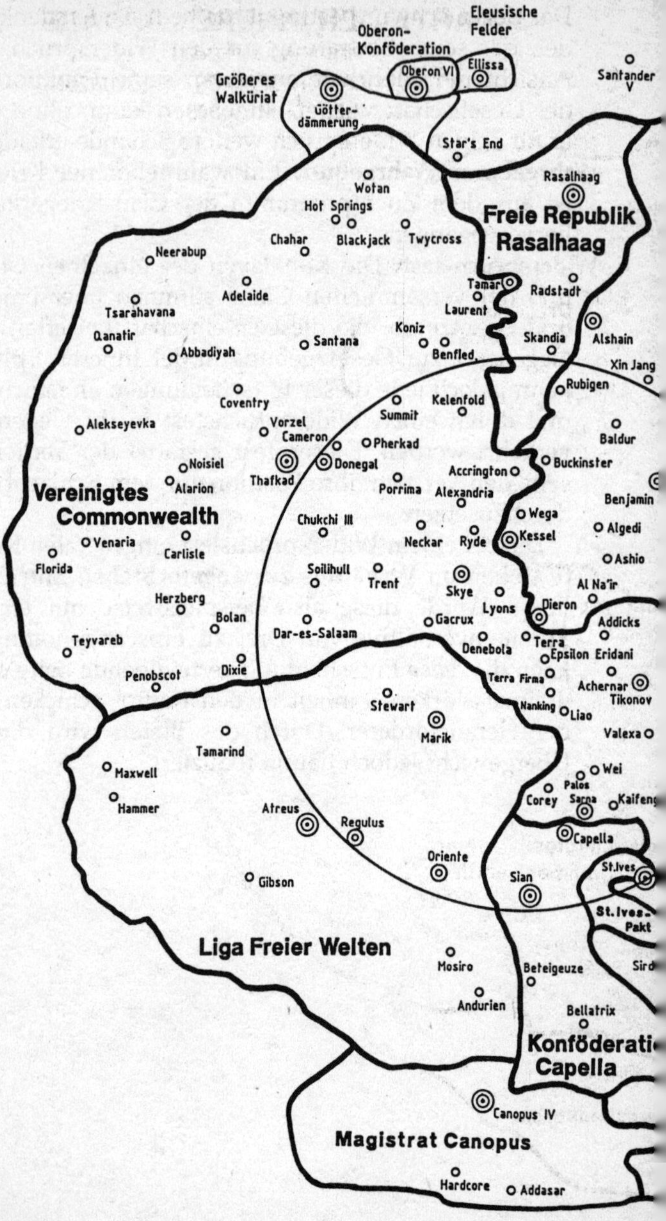
Eleusische Felder
Oberon-Konföderation
Oberon VI
Ellissa
Santander V
Größeres Walküriat
Götterdämmerung
Star's End
Rasalhaag
Freie Republik Rasalhaag
Wotan
Hot Springs
Blackjack
Twycross
Chahar
Neerabup
Adelaide
Tamar
Radstadt
Laurent
Tsarahavana
Qanatir
Abbadiyah
Santana
Koniz
Benfled
Skandia
Alshain
Xin Jang
Rubigen
Coventry
Kelenfold
Summit
Baldur
Alekseyevka
Vorzel
Cameron
Pherkad
Buckinster
Noisiel
Thafkad
Donegal
Accrington
Alarion
Porrima
Alexandria
Benjamin
Vereinigtes Commonwealth
Chukchi III
Wega
Algedi
Venaria
Carlisle
Neckar
Ryde
Kessel
Florida
Ashio
Soilihull
Trent
Skye
Al Na'ir
Herzberg
Lyons
Dieron
Bolan
Gacrux
Addicks
Dar-es-Salaam
Teyvareb
Denebola
Terra
Epsilon Eridani
Dixie
Penobscot
Terra Firma
Achernar
Tikonov
Stewart
Nanking
Liao
Marik
Valexa
Tamarind
Maxwell
Wei
Palos
Hammer
Corey
Sarna
Kaifeng
Atreus
Regulus
Capella
Oriente
Sian
St. Ives
Gibson
St. Ives-Pakt
Liga Freier Welten
Mosiro
Beteigeuze
Sird
Andurien
Bellatrix
Konföderation Capella
Canopus IV
Magistrat Canopus
Hardcore
Addasar

KARTE DER INNEREN SPHÄRE

UND WICHTIGER PERIPHERIESTAATEN

MILITÄRISCH/POLITISCHE UNTERTEILUNGEN

DES JAHRES 3050

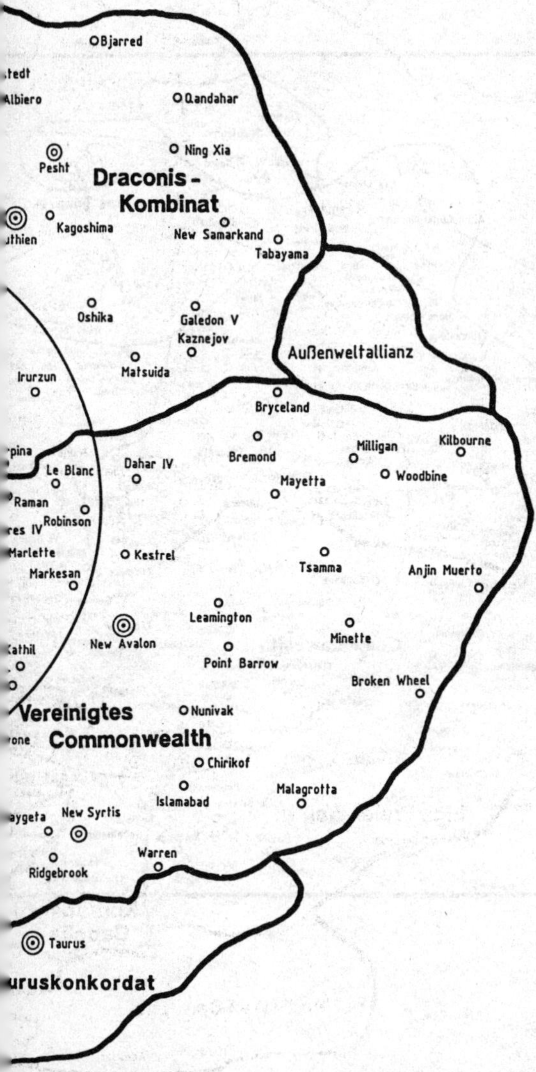

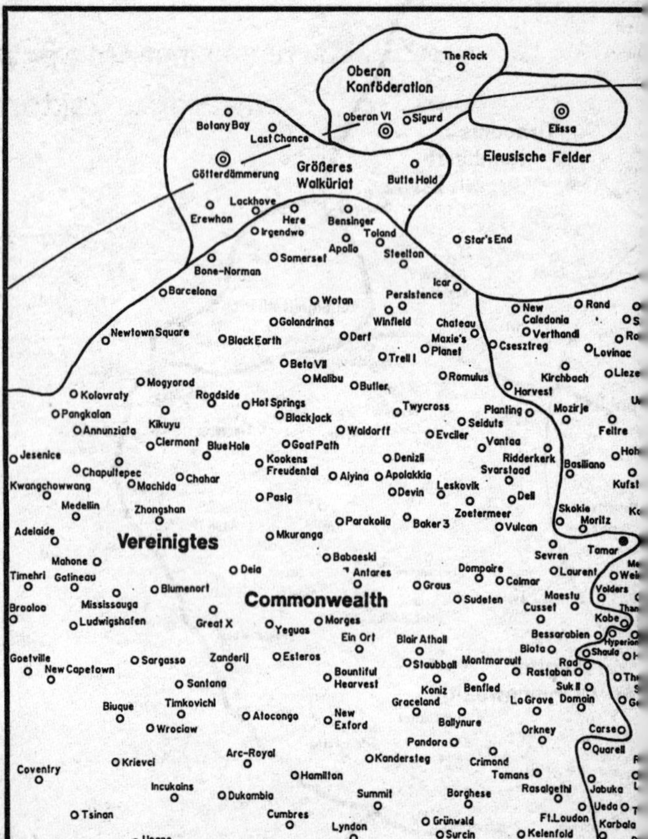

Oberon Konföderation
The Rock
Oberon VI
Sigurd
Elissa
Eleusische Felder
Botany Bay
Last Chance
Götterdämmerung
Größeres Walküriat
Butte Hold
Erewhon
Lockhove
Here
Bensinger
Irgendwo
Toland
Apollo
Steelton
Star's End
Somerset
Bone-Norman
Icar
Barcelona
Wotan
Persistence
Rand
New Caledonia
Golandrinas
Winfield
Chateau
Verthandi
Newtown Square
Black Earth
Derf
Maxie's Planet
Csesztreg
Lovinac
Trell I
Beta VII
Malibu
Romulus
Kirchbach
Mogyorod
Butler
Harvest
Kolovraty
Roadside
Hot Springs
Twycross
Planting
Mozirje
Pangkalan
Blackjack
Seiduts
Feltre
Kikuyu
Annunziata
Waldorff
Evciler
Vantaa
Clermont
Blue Hole
Goat Path
Ridderkerk
Jesenice
Kookens Freudental
Denizli
Svarstaad
Basiliano
Chapultepec
Chahar
Aiyina
Apolakkia
Kwangchowwang
Machida
Leskovik
Devin
Dell
Pasig
Medellin
Zoetermeer
Skokie
Zhongshan
Parakoila
Baker 3
Moritz
Vulcan
Adelaide
Mkuranga
Vereinigtes
Commonwealth
Sevren
Tamar
Mahone
Babaeski
Timehri
Gatineau
Deia
Antares
Dompaire
Laurent
Volders
Blumenort
Graus
Colmar
Mississauga
Maestu
Brooloo
Great X
Sudeten
Cusset
Ludwigshafen
Yeguas
Morges
Kobe
Ein Ort
Blair Atholl
Bessarabien
Hyperion
Goetville
Zanderij
Biota
Shaula
Sargasso
Esteros
Staubball
Montmarault
Rad
New Capetown
Rastaban
Santana
Bountiful Hearvest
Koniz
Benfled
Suk II
Graceland
La Grave
Domain
Biuque
Timkovichi
New Exford
Ballynure
Atocongo
Wroclaw
Orkney
Carse
Pandora
Arc-Royal
Crimond
Quarell
Kandersteg
Coventry
Krievci
Hamilton
Tomans
Jobuka
Incukains
Rasalgethi
Dukambia
Summit
Borghese
Ueda
Tsinan
Cumbres
Ft. Loudon
Karbala
Lyndon
Grünwald
Surcin
Kelenfold
Upano

Karte der Inneren Sphäre
Kernwärtiger Sektor
Satander V
Porthos
Damian
Thule
Richmond
Holmsbu
Skallevoll
Idlewind
Pinnacle
Constance
Schwartz
Tarnby
s'Gravenhage
Susquehanna
Rockland
Altona
Balsta
Jarett
Bjarred
Leoben
Trondheim
Turtle Bay
Vireniofta
Almunge
Leyland
Rasalhaag
Last Frontier
Nykvarn
Brocchis Haufen
40
Stapelfeld
Sawyer
Chapineria
Freie
Garstedt
Coudoux
Radje
Chupadero
Dawn
Vipaava
Jezersko
Polcenigo
Kobah
Lonaconing
Republik
Pomme De Terre
Schuyler
Hannover
Jeanette
Echo
Savinsville
Draconis-Kombinat
Prediz
Luzern
Albiero
Bangor
Matamoras
Espakeh
Spittal
Casere
Courchevel
McAlister
Jeronimo
Mocksburg
Goito
Byesville
Wolcott
Hemdon
Rasalhaag
Marshdale
Cheriton
Clearfield
Radstadt
Labrea
Hyner
Maldonado
Loysville
Soverzene
Outre Volta
Teniente
Kempten
Itabaiana
Pesht
Tuscarawas
Vorarlberg
Thessalonika
Juazeiro
Ebensburg
Kaesong
Irece
Meinacos
Sheliak
Caripare
Unity
Alshain
Tinaca
Yamarovka
Cyrenaica
Hassi R'mel
Marawi
Mualang
Asgard
Kilmarnock
Port Arthur
Halesowen
Stermwerde
Kagoshima
Avon
Ardoz
Tarazed
Shimonoseki
Luthien
Chatham
Kanowit
Myada
Setubal
Baruun Urt
Kiamba
Braunton
Sighisoara
Eguilles
Bicester
Leiston
Krenice
Tanh Linh
Worrell
Dumaring
Corsica Nueva
Babuyan
Xin Jang
Yumesta
Toffen
Meilen
Rubigen
Kiesen
Odabasi
Paracale
Dyfed
Omagh
Keihoku
Chandler
Ogano
Yardley
Philadelphia
Midway
Darius
Sakai
Numki
Arkab
Dover
Iijima
Isesaki
Coldrea

Typ: Bluthund
Masse: 60 Tonnen
Rumpf: Standard
Reaktor: 300 XL
Reisegeschwindigkeit:
54 km/h
Höchstgeschwindigkeit:
86,4 km/h
Sprungdüsen: keine
Sprungkapazität: keine
Panzerung: Fiberstahl
Bewaffnung:
28 Tonnen Modulkapazität

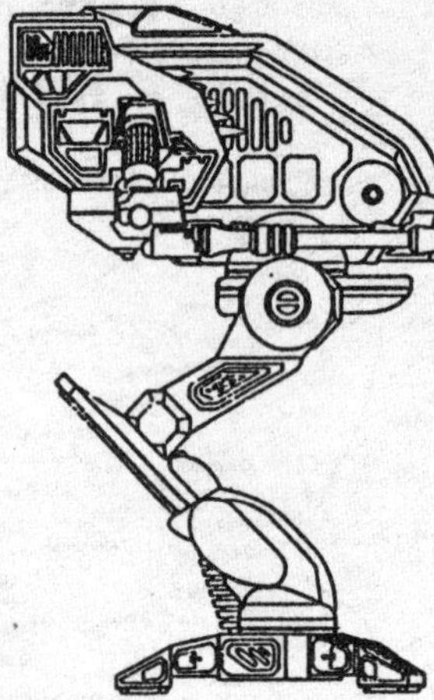

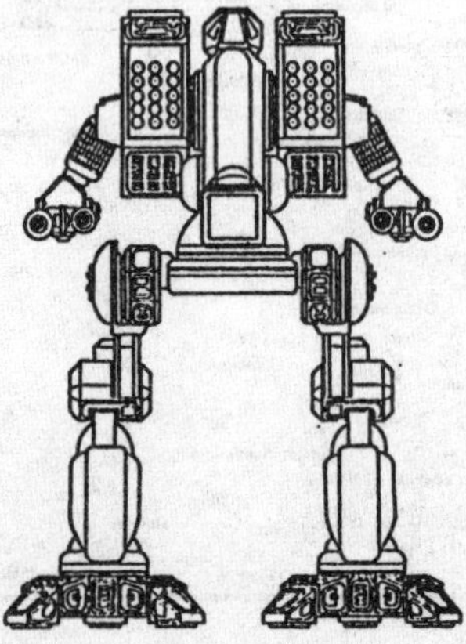

BLUTHUND

Typ: Nemesis
Masse: 70 Tonnen
Rumpf: Standard
Reaktor: 350 XL
Reisegeschwindigkeit: 54 km/h
Höchstgeschwindigkeit: 86,4 km/h
Sprungdüsen: 5
  Sprungkapazität: 150 Meter
Panzerung: Fiberstahl
Bewaffnung:
  22,75 Tonnen Modulkapazität

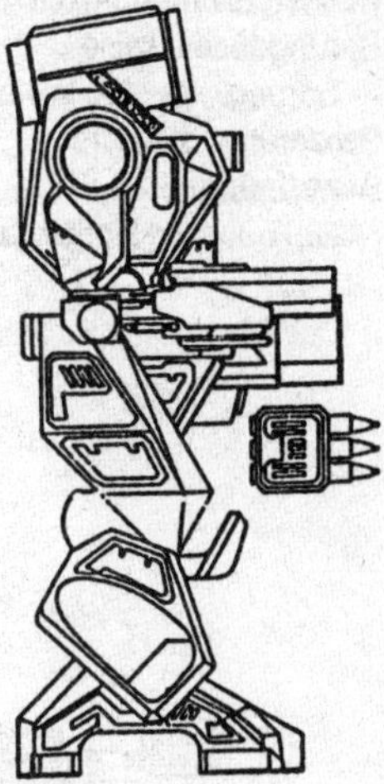

NEMESIS

Typ: Höllenbote
Masse: 65 Tonnen
Rumpf: Standard
Reaktor: 325 XL
Reisegeschwindigkeit: 54 km/h
Höchstgeschwindigkeit: 86,4 km/h
Sprungdüsen: keine
  Sprungkapazität: keine
Panzerung: Standard
Bewaffnung:
  28,75 Tonnen Modulkapazität

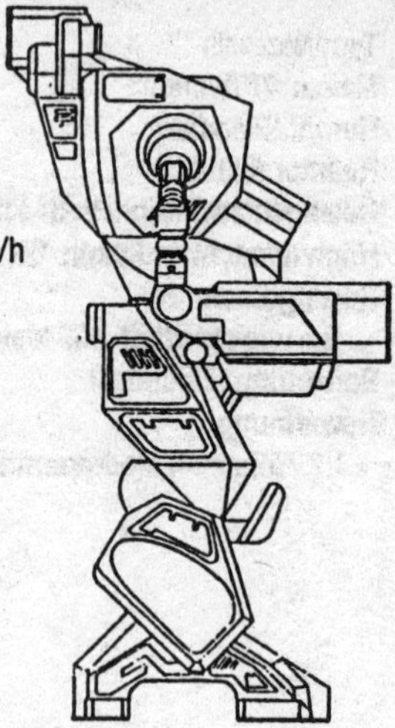

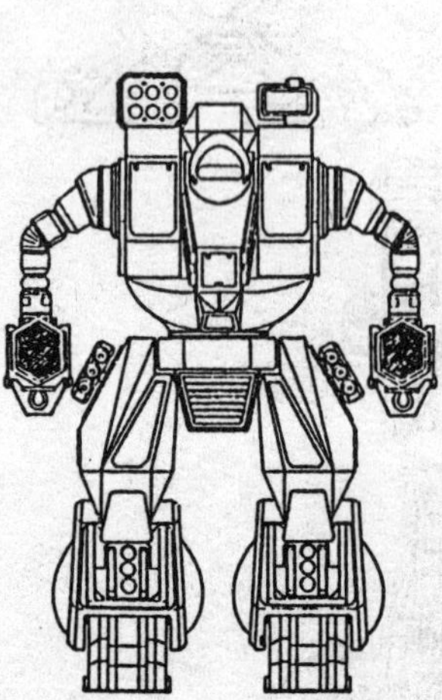

HÖLLENBOTE

Typ: Viper
Masse: 40 Tonnen
Rumpf: Endostahl
Reaktor: 320 XL
Reisegeschwindigkeit: 86,4 km/h
Höchstgeschwindigkeit: 129,6 km/h
Sprungdüsen: 8
  Sprungkapazität: 240 Meter
Panzerung: Fiberstahl
Bewaffnung:
  8,75 Tonnen Modulkapazität

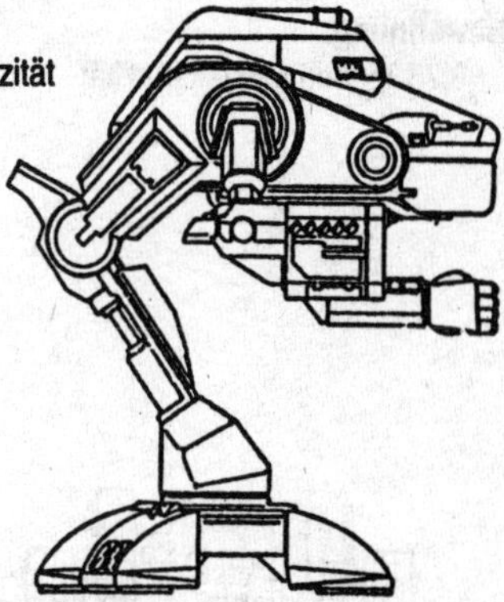

VIPER

Typ: Eismarder
Masse: 45 Tonnen
Rumpf: Endostahl
Reaktor: 360 XL
Reisegeschwindigkeit: 86,4 km/h
Höchstgeschwindigkeit: 129,6 km/h
Sprungdüsen: keine
  Sprungkapazität: keine
Panzerung: Fiberstahl
Bewaffnung:
  9,75 Tonnen Modulkapazität

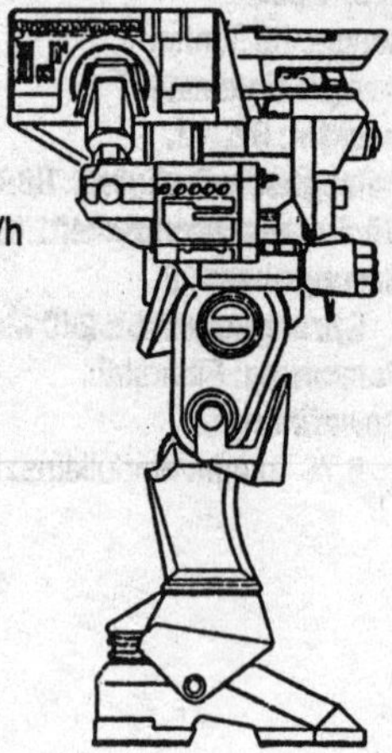

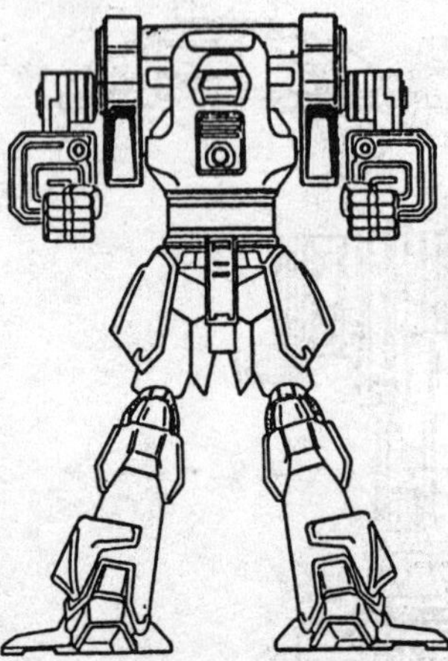

EISMARDER

Typ: Grauluchs
Masse: 25 Tonnen
Rumpf: Endostahl
Reaktor: 175 XL
Reisegeschwindigkeit: 75,6 km/h
Höchstgeschwindigkeit: 118,8 km/h
Sprungdüsen: 6
  Sprungkapazität: 180 Meter
Panzerung: Fiberstahl
Bewaffnung:
  8,75 Tonnen Modulkapazität

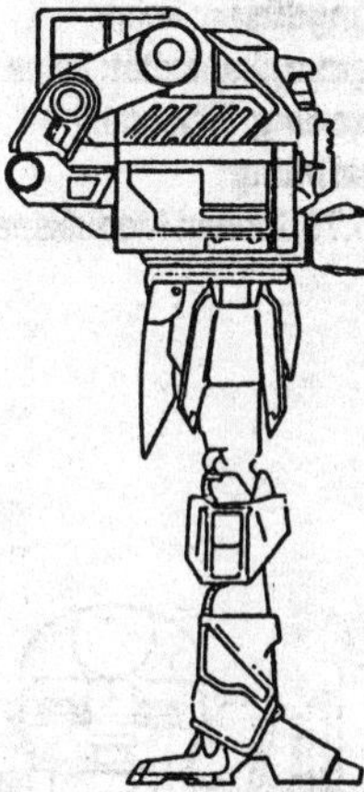

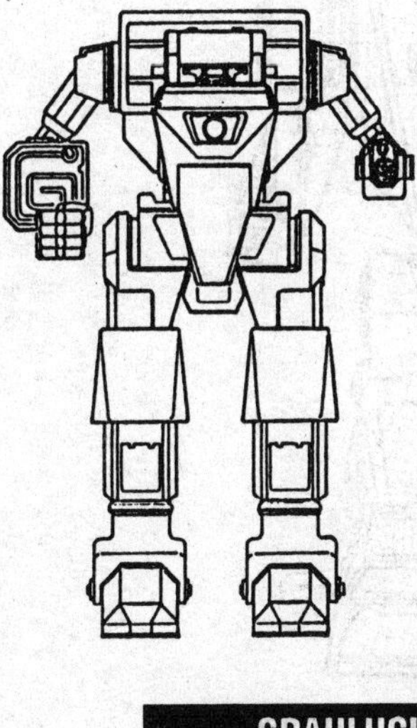

GRAULUCHS

Typ: Gargoyle
Masse: 80 Tonnen
Rumpf: Standard
Reaktor: 480 XL
Reisegeschwindigkeit: 54 km/h
Höchstgeschwindigkeit: 86,4 km/h
Sprungdüsen: keine
  Sprungkapazität: keine
Panzerung: Fiberstahl
Bewaffnung:
  21,75 Tonnen Modulkapazität

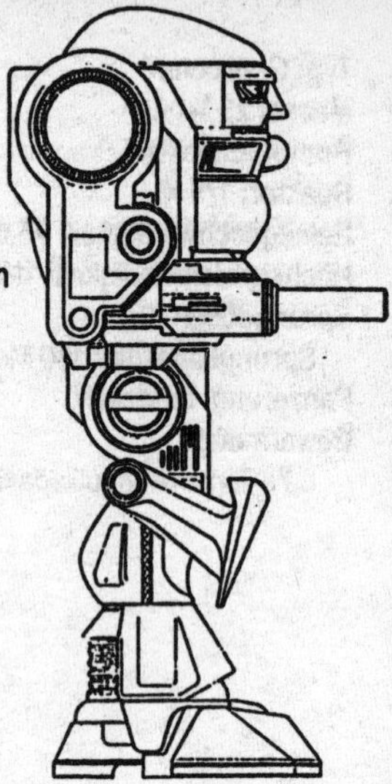

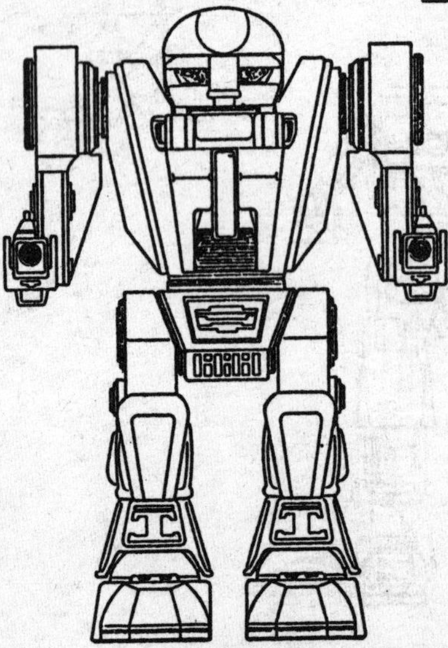

GARGOYLE

Typ: Sturmkrähe
Masse: 55 Tonnen
Rumpf: Endostahl
Reaktor: 330 XL
Reisegeschwindigkeit: 64,8 km/h
Höchstgeschwindigkeit: 97,2 km/h
Sprungdüsen: keine
  Sprungkapazität: keine
Panzerung: Fiberstahl
Bewaffnung:
  23 Tonnen Modulkapazität

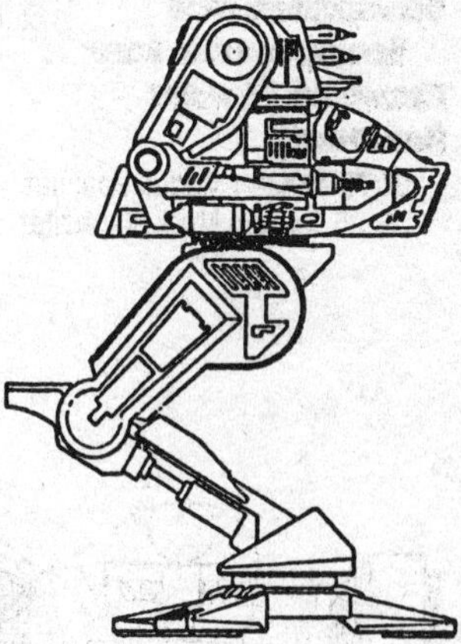

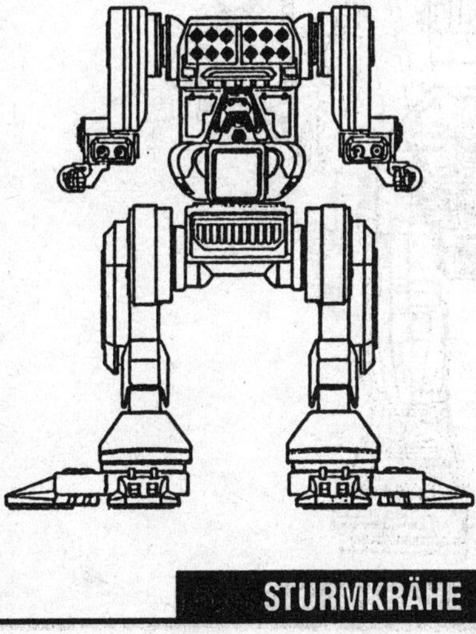

STURMKRÄHE

Typ: Natter
Masse: 35 Tonnen
Rumpf: Endostahl
Reaktor: 210 XL
Reisegeschwindigkeit: 64,8 km/h
Höchstgeschwindigkeit: 97,2 km/h
Sprungdüsen: keine
  Sprungkapazität: keine
Panzerung: Fiberstahl
Bewaffnung:
  1 Flammer
  16,25 Tonnen Modulkapazität

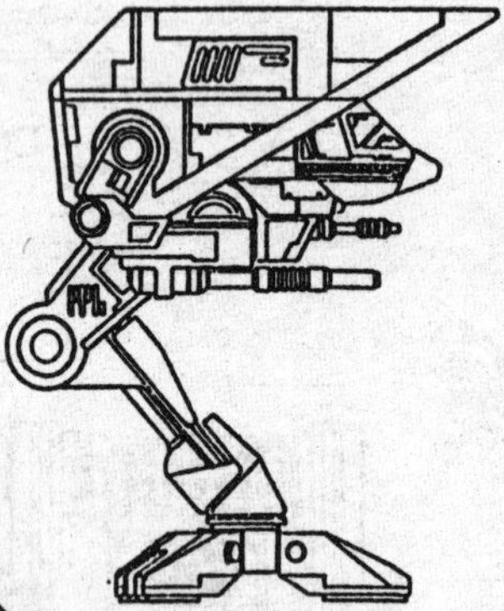

NATTER

Typ: Kriegsfalke
Masse: 85 Tonnen
Rumpf: Standard
Reaktor: 340 XL
Reisegeschwindigkeit: 43,2 km/h
Höchstgeschwindigkeit: 64,8 km/h
Sprungdüsen: keine
  Sprungkapazität: keine
Panzerung: Fiberstahl
Bewaffnung:
  32,5 Tonnen Modulkapazität

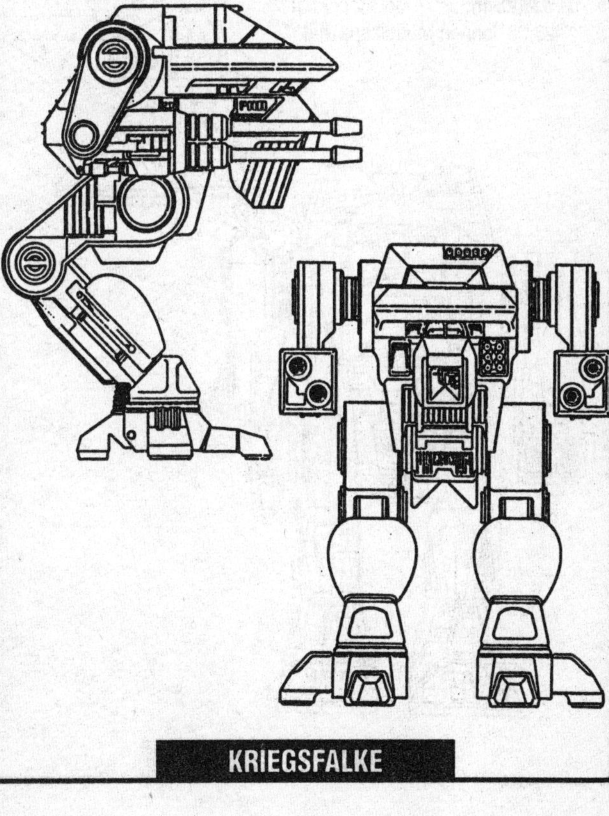

KRIEGSFALKE

Typ: Henker
Masse: 95 Tonnen
Rumpf: Standard
Reaktor: 380 XL
Reisegeschwindigkeit:
43,2 km/h
Höchstgeschwindigkeit:
64,8 km/h
Sprungdüsen: 6
Sprungkapazität: 120 Meter
Panzerung: Fiberstahl
Bewaffnung:
26,25 Tonnen Modulkapazität

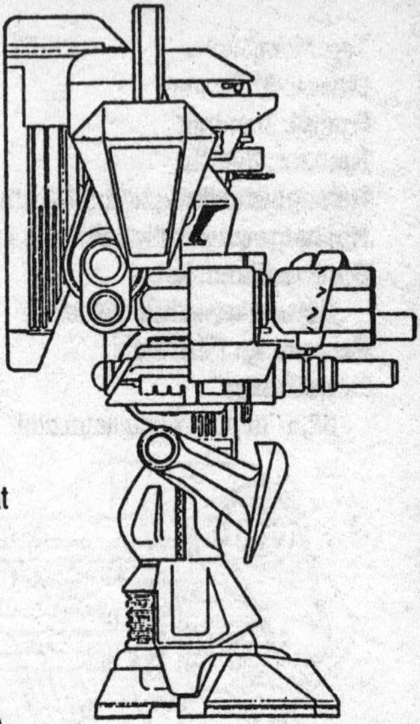

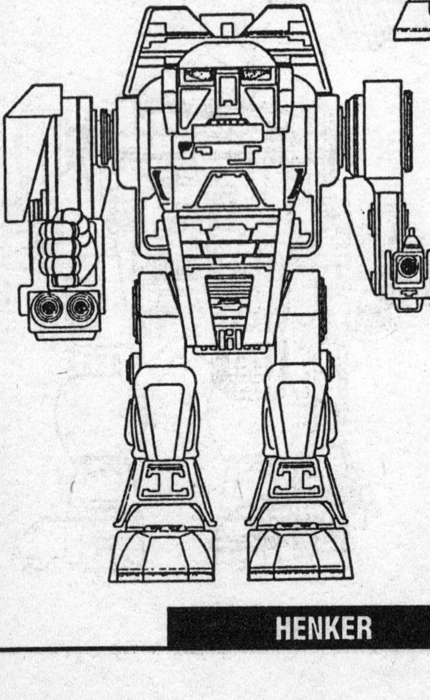

HENKER

Typ: Nova
Masse: 50 Tonnen
Rumpf: Standard
Reaktor: 250 XL
Reisegeschwindigkeit: 54 km/h
Höchstgeschwindigkeit: 86,4 km/h
Sprungdüsen: 5
  Sprungkapazität: 150 Meter
Panzerung: Standard
Bewaffnung:
  16,25 Tonnen Modulkapazität

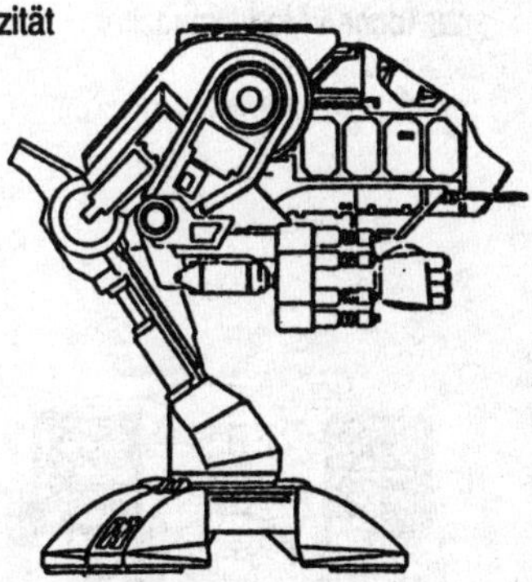

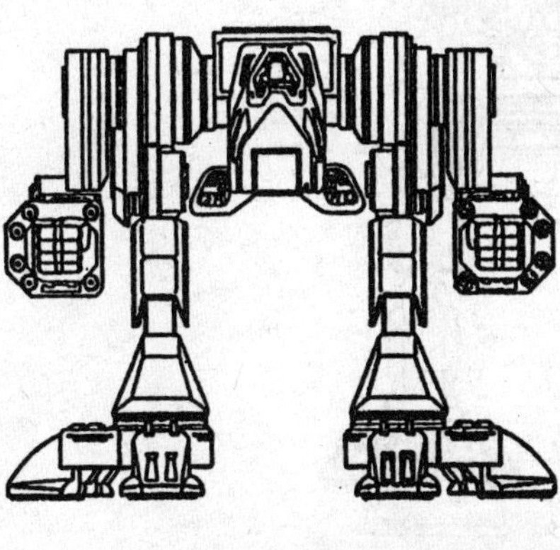

NOVA

Typ: Waldwolf
Masse: 75 Tonnen
Rumpf: Endostahl
Reaktor: 375 XL
Reisegeschwindigkeit: 54 km/h
Höchstgeschwindigkeit: 86,4 km/h
Sprungdüsen: keine
  Sprungkapazität: keine
Panzerung: Fiberstahl
Bewaffnung:
  28 Tonnen Modulkapazität

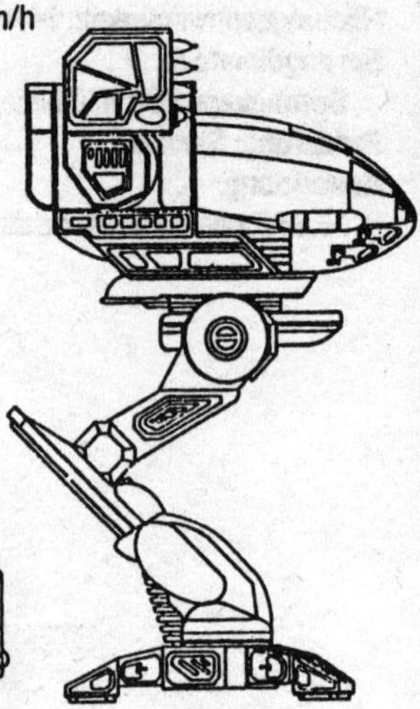

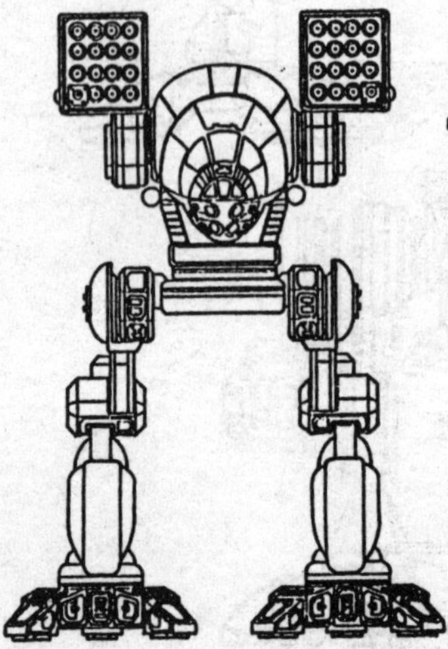

WALDWOLF

Typ: Höhlenwolf
Masse: 100 Tonnen
Rumpf: Standard
Reaktor: 300 XL
Reisegeschwindigkeit: 32,4 km/h
Höchstgeschwindigkeit: 54 km/h
Sprungdüsen: keine
Sprungkapazität: keine
Panzerung: Standard
Bewaffnung:
50,5 Tonnen Modulkapazität

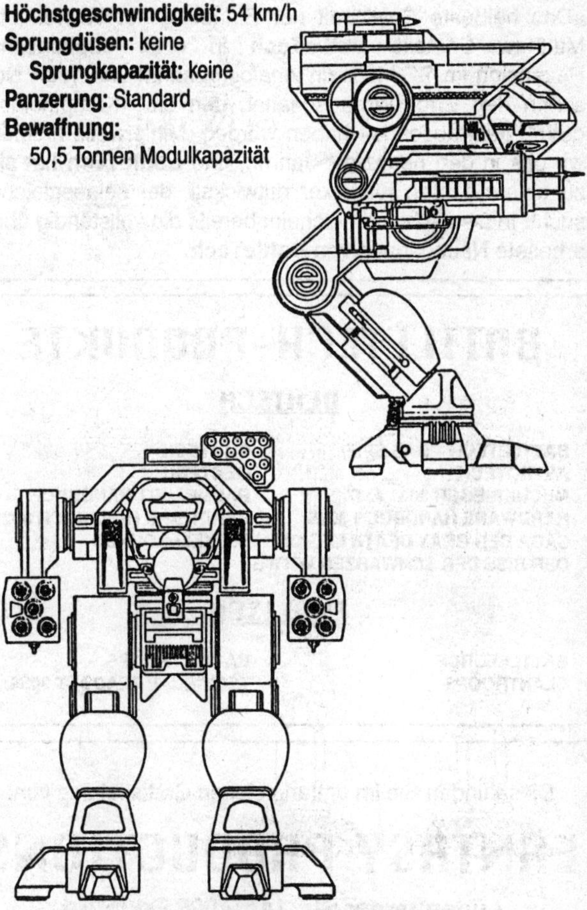

HÖHLENWOLF